Complot de famille

W0338450

Du même auteur
aux Éditions J'ai lu

Méfiez-vous des inconnus, *J'ai lu* 3780
Promets-moi l'amour, *J'ai lu* 3903
Une nuit à Marrakech, *J'ai lu* 3998
Un baiser dans l'ombre, *J'ai lu* 4042
La dernière nuit, *J'ai lu* 4323
Les brumes du passé, *J'ai lu* 4883
La trame de l'ombre, *J'ai lu* 5827
La face cachée d'Amy, *J'ai lu* 6109

Meryl Sawyer

Complot de famille

Traduit de l'américain
par Julie Guinard

J'AI LU

Titre original :

TRUST NO ONE
A Zebra books, Kensington Publishing Corporation

Copyright © 2000 by M. Sawyer-Unickel. All rights reserved.
A Zebra books, Kensington Publishing Corp., New York.

Pour la traduction française :
© Éditions J'ai lu, 2002

Ce livre est dédié à toutes les personnes merveilleuses qui m'ont épaulée l'année dernière. Sans elles, je n'aurais pas pu réussir.

Mes amis « littéraires » :

John Scognamiglio, Aaron Priest et Lisa Vance, Susan Elizabeth Phillips, Kristin Hannah, Jill Barnett, Kat et Larry Martin, Olga Bicos et Suzanne Forster.

Mes « vieux » amis :

Pamela Nolan, Neil et Carol, Duane et Pat, Ricki et Joel Robinson, Rosalind et David Hilton, Kathy et Phil Friedrich, Gina et Paul Friedrich, Rod et Toni Yamin, Sallee Huff, Lauren Seymour, Neal et Janna Friedman, Donna et Bob Clapp.

La meilleure façon d'aimer est d'imaginer que l'on peut perdre l'objet de son amour.

G.K. CHESTERTON

PROLOGUE

Napa Valley, Californie

— C'est l'heure, c'est l'heure, hulula la chouette perchée dans le chêne.

Derrière la haute pile de fûts en bois ornés d'un faucon aux ailes déployées, le logo du vignoble de Hawke's Landing, le vieil homme attendait son rendez-vous avec le destin.

— La chouette m'appelle, murmura-t-il, en proie à un sombre pressentiment.

Selon la légende populaire, quand une chouette s'adressait à vous, c'était signe de mort imminente. Non qu'il ajoutât foi aux superstitions, qu'il avait toujours considérées comme un moyen d'abrutir le peuple et de le contrôler, mais il savait ce que le sort lui réservait. Il entendait déjà battre les ailes des anges qui venaient le chercher.

Décidé à savourer ses derniers instants, il regarda la nuit s'emparer des collines, envelopper silencieusement chaque longue rangée de ceps, jusqu'à ce que tout le vignoble soit plongé dans l'ombre. Au-dessus de cette vallée qu'il adorait, le ciel passa lentement du bleu vif à l'ambre doré. Avec le coucher du soleil, l'air fraîchit, et le parfum de la terre se mêla à l'odeur douce-amère du raisin en fermentation. Dans les rhododendrons, les grillons se mirent à chanter, comme tous les soirs depuis qu'il était bébé.

Assis dans son fauteuil roulant, Gian Hawke contempla Hawke's Landing. Sa propriété. L'endroit où il avait passé toute sa vie. La seule chose au monde qu'il ait jamais vraiment aimée.

Il enfonça le bouton électrique, et le fauteuil roulant démarra sur le sol inégal, avec ce ronronnement assourdi qu'il détestait, car il lui rappelait désagréablement son infirmité. Il s'engagea sur le chemin qui menait à la piscine, parcourut quelques mètres et s'arrêta.

Il avait l'impression qu'on était en train de l'espionner dans son dos, mais depuis son attaque, il ne pouvait plus se retourner pour regarder par-dessus son épaule. Il lui fallut donc attendre, guetter les moindres bruits suspects derrière lui, mais il n'entendit rien d'autre que les grillons.

— Si je devais tout recommencer à zéro, chuchota-t-il en remettant le fauteuil en route, je resterais dans cette vallée. Ici, à Hawke's Landing.

« Mais que changerais-tu à ta vie ? » demanda une petite voix.

— Je garderais mes deux fils, dit-il sans hésiter. Mes garçons.

À présent, il était convaincu qu'on l'épiait. Depuis qu'il était cloué sur ce fichu fauteuil, on ne lui laissait plus un instant d'intimité. Il y avait toujours quelqu'un pour rôder autour de lui et l'espionner furtivement. Tous s'imaginaient qu'il était trop malade pour comprendre ce qui se tramait.

— Mais qu'est-ce que ça peut faire, hein ? marmonna-t-il en s'arrêtant pour contempler la nouvelle piscine construite au milieu de la vaste pelouse.

C'était un bassin immense, dont l'un des côtés, caché, donnait l'impression que l'eau s'écoulait dans le vignoble. Son fils Elliott avait engagé un architecte paysagiste prétentieux pour concevoir la piscine et redessiner les jardins autour. Aux yeux de Gian, l'ensemble était une abomination. Il aurait de loin préféré conserver le vieux bassin ovale et les massifs de rosiers qui l'entouraient autrefois.

— Je m'en fiche pas mal, après tout.

Mais il devait reconnaître que l'attitude de son fils l'agaçait. Avec l'arrivée du nouveau millénaire, Elliott ne pensait qu'à moderniser le vignoble : systèmes informatiques, site internet…

— Ce qui fait la différence, c'est notre vin mousseux, déclara Gian. Il est meilleur que n'importe quel champagne français.

Il regarda l'eau sombre, où se reflétaient les rubans scintillants de la lune, et songea que le monde changeait plus vite qu'il ne l'aurait imaginé.

Soudain, il se figea, certain d'avoir entendu un bruit derrière lui, dans les buissons de rhododendrons. Ils surveillaient tous ses faits et gestes, mais cette fois, il avait un plan. Il savait exactement comment se débarrasser d'eux pour toujours.

1

Trois semaines plus tard,
dans la jungle amazonienne

Brody Hawke était accroupi dans un bourbier de vase et de roseaux, tout contre la berge de la rivière. Il pataugeait dans cet affluent boueux de l'Amazone depuis près de huit heures et s'ennuyait tellement que son attention se relâchait.

— Ressaisis-toi, marmonna-t-il dans sa barbe. Si tu commences à rêvasser, tu es fichu.

Il se força à observer le trafic sur la rivière, à l'affût du bateau de terroristes qui, d'après leurs informateurs, était censé emprunter cet itinéraire. Toutes sortes d'embarcations passaient devant lui, et chaque fois, il devait plonger sous l'eau et retenir son souffle jusqu'à ce qu'elles se soient éloignées. Et les heures s'écoulaient, interminables, sans aucun signe des terroristes.

Brody poussa un juron. Cette attente sans fin allait finir par avoir raison de sa concentration. Ce qu'il aimait, c'était l'action, le danger. Patienter ainsi n'était pas dans son caractère. Mais cela faisait partie du métier, se rappela-t-il. Jusqu'à présent, cependant, ses missions avaient toujours été rondement menées. Cette fois-ci, c'était différent, et il avait intérêt à s'adapter.

Bientôt, heureusement, un de ses coéquipiers vint le relever. Telle une panthère, Brody rebroussa chemin en silence et se faufila rapidement entre les cabanes construites au bord de la rivière. Enfin, il atteignit l'appentis qui leur servait de refuge. L'endroit était si bas de plafond qu'on ne pouvait pas s'y tenir debout.

Le dos courbé, Brody entreprit d'ôter sa combinaison mouillée. À cet instant, il remarqua la lettre posée sur son lit de camp. Bizarre, songea-t-il. Qui pouvait bien lui écrire ? Sa mère était morte, et il n'avait aucun parent proche.

St. Helena, Californie, disait l'adresse au dos de l'enveloppe. Il ne connaissait personne en Californie. Il n'était même jamais allé dans cet État, à l'exception des six mois qu'il avait passés à San Diego pour sa formation dans les commandos d'élite de la marine américaine.

Il déchira l'enveloppe et en sortit deux feuilles dactylographiées. Il lut la première ligne et se laissa tomber sur le lit de camp, hébété.

Cher fils...

Impossible. Son père était mort dans un accident de voiture quand il avait trois ans. Le pauvre homme qui lui avait écrit cette lettre était fou à lier, songea Brody.

— Hé, Hawke, tu dors ?

Brody leva les yeux et vit qu'un autre agent était entré dans la cabane. Il ne l'avait pas entendu arriver. Il se traita mentalement de tous les noms. Ciudad del Este était un repaire de criminels, terroristes et barons de la drogue pour la plupart. Baisser ainsi sa garde était de la folie.

Jake Wilder enleva son sweat-shirt trempé de sueur et s'en servit pour essuyer son visage couvert de maquillage de camouflage.

— Qu'est-ce que c'est ? Une lettre d'amour ?

— Non, c'est un cinglé qui m'écrit.

Brody retourna la deuxième page sans même la lire. Il s'apprêtait à la rouler en boule pour la jeter quand une photographie scotchée au verso le fit sursauter.

— Merde ! fit-il, les dents serrées.

Jake se pencha par-dessus son épaule et regarda la photo.

— Dis donc, une fois lavé à grande eau, tu es tout à fait correct pour sortir dans le monde, Hawke. Qui l'eût cru ?

Brody, stupéfait, ne releva pas le sarcasme. L'homme sur la photo lui ressemblait comme deux gouttes d'eau. Il avait les mêmes cheveux noirs et épais que lui, la même mâchoire carrée, la même fossette au menton, les mêmes yeux bleus perçants sous des sourcils droits... mais ce n'était pas lui.

Impossible de dire s'il mesurait un mètre quatre-vingt-douze, comme Brody, car on ne voyait que son buste. Mais, à en juger par sa carrure, l'homme devait être grand.

— Une seconde ! s'exclama Jake en pointant un doigt sur le sourcil droit de l'homme. Ce n'est pas toi ! Il n'a pas de cicatrice.

Brody toucha machinalement son arcade sourcilière. Il se rappelait très bien la bagarre qui avait causé cette cicatrice. À l'époque, il avait sept ans, et il était maigre et petit pour son âge. Il était immédiatement devenu la tête de turc du petit caïd de la classe, mais il avait vite compris que s'il ne se défendait pas, il passerait sa vie à être une carpette, le punching-ball de toutes les brutes qui croiseraient son chemin.

Il n'avait pas gagné, mais il s'était battu avec fougue et s'en était sorti avec une simple entaille au-dessus de l'œil droit. Un symbole de son courage.

Au cours des années, sa mère et lui avaient maintes fois déménagé, et dans chaque nouvelle école, Brody avait dû faire ses preuves. Mais la première bagarre, celle qui lui avait valu la cicatrice, lui avait donné du courage, et il s'était mis à gagner plus souvent qu'il ne perdait.

Il n'avait jamais été la terreur de sa classe, même lorsqu'il était devenu beaucoup plus grand et plus costaud que les autres garçons de son âge. Au contraire, ses expériences passées l'avaient toujours poussé à prendre le parti des plus faibles, même quand il n'était pas directement menacé.

Il n'aurait plus eu de cicatrice aujourd'hui si sa mère l'avait emmené se faire recoudre, le jour de sa première bagarre. Mais elle avait à peine assez d'argent pour les nourrir. Consulter un médecin était donc hors de question.

— Sois courageux, lui avait-elle dit, comme chaque fois qu'il avait besoin de réconfort. Tu es mon petit homme, tu sais.

Brody s'était habitué à cette petite cicatrice, qui soulevait imperceptiblement l'extrémité de son arcade sourcilière. De toute façon, qui aurait voulu être aussi parfait que ce type sur la photo ? Brody aimait l'expression un peu menaçante que lui conférait sa cicatrice. Les femmes disaient en plaisantant que cela lui donnait l'air dangereux – ce qui était plus près de la vérité qu'elles ne l'imaginaient.

— Qui c'est, ce type ? demanda Jake, étonné. On dirait ton sosie. Mêmes cheveux noirs, mêmes yeux bleus, même fossette au menton...

— Aucune idée, répondit Brody.

Il retourna la page et lut le reste de la lettre tandis que Jake allait chercher un Coca dans l'armoire métallique. Brody ne l'entendit même pas ouvrir la canette de soda tiède. Ses yeux étaient rivés sur ces mots : *Voici ton frère jumeau*.

— Mon frère jumeau ? murmura-t-il.

Il contempla la photographie, les sourcils froncés. Sa mère, cette femme qu'il avait adorée, la seule personne qu'il eût jamais aimée, lui avait-elle caché un secret ?

Brody lui avait demandé des renseignements sur son père des milliers de fois, mais Linda Hawke lui avait toujours donné la même explication : son père était mort dans un accident de voiture. Lorsqu'il essayait d'en savoir plus, elle se butait et répondait invariablement :

— Je ne peux pas parler de lui. C'est trop douloureux.

Il relut lentement la lettre. La signature avait également été tapée à la machine, *Giancarlo Hawke*. Mais, dessous, deux lignes avaient été rédigées à la main. L'écriture était si malhabile que Brody dut déchiffrer chaque mot avant de lire :

Mon fils, viens tout de suite. J'ai besoin de ton aide. Mes ennemis se rapprochent. Ne fais confiance à personne.

Victoria Anderson se laissait bercer dans la balancelle en regardant le ciel étoilé de Napa Valley. Il était presque 3 heures du matin, et on n'entendait aucun bruit dans le *bed-and-breakfast Silver Moon,* ni dans le vignoble voisin. Même les grillons semblaient s'être endormis.

Un peu plus tôt, la brise avait apporté l'odeur sucrée du raisin mûr et les échos du foulage. Autrefois, le raisin était écrasé par des gens qui se mettaient debout dans les cuves et pressaient les grappes sous leurs pieds. Quelques petits vignobles pratiquaient encore cette méthode séculaire, mais la plupart étaient entrés dans l'ère moderne et utilisaient des machines.

« Pourquoi n'arrives-tu pas à dormir, Tori ? se demanda-t-elle. Pourquoi ? »

Une fois de plus, elle s'était réveillée au milieu de la nuit, submergée par un sentiment de solitude et d'abandon. Quand parviendrait-elle à oublier le passé ? Elle leva les yeux vers les étoiles. Comme d'habitude, elles ne lui donnèrent aucune réponse.

À ses pieds, le labrador poussa un lourd soupir, presque un ronflement. Elle le caressa lentement. Combien de fois Piny s'était-il réveillé pour lui tenir compagnie durant ses insomnies ? Trop souvent.

Elle regarda sa main gauche, et un rayon de lune fit briller le diamant en forme de poire. C'était une bague de fiançailles éblouissante, le genre de bijou devant lequel les gens se pâmaient, ce qui mettait Tori mal à l'aise.

— Oh, Piny, il faut que je rende cette bague ! dit-elle à voix haute. Je ne peux pas épouser Elliott.

Connor était mort depuis presque cinq ans, mais elle ne se sentait pas prête à se remarier.

Ce qui l'avait attirée chez Elliott Hawke, c'étaient son honnêteté, son sens de l'honneur, sa loyauté envers sa famille. Il représentait tout ce qu'elle aimait chez un homme, et elle éprouvait pour lui une réelle affection. Pourtant, quelque chose lui manquait. Et il fallait qu'elle cesse de s'aveugler, de s'imaginer que cela s'arrangerait avec le temps. Même un homme aussi bon et généreux qu'Elliott ne pourrait guérir ses cicatrices.

— C'est peut-être la culpabilité qui m'empêche de dormir, chuchota-t-elle en caressant le pelage soyeux du labrador. Je n'aurais jamais dû accepter ce bijou.

Soudain, le téléphone sonna chez elle, dans les anciennes écuries transformées en maison. Elle réprima un frisson d'appréhension. Un coup de téléphone au milieu de la nuit n'était pas nécessairement synonyme de mauvaise nouvelle, se dit-elle. Mais elle ne pouvait s'empêcher de songer à une autre nuit, à un autre coup de téléphone.

Elle traversa la pelouse en courant et ouvrit la porte-fenêtre de son petit cottage. À la cinquième sonnerie, elle décrocha.

— Allô ? dit-elle en retenant son souffle.

— Tori ? Je te réveille ?

La voix d'Elliott était plus basse et plus rauque qu'à l'accoutumée.

— Je ne dormais pas.

— C'est vrai, tu m'as dit que tu avais des insomnies, répondit-il, d'une voix encore plus basse.

Tori se demanda si ce commentaire n'était pas une façon détournée de lui reprocher de n'avoir jamais couché avec lui. Après Connor, elle ne s'était jamais autorisée à s'engager avec un homme, de quelque façon que ce soit. Et le fait qu'elle et Elliott soient fiancés n'y changeait rien.

— J'étais assise dehors avec Piny.

— Mon intuition me disait que tu ne dormais pas.

Cela faisait deux jours qu'Elliott ne l'avait pas appelée. Il lui en voulait d'avoir reporté leur mariage une nouvelle fois. Mais, s'il était encore sous l'effet de la déception, il n'en montrait rien. Il semblait plutôt agité. Sans doute ne parvenait-il pas à dormir, lui non plus.

Elle faillit lui dire qu'elle ne pouvait pas l'épouser, mais se ravisa. Elle lui devait une explication franche, de vive voix.

— Mon père… murmura Elliott. Il est mort.

— Oh, non ! s'écria-t-elle.

Et elle qui ruminait égoïstement ses petits problèmes ! Un an plus tôt, le père d'Elliott avait eu une attaque qui l'avait laissé presque impotent. Depuis, cloué sur sa chaise roulante, il n'était plus que l'ombre de lui-même.

— Que s'est-il passé ?

Après un imperceptible silence, Elliott répondit :

— Il est tombé dans la piscine.

— Avec son fauteuil roulant ?

Il y eut une pause, puis Elliott reprit :

— Oui. Il faisait nuit. Il a dû mal estimer la distance.

— Mon Dieu, c'est terrible !

Pauvre Elliott, songea-t-elle. Bien que ses relations avec son père eussent toujours été houleuses, Elliott idolâtrait Giancarlo Hawke. Dominateur, connu dans le monde du vin pour son caractère impitoyable, Gian s'était fait plus d'un ennemi. Mais il n'en restait pas moins le père d'Elliott.

Tori songea à l'éducation qu'avait reçue Elliott. Comme elle, il avait perdu sa mère très jeune, mais les similitudes s'arrêtaient là. Le père de Tori était un homme chaleureux et aimant, qui avait fait de son mieux pour jouer à la fois le rôle du père et de la mère auprès de sa fille. Gian Hawke, lui, avait confié à une gouvernante le soin d'élever Elliott. Il n'avait accordé que peu de temps à son fils, et encore moins d'amour.

Avec la mort de son père, Elliott allait se retrouver à la tête du prestigieux vignoble de Hawke's Landing. Il devrait assumer un rôle de chef, responsabilité que même un homme deux fois plus âgé que lui aurait trouvée intimidante.

— Je vais avoir du mal à m'en sortir sans lui, avoua-t-il d'un ton accablé.

— Tu y arriveras, mon chéri. C'est toi qui t'occupes de tout depuis l'attaque de ton père, non ?

— C'est vrai, dit-il d'une voix lasse, exempte de son habituelle assurance.

— Tu veux que je vienne ?

— Non, répondit-il sans hésiter. Je vais bien.

Tori lui promit de l'aider au cours des jours suivants, lorsqu'il devrait organiser les obsèques et accueillir des foules de parents et d'amis, puis elle lui conseilla de se reposer et raccrocha.

En s'approchant de la fenêtre, elle vit avec surprise qu'il y avait de la lumière au premier étage du *bed-and-breakfast*, dans l'appartement de son père. Que faisait-il debout à cette heure-ci ?

Elle ressortit et traversa le jardin, puis elle emprunta l'escalier en bois qui menait à l'étage où habitait son père, en s'efforçant de marcher sur la pointe des pieds pour ne pas réveiller les clients. Arrivée devant la porte, elle frappa doucement.

Son père lui ouvrit aussitôt. Lou Edwards était bel homme, malgré sa calvitie plus que naissante. Tori avait d'ailleurs l'impression de l'avoir toujours connu avec ce large front chauve et ces longs cheveux gris sur les côtés. Ses yeux au regard perspicace étaient du même vert que les siens, et quoiqu'il approchât de la soixantaine, il faisait encore jeune.

Elle entra dans la chambre et annonça à voix basse :

— Elliott vient de m'appeler. Gian a eu un accident. Il s'est noyé.

— Je suis au courant.

Surprise, Tori se tourna vers son père et l'observa.

— Qui te l'a dit ? demanda-t-elle.

— Moxie m'a téléphoné.

— Moxie ? répéta-t-elle, stupéfaite.

Moxie était le rédacteur en chef du *San Francisco Herald*, journal pour lequel son père avait travaillé avant de prendre une retraite anticipée, cinq ans plus tôt, et d'acheter le *bed-and-breakfast Silver Moon*.

— Oui. Une dépêche est arrivée à l'agence. Il est possible que la mort de Gian Hawke ait été accidentelle...

Lou Edwards semblait choisir ses mots avec soin, comme pour conserver la neutralité que tout bon journaliste se devait d'observer.

— ... mais tout porte à croire qu'on l'a assassiné.

2

— J'espère que c'est important.

Elliott Hawke se laissa tomber sur une chaise à côté de Rachel, sa cousine éloignée. Son père était mort depuis moins de quarante-huit heures, mais l'avocat de la famille, Fred Wickerson, avait insisté pour réunir tous les parents proches.

— Tu étais en train de trier les grappes ? lui demanda Rachel.

— Oui, et c'est pire que ce que j'imaginais. Bien pire.

Dans les yeux sombres de sa cousine, Elliott vit se refléter sa propre inquiétude. En principe, les Hawke se servaient en majorité de leur raisin pour produire leur vin et en achetaient aussi peu que possible à d'autres viticulteurs. Mais, cette année, un orage de grêle avait abîmé la plupart des plants de chardonnay qu'ils utilisaient pour leur vin mousseux. En examinant le raisin récemment vendangé, Elliott avait découvert que la situation était encore plus grave qu'il ne l'avait redouté.

— Quand veux-tu que je commence à acheter ? demanda Rachel à voix basse.

Elle rassembla ses longs cheveux noirs autour de son poing, comme elle le faisait fréquemment quand elle réfléchissait. En tant qu'acheteuse pour Hawke's Landing, c'était à elle qu'incombait la responsabilité de se procurer du raisin lorsqu'ils en manquaient. Il s'agissait d'une tâche délicate, d'autant que la plupart des vignobles étaient déjà sous contrat avec d'autres producteurs.

— Dès demain matin. Mais méfie-toi. Il ne faut pas que les autres devinent qu'on est dans la mouise.

— Compris.

Rachel lissa ses cheveux sur son épaule et les laissa retomber sur sa poitrine généreuse. Puis elle se pencha vers Elliott et chuchota :

— Pourquoi Wickerson nous a-t-il convoqués ?

— Aucune idée.

Elliott prit une profonde inspiration et se perdit dans ses pensées. Tori, songea-t-il en souriant intérieurement. Elle serait l'épouse idéale. Elle saurait l'aider à porter l'énorme fardeau qui lui retombait sur les épaules, maintenant que son père était mort et qu'il se retrouvait chef de famille.

Elliott avait beau adorer Hawke's Landing, il trouvait parfois difficile de ménager la susceptibilité de chacun des membres de sa famille. Or, Tori était non seulement intelligente, mais généreuse et compréhensive. Ce serait rassurant de l'avoir à ses côtés. Soudain, il se rembrunit. Depuis qu'il lui avait annoncé la mort de son père, il l'avait à peine vue. S'il ne l'avait pas aussi bien connue, il aurait pensé qu'elle l'évitait.

— Bonjour, dit Tito Barzini en entrant dans la pièce.

Il s'assit dans un fauteuil en cuir, à côté de l'immense bureau en chêne, et son fils Lorenzo prit place dans le siège voisin. Avec leurs cheveux noirs, leurs yeux marron pétillants et leurs sourires perpétuels, le père et le fils se ressemblaient énormément. Malheureusement, les Barzini n'étaient pas d'une grande aide pour l'entreprise. Tito avait épousé Gina Hawke, la sœur jumelle du père d'Elliott, et arrivait à peine à gérer le petit vignoble dont sa femme avait hérité.

Elliott fronça les sourcils. Les caisses de Hawke's Landing étaient vides, et avec une telle quantité de raisin abîmé, il allait avoir du mal à maintenir l'entreprise à flot. À présent, il ne pouvait plus ignorer les menaces de rachat des frères Corelli. Rachel ferait de son mieux pour l'aider, il le savait, mais hormis sa cousine, personne dans sa famille n'était réellement de taille à le soutenir.

« Ce sont des sangsues », songea-t-il, tandis que d'autres membres de la famille entraient dans la pièce et s'installaient. D'aimables sangsues, mais des sangsues. Ces gens menaient la grande vie dans une vallée où le vin était roi et Hawke's Landing le joyau de la couronne.

— Suis-je en retard ?

Fidèle à son personnage, tante Gina fit une entrée remarquée. La sœur jumelle de son père était la reine du mélodrame, songea Elliott en rendant son sourire à sa tante. Les cheveux de Gina avaient viré au gris quelques années plus tôt, mais ses yeux étaient toujours d'un bleu cobalt glacial, comme l'avaient été ceux de son frère. Elliott regardait les mêmes yeux chaque matin dans le miroir, mais il aimait à penser que les siens étaient plus chaleureux, plus sincères.

Gian et Gina, les jumeaux Hawke. Tous deux intelligents, séduisants et égocentriques. Ses parents les plus proches, se dit Elliott. Sauf que, maintenant, il ne lui restait que tante Gina, pour laquelle il n'avait jamais eu beaucoup d'estime.

Lorsque Fred Wickerson pénétra à son tour dans la bibliothèque, il ne croisa pas le regard d'Elliott. Tout en posant sa mallette Hermès sur le bureau où des générations de Hawke avaient dirigé leurs affaires, il contempla avec application les livres reliés en cuir qui tapissaient les murs. Puis, sans cesser d'éviter le regard d'Elliott, il annonça :

— Demain, je classerai le testament de Gian.

Les membres de la famille échangèrent des regards entendus. Selon toute logique, il y aurait les legs habituels aux fidèles ouvriers et domestiques, mais le gros des biens reviendrait au fils unique de Gian, Elliott.

— Le médecin légiste a-t-il fait son rapport ? demanda Tito.

Bien que le décès de Gian ait de toute évidence été accidentel, les gens cancanaient. Giancarlo Hawke s'était-il suicidé ? L'avait-on tué ? Les rumeurs ne cesseraient que quand le médecin légiste aurait rendu son rapport.

— Nous verrons cela plus tard, mais je crains que le testament de Gian n'ajoute encore aux rumeurs.

— Que voulez-vous dire ? demanda Elliott, sans réussir à réprimer une grimace agacée.

L'avocat se tourna vers lui.

— Hormis des legs mineurs à Maria et à quelques autres employés de maison, votre père laisse dix pour cent de Hawke's Landing à Aldo Abruzzo.

— C'est ridicule ! s'exclama tante Gina. Comme si cela ne suffisait pas qu'il ait été promu chef de cave alors qu'il n'avait aucune qualification...

— Aldo le mérite amplement, coupa Elliott. Et on n'a pas besoin de diplôme pour faire des vins mousseux.

— Votre frère vous laisse également dix pour cent de l'entreprise, Gina.

— Seulement dix pour cent ? s'écria-t-elle. Vous en êtes absolument sûr ?

— Deux témoins ont signé le testament.

Gina Barzini ferma les yeux et pâlit.

— Le reste des biens de Gian vous revient, Elliott...

L'avocat redressa nerveusement son nœud de cravate, puis il s'éclaircit la gorge.

— À vous, reprit-il, et à votre frère, Brody.

— Mon frère ? répéta Elliott en bondissant de son siège. Qu'est-ce que c'est que cette histoire ?

Un silence de plomb s'installa dans la pièce. On n'entendait plus que la respiration agitée d'Elliott et le tic-tac de la vieille pendule en bois sur l'étagère. Quelque chose se tordit dans la poitrine d'Elliott, et il sut que l'avocat disait la vérité avant même qu'il ne reprenne la parole.

— Vous avez un frère jumeau.

Le souffle coupé par la panique, Elliott laissa Rachel l'aider à se rasseoir, tel un automate.

— Je ne peux pas le croire. Pourquoi père ne me l'a-t-il jamais dit ?

— Gian tenait à ce que personne ne soit au courant, répondit Fred Wickerson. Vous savez comme il était. Moi-même, je ne l'ai appris que récemment.

— Et ma mère ? demanda Elliott.

Les muscles de sa gorge étaient si crispés qu'il pouvait à peine parler. Son père lui avait affirmé que sa mère était morte, et c'était la gouvernante, Maria, qui l'avait élevé.

— Si elle est morte, comme le prétendait mon père, qui s'est occupé de ce... ce... jumeau ?

— Votre mère l'avait emmené avec elle, annonça solennellement l'avocat. Elle est décédée d'un cancer il y a deux ans et demi.

Elliott se sentait perdu, trahi, blessé, mais avant tout, furieux. Furieux d'avoir vécu sans connaître sa mère. Et maintenant, il était trop tard.

— De quel droit un type qui ne sait rien de l'industrie vinicole débarquerait-il ici pour réclamer la moitié du vignoble ? intervint Rachel.

— Il ne débarque pas. C'est Gian qui l'a fait venir.

Un silence tendu suivit cette révélation. Même tante Gina, qui n'était pas femme à garder ses opinions pour elle, se contenta de contempler fixement l'avocat.

L'espace d'un instant, Elliott se revit à six ans, en train d'arpenter les rangées de vigne, tandis que son père lui expliquait en détail les étapes nécessaires pour fabriquer un vin mousseux qui aurait dû porter le nom de champagne, si ces « fichus Français » n'avaient pas détenu le droit exclusif d'employer ce terme. Elliott aurait voulu aller jouer avec les enfants dont les parents travaillaient à Hawke's Landing, mais il n'avait jamais osé quitter son père. Sa vie entière avait été émaillée d'incidents similaires. Il avait fait de son mieux pour plaire à Gian Hawke, et il savait que nombre des grands viticulteurs de la vallée auraient aimé avoir un fils comme lui. Mais Gian n'avait jamais paru en tirer la moindre fierté.

Il essaya de maîtriser sa colère et l'affreux sentiment de trahison qui le tenaillait. Il fallait qu'il réfléchisse. Il n'avait pas les moyens de racheter les parts de son frère. Or, il ne pouvait envisager de partager Hawke's Landing – qui lui appartenait de droit – avec quelqu'un qui ne connaissait strictement rien à la viticulture.

— Que sait-on de mon frère ?

— Eh bien, j'ai réussi à obtenir quelques renseignements sur lui, répondit l'avocat.

Il ouvrit la mallette posée sur le bureau et en sortit une photographie grand format.

— Jésus, Marie, Joseph ! fit l'oncle Tito en se signant.

L'homme sur la photo avait une expression dure, presque inquiétante. Une petite cicatrice soulevait légèrement son sourcil droit, et ses yeux d'un bleu intense étaient las et froids.

Elliott ressentit une bouffée d'appréhension. Ce type à l'air cruel lui ressemblait comme deux gouttes d'eau. Il avait même une fossette au menton, comme lui.

— Brody fait partie des corps d'élite de la marine, reprit l'avocat. Il s'est spécialisé dans la lutte antiterroriste. Il terminait tout juste sa formation quand l'opération Tempête du Désert a commencé. C'est l'un des six agents qui ont parcouru trois kilomètres à la nage depuis un sous-marin jusqu'à la plage pour déclencher une série d'explosions. Cette diversion a immobilisé toute une division irakienne et a empêché Saddam Hussein de savoir où débuteraient les vraies frappes.

— Il va peut-être se contenter de jouer à la guerre jusqu'à la fin de ses jours et nous ficher la paix, remarqua Elliott, avec tout le dédain dont il était capable.

Il ne l'aurait pas admis à voix haute, mais les états de service de son frère l'impressionnaient.

— Un vrai petit Rambo, ajouta Rachel, toujours prête à soutenir son cousin.

— Brody est réputé pour être un tueur, poursuivit Fred Wickerson, le meilleur de sa promotion. Il a éliminé six terroristes, dont quatre à mains nues. Il est...

— Mon père savait-il tout cela ? demanda Elliott, bien qu'il devinât la réponse.

L'avocat hocha lentement la tête.

Une bouffée de rage brouilla la vue d'Elliott. Il lui fallut un moment avant de pouvoir reprendre la parole. Alors, d'une voix rauque, la gorge sèche, il dit :

— Un tueur professionnel. Mon père a dû adorer ça.

L'avocat répondit calmement, comme si son ton neutre pouvait désamorcer la colère d'Elliott :

— Je pense que Brody ne va pas tarder à arriver.

Un élan de fureur farouche envahit Elliott. Il avait trimé toute sa vie pour être à la tête de l'empire Hawke. Il s'était donné du mal, jour après jour, pour plaire à un homme qui refusait d'être satisfait. Et voilà que son père lui assenait un dernier coup.

Gian Hawke avait accompli l'impossible. Il avait trouvé un moyen de torturer Elliott depuis sa tombe.

Tori se gara dans le parking situé derrière son bureau. Son agence d'arts graphiques, encore petite, ne lui permettait pas d'engager une secrétaire à plein temps, aussi avait-elle décidé de passer au bureau pour voir si elle avait des messages. Cela lui fournirait en outre un prétexte supplémentaire pour éviter Elliott.

De nombreux amis et parents étaient venus à Hawke's Landing pour l'enterrement. Ce n'était guère le moment de prendre Elliott à part pour lui annoncer encore une mauvaise nouvelle et lui rendre sa bague.

Tori fut surprise de voir une limousine garée dans le parking. Puis elle songea qu'il s'agissait probablement d'une voiture louée par un touriste en visite dans les vignobles, qui s'était arrêté chez le traiteur du coin de la rue pour acheter à manger. Elle coupa le moteur, descendit de voiture et se dirigea d'un pas rapide vers l'escalier qui conduisait à son agence, au premier étage.

— Victoria Anderson ? appela soudain une voix masculine.

Elle se retourna vivement et vit un jeune homme sortir de l'arrière de la limousine. Petit, doté d'épais cheveux châtains légèrement ondulés, il portait un pantalon en toile beige et une chemise moutarde à col Mao.

— Oui ?

L'homme ôta ses lunettes noires et lui tendit la main.

— Bonjour. Je suis Kevin J. Puth.

Ce nom lui disait quelque chose, mais elle n'arrivait pas à se rappeler où elle l'avait entendu.

— Kevin Puth, répéta-t-il.

Il avait parlé d'un ton désinvolte, mais Tori devina qu'elle était censée le reconnaître. Elle lui offrit donc un sourire accueillant et dit :

— Allons dans mon bureau.

— Je suis un ami d'Adam Thorlefson, lui apprit-il, tandis qu'ils montaient les marches.

Adam Thorlefson était un magnat de l'informatique. Tori avait frappé un grand coup en dessinant l'étiquette de Bellmark Abbey, le vignoble que Thorlefson avait acheté plusieurs années auparavant. Son bureau était spécialisé dans la conception d'étiquettes de vin, et le succès de celle de Bellmark l'avait mis en vedette, ce qui n'était pas négligeable pour une jeune entreprise.

En ouvrant la porte de l'agence, Tori comprit soudain pourquoi le nom de Kevin lui semblait si familier. Connu à Wall Street comme M. Point-Com, le jeune homme avait fait fortune en lançant l'entreprise Point-Com, qui avait rapidement été cotée en Bourse, puis il avait revendu ses parts à prix d'or. Les investisseurs avaient perdu leur chemise dans l'affaire, mais Kevin Puth avait ramassé plus d'argent qu'il ne pouvait en dépenser.

Il la suivit à l'intérieur et déclara :

— J'aimerais que vous me dessiniez une étiquette dans les meilleurs délais.

Tori laissa tomber son sac sur le bureau et remarqua au passage que le voyant rouge du répondeur clignotait.

— Cela dépend largement du genre de vin que vous allez produire, répondit-elle.

— Je pensais à quelque chose qui serait un peu auréolé de mystère. Un marsanne ou un viognier, par exemple.

Il avait bien étudié le dossier, songea Tori. Des tas de nouveaux vignobles avaient envahi la région, mais la plupart n'avaient aucune chance de rivaliser avec les producteurs les plus importants et les plus connus. Kevin avait décidé de se distinguer en cultivant un des cépages issus de la vallée du Rhône, en France, qui commençaient tout juste à être produits en Californie.

— Bonne idée. Je pourrais trouver quelque chose qui ait un peu de cachet. Il devient de plus en plus difficile de sortir du lot.

— Je ne suis pas inquiet.

Quel prétentieux, ce type, songea-t-elle. C'était le genre à croire qu'il avait toujours raison en tout.

— Vous n'ignorez pas que quatre-vingt-dix pour cent des vins vendus dans ce pays sont achetés en grandes surfaces par des femmes ?

Il hocha la tête, et elle continua :

— En général, elles prennent le temps d'examiner les rayons et choisissent une bouteille dont l'étiquette les attire.

— C'est pourquoi celles qui représentent des lapins, des grenouilles et des fleurs ont tant de succès.

Son ton et ses propos suffisants exaspéraient Tori. Mais il n'était pas nécessaire d'apprécier tous les gens avec lesquels on traitait, se rappela-t-elle. Elle avait appris cette leçon à ses dépens, lorsqu'elle travaillait dans une grande agence de graphisme à Los Angeles.

— L'étiquette de merlot a également remporté un succès éclatant, ajouta-t-elle en souriant. Vous savez, celle où l'on voit Marilyn, avec sa jupe qui se soulève au-dessus de la bouche de métro ?

Son sourire s'élargit lorsqu'elle comprit qu'il ne connaissait pas cette étiquette désormais célèbre.

— Les bouteilles de merlot partent comme des petits pains. Je regrette de ne pas y avoir pensé.

— Excellente idée, admit-il. Tout comme celle que vous avez eue pour le Bellmark Abbey.

Tori était fière du logo qu'elle avait imaginé pour Thorlefson, un éléphant stylisé avec une selle et une couronne en or. Sur une étagère, l'étiquette se distinguait immédiatement des autres, tout en restant d'une sobriété exemplaire. Bellmark Abbey était un excellent vignoble, et elle pouvait à juste titre se féliciter de lui avoir dessiné une belle étiquette.

— Quel vignoble avez-vous acheté ? demanda-t-elle.

Il fallait des années pour dénicher un domaine non cultivé – et encore, quand on avait de la chance – et y faire pousser de la vigne jusqu'à ce qu'elle soit exploitable. Kevin Puth avait dû acheter un vignoble déjà existant. Tori n'avait pourtant entendu parler d'aucune vente officielle. Mais, avec les moyens financiers dont il disposait, songea-t-elle, il était possible qu'il ait convaincu un propriétaire de lui céder son vignoble.

— Je n'en ai pas encore trouvé, avoua-t-il.

— Dans combien de temps comptez-vous être opérationnel ?

— Mon vin sera sur le marché dans un an.

Tori retint difficilement un éclat de rire. C'était impossible. Mais, comme tant d'autres chefs d'entreprise de la Silicon Valley qui avaient envahi Napa, Kevin avait l'habitude de voir ses souhaits se réaliser à l'instant où il les prononçait. Elle lui offrit un siège et le laissa parler. Cela ne lui coûtait rien de cultiver de bonnes relations avec lui. Au contraire. Avoir comme client l'un des Américains les plus célèbres du moment allait donner un sérieux coup de pouce à son agence.

Brody se demandait encore ce qui l'avait poussé à louer une Porsche, alors qu'une Toyota coûtait deux fois moins cher.

Certes, il pouvait se payer cette fantaisie, mais cela ne lui ressemblait pas du tout de gaspiller de l'argent en futilités. Pourtant, lorsqu'il avait vu la rutilante voiture de sport noire garée dans le parking des véhicules de location, à l'aéroport de San Francisco, il avait frémi et s'était surpris à demander celle-là.

Il passa la vitesse supérieure et serra les mains sur le volant en cuir. Le puissant moteur ronronnait. Une soudaine montée d'adrénaline le parcourut, exactement comme quand il était sur une mission dangereuse.

— Bon Dieu, quelle voiture ! dit-il à voix haute, en filant sur la route sinueuse.

La Porsche épousait souplement les virages. Jamais il n'avait connu d'aussi fabuleuses sensations au volant. Il en riait presque de joie. Qu'éprouverait-il, s'il possédait une voiture pareille ? se demanda-t-il. Après tout, il pouvait se l'offrir. Il avait mis de côté presque tout l'argent qu'il avait gagné depuis qu'il s'était engagé dans la marine. Cette prudence était l'héritage de sa jeunesse. Durant des années, sa mère et lui avaient craint de ne pas pouvoir payer le loyer.

Ce problème-là, Elliott Hawke ne l'avait jamais connu. Quelle vie avait pu avoir ce mystérieux jumeau ? Brody avait recherché sur Internet les archives de tous les hôpitaux de Napa Valley. Sa troisième tentative avait été la bonne. Au Yountville General Hospital, Linda Hawke avait donné naissance à des jumeaux, deux garçons. Le père était bien Giancarlo Hawke.

— Pourquoi ma mère m'a-t-elle menti ? grommela-t-il.

Cette question, qui le tourmentait depuis des semaines, devenait de plus en plus obsédante. Il n'avait toujours pas trouvé de réponse. Sa mère et lui avaient été proches, et pourtant, elle lui avait tu l'existence de son frère. Il comprenait maintenant pourquoi ils avaient si souvent déménagé. Sa mère fuyait quelque chose... ou quelqu'un. Il l'avait adorée, et elle lui manquait encore, mais il ne l'avait jamais vraiment connue, songea-t-il avec un petit pincement d'angoisse.

Quel secret cachait-elle ? Pourquoi n'avait-elle pas emmené ses deux enfants avec elle ?

Il devait exister une bonne raison, et il estimait qu'il avait le droit de connaître la vérité. Il était donc venu à Napa Valley dès qu'il l'avait pu, pour parler à son père.

Brody rétrograda et ralentit en approchant de Napa. Pour la première fois, il regarda le paysage autour de lui. Les douces pentes vallonnées de la campagne étaient couvertes de rangées de vigne. Le raisin semblait lourd et mûr, certaines grappes frôlaient même le sol. D'un côté de la route, des centaines d'ouvriers coiffés de chapeaux de paille les ramassaient et les jetaient dans des paniers en osier. Mais, de l'autre côté, c'était une sorte de tracteur qui décrochait les grappes des ceps. Brody regarda le bras robotisé charger le raisin dans de petits cageots en bois, qu'un tapis roulant emportait ensuite vers des camions. Une opération plus sophistiquée, mais pas aussi pittoresque que les vendanges à l'ancienne.

Grâce à Internet, il avait appris que le mois d'octobre était la période où l'on récoltait le raisin pour le transformer en vin. Giancarlo Hawke devait être extrêmement occupé en cette saison, mais Brody ne pouvait pas attendre davantage. La lettre de son père avait été envoyée au quartier général de la marine, puis on la lui avait fait suivre en Amérique du Sud. Elle avait mis des semaines à lui parvenir, et trois semaines encore s'étaient écoulées avant que Brody ne puisse se libérer.

La seule chose qu'il demandait à son père, c'était la vérité, pensa-t-il en ralentissant pour laisser passer un camion chargé de cageots de raisin. Lorsqu'il aurait découvert pourquoi sa mère lui avait menti, il retournerait au travail. Avec un peu de chance, cette fois, on lui confierait une mission plus intéressante, plus stimulante.

La notion de famille lui était tout à fait étrangère. Il avait grandi en pensant que sa mère et lui étaient seuls au monde. Une rapide inspection de l'arbre généalogique de la famille Hawke lui avait appris qu'il avait des oncles, des tantes et des cousins. Tous étaient des descendants d'un immigrant italien qui était venu s'installer dans la région viticole de Napa juste après la guerre civile qui avait déchiré l'Italie. À l'idée qu'il possédait désormais de nombreux parents, Brody sentit les petits poils sur sa nuque se hérisser. Cette pensée le mettait étrangement mal à l'aise.

Une grosse montgolfière à rayures orange et violettes attira soudain son attention. Elle s'élevait au-dessus d'un champ déjà vendangé. Les ouvriers étaient partis, mais les allées entre les vignes étaient couvertes de traces de pas.

Quelques grands arbres bordaient une extrémité du vignoble. Leur disposition aléatoire contrastait de façon frappante avec l'alignement des rangs de ceps, qui semblait obéir à une discipline toute militaire. Dans les arbres, certaines feuilles jaunissaient, d'autres se paraient de teintes flamboyantes. D'ici quelques semaines, le vent les enverrait voler au loin.

— « Napa. Population : 64 532 habitants », lut-il en voyant le panneau.

Le centre-ville était pittoresque, avec ses vieux bâtiments de brique rouge et ses hauts arbres majestueux qui ombrageaient les terrasses des cafés, sur les trottoirs. Mais Brody, pressé de se rendre à St. Helena, où se trouvait Hawke's Landing, ignora les protestations de son estomac, qui lui criait de s'arrêter pour manger un morceau.

Il se retrouva ensuite dans des quartiers résidentiels et passa devant des demeures victoriennes. Leur architecture tarabiscotée lui rappela Key West, où il était allé pour sa formation, à quelques différences près.

Key West était célèbre pour sa douceur et son soleil tropical, alors qu'ici, une brise automnale soufflait.

Brody quitta Napa au ralenti, en compagnie de dizaines et de dizaines de touristes venus assister aux vendanges, puis il traversa Yountville, où était situé l'hôpital où il était né. Ensuite, la route entre Oakville et Rutherford ne fut qu'une suite ininterrompue de voitures, pare-chocs contre pare-chocs.

Durant tout le chemin, les vignobles se succédèrent autour de lui. Il en compta plusieurs centaines, certains très vastes, d'autres plus modestes. À quoi pouvait ressembler Hawke's Landing ?

— Prochaine ville, St. Helena, marmonna-t-il avec impatience.

Enfin arrivé à destination, il prit la direction du centre-ville, où il découvrit des bâtiments en pierre du XIXe siècle qui abritaient boutiques et restaurants chic. Charmant, songea-t-il, en se demandant si son frère avait conscience de vivre dans un environnement privilégié. Peut-être habitait-il ici depuis trop longtemps pour s'émerveiller encore de la beauté de la région ?

Brody s'interdit d'être envieux. Certes, il avait grandi dans diverses petites villes rurales, pauvres et décrépites, mais cela avait fait de lui l'homme qu'il était aujourd'hui. À en juger par le sourire de son frère sur la photo envoyée par Gian Hawke, Elliott n'aurait pas su défendre sa peau en face d'un ennemi.

Brody s'arrêta à l'office du tourisme pour y demander un plan. Hawke's Landing se trouvait quelque part aux alentours de St. Helena, mais il en ignorait l'adresse exacte. Et, avec cette circulation, il valait mieux ne pas se perdre.

— Vous avez de la chance, lui annonça la femme qui se tenait à l'accueil. Je viens d'avoir une annulation. Autrement, il ne reste pas une seule chambre de libre dans toute la vallée.

— Je n'ai aucun mal à le croire, répondit Brody. Il y a un monde fou sur les routes.

— Les vendanges attirent beaucoup de touristes. C'est pour cela que nous gérons la totalité de la capacité d'accueil de la région. Nous nous efforçons d'éviter que les gens aient à dormir dans leur voiture.

— En ce qui me concerne, je voudrais simplement une carte.

— Oh, vraiment ?

La femme sembla déçue, mais elle lui tendit un plan de la ville et de ses environs.

— Tenez. Vous avez déjà une chambre ?

Brody réfléchit rapidement. Avec cette circulation, il avait mis plus de temps que prévu pour arriver à St. Helena. Il était presque 18 heures, et il avait besoin de se doucher et de se raser. Et puis, même si son père l'invitait à séjourner chez lui, Brody n'était pas certain de se sentir à l'aise à Hawke's Landing.

— Non. Finalement, je vais prendre celle dont vous parliez.

Il remonta ses lunettes de soleil sur son front et demanda :

— Où se trouve l'hôtel ?

La femme entrouvrit les lèvres et retint un petit cri.

— P... pendant une seconde, bredouilla-t-elle, j'ai cru que vous étiez un Hawke.

Il hésita, puis répondit :

— C'est le cas.

— C'est fou ce que vous ressemblez à Elliott Hawke. Vous êtes un de ses cousins ?

Avec un sourire désarmant, Brody déclara :

— Presque.

3

Debout sur la terrasse du *bed-and-breakfast Silver Moon*, Brody sirotait un whisky et commençait à se détendre, tandis que l'alcool coulait dans sa gorge comme de la soie liquide. Il s'était douché et rasé, puis il avait rejoint les autres clients, qui prenaient l'apéritif sur la terrasse. Personne ne l'avait confondu avec Elliott Hawke.

Il avait téléphoné deux fois à Hawke's Landing, mais quand il avait demandé à parler à Giancarlo Hawke, une femme avait répondu :

— Laissez-nous tranquilles.

Il s'y rendrait le lendemain, décida-t-il. À cette idée, il eut un léger frisson d'appréhension. À quoi ressemblait son père ? Comment réagirait son frère ? Et, encore une fois, pourquoi sa mère était-elle partie ?

— Quels vignobles avez-vous visités ? lui demanda une jeune fille brune enjouée, le tirant de ses pensées.

— Aucun. Je viens d'arriver, répondit-il sans la regarder.

Il contemplait la vallée, où le soleil était en train de disparaître. Il restait juste assez de lumière pour distinguer les collines et les alignements de vigne.

Le *Silver Moon* s'était révélé encore plus impressionnant que la femme de l'office du tourisme le lui avait laissé entendre. Une grande véranda parcourait tout le tour de la maison de style Queen Anne. Des jardins anglais et d'imposants arbres l'entouraient.

La réception avait été installée dans un salon victorien décoré d'antiquités et de tentures, où trônait un secrétaire ancien qui servait de bureau. Un escalier en séquoia reluisant menait au premier étage, où se trouvaient cinq suites. La dame qui l'avait conduit à sa chambre lui avait dit que le domaine comptait également deux petits cottages et des écuries transformées en habitation privée, juste derrière le *Silver Moon*.

Il pouvait voir les deux maisonnettes blanches en face de lui, à l'autre bout du jardin. Les anciennes écuries devaient se trouver de l'autre côté du bâtiment principal. À l'extrémité de la propriété, à peine visible dans la pénombre, se dressait un kiosque victorien.

Soudain, il se rendit compte que la brune lui parlait et tourna la tête vers elle.

— Pardon ? Que disiez-vous ?

— Je vous demandais quels vignobles vous comptiez visiter.

— Hawke's Landing, pour commencer, répondit-il. Il paraît que ce sont eux qui font le meilleur champagne.

— Le meilleur vin mousseux, corrigea-t-elle avec un sourire. Seuls les Français ont le droit d'employer le mot de champagne sur leurs étiquettes. Nous produisons exactement le même vin, mais le leur vient de la région de France appelée la Champagne, et pas le nôtre. Nous sommes donc contraints de parler de vin mousseux.

Avec un autre sourire, qui se voulait sans doute séducteur, elle ajouta :

— Vous avez vu comme je suis savante, après la visite guidée de Hawke's Landing ?

— Est-ce que cela mérite le détour ?

— Incontestablement ! C'est le seul vignoble où la production se fait dans les caves. Les autres exploitations ne possèdent que des bâtiments ordinaires beaucoup moins intéressants.

Il faisait nuit, à présent, et dans la maison, les lumières étaient allumées. Par la fenêtre de la salle à manger, Brody vit un homme chauve qui devait friser la soixantaine. Il discutait avec une ravissante jeune femme blonde.

Presque malgré lui, les yeux de Brody se fixèrent sur elle. Son extraordinaire masse de cheveux ondulés semblait avoir été séparée en deux par un éclair. Sa chevelure remuait gracieusement chaque fois qu'elle bougeait, ce qui était très fréquent : cette fille parlait en effectuant plus de mouvements en quelques instants qu'il n'en faisait en un an. Il y avait quelque chose de frappant, chez elle, quelque chose qui le poussait à la regarder, en dépit de la jolie brune qui s'efforçait d'attirer son attention à côté de lui.

Ce devait être à cause de ses yeux, se dit-il. Même de loin, il distinguait son regard vert et intense. Au bout d'un moment, il réalisa que ce n'était pas seulement cela qui le fascinait. Cette fille parlait avec ses mains, avec ses yeux, avec tout son corps.

C'était la femme la plus vivante qu'il avait jamais vue. Il émanait d'elle une sorte de sensualité immédiate. Pourtant, elle ne semblait pas avoir une silhouette de rêve. Mais c'était difficile à dire, car elle était vêtue d'une longue robe informe, une de ces abominations que les femmes portaient sous prétexte que c'était à la mode, tout comme la raie extravagante dans ses cheveux.

— L'homme s'appelle Lou Edwards. C'est le propriétaire du *Silver Moon*, annonça la brune. La femme qui discute avec lui est sa fille. Je l'ai rencontrée au petit déjeuner, mais j'ai oublié son nom.

« Je ne l'aurais pas oublié, moi », songea Brody en se tournant à contrecœur vers sa compagne.

— C'est elle qui s'est chargée de la décoration, je suppose ?

— Non. Lou Edwards a acheté le *Silver Moon* quand il est parti à la retraite. Il nous a dit que l'endroit était très décrépit lorsqu'il l'a repris. Il l'a restauré lui-même et a trouvé tout le mobilier en chinant dans la région.

Elle lui jeta un regard suggestif par-dessus son verre presque vide.

— Je ne sais pas comment est votre chambre, mais la mienne a un immense lit à baldaquin, avec des rideaux en dentelle accrochés tout autour, et une cheminée.

— Moi, j'ai un lit bateau en chêne, et également une cheminée. Et, mieux encore, une télévision avec une console de jeux cachée derrière un mur de livres. Il y a un match de foot ce soir, vous savez.

Il fit mouche. La brune s'éloigna aussitôt en murmurant quelque chose au sujet de son verre à remplir. Brody tourna de nouveau les yeux vers la salle à manger, mais le père et la fille avaient disparu. Comme il n'était guère d'humeur à bavarder et qu'il craignait qu'un autre des clients ne l'aborde, il s'engagea dans le sentier plongé dans l'ombre et se dirigea, son verre de whisky à la main, vers le kiosque situé au bout du parc.

L'édifice avait été construit sur une éminence d'où l'on pouvait admirer toute la vallée. Brody eut le temps d'apercevoir les collines couvertes de vignes, avant que le croissant de lune ne soit englouti par un nuage.

Appuyé contre un pilier, il contempla l'obscurité, en attendant patiemment que le nuage passe et en songeant à Giancarlo Hawke. Pourquoi son père ne l'avait-il pas contacté une seule fois durant ces trente dernières années ? Pourquoi lui avait-il écrit maintenant ?

Probablement à cause de ces fameux « ennemis » qu'il évoquait dans sa lettre. Mettre les individus menaçants hors d'état de nuire était le métier de Brody. Son père avait peut-être besoin d'aide.

Un bruit dans le sentier le sortit de ses réflexions. C'était un son presque imperceptible, mais Brody avait l'ouïe fine, et il se tenait toujours sur ses gardes – déformation professionnelle, sans doute.

Il faisait trop sombre pour distinguer la personne qui avançait, mais d'après les pas qui crissaient sur les brindilles, Brody estima que ce devait être une femme ou un homme de très petite corpulence. Il posa avec précaution son verre sur le rebord du kiosque.

Sans doute était-ce la fille brune de tout à l'heure, songea-t-il, tandis que les bruits de pas se rapprochaient. Un gentleman l'aurait invitée à dîner, mais Brody mettait un point d'honneur à être d'une honnêteté farouche, avec lui-même comme avec les autres. Il n'avait pas envie de bavarder avec la brune. Ce dont il avait envie, c'était de retrouver la blonde.

Tori était partie à la recherche d'Elliott. Elle avait vu sa Porsche noire garée dans le parking réservé aux clients. Sa visite la surprenait : elle avait pensé qu'il serait accaparé par tous les gens arrivés à Hawke's Landing, d'autant que l'enterrement de Gian devait avoir lieu le lendemain.

Quand elle avait jeté un coup d'œil par la fenêtre, elle avait été stupéfaite de le voir sur la terrasse, en train de boire un whisky avec les clients. Pourquoi n'était-il pas venu les rejoindre, son père et elle ? Mais peut-être connaissait-il cette jeune femme brune qui se tenait à côté de lui. C'était sans doute cela, songea-t-elle en refoulant un pincement de jalousie.

Cette femme devait être quelqu'un d'important, puisque Elliott avait délaissé ses invités pour venir la retrouver. Les lampes anciennes que son père avait installées sur la terrasse ne procuraient pas suffisamment de lumière pour qu'on puisse bien distinguer l'inconnue de l'intérieur, mais elle semblait ravissante. Finalement, lorsque Tori était sortie sur la terrasse, Elliott avait disparu. L'un des clients l'avait vu se diriger vers le kiosque.

— Il a peut-être besoin d'être seul, dit-elle à voix haute. La mort de son père lui a causé un choc. Il va avoir le poids du clan entier sur les épaules, maintenant.

Elle ralentit, en songeant que la famille d'Elliott avait de quoi décourager la fiancée la plus amoureuse. On croyait avoir affaire à une bande d'Italiens joviaux et toujours prêts à faire la fête, mais c'était une illusion. Plusieurs d'entre eux lui semblaient un peu étranges, voire effrayants. Or, si elle épousait Elliott, elle serait amenée à les voir fréquemment.

Pourtant, une des choses qui l'attiraient chez Elliott, c'était sa loyauté envers sa famille. Il était l'exact opposé de Connor Anderson, un homme seul au monde qui n'avait jamais voulu d'enfant. Cascadeur professionnel très prisé, Connor n'avait vécu que pour le danger. Le simple fait de penser à lui et à sa mort tragique éveilla en Tori une tristesse accablante. Cela faisait pourtant cinq ans qu'il avait disparu.

À quelques mètres du kiosque, elle plissa les yeux et essaya de voir si Elliott était à l'intérieur. Mais des nuages masquaient la lune, et le peu de lumière qui venait de la maison ne suffisait pas à percer l'obscurité qui régnait dans l'édifice.

— Dois-je lui dire ce soir que je ne vais pas l'épouser ? chuchota-t-elle pour elle-même.

« Non, répondit la partie la plus raisonnable de son cerveau. Laisse-le enterrer son père avant de lui assener encore une mauvaise nouvelle. Attends au moins un ou deux jours. »

— Bonsoir, c'est moi, dit-elle en montant les marches du kiosque. Tu es là ?

— Oui.

Le ton était un peu cassant, la voix plus rauque encore que d'habitude. Un rai de lumière éclaira le verre en cristal posé sur le rebord du kiosque, et elle comprit qu'elle ne s'était pas trompée. Il était venu ici pour boire son whisky seul. Un élan de compassion lui serra la gorge.

Elliott devait être bouleversé. Elle se sentait inutile, impuissante. Elle avait vécu une expérience similaire avec Connor et savait combien la mort d'un être cher pouvait vous affecter. Mais Elliott avait trop d'amour-propre pour laisser paraître son chagrin.

Elliott était un homme facile à vivre, mais sophistiqué. Tori avait l'impression que sa personnalité était recouverte d'un vernis qu'elle n'arrivait pas à percer. C'était aussi pour cela qu'elle repoussait constamment leur mariage. Elle recherchait une complicité affective qu'elle n'avait jamais connue avec Connor. Elle ne tenait pas à commettre deux fois la même erreur. Enfin, son premier mariage n'avait pas été une erreur, pas exactement...

Mais il lui avait manqué une dimension.

Toutefois, s'il manquait une dimension à sa relation avec Elliott, c'était uniquement à cause d'elle. Elle n'avait jamais réussi à se donner à lui. Elle ne s'était pas autorisée à faire l'amour avec lui.

Elliott s'était montré étonnamment patient. Il comprenait que Tori avait besoin de temps avant d'aimer de nouveau et d'avoir des relations intimes avec un homme. Elle se demandait maintenant si cela arriverait un jour. Et ce n'était pas honnête de mener Elliott en bateau, lui qui était l'un des hommes les plus gentils qu'elle eût jamais connus.

Elle repoussa de son visage ses longs cheveux blonds et traversa le kiosque en direction de la silhouette qu'elle distinguait à l'autre bout.

— Je ne sais pas quoi dire, chéri, murmura-t-elle en tendant les bras.

Spontanément, elle eut envie de l'étreindre. Elle glissa les bras autour de ses larges épaules et le serra contre elle, en regrettant de ne pas trouver quelque chose à dire, n'importe quoi, pour soulager sa peine. Il eut une hésitation imperceptible, puis il l'entoura de ses bras, l'un sur sa nuque, l'autre contre ses reins.

Tori resta longuement contre lui, la tête appuyée sur son torse. Sous son oreille, elle entendait les sourds battements de son cœur. C'était un bruit solide, rassurant, qui lui donnait l'impression d'être plus proche de lui qu'elle ne l'avait jamais été.

Sa large main se replia derrière sa nuque, et il écarta ses longs cheveux. Ses doigts étaient frais et étonnamment puissants. Elliott s'entraînait quotidiennement dans le gymnase qu'il avait fait construire à Hawke's Landing, mais la force qu'elle sentit dans ses doigts la surprit. C'étaient des doigts habiles, robustes, capables de blesser.

Quelle drôle de pensée, songea-t-elle, tandis qu'il caressait très lentement sa peau à la base de sa nuque. Rien de brutal, bien au contraire.

Il fit remonter ses doigts à travers ses cheveux et lui massa légèrement le crâne. Le sang battait dans la tête de Tori, et soudain, une chaleur douce et frémissante envahit son corps tout entier.

Elle se hissa sur la pointe des pieds et enfouit son visage dans le cou d'Elliott. Il sentait bon, mais il fallait croire que le décès tragique de son père l'avait franchement déstabilisé, car il avait oublié l'after-shave coûteux qu'il portait habituellement.

Doucement, il caressa la peau délicate derrière ses oreilles. Son pouce était un peu rugueux, comme la langue râpeuse d'un chaton.

— Comme c'est agréable, murmura-t-elle.

Elle aurait dû dire quelque chose, le réconforter, mais les mots ne lui venaient pas. Soudain, elle se rappela une chose qu'elle avait lue quelque part : les hommes savaient mieux s'exprimer avec des gestes qu'avec la parole. Peut-être qu'Elliott avait besoin d'un baiser.

Elle noua les bras autour de son cou et attira son visage vers le sien. Dans la pénombre, elle distingua à peine sa mâchoire carrée et ses yeux bleus quand ses lèvres se posèrent sur les siennes.

Leurs bouches se frôlèrent, leurs souffles se mêlèrent. C'était plus une douce caresse qu'un baiser, mais cette étreinte fit naître en Tori un flot de désir inattendu. Elle entrouvrit les lèvres et savoura le picotement du whisky sur celles d'Elliott.

Aussitôt, il resserra ses bras autour d'elle et la plaqua contre lui. Leurs langues s'enlacèrent avec une telle ardeur que Tori en eut le souffle coupé. Puis il pivota et, sans la lâcher, la fit adroitement tourner jusqu'à ce qu'elle se retrouve dos au pilier. Là, il l'enveloppa de ses bras et de ses jambes, la dominant de toute sa carrure, et l'embrassa comme jamais il ne l'avait fait auparavant.

Il avait les mains sur ses fesses, maintenant. Ses doigts minces et forts serraient la chair tendre, l'invitant à se joindre à la ferveur du baiser. Mais elle n'avait pas besoin d'encouragement. Elle l'embrassait avec une fougue qui la surprenait elle-même. Un désir abrutissant la possédait, le désir de se soumettre à sa puissance.

Seigneur ! Elle avait envie de faire l'amour avec lui ! C'était la première fois, et elle en fut stupéfaite.

Elle se cramponna à Elliott, ivre de cette joie fugace. Puis elle tenta de se ressaisir. « Elliott a besoin de toi, songea-t-elle, mais il ne sait pas comment le dire. C'est la seule façon qu'il a de s'exprimer. Si tu as envie de lui, c'est parce que tu le sens si désespéré. »

— J'espère que ça va mieux, maintenant, chuchota-t-elle, hors d'haleine, lorsqu'il écarta sa bouche de la sienne.

— Oh, oui, beaucoup mieux !

Puis il reprit possession de ses lèvres et l'écrasa contre lui. Son étreinte se fit plus torride, plus impérieuse, et Tori ne put résister à l'envie de se serrer un peu plus contre son corps viril. Elle crut que le sol s'ouvrait sous ses pieds, puis réalisa que cette impression était due à ses jambes tremblantes, qui menaçaient de se dérober sous elle.

Elle laissa descendre ses mains de ses épaules jusqu'à son torse puissant. Il y avait quelque chose qui n'était pas normal, dans tout cela, songeait-elle confusément, mais le baiser d'Elliott et la fièvre qui courait dans ses veines l'empêchaient de réfléchir.

Plus elle le touchait, plus elle avait envie de prolonger leur étreinte. Sans cesser de l'embrasser, elle fit lentement courir ses mains le long de son dos, jusqu'à la courbe de ses hanches.

Une seconde !

Les rouages de son cerveau d'ordinaire si rationnel se remirent à fonctionner. Cet homme était beaucoup plus athlétique qu'Elliott Hawke. Il semblait posséder une force incroyable, presque surnaturelle. Il avait beau la maîtriser, elle la sentait frémir dans ses bras, dans son corps tout entier.

Elle interrompit leur baiser. Ses lèvres étaient encore tout contre les siennes.

— Attendez ! Vous n'êtes pas celui que je croyais !

— Ah, bon ! Et qui suis-je, alors ?

C'était la voix d'Elliott, mais l'instinct de Tori lui disait que cet homme n'était pas Elliott Hawke. La lune apparut entre deux nuages, et tandis qu'elle s'écartait vivement de lui, elle distingua mieux ses traits. L'espace d'une seconde qui parut durer un temps infini, ils se dévisagèrent. La lumière était faible, mais Tori y voyait assez pour reconnaître le visage familier.

— Excuse-moi, Elliott, dit-elle en secouant la tête. Pendant un instant, j'ai cru que ce n'était pas toi. C'est fou, non ?

Il traversa le kiosque en deux enjambées puissantes et souples. Comme un félin, songea distraitement Tori. Puis elle fronça les sourcils. Cette démarche ne ressemblait en rien à celle de son fiancé. Il prit le verre sur la balustrade et le vida d'une traite.

— Je ne suis pas Elliott Hawke, déclara-t-il.

Tori en resta sans voix pendant une seconde, puis elle s'exclama :

— Mon Dieu ! Quel cousin êtes-vous ?

Ce devait être un des parents d'Elliott qu'elle n'avait pas encore rencontrés, ce qui expliquait cette étonnante ressemblance. Mais, en pleine lumière, elle n'aurait certainement pas pris l'un pour l'autre.

— Ça vous arrive souvent de séduire des inconnues ?

— Seulement quand elles se jettent dans mes bras.

— Je croyais que vous étiez Elliott, rétorqua-t-elle sèchement.

— Je vous prie de m'excuser, mais vous sembliez passer un très bon moment.

Tori n'était pas du genre à rougir, mais elle sentit la chaleur remonter le long de son cou et se réjouit que le kiosque soit plongé dans la pénombre. Elle s'était comportée comme une véritable dévergondée. Dire qu'elle avait même envisagé de faire l'amour avec lui !

— Qui êtes-vous ?

— Je m'appelle Brody Hawke. Je suis le frère jumeau d'Elliott.

— Elliott n'a pas de frère. Arrêtez de raconter n'importe quoi et dites-moi qui vous êtes.

En reculant pour s'éloigner de lui, elle trébucha et faillit tomber.

Vif comme l'éclair, il se précipita vers elle et la rattrapa d'un seul bras. Tandis qu'il la rétablissait sur ses pieds, un pâle rayon de lune éclaira le côté droit de son visage, et Tori vit qu'une petite cicatrice soulevait légèrement son sourcil.

Mais, à l'exception de la cicatrice, c'était le portrait craché d'Elliott. Avec une subtile différence, toutefois. Elliott se montrait policé en toutes circonstances, alors que Brody avait quelque chose de sauvage en lui, comme s'il avait été élevé dans les bois par des loups.

Cet homme-là n'obéissait qu'à ses propres règles. On ne savait jamais à quoi s'attendre, avec un être pareil. Or, pour Tori, un homme imprévisible était un homme dangereux. Elle en avait déjà connu un et s'était juré de ne jamais refaire cette expérience.

4

Quelle injustice! songeait Brody. La femme de ses rêves s'était jetée dans ses bras... mais en le prenant pour un autre.

Leur baiser avait été l'un des plus excitants de toute sa vie. Certes, en général, il écourtait ce genre de préliminaire. À quoi bon perdre du temps? Les femmes qu'il rencontrait d'ordinaire – dans des bars, pour la plupart – s'en passaient très bien aussi.

Mais, cette fois, ç'avait été différent. Et il avait la conviction que bien des choses auraient pu être différentes, avec cette femme. Il s'aperçut soudain qu'il ne connaissait même pas son nom et demanda:

— Comment vous appelez-vous?

Après un silence, elle répondit:

— Victoria Anderson.

Un autre silence suivit cette déclaration, puis elle ajouta:

— Mes amis m'appellent Tori.

— Je suppose que je peux entrer dans la catégorie des amis, n'est-ce pas... Tori?

Au lieu de répondre, elle descendit les marches du kiosque.

— Mon père doit être en train de préparer le dîner. Voulez-vous vous joindre à nous ?

Tout en s'efforçant de refouler le désir qui l'habitait toujours, il la rattrapa, puis ralentit pour rester à sa hauteur.

— Avec plaisir. Je meurs de faim.

Elle se dirigea d'un pas vif vers la maison éclairée, sans lui parler, ni même jeter un regard dans sa direction. Lorsqu'ils atteignirent la demeure, la terrasse était déserte. Les autres clients avaient dû aller dîner en ville après leur apéritif, songea Brody. Il grimpa les marches quatre à quatre pour ouvrir la porte de service et s'effaça pour laisser passer Tori.

— Papa ? appela-t-elle. Nous avons un invité pour le dîner.

Brody la suivit dans une grande cuisine, qui donnait sur un agréable coin-repas pourvu d'une table en chêne ronde. C'était un sanctuaire réservé aux amis et à la famille, à l'écart de la salle à manger plus imposante qui accueillait la clientèle.

La bonne odeur de pain frais qui sortait du four fit palpiter ses narines. Depuis qu'il avait quitté Ciudad del Este, il ne s'était nourri que de plateaux-repas dans les avions, et voilà qu'il s'apprêtait à déguster un bon dîner en compagnie de Tori. Que demander de plus ?

Le grand homme au crâne chauve qu'il avait aperçu un peu plus tôt dans la salle à manger se tenait devant le fourneau, dos à lui.

— Heureux d'avoir de la compagnie, dit le père de Tori. Je suis à vous dans un instant.

Il ne se retourna pas, mais sa voix était énergique et accueillante.

— Ce soir, c'est du canard à la thaïlandaise. J'espère que vous ne craignez pas les plats relevés.

— Au contraire, j'adore, répondit Brody.

Il adressa son plus beau sourire à Tori, qui l'examinait d'un air un peu ahuri.

Seigneur ! songea-t-elle. Tout en lui semblait calqué sur Elliott. Comme lui, Brody était grand et solidement charpenté. Il avait les mêmes beaux cheveux sombres qu'Elliott, les mêmes traits bien dessinés, la même fossette au menton, les mêmes yeux bleus au regard pénétrant.

Les seules différences qu'elle pouvait discerner étaient cette petite cicatrice au sourcil droit et sa coiffure – ou, plutôt, son absence de coiffure, car ses cheveux semblaient n'avoir pas vu de peigne depuis plusieurs jours. Bien sûr, dans ses bras, elle avait constaté une autre différence, mais celle-ci n'était pas visible : une virilité brute.

Elle continua à l'observer, jusqu'au moment où elle s'aperçut qu'il la regardait avec un sourire amusé. Tout en détournant les yeux, elle songea que Brody était nettement plus massif qu'Elliott et que ses muscles ne devaient rien à un entraînement quotidien dans un gymnase. Son corps semblait sans cesse en alerte.

Elle ne doutait pas qu'il soit le jumeau d'Elliott. La ressemblance était saisissante. Pourtant, on devinait que ces similitudes s'arrêtaient au physique. Il y avait quelque chose de méfiant dans le regard de cet homme. En entrant dans la cuisine, il avait examiné chaque détail de la pièce d'un coup d'œil rapide, comme s'il craignait que quelqu'un ne surgisse et ne lui saute dessus. De toute évidence, il ne faisait confiance à personne.

— Pourquoi êtes-vous ici ? demanda-t-elle.

À cet instant, son père se retourna. En voyant Brody, il ne manifesta aucune surprise, à peine un léger froncement de sourcils. Sans répondre à la question de Tori, Brody s'avança vers lui et lui tendit la main.

— Je suis Brody Hawke, déclara-t-il.

Le père de Tori serra la main tendue et sourit.

— Lou Edwards, répondit-il. Vous devez être le...

— Le frère d'Elliott. Son jumeau.

— Je m'en serais douté. Elliott t'en a-t-il déjà parlé ? demanda Lou à sa fille.

Brody regarda Tori secouer la tête, ce qui fit onduler sa masse de cheveux dorés sur ses épaules d'une façon qui ne se voulait pas provocante, mais qui l'était terriblement. Elle leva les mains en l'air, et il remarqua soudain la bague qu'elle portait à l'annulaire.

Qui pouvait se permettre d'acheter une bague qui avait dû coûter l'équivalent de dix années de son salaire ? Au moment même où il se posait la question, il connut la réponse.

Son frère.

Tori l'avait pris pour Elliott et l'avait embrassé passionnément parce qu'elle aimait son frère et allait l'épouser. Eh bien, son jumeau était un sacré veinard.

— Notre cher papa va devoir parler de moi à mon frère, maintenant.

Brody adressa un nouveau sourire à Tori, comme pour dissimuler le pincement de jalousie inattendu qui le titillait. C'était ridicule d'envier un frère qu'il ne connaissait même pas !

Une lueur étrange passa dans les yeux de Tori, puis la jeune femme se tourna vers son père. Ce dernier étudiait Brody avec une expression indéchiffrable, et celui-ci comprit que quelque chose ne tournait pas rond.

— Quand avez-vous parlé à votre père pour la dernière fois ? demanda Lou en ôtant sa casserole du feu et en posant un couvercle dessus.

— En fait, je n'ai eu de ses nouvelles qu'une fois dans ma vie. Il y a trois semaines, j'ai reçu une lettre de lui. J'ai cru qu'il s'agissait d'une mauvaise blague, car ma mère m'avait toujours affirmé que mon père était mort quand j'avais trois ans. Mais cette lettre renfermait une photo de mon frère jumeau. Il me ressemblait tellement que je me suis renseigné, et j'ai appris que cet homme qui m'avait écrit était bien mon père. J'ai pris l'avion dès que je l'ai pu pour venir lui parler. J'ai besoin de quelques réponses.

Tori le contemplait, fascinée. Elle avait l'impression de regarder Elliott, mais il y avait quelque chose de plus sérieux et de plus circonspect chez Brody. Comme il n'avait pas connu son père, la nouvelle de la mort de Gian ne lui causerait pas un choc aussi vif qu'à Elliott. Mais quel gâchis ! Quel dommage !

— Brody... commença-t-elle.

Elle s'interrompit. Son père était plus doué qu'elle pour ce genre de chose, mais il s'était retourné pour assaisonner son canard.

— Qu'est-ce qui se passe ? demanda Brody en posant sur elle ses yeux bleus au regard intense.

— Je suis sûre qu'Elliott sera heureux de vous rencontrer, mais... Eh bien, votre père a eu un accident.

Elle prit une longue inspiration et ajouta calmement :

— Il est mort.

Brody ne broncha pas, mais son sourcil, celui de la cicatrice, se haussa légèrement. Le silence se fit dans la cuisine, troublé seulement par le frémissement de la sauce dans la casserole et le raclement de la cuillère en bois. Tori se sentit obligée de poursuivre :

— Voyez-vous, il avait eu une attaque, et depuis, il était sur une chaise roulante. Un soir, il s'est approché trop près de la piscine, et il est tombé dedans.

— Êtes-vous certaine que c'était un accident ?

« Quelle étrange question », songea-t-elle.

— Pourquoi demandez-vous cela ? s'enquit Lou en se retournant.

En guise de réponse, Brody posa une autre question.

— Quelqu'un était-il à ses côtés quand c'est arrivé ?

— Non, répondit Tori. Il était seul. C'est la gouvernante qui l'a découvert, mais trop tard.

— Alors, il ne s'agissait pas d'un accident, décréta Brody d'un ton catégorique.

Tori tressaillit.

— Qu'est-ce qui vous fait dire une chose pareille ?

Brody étudia un moment son visage si expressif et se demanda s'il pouvait se confier à cette femme et à son père. Peut-être valait-il mieux contacter la police. Il pesa un instant le pour et le contre, puis décida de leur extorquer quelques renseignements avant de s'adresser aux autorités. Il sortit donc la lettre de son père de la poche arrière de son pantalon et la tendit à Tori.

Lou vint se placer aux côtés de sa fille, et tous deux lurent attentivement la lettre, avant de regarder la photo d'Elliott Hawke scotchée au verso du deuxième feuillet.

Mon fils, viens tout de suite. J'ai besoin de ton aide. Mes ennemis se rapprochent. Ne fais confiance à personne.

— C'est sûrement l'écriture de Gian, dit enfin Tori en désignant le passage manuscrit. Depuis son attaque, il ne pouvait écrire qu'en tenant le crayon dans son poing comme un poignard. Cela explique pourquoi ces deux lignes sont presque illisibles.

— Il était persuadé que quelqu'un voulait le tuer, supposa Brody. C'est pourquoi il m'a demandé de venir. Parce qu'il savait que j'avais l'habitude des tueurs.

Tori le regarda un moment, l'air perplexe, et fit :

— Ah, bon...

Son père demanda :

— Dans quelle branche êtes-vous exactement ?

— Je fais partie des commandos d'élite de la marine, et je suis spécialisé dans la lutte antiterroriste.

Il avait répondu d'un ton détaché, comme si son métier n'avait rien que de très banal. Pendant une fraction de seconde, Tori crut revivre le jour où elle avait rencontré Connor Anderson. Il lui avait annoncé qu'il était cascadeur professionnel avec autant de désinvolture que si la moitié de la population américaine gagnait sa vie de cette façon.

Encore un casse-cou, songea-t-elle avec un frisson. Un homme qui vivait dangereusement, frôlait la mort à tout instant et aimait cela.

— Écoutez, reprit Lou d'un ton égal, ne nous emballons pas. Gian vous a sûrement écrit ces lignes parce qu'il craignait qu'une nouvelle attaque ne mette fin à ses jours avant qu'il n'ait pu vous rencontrer.

Quant aux ennemis, il s'agit probablement des frères Corelli.

— Ils produisent également du vin mousseux, expliqua Tori. Ils ont toujours été les rivaux des Hawke, et ils rêvent de racheter Hawke's Landing.

Brody secoua la tête.

— Non. Si Gian Hawke avait voulu me rencontrer, il m'aurait contacté il y a des années. Il a attendu d'avoir besoin de moi. Tout simplement.

Pour une fois, Lou Edwards ne trouva rien à répondre. Tori savait déjà que son père soupçonnait Gian Hawke d'avoir été assassiné. À présent, elle se demandait s'il n'avait pas raison.

Il était presque minuit quand Tori finit de dîner et retourna chez elle, dans les anciennes écuries. Durant tout le repas, Brody avait fait preuve d'une courtoisie irréprochable, complimentant son père pour sa cuisine et posant des questions sur la région. Il n'avait plus évoqué la mort de son père.

Intéressant, pensa-t-elle. Brody avait-il une théorie sur le décès de Gian qu'il ne tenait pas à divulguer ? À en juger par ces quelques heures qu'elle venait de passer avec lui, c'était un homme qui ne devait pas se livrer facilement. Elle pensa alors à Elliott et réalisa qu'il y avait aussi en lui des aspects qu'elle ne connaissait pas.

— As-tu dîné, Piny ? demanda-t-elle à son labrador noir.

Mais elle connaissait la réponse. S'il n'avait pas eu le ventre plein, Piny serait venu gratter à la porte du *bed-and-breakfast* pendant que sa maîtresse dînait. Le grognement du chien lui confirma ce qu'elle savait déjà.

Elle entra dans le petit cottage où elle vivait depuis la mort de son mari. Il y régnait une certaine solitude, un vide que même un chien affectueux ne pouvait combler. Pourtant, ce soir, cette sensation de manque ne lui parut pas aussi démoralisante qu'à l'accoutumée. Car, ce soir, elle pensait à Brody Hawke.

Seigneur ! songea-t-elle. Avec le recul, elle était choquée d'avoir réagi aussi passionnément à son baiser. Comment avait-elle pu se conduire ainsi ?

Elle sentait encore ses bras puissants autour d'elle, ses lèvres sensuelles sur les siennes. Pourquoi n'avait-elle pas immédiatement compris que ce n'était pas Elliott ? Elle avait embrassé son fiancé maintes fois, mais jamais il n'y avait eu une telle ardeur entre eux.

Avec Brody, elle s'était complètement abandonnée à ses sensations. C'était un homme qui menait une vie peu ordinaire, un homme qui avait une compréhension intuitive du cœur humain. Elliott et lui étaient comme les deux faces d'une même médaille. L'un était stable et attaché aux valeurs familiales, tandis que l'autre vivait pour le danger et les décharges d'adrénaline.

Lorsqu'elle avait demandé à Brody de lui expliquer en quoi consistait son travail, il avait répondu en souriant :

— Si je vous le disais, je serais obligé de vous tuer. C'est top secret.

Ses paroles, comme le ton sur lequel il les avait prononcées, lui avaient appris tout ce qu'elle avait besoin de savoir sur cet homme. Ce côté téméraire, elle l'avait tout de suite reconnu. Il lui était horriblement familier.

Connor Anderson avait été le même type d'homme, intrépide et amoureux du danger. Quand il était mort, en exécutant pour le dernier James Bond une cascade insensée contre laquelle tout le monde l'avait mis en garde, la lumière s'était éteinte dans la vie de Tori. Elle ne s'était jamais rallumée.

Elle chassa ces idées déprimantes et repensa à sa conversation avec Brody. Contrairement à Connor, qui lui posait peu de questions sur son travail, il s'était montré sincèrement intéressé par son agence d'arts graphiques.

— Alors, c'est vous qui avez conçu cette étiquette géniale pour Bellmark Abbey ? avait-il dit.

Étrangement flattée par ce compliment, elle avait acquiescé.

— Et comment se porte le monde du vin ? avait-il demandé, avant d'écouter la réponse avec intérêt.

— Les grandes entreprises – les banques, l'industrie automobile, l'immobilier – ont racheté beaucoup de vignobles. Il devient de plus en plus difficile pour une exploitation familiale de survivre.

— Mais il restera toujours quelques exploitants indépendants qui réussiront mieux que les géants, non ?

— En effet. Récemment, Ann Colgin a repris un vignoble, et son succès défraie la chronique. Il en va de même pour Alex Abruzzo, des vignobles Farallon. C'est le fils du chef de cave de Hawke's Landing.

Elle n'avait pas précisé qu'Alex était beau comme un dieu et que le torchon brûlait entre lui et la famille Hawke.

— Le seul autre phénomène que je constate concerne la cote de popularité de certains types de cépages. Dans les années quarante, on ne jurait que par le zinfandel. Le chenin blanc plaisait beaucoup dans les années soixante-dix. Le goût du public s'est ensuite porté sur le chardonnay et le cabernet. Maintenant, on semble aller davantage vers le merlot et le sauvignon blanc.

— Les gens sont inconstants. Ils aiment ce qui est à la dernière mode. Ce genre d'engouement ne dure pas.

— C'est exactement ce qu'il faudrait changer, avait-elle répondu. Avec mes étiquettes, j'aide des vins à se faire remarquer et à se détacher du lot. Mais j'aime à croire que je travaille pour des vignobles stables, pas seulement pour les derniers vins branchés.

Elle ne lui avait pas parlé de Kevin Puth, même si elle était certaine que Brody aurait reconnu son nom. Elle doutait que Puth ait la patience d'amener un vignoble à maturité. Par conséquent, il ne produirait jamais un vin susceptible de se faire un nom dans la vallée.

La sonnerie du téléphone interrompit ses pensées. Elle courut répondre.

— Allô ?

— Tu ne vas jamais croire ce qui est arrivé.

C'était bien la voix rauque d'Elliott, mais la note de désespoir qui perçait dans son ton ne lui ressemblait pas.

— Dis-moi tout.

Tori entendit une longue expiration dans le combiné, puis Elliott poursuivit, d'un ton légèrement saccadé :

— Il paraît que j'ai un frère jumeau, figure-toi.

— Vraiment ?

Ce fut la seule réponse qu'elle parvint à articuler.

— Oui. Mon père m'a toujours menti. Ma mère n'est pas morte dans un accident de voiture juste après ma naissance, comme il le prétendait. Elle est partie en emmenant mon frère jumeau. Et il est de retour.

— De retour ?

— Peut-être est-il déjà arrivé. Il s'appelle Brody. Mon père l'a contacté avant de mourir.

— Pourquoi ? chuchota-t-elle.

Elle avait l'impression de trahir Elliott. Elle aurait voulu lui dire qu'elle avait déjà rencontré son jumeau, mais les mots refusaient de sortir de sa bouche.

— Mon père a légué la moitié de Hawke's Landing à ce... ce frère mystérieux. Brody n'a plus qu'à débarquer et à réclamer sa part d'héritage. Quand je pense que j'ai passé ma vie à travailler pour le domaine et qu'un type dont personne n'a jamais entendu parler va venir m'en prendre la moitié !

— Pourquoi ferait-il une chose pareille ? demanda Tori. Tu t'es donné tant de mal...

Elle se tut. Le père et le fils avaient toujours eu des relations conflictuelles, se rappela-t-elle. Elliott s'était constamment efforcé d'être le fils parfait, et pourtant, cela n'avait pas suffi à satisfaire Gian.

— Va savoir...

Elle faillit dire à Elliott que Brody était descendu au *Silver Moon*, mais elle hésita une seconde, et l'occasion fila. Ensuite, Elliott ne cessa de parler avec une véhémence croissante de son frère jumeau. Tori eut soudain envie de protéger Brody. Curieux sentiment, franchement, se dit-elle. Brody était le dernier homme sur terre qui avait besoin qu'on le protège.

Elliott avait les nerfs à vif. Non seulement il venait de perdre son père, mais cette histoire d'héritage et de frère surgi du néant ajoutait encore à son désarroi. Tori se félicita de ne pas avoir rompu ses fiançailles en ces temps difficiles.

Mais quand allait-elle trouver le bon moment pour lui expliquer qu'elle avait changé d'avis et lui rendre sa bague ?

5

S'il avait pu y avoir une journée idéale pour un enterrement, ç'aurait été celle-ci, songea Lou Edwards en admirant les vignobles par la fenêtre de sa chambre. L'air était vif et pur, aucune brise n'ébouriffait les feuillages, et le soleil étincelait dans un ciel merveilleusement bleu. En quelques jours à peine, les feuilles des arbres s'étaient parées d'or, d'ambre et de rouille, couleurs qui contrastaient vivement avec les rangées de vignes, pour la plupart encore verdoyantes.

Lou enfila la veste de son costume à contrecœur. Il avait horreur des enterrements. Rien ne pouvait vous consoler d'avoir à dire adieu à une personne que vous avez aimée de tout votre cœur, pas même un temps exceptionnel. Le jour des funérailles d'Ellie, il pleuvait tant que la terre qu'ils devaient jeter sur le cercueil s'était transformée en boue. Battu par le vent et la pluie, il s'était tenu là, la petite main de Tori dans la sienne. Plus de vingt ans s'étaient écoulés depuis ce jour sinistre, mais il se rappelait les moindres détails avec une clarté douloureuse.

Depuis la mort de sa femme, il s'était efforcé d'éviter les enterrements. Mais il se disait que Tori aurait peut-être besoin de lui, aujourd'hui. La veille, assez tard, sa fille était venue frapper à sa porte pour lui parler du testament de Gian. Lou ne comprenait pas pourquoi elle n'avait pas dit à Elliott que Brody était descendu au *Silver Moon*.

Que se passait-il entre sa fille et Brody ?

Pendant le dîner, il avait remarqué que Brody observait discrètement Tori. Le jeune homme avait beau rester impassible, lorsqu'il la regardait, l'atmosphère changeait, se chargeait d'électricité. Lou devinait que Brody trouvait Tori tout aussi séduisante qu'Elliott… peut-être même plus.

Il appréciait instinctivement Brody, bien qu'il eût du mal à cerner sa personnalité. Il y avait en lui une réserve, une méfiance qui n'étaient pas seulement dues à ses activités antiterroristes.

Avec Tori, il avait interrogé Brody sur sa jeunesse, mais il avait éludé les questions, se contentant de répondre qu'il avait grandi dans diverses petites villes du Sud des États-Unis. Il avait peu parlé de sa mère, sinon pour dire qu'elle avait travaillé comme serveuse et lui avait toujours affirmé que son père était mort.

— Intéressant, marmonna Lou en sortant de sa chambre.

Les deux parents avaient raconté la même histoire lorsqu'ils avaient séparé les jumeaux. Que s'était-il réellement passé ?

Quand Moxie l'avait appelé pour lui demander d'enquêter sur la mort de Giancarlo, Lou ne pensait rien découvrir d'extraordinaire, mais les choses se révélaient nettement plus complexes et passionnantes qu'il ne l'avait supposé. La vie des Hawke ressemblait à une saga télévisée contant l'histoire d'une riche famille aux nombreux secrets.

En descendant l'escalier, il entendit la voix inquiète de Tori.

— Je ne crois pas que ce soit une bonne idée, disait-elle. Vous allez bouleverser tout le monde.

— De toute façon, ils seront bouleversés quand ils me verront, que ce soit aujourd'hui ou demain.

— Que se passe-t-il ? demanda Lou en arrivant sur le palier.

En bas de l'escalier, Tori et Brody levèrent la tête.

— Je vais à l'enterrement, annonça Brody.

— Tout le monde va être bouleversé, répéta Tori en adressant un regard implorant à son père.

Lou comprenait l'embarras de sa fille. Elle se sentait gênée de ne pas avoir révélé à Elliott la présence de Brody. Mais ce dernier avait incontestablement le droit d'assister à l'enterrement de son père.

— Ils sont au courant, pour Brody, déclara-t-il. Ce ne sera donc pas un si grand choc pour eux.

— Qui le leur a dit ? demanda l'intéressé.

— Je ne sais pas trop, fit Lou, évasif.

Ce n'était pas à lui de parler du testament de Gian à Brody. L'avocat des Hawke ou Elliott s'en chargerait.

— Allons-y tous ensemble, proposa Lou.

Ce serait plus facile pour Brody d'arriver accompagné que d'entrer seul dans la fosse aux lions.

Assis à l'arrière de la BMW de Lou, ses longues jambes repliées, Brody contemplait la nuque de Tori. Elle avait rassemblé sa masse de cheveux blonds sur le sommet de son crâne, mais quelques mèches s'étaient échappées de son chignon et encadraient son visage, ce qu'il trouvait très séduisant.

Vêtue de noir, elle était formidablement sexy. Elle avait échangé sa robe informe contre un tailleur dont la jupe étroite mettait en valeur ses jambes fines et son joli postérieur. Non seulement Tori était terriblement attirante, mais la veille, au dîner, il s'était rendu compte qu'elle était aussi très intelligente.

Et c'était la fiancée de son frère.

Cela le désolait. Malheureusement, il n'y pouvait absolument rien. Mais quelle importance, après tout ? Il était venu ici pour éclaircir le mystère de ses origines, certainement pas pour nouer des liens amoureux et construire une relation durable. Or, c'était exactement ce qu'une femme telle que Victoria Anderson devait attendre… et ce que son riche frère jumeau pouvait lui apporter.

Bon sang, pourquoi pensait-il à cela maintenant, alors qu'il était censé pleurer son père ? Mais, hormis des soupçons, la mort de Giancarlo Hawke n'éveillait aucune émotion en lui. Il était convaincu que son père ne l'avait contacté que parce que sa vie était en danger.

— Qu'est-ce qui vous plaît le plus, dans votre métier ? lui demanda soudain Lou, brisant le silence qui s'était installé dans la voiture.

— L'exaltation que procure le danger, répondit Brody sans hésiter. Durant ma dernière mission, je me suis ennuyé. Il ne s'est rien passé. Je n'ai couru aucun risque.

Brody vit Lou jeter un regard à sa fille, mais il ne put distinguer l'expression de la jeune femme, car il était assis juste derrière elle. Sans doute ne comprenait-elle pas qu'on soit attiré par le danger, songea-t-il.

— Vous trouvez cela bizarre, Tori ? demanda-t-il.

Lou regarda de nouveau sa fille, et Brody eut l'impression qu'il se passait quelque chose, sans pouvoir s'expliquer pourquoi.

— Non, répondit-elle avec calme. Ce n'est pas bizarre, mais c'est la meilleure façon de mourir.

— Le danger fait partie de mon métier, et c'est ce qui le rend stimulant. Vous n'aimez pas prendre des risques, de temps en temps ?

— Non, je préfère rester prudente.

Son père la regarda encore une fois à la dérobée, puis il reporta son attention sur la route et freina pour tourner à gauche dans une petite rue. Brody eut un petit hochement de tête approbateur. Lou lui avait plu dès l'instant où ils s'étaient serré la main, mais à le voir si protecteur avec sa fille, il ne l'en respecta que davantage.

— Je pense qu'il vaut mieux qu'on se gare ici, déclara Lou en se rangeant le long du trottoir. Le parking doit être plein.

Brody descendit promptement de voiture et ouvrit la portière de Tori. Elle hésita une seconde et leva vers lui ses merveilleux yeux verts. Un désir brutal s'empara alors de Brody, suivi d'une vague de frustration : ce désir, il ne pourrait jamais l'assouvir, il le savait. À l'expression de Tori, il comprit qu'il l'avait déçue en proclamant son amour du danger. Mais à quoi cela aurait-il servi de mentir ?

— Prenez vos lunettes de soleil, conseilla Lou. La cérémonie doit se dérouler au cimetière. L'église est trop petite pour accueillir tout le monde.

Brody sortit ses lunettes d'aviateur de la poche intérieure de sa veste. Son costume anthracite, acheté dans une solderie, était le seul qu'il possédât. Ce n'était probablement pas le cas d'Elliott, songea-t-il en se rappelant la photo de son frère. Le costume que son jumeau portait avait très certainement été fait sur mesure. Mais quelle importance ?

Ils remontèrent ensemble l'étroite rue qui menait à l'église. De nombreuses personnes s'étaient rassemblées à côté du bâtiment. Les unes après les autres, elles signaient un cahier de condoléances, avant de passer lentement sous une voûte recouverte de lierre.

— Ce cher papa avait beaucoup d'amis, on dirait, remarqua Brody.

— Les viticulteurs forment une communauté unie, répondit Lou. Tout le monde se connaît, dans le pays. On se soutient en cas de crise.

Voilà que cela recommençait, constata Brody. La veille, pendant le dîner, ni le père ni la fille n'avaient semblé désireux de parler de Gian Hawke, et une fois de plus, Lou détournait la conversation. De toute évidence, il voulait éviter d'avoir à formuler un avis personnel sur le défunt.

— Soyez franc avec moi. Comment était Gian ?

Lou regarda Tori une seconde. Comme ils portaient tous les deux des lunettes de soleil, Brody ne put déchiffrer leur expression, mais il comprit qu'ils n'avaient pas besoin de mots pour communiquer. C'était curieux.

Lui-même n'avait jamais connu ce genre de complicité avec sa mère.

— Ce n'était pas quelqu'un de commode. Il s'était fait beaucoup d'ennemis, dit Lou.

— Quelqu'un aurait-il pu le haïr au point de souhaiter sa mort ?

— Ce n'est pas impossible, admit Lou. Mais attendons le rapport du médecin légiste avant de tirer des conclusions hâtives.

Brody n'avait nul besoin de ce rapport pour savoir à quoi s'en tenir. Son père ne s'était jamais intéressé à lui, sinon il ne l'aurait pas laissé vivre dans le dénuement pendant que son frère jumeau grandissait dans le luxe et l'opulence. Non, il fallait que Gian Hawke ait eu très peur pour faire appel à son deuxième fils après toutes ces années de silence.

Mais il ne posa pas d'autre question à Lou, car ils approchaient du groupe qui s'était formé à côté de l'église. Des gens le saluèrent, le prenant pour Elliott.

— Toutes mes condoléances pour votre père. Nous prions pour vous et votre famille, Elliott.

Chacun s'écarta pour les laisser entrer dans la roseraie, où se massait une foule encore plus dense. Des têtes se tournèrent vers eux, et Brody eut soudain l'impression que son nœud de cravate était trop serré. De nouveau, on lui murmura des paroles de circonstance, tandis que Lou les guidait, Tori et lui, vers l'endroit où devait avoir lieu la cérémonie funèbre.

La roseraie descendait en pente douce vers un cimetière qui serpentait entre les collines, semblable à un ruisseau de croix. Le soleil matinal se reflétait sur les stèles, éblouissant. À côté d'une tombe fraîchement creusée, quelques personnes se tenaient à l'abri du soleil, sous un chêne séculaire dont les branches noueuses se déployaient vers le ciel comme autant de bras tendus.

La famille, songea Brody. Sa famille.

À cette idée, quelque chose vacilla en lui. Il les observa avec attention, caché derrière ses lunettes de soleil. Tous étaient grands et bruns, comme lui.

— Mais eux, ils ont du fric, marmonna-t-il.

Même de loin, il distinguait le scintillement des boucles d'oreilles en diamant, l'éclat des Rolex en or, le reflet des perles nacrées qui rehaussaient de coûteuses robes noires.

Un signal d'alarme retentit dans son cerveau. « Ne t'implique pas là-dedans, se dit-il. Ces gens-là n'ont rien à voir avec toi. »

Il avait sa propre vie, une vie d'excitation et de danger. Une vie qu'il aimait.

Lou s'arrêta en haut d'une butte, apparemment indécis. Une nouvelle fois, Brody balaya le groupe du regard.

Il repéra aussitôt son frère jumeau. Jusque-là, Elliott était resté penché pour parler à une femme coiffée d'un voile noir, mais il venait de se redresser. Bien que le visage de sa compagne fût caché, Brody comprit qu'elle sanglotait. Elle était relativement âgée, à en juger par ses cheveux argentés visibles à travers le crêpe.

Comme s'il avait senti qu'on l'observait, Elliott leva la tête et se figea brusquement. Brody continua à le regarder et expira lentement. Il avait l'impression de contempler son reflet dans un miroir.

Décidé à garder son sang-froid, il s'efforça d'étudier son frère comme s'il s'était agi d'un terroriste présumé. Elliott Hawke était un homme grand et imposant, aux cheveux noirs parfaitement coiffés et à la mâchoire carrée.

Et il avait une fossette au menton, la même que Brody.

C'était son frère.

À cette pensée, il éprouva un étrange pincement au cœur. Sa mère lui avait toujours dit qu'il était fils unique, mais aujourd'hui, la vérité lui éclatait au visage : il existait quelqu'un qui lui ressemblait comme deux gouttes d'eau.

Mais cette ressemblance n'était que physique. Elliott était le fils d'un homme riche, tandis que Brody avait grandi dans la rue.

Elliott plissa les yeux pour observer le trio qui se tenait sur la butte.

Non, c'était impossible ! Et pourtant…

« Bon Dieu ! jura-t-il silencieusement. Qu'ai-je fait pour mériter ça ? »

Pourquoi son frère avait-il choisi précisément le jour des funérailles de leur père pour se manifester, alors qu'il était parfaitement indésirable ? Et pourquoi diable était-il avec Tori ?

Voir sa fiancée en compagnie de son frère fit bouillonner son sang dans ses veines. La jalousie lui était un sentiment presque inconnu, car il avait toujours eu énormément de succès auprès des femmes. La plupart d'entre elles auraient été folles de joie de l'épouser, mais Tori, elle, refusait de fixer la date du mariage. Et maintenant, elle apparaissait à l'enterrement de son père aux côtés de son frère jumeau.

— Gian, oh, Gian ! sanglotait sa tante à côté de lui.

Gina avait adoré son frère, et Elliott savait qu'ils avaient toujours partagé un lien particulier, sans doute dû à leur gémellité. Mais il se demandait quelle était la part de comédie dans l'attitude de Gina.

Il se tourna vers son oncle, et Tito soupira. Difficile de dire s'il était triste ou agacé par sa femme. Être le beau-frère de Gian Hawke n'avait pas été facile. Si Gina avait voué un culte à son frère, elle avait constamment critiqué son mari.

Délaissant sa tante, Elliott se dirigea vers le frère qu'il n'avait jamais rencontré. Tout en s'approchant de lui, il se rappela la décision qu'il avait prise à l'aube, après une nuit sans sommeil : il cacherait sa colère et attendrait de voir ce que Brody comptait faire au sujet de l'héritage.

Avec un peu de chance, Elliott pourrait lui racheter ses parts. Il y avait réfléchi toute la nuit et avait passé en revue les investisseurs potentiels. Napa était une région très convoitée par les milieux de la Silicon Valley, où beaucoup de chefs d'entreprise étaient devenus milliardaires pratiquement du jour au lendemain.

Certains avaient créé de toutes pièces des exploitations viticoles, croyant apparemment qu'il était aussi facile de faire du bon vin que de reproduire une puce informatique. Elliott n'éprouvait que du mépris pour l'arrogance de ces gens-là. Mais, pour trouver des fonds, il serait bien obligé de se tourner vers eux.

Il fallait qu'il se débarrasse de son frère, et si cela impliquait d'en passer par là, il n'hésiterait pas. Il préférait s'associer avec des chefs d'entreprise de la Silicon Valley plutôt que de vendre aux frères Corelli. Profitant des problèmes que rencontrait Hawke's Landing, ceux-ci se montraient de plus en plus insistants.

Elliott avait travaillé toute sa vie pour hériter de Hawke's Landing, et ce n'était pas un inconnu, fût-il son frère, qui allait le lui prendre. Il remonta la petite pente qui le séparait du trio, sans quitter son frère des yeux.

Il sentit les poils se hérisser sur ses bras. Brody lui ressemblait tant que c'en était presque effrayant. En outre, il portait les mêmes lunettes de soleil que lui. Elliott avait toujours eu un faible pour les lunettes d'aviateur, et son frère semblait avoir les mêmes goûts que lui. En matière de femmes également.

Son jumeau tombé du ciel se tenait beaucoup trop près de Tori. Elliott déglutit avec peine et s'obligea à maîtriser sa colère. Son frère pouvait lui voler la moitié du domaine qui lui revenait de droit, mais il ne lui prendrait pas sa fiancée.

6

Brody regarda son jumeau approcher, et sa gorge se noua. Pour la première fois de sa vie, il ne savait pas quoi dire, ni quelle attitude adopter. Rien de ce qu'il avait pu vivre, même dans les conditions les plus critiques, ne l'avait préparé à affronter une telle situation.

Les yeux d'Elliott Hawke étaient invisibles derrière ses lunettes noires, mais à la légère inclination de sa tête, Brody devina que c'était Tori qu'il regardait, et non lui. Quelque chose dans son estomac se contracta, mais il lui fallut quelques secondes avant de comprendre que ce nœud dans son ventre était dû à la jalousie.

Son frère s'arrêta devant eux et esquissa un sourire.

— Bonjour, Brody. Je suis Elliott.

— Je m'en doutais, répondit-il.

Elliott prit la main de Tori et l'attira à lui. La jeune femme se nicha au creux de son bras, tout naturellement.

— Merci d'être venue, lui dit Elliott en l'enlaçant. Allons rejoindre le reste de la famille.

« C'est tout ? Il n'a rien d'autre à me dire ? » songea Brody. Il aurait pu parler lui-même, mais les mots refusaient de franchir ses lèvres.

Elliott se retourna, Tori à ses côtés, et se dirigea vers le groupe réuni auprès de la tombe. Pour la première fois, Brody se demanda s'il avait bien fait de venir. Il n'avait pas prévu que des inconnus assisteraient à cette première rencontre avec son frère. Lou lui donna un léger coup de coude, et ils descendirent la butte ensemble.

Elliott et Tori arrivèrent les premiers vers la tombe, et Tori s'installa sur une chaise à côté de la femme voilée. Elliott resta debout derrière elle et annonça à la cantonade :

— Voici Brody.

Tous les regards se tournèrent vers lui. Des yeux noisette. Des yeux marron. Des yeux bleus, comme les siens.

Brody eut l'impression de recevoir un coup à l'estomac. Ces visages lui semblaient plus familiers qu'il ne s'y était attendu. C'était bizarre. Vraiment très bizarre.

Il s'entendit dire d'une voix blanche :

— Sachez que je compatis sincèrement à votre peine à tous.

— Mon garçon, mon garçon! s'écria soudain la femme voilée.

Elle bondit sur ses pieds et courut vers Brody.

Instinctivement, il faillit reculer, mais il ne bougea pas. La femme s'arrêta devant lui, releva son voile et l'observa de ses yeux noyés de larmes. Les mêmes yeux bleus qui le regardaient se raser chaque matin.

Il retira ses lunettes et l'examina à son tour. Ses cheveux blancs offraient un contraste frappant avec sa peau mate et ses yeux bleus. C'était une dame d'un âge respectable, mais on voyait qu'elle avait dû être d'une remarquable beauté dans sa jeunesse.

Il ne la quittait pas des yeux, ignorant les exclamations étouffées des autres membres de la famille. C'était un moment crucial, se dit-il, tout en se demandant qui était cette femme et pourquoi elle semblait si émue.

Enfin, elle parla.

— Te revoilà, fit-elle. Dieu merci.

Elle se jeta contre lui en sanglotant. Il tendit les bras pour essayer de la tenir éloignée de lui, mais elle noua les bras autour de son cou et l'embrassa sur les deux joues.

— Je suis Gina, la sœur de ton cher papa, déclara-t-elle, d'une voix brisée par les larmes et l'émotion.

Brody répondit par un petit signe de tête. Comment se comporter face à cette femme en pleurs ? Sa mère n'avait jamais pleuré. Certes, les femmes qu'il avait connues avaient parfois eu recours aux larmes pour essayer de le retenir, mais là, c'était différent.

Une fois de plus, il se sentait dépassé par la situation. Dès qu'il aurait les réponses qu'il était venu chercher, il déguerpirait d'ici, se promit-il.

— Nous étions jumeaux, ajouta-t-elle en tendant l'index et le majeur de sa main droite. Aussi proches que ça.

— Je comprends.

Il voulut se dégager, mais elle s'accrocha à lui.

— Tout va s'arranger, maintenant que tu es là.

Il ouvrit la bouche pour dire qu'il ne resterait pas assez longtemps pour que tout s'arrange, mais il se ravisa. Son regard erra un moment sur les autres membres de la famille, qui les observaient, lui et Gina, dans un silence boudeur. Si sa tante était heureuse de le voir, on ne pouvait pas en dire autant des autres, qui le dévisageaient avec une hostilité non dissimulée. Et il aurait juré que c'était aussi le cas d'Elliott, bien que les yeux de son frère fussent cachés par ses lunettes de soleil.

Alors, il comprit. Pour la famille, il était plus qu'une incroyable surprise. Il était un intrus.

L'ennemi.

Tori s'était réfugiée sur la terrasse de Hawke's Landing, pour échapper à la foule qui était venue présenter ses condoléances au clan Hawke après les obsèques.

Quand elle avait posé les yeux pour la première fois sur Hawke's Landing, elle s'était aussitôt dit que c'était le vignoble le plus exceptionnel, le plus beau de toute la vallée. Certes, comme beaucoup d'autres vignobles, il occupait des hectares de coteaux couverts de vignes dressées vers le ciel en rangées bien alignées. Et, comme nombre de vignobles de réputation égale, Hawke's Landing possédait une salle de dégustation et une boutique de souvenirs où l'on trouvait des tee-shirts et des casquettes de base-ball à l'effigie du vignoble.

Mais ce qui rendait Hawke's Landing si extraordinaire, c'étaient son histoire et sa personnalité. Chaque fois que le vent agitait les feuillages des vignes, Tori croyait entendre les fantômes des ouvriers chinois qui avaient taillé les caves dans les collines de calcaire un siècle plus tôt chuchoter des secrets de famille. Ces caves qui avaient coûté la vie à tant d'immigrants chinois renfermaient le vin qui avait fait la réputation de Hawke's Landing.

— Pourquoi êtes-vous ici toute seule ?

Elle se retourna vivement, surprise, et se retrouva nez à nez avec Brody. Elle ne l'avait pas revu depuis qu'ils s'étaient garés dans le parking réservé aux touristes qui venaient visiter les caves, car la théâtrale tante Gina l'avait accaparé pour le présenter au gouverneur et aux autres dignitaires de l'assemblée.

Quelle humiliation pour Elliott, avait songé Tori, et comme c'était gênant pour Brody. On voyait tout de suite qu'il n'aimait pas se trouver ainsi sous le feu des projecteurs. Cet homme vivait dans l'ombre. Son truc, c'était le danger. Les ronds de jambe lui étaient aussi étrangers que les missions secrètes à Elliott.

— J'en avais assez de la foule.

Ce n'était pas vraiment un mensonge. Mais elle ne précisa pas qu'elle ne supportait plus qu'Elliott la traite de façon aussi possessive et que tout le monde l'interroge sur la date de leur mariage.

— Je vous comprends, approuva Brody en s'appuyant contre la balustrade. Ça se passe toujours comme ça ici, quand un événement se produit ?

— Plus ou moins. Votre père jouait un certain rôle politique, vous savez. En tant que propriétaire d'un des plus grands vignobles de la région, son influence n'était pas négligeable. On attend de ses héritiers qu'ils reprennent le flambeau.

— Elliott a bien de la chance.

Tori décela une pointe de sarcasme dans sa voix. À l'évidence, Brody considérait que les responsabilités liées à la gestion de Hawke's Landing n'incomberaient qu'à son frère. Que dirait-il quand il saurait que la moitié du domaine lui revenait ?

Mais, pour l'instant, son esprit était agité par un autre problème. La présence de Brody la troublait. Chaque fois qu'il faisait un mouvement vers elle, quelque chose frémissait dans sa poitrine. L'attirait-il uniquement parce qu'il ressemblait à Elliott, ou y avait-il autre chose ?

— On a dressé un buffet fabuleux dans la salle à manger, dit-elle, dans l'espoir de se débarrasser de lui pendant qu'elle essayait de faire le tri dans ses sentiments.

— Tante Gina m'a déjà apporté une assiette généreusement garnie.

Naturellement, songea Tori. En bonne manipulatrice, Gina Barzini avait pris sous son aile le fils prodigue. Cette femme était aussi autoritaire et machiavélique que l'avait été son frère jumeau. Elle ne perdait jamais une occasion de critiquer Elliott. Ce n'était pas l'amour fou entre ces deux-là, aussi n'y avait-il rien d'étonnant à ce qu'elle cherche à se concilier le jumeau indésirable.

— Parlez-moi un peu de cette chère tantine, demanda Brody en se rapprochant d'elle.

Tori s'écarta vivement. Elle n'aurait su expliquer sa réaction, mais cet homme exerçait sur elle une sorte d'attraction magnétique. Fascinée par l'aisance avec laquelle il se déplaçait, par sa démarche à la fois souple et puissante, elle ne pouvait empêcher ses yeux de se poser sur lui.

— Gina est peut-être l'une des seules personnes que Gian écoutait, à l'exception d'Aldo.

— Aldo ? demanda-t-il en se rapprochant encore, sans cesser de la dévisager de ses yeux bleus perçants.

— Aldo Abruzzo, le chef de cave, répondit-elle un peu trop vite. Il gère l'exploitation et supervise les assemblages de cépages. La mère d'Aldo a pratiquement élevé Gian avec son propre fils, c'étaient donc de vieux amis.

Brody plissa les yeux, et ses cils épais dissimulèrent l'expression de son regard.

— Pourquoi Gina est-elle si excitée de me voir ? Elle connaissait mon existence, elle me l'a dit elle-même, mais elle n'a jamais rien fait pour retrouver ma trace. Et la voilà tout émoustillée par mon retour.

— Je… je ne sais pas quoi vous dire. Peut-être obéissait-elle à la volonté de Gian. Elle n'aurait jamais osé le mettre en colère.

Elle soutint son regard pendant quelques secondes, avant de baisser la tête timidement.

Plusieurs invités, qui riaient tellement qu'on n'aurait jamais imaginé qu'ils pleuraient un mort, traversèrent la terrasse et vinrent se poster près d'eux. Un serveur en smoking les rejoignit et offrit à chacun une coupe de blanc de noir Hawke's Landing millésimé. Une montgolfière, qui transportait des touristes à l'autre bout de la vallée, survola le vignoble à une altitude dangereusement basse.

Mais Tori et Brody remarquaient à peine ce qui les entourait. La jeune femme avait l'impression qu'une bulle s'était dessinée autour d'eux, les isolant du reste du monde. Un frisson familier vibra au fond de son corps, qu'elle fit de son mieux pour ignorer.

Brody plaça soudain sa large main sous son menton, pour l'obliger à relever la tête et à le regarder en face. Elle ressentit un picotement lorsqu'il la toucha, puis sa peau devint étrangement chaude. L'espace d'un instant, elle crut qu'il allait l'embrasser.

— Tori, que me cachez-vous ?

Elle réprima un gémissement. Pourquoi n'avait-on pas encore parlé de l'héritage à Brody ?

— Rien.

— Vous mentez.

Son souffle était chaud contre la joue de Tori, son ton presque séducteur. Encore une fois, elle eut l'impression qu'il allait l'embrasser, et le souvenir de l'incident du kiosque envoya une bouffée de chaleur à travers tout son corps.

Soudain, elle eut la certitude que l'émotion que Brody éveillait en elle n'était pas due à sa ressemblance avec Elliott. De toute sa vie, elle n'avait jamais connu de sensation aussi troublante.

— J'ai bien besoin d'une amie, ajouta-t-il, ce qui la désarma totalement.

Il allait s'engager dans un terrain miné, fait de combines et d'intrigues familiales. Était-ce mal de lui dévoiler ce que tous savaient déjà ?

— Manifestement, vous devinez que quelque chose se trame... dit-elle, en détournant la tête pour écarter son menton de sa main.

— Oui. De quoi s'agit-il ?

— Votre père vous a laissé, à Elliott et à vous, tous ses biens à parts égales.

Cette révélation ne parut pas le surprendre. Il continua à la contempler avec le même regard de braise, et son expression resta indéchiffrable.

— Pourquoi ? demanda-t-il. Je ne connais rien à la fabrication du vin, et je n'ai pas envie d'apprendre. J'ai déjà un métier qui me satisfait pleinement.

— Je ne sais pas pourquoi Gian a pris cette décision. C'était un homme imprévisible.

Brody se détourna et contempla le vignoble. Bien qu'il ne manifestât aucune émotion, il devait nager en pleine confusion, songea Tori. Elle lui toucha le bras et ajouta :

— La perspective d'un tel partage divise la famille. Gina et Elliott n'ont jamais été en très bons termes...

— D'où l'intérêt subit de ma tante pour moi.

Tori essaya de sourire, en vain.

— Oui, je suppose. Son mari, Tito, gère un petit vignoble qui produit du merlot, mais il a du mal à s'en sortir. Gina et lui venaient souvent réclamer l'aide de Gian. Elliott poussait son père à fermer leur exploitation.

— Sage décision du point de vue budgétaire, non ?

Tori réprima un soupir. Les choses n'étaient pas aussi simples que Brody semblait le penser. Il n'avait aucune idée de la complexité des relations familiales. Le clan Hawke était sans pitié. Durant des années, ils avaient tenu la dragée haute à nombre de concurrents. Il y avait eu des incendies suspects, des sabotages, la mort mystérieuse d'un autre exploitant. Mais, aujourd'hui, ils avaient trouvé des adversaires à leur mesure. Les frères Corelli ne reculeraient devant rien pour acquérir Hawke's Landing.

Elle s'apprêtait à mettre Brody en garde quand Elliott surgit à ses côtés.

— Je me demandais où tu étais, lui dit-il, ignorant son frère.

— Nous bavardions, Brody et moi, répondit-elle. Pourquoi ne parleriez-vous pas un peu tous les deux, pendant que je vais me chercher à manger ?

Sans leur laisser le temps de répondre, elle fila vers la maison.

Brody regarda son frère, mais il ne dit pas un mot. Il imaginait aisément le désarroi d'Elliott : un frère dont il avait toujours ignoré l'existence surgissait soudain de nulle part et venait réclamer sa part de la fortune familiale. Rien d'étonnant à ce que Brody soit devenu l'ennemi public numéro un.

Mais ils n'en restaient pas moins frères. Le même sang coulait dans leurs veines. Cela devait représenter quelque chose, non ? Du moins, c'était ce qu'il avait entendu dire. N'ayant jamais eu de famille, il ne savait pas trop à quoi s'attendre.

— Elle a raison, dit Elliott calmement, en regardant Tori s'éloigner d'eux. Il faut qu'on parle.

Il entraîna son frère en direction des collines, sur un sentier sinueux bordé d'arbres. Hawke's Landing se situait au pied d'une imposante corniche de calcaire. Une position pratiquement imprenable, en termes militaires, remarqua Brody. Personne ne pouvait vous surprendre par-derrière.

— La plupart des opérations se déroulent dans les caves, dit Elliott en composant un code sur le clavier encastré à côté de la porte.

Six, quatre, un, trois, un. Elliott avait tapé rapidement les chiffres, et en essayant de masquer le clavier avec sa main, mais l'œil exercé de Brody avait machinalement enregistré la combinaison.

— Le vin mousseux ne passe dans les entrepôts qu'au moment où il va être expédié.

— Mmm, fit Brody, pas vraiment intéressé par le processus.

Il était encore abasourdi par ce que lui avait dit Tori. Après tout ce temps, son père lui léguait la moitié de ses biens. Pourquoi ?

Elliott alluma la lumière, qui éclaira une sorte d'antichambre destinée à recevoir les touristes. Derrière, une porte en bois donnait sur un étroit tunnel ciselé dans le calcaire. Brody imagina les immigrants chinois entamer la pierre à coups de pioche. Il avait parcouru un guide sur la région et savait comment s'étaient construites les caves des vignobles.

Elliott s'assit devant un des bureaux, la jambe droite négligemment posée sur son genou gauche, mais quelque chose dans son attitude disait à Brody qu'il était tendu.

— La famille de mon père a créé ce vignoble à partir de rien, déclara Elliott.

— Grâce à des ouvriers chinois. Des esclaves.

Elliott plissa les yeux un instant.

— C'est vrai. Les Chinois avaient été embarqués de force et emmenés en Amérique pour travailler sur les chemins de fer. Mais quand les ancêtres de mon père, les Maggiore, les ont engagés, c'étaient des hommes libres. Les immigrants étaient payés au tarif en vigueur à l'époque.

— Des esclaves, répéta Brody, inflexible.

Lorsqu'il regardait en direction des caves, qu'on apercevait au fond du tunnel, il pensait aux hommes qui avaient peiné sous un soleil de plomb et transporté poussière et débris dans des seaux pour un salaire de misère.

— Ils faisaient un boulot harassant, admit Elliott. Malheureusement, on ne peut rien changer au passé, et c'est l'avenir qui m'intéresse. On a dû te dire que mon père t'avait légué la moitié de la propriété.

— Oui, on me l'a laissé entendre.

Elliott le dévisagea un moment, avant de demander :

— Est-ce que tu y as réfléchi ? Qu'as-tu l'intention de faire ?

— Rien. Je ne veux pas de cet héritage. Tu travailles pour ce domaine depuis toujours. J'ai ma propre vie. Tu peux garder la tienne.

7

Elliott faillit en tomber à la renverse. Brody se rendait-il compte de ce qu'il refusait ? Une fortune. Certes, le domaine traversait une petite crise financière, mais cet héritage représentait plus d'argent qu'un homme comme Brody n'en gagnait en une vie entière.

— Ce que je voudrais, en revanche, reprit Brody, c'est qu'on me parle de mon passé. J'ai l'intention de découvrir pourquoi mon... notre père m'a fait appeler après toutes ces années. Je suppose que tu es le mieux placé pour m'aider à obtenir ces réponses. Quand je connaîtrai la vérité, je disparaîtrai, et tu pourras avoir ma part de l'héritage.

Incroyable ! Elliott n'en revenait pas. Son frère était prêt à renoncer à des millions en échange de quelques réponses ?

Puis il réalisa que ces réponses, il ne les connaissait pas. En fait, il se posait les mêmes questions que Brody.

— J'aimerais comprendre ce qui s'est passé, moi aussi, avoua-t-il. Je n'ai appris ton existence qu'après la mort de mon père, tu sais.

— Ah, bon, répondit Brody avec une pointe de scepticisme.

— Mais oui. Mon père m'avait toujours dit que ma mère était morte dans un accident de voiture peu après ma naissance.

— C'est aussi ce que ma mère me disait quand je lui posais des questions sur mon père.

— Ils avaient dû se mettre d'accord sur cette explication.

— Qui connaît la vérité, à ton avis ? demanda Brody.

— Peut-être l'avocat de mon père, ou les Barzini. Pendant toutes ces années, quelqu'un devait savoir que j'avais un frère jumeau.

Pour la première fois, Elliott cessa de penser à l'héritage et songea à la vie qu'avait eue son frère. Pour ce qu'il en savait, cette vie, il aurait très bien pu la vivre lui-même, si leurs parents n'en avaient pas décidé autrement.

Brody le mettait un peu mal à l'aise. Jamais il n'avait rencontré quelqu'un comme lui. Son frère évoluait dans un monde dont Elliott ignorait tout. Il s'était toujours considéré comme un homme cultivé et ouvert, mais il ne connaissait strictement rien à l'univers de Brody.

— Les Barzini, répéta Brody. Tito est le mari de Gina, n'est-ce pas ?

Comme Elliott hochait la tête, Brody poursuivit :

— Elle m'a l'air très coopérative. Je suppose que Tito le sera aussi.

Gina Barzini aiderait Brody tant que cela servirait ses intérêts, songea Elliott. Elle n'était pas la jumelle de son père pour rien. Gian et Gina. Leurs noms étaient aussi semblables que leurs caractères. Gina aurait tout donné pour avoir la mainmise sur Hawke's Landing, et elle voyait en Brody une occasion unique, un pion dans une bataille aux enjeux énormes – bataille qu'Elliott avait l'intention de remporter.

Sans rien dire, Elliott se leva et rejoignit Brody. Il avait l'habitude d'être plus grand que la plupart des hommes, mais Brody avait la même taille que lui, et leurs foulées étaient identiques tandis qu'ils repartaient en direction de la maison, à la recherche de leur oncle Tito.

Les têtes se tournèrent vers eux, et les conversations cessèrent sur leur passage. Le pays du vin était une communauté fermée, et l'arrivée d'un étranger dans les échelons supérieurs de cette société donnait lieu à de nombreuses conjectures. Elliott s'autorisa un bref soupir de soulagement. L'avenir lui souriait.

Si toutefois son frère se désintéressait réellement de l'héritage...

Car comment un homme pouvait-il préférer une vie de danger, exempte de confort matériel, à une fortune offerte sur un plateau ? C'était inimaginable. Il devait y avoir un piège quelque part.

Ils trouvèrent Tito Barzini et son fils Lorenzo dans la bibliothèque, où ils sirotaient le coûteux cognac Louis XIII de Gian Hawke. Celui-ci réservait ce cognac centenaire aux grandes occasions, préférant servir son blanc de blanc ou son blanc de noir millésimés à ses invités. Mais Tito et Lorenzo Barzini appréciaient les bonnes choses de la vie et ne se refusaient rien.

Si leur entreprise végétait, c'était en grande partie à cause de leur amour invétéré pour la *dolce vita*. Aux yeux d'Elliott, Barzini Crest ne représentait qu'un gouffre financier. C'était uniquement à cause de Gina que son père, qui n'était pas homme à soutenir une entreprise défaillante, avait continué à renflouer les Barzini.

La vie était pleine de choix délicats, des choix qu'Elliott n'avait pas envie de faire, mais il était bien obligé de prendre les décisions qui s'imposaient s'il voulait sauver Hawke's Landing. À partir de maintenant, les Barzini allaient devoir se débrouiller sans lui.

— Oncle Tito, Lorenzo, je crois que vous avez déjà rencontré mon frère, Brody.

« Mon frère... » Les mots lui brûlèrent la gorge comme un acide corrosif. Si son père lui avait tout légué, il aurait pu reprendre les rênes de l'exploitation sans que les Barzini y trouvent à redire. Mais son frère était le défaut de sa cuirasse, et Gina Barzini le savait. Elle n'hésiterait pas à monter Brody contre lui.

— Ah, Brody, mon vieux, fit Lorenzo avec un peu trop de chaleur, comme chaque fois qu'il avait trop bu.

Il se leva d'un bond et gratifia Brody d'une grande claque dans le dos.

— Tu incarnes exactement ce qui manquait à cette famille.

— Il était temps que quelqu'un comme toi vienne nous donner un coup de main, renchérit oncle Tito.

Comme si elle n'avait attendu que cette réplique pour faire son apparition, tante Gina entra à cet instant dans la pièce en roucoulant :

— Ah, Brody, te voilà, mon garçon !

C'était répugnant, songea Elliott. Il savait que Gina ne reculait jamais devant rien pour obtenir ce qu'elle voulait, mais elle se montrait vraiment d'une hypocrisie révoltante.

— Nous disions à Brody qu'il était exactement ce qui manquait à la famille, déclara Lorenzo en assenant une nouvelle claque à son cousin.

Elliott n'aurait su dire quelles étaient les pensées de Brody. Son frère était aussi impassible qu'un joueur de poker.

— Ce qui manquait à cette famille ? répéta Brody avec une pointe d'ironie. Vous avez besoin d'un tueur professionnel ? Car c'est ce que je suis, vous savez. Formé et rémunéré par le gouvernement, mais un tueur professionnel quand même.

Tito en resta bouche bée, et Lorenzo s'écarta vivement de Brody, abandonnant les grandes claques dans le dos et le discours fraternel. S'il n'avait pas été aussi perplexe, Elliott aurait éclaté de rire.

Comme d'habitude, Gina fut la première à se ressaisir.

— Ce qu'il veut dire, c'est que tu es exactement comme ton père. Un grand vigneron, un chef de famille.

— Non. Elliott ressemble plus que moi à notre père. Je ne connais rien au vin et je ne m'y intéresse guère. Quant à la notion de famille, elle m'est parfaitement étrangère.

Elliott fut surpris par les paroles de Brody. Il avait condamné son frère avant même de le rencontrer, lui avait souhaité mille morts depuis que Fred Wickerson lui avait fait part des dispositions testamentaires de son père, et voilà que Brody le défendait en bravant le membre le plus coriace de la famille Hawke.

— Tu apprendras, tu apprendras, assura Gina. Je t'apprendrai...

— Ce que je veux apprendre, c'est l'histoire de mes parents. Pourquoi se sont-ils séparés ? Pourquoi ma mère ne nous a-t-elle pas emmenés tous les deux, Elliott et moi ?

Cette question frappa Elliott avec la force de l'évidence. Pourquoi n'y avait-il pas songé plus tôt ? Lorsqu'un couple se séparait, soit la mère partait avec tous les enfants, soit elle abandonnait tout le monde. Obsédé par l'idée de devoir partager son héritage, il n'avait même pas pensé à cela.

Maintenant, il brûlait d'en apprendre plus sur sa mère. Quel genre de femme avait-elle été ? Avait-elle su aimer son fils, elle, contrairement à Gian Hawke ?

De son côté, Brody attendait une réponse. Il n'avait pas fait tout ce chemin depuis l'Amérique du Sud pour qu'une partie de sa famille essaie de le dresser contre son propre frère jumeau. Elliott ne l'avait certes pas accueilli avec un grand enthousiasme, mais Brody comprenait sa réaction. Son frère se sentait menacé.

— J'attends, dit-il après un silence. Il me semble que j'ai le droit de connaître mon histoire.

— Moi aussi, renchérit Elliott en se rapprochant de Brody.

Tito jeta un coup d'œil nerveux à sa femme, et Lorenzo fit un nouveau pas en arrière. Enfin, Gina se tourna lentement vers Brody et Elliott.

— C'est simple, commença-t-elle, d'un ton qui se voulait apaisant. Gian est tombé sous le charme d'une serveuse ravissante, mais...

Ravissante ? Brody supposait que sa mère avait dû être jolie un jour, mais ses journées de travail de quinze heures et ses constants soucis d'argent l'avaient vieillie prématurément.

— Il s'est vite lassé d'elle, poursuivit Gina. Il fréquentait quelqu'un de plus convenable quand Linda lui a fièrement annoncé qu'elle était enceinte.

L'amertume qui perçait dans sa voix rappelait à Brody un serpent venimeux de l'Amazonie, capable de rester immobile pendant des jours, sans rien manger, puis de frapper avec une vélocité meurtrière. Il était prêt à parier que Gina Barzini avait détesté Linda.

— Gian s'est conduit en gentleman, déclara-t-elle. Il l'a épousée pour pouvoir vous donner son nom et a divorcé immédiatement après votre naissance.

— Mais pourquoi nous avoir séparés ? s'étonna Elliott.

— Gian voulait vous garder tous les deux, bien sûr, mais Linda a refusé de lui laisser les deux bébés.

Gina sourit à Brody.

— Elle a tenu à t'emmener avec elle. C'était une erreur, nous le savions tous, mais que pouvions-nous faire ? Si Linda avait porté l'affaire devant les tribunaux, Gian aurait peut-être perdu ses deux fils.

— Pourquoi n'a-t-il jamais essayé de me retrouver ? demanda Brody.

Tito ouvrit la bouche pour parler, mais Gina le prit de vitesse.

— Il avait promis à ta mère qu'il la laisserait tranquille, répondit-elle.

— Nous n'avions aucune idée de ce que tu étais devenu, ajouta Tito avec un soupir.

— Gian m'a retrouvé quand il l'a voulu, protesta Brody, qui ne croyait pas tout à fait à l'histoire des Barzini. D'après sa lettre, il semblait en danger.

— Ah, bon ? fit Elliott. Que disait-il ?

— « Mon fils, viens tout de suite. J'ai besoin de ton aide. Mes ennemis se rapprochent. Ne fais confiance à personne. »

Gina haussa les sourcils.

— Gian devait faire allusion aux frères Corelli, qui veulent racheter le vignoble. Ce ne peut être que cela.

— En réalité, il ne courait aucun danger, renchérit Tito.

Elliott se tourna vers Brody.

— Viens. Allons chercher notre avocat. Peut-être en sait-il davantage.

Lorsqu'ils sortirent de la bibliothèque, plusieurs invités s'approchèrent d'eux pour leur présenter leurs condoléances. De toute évidence, personne n'était capable de distinguer un frère de l'autre. Ils se ressemblaient tant, songea Brody, et pourtant, ils étaient si différents. La seule chose qu'ils semblaient avoir en commun était un secret de famille, et ce secret, c'était celui de leur propre histoire.

— À ton avis, les Barzini nous ont-ils raconté toute la vérité ? demanda Brody.

Il garda pour lui le reste de ses réflexions. Elliott avait tout à gagner à la mort de leur père, et jusqu'à l'ouverture du testament, il avait cru être le seul héritier...

— Je pense que oui, même si Gina ne connaît peut-être pas tous les détails. Mais il y a deux autres personnes qui vivaient déjà ici avant notre naissance. Nous pourrons les interroger plus tard.

— Pourquoi pas tout de suite ?

Elliott s'arrêta pour saluer quelqu'un, puis dit à voix basse :

— Maria est à la cuisine. Avec la réception, elle doit être débordée. Quant à Aldo, il est dans les caves et n'en ressortira pas avant ce soir.

Brody se rappela avoir entendu Tori évoquer l'ami d'enfance de Gian Hawke.

— Aldo a assisté à la cérémonie, ajouta Elliott, mais je suis sûr qu'il est retourné au travail. On en est au remuage des bouteilles, et c'est une étape cruciale dans l'élaboration du vin.

Côte à côte, les deux frères se frayèrent un chemin parmi la foule et se rendirent dans l'immense garage attenant à la maison. Brody ne fut pas impressionné par la collection de voitures qu'il y découvrit. Il pensait au sort des ouvriers qui s'étaient tués à la tâche pour creuser les caves et permettre aux Hawke de faire fortune.

— Nos ancêtres sont italiens, n'est-ce pas? Alors, comment se fait-il que nous nous appelions Hawke? demanda-t-il.

Tout en appuyant sur un interrupteur, Elliott répondit :

— Notre ancêtre, Mario Maggiore, est arrivé de Toscane juste après la guerre civile. Il a eu huit enfants, uniquement des filles. Il les a mariées à de gentils Italiens, à l'exception de la plus jeune, qui a épousé un Américain nommé Hawke.

— Et ils ont été les seuls à avoir un fils, devina Brody.

— En fait, ils ont eu des jumeaux, deux garçons. Les autres sœurs ont toutes eu des filles. Ce sont donc les Hawke qui ont perpétué la lignée.

Elliott ouvrit la portière d'une Porsche noire rutilante, exactement la même que celle qu'avait louée Brody.

— Monte. Je vais te montrer le point culminant du domaine.

Perplexe, Brody prit place du côté passager. Pourquoi avait-il choisi la même voiture que son frère? C'était vraiment bizarre.

— Qu'est-ce que tu as, comme voiture? demanda Elliott en sortant du garage.

— Je n'en ai pas. Je passe la majeure partie de mon temps à l'étranger.

Il n'ajouta pas que, de toute façon, il n'aurait jamais eu les moyens de s'offrir une voiture de sport comme celle-là. Il aurait pu affirmer en toute honnêteté qu'il n'enviait pas la fortune de son frère, car elle s'accompagnait d'encombrants bagages dans le genre des Barzini. Ce qu'il enviait à Elliott, en revanche, c'était sa relation avec Victoria Anderson. Si Brody avait été le genre d'homme à se caser – ce qui n'était pas le cas – il l'aurait fait avec une femme comme Tori.

— Elliott ! Elliott ! Attends ! cria une voix féminine.

Brody tourna la tête et vit une jeune femme courir vers eux. Ses longs cheveux volaient derrière elle, telle une bannière noire. Il reconnut Rachel Rittvo. Il l'avait rencontrée durant la cérémonie, au cimetière. C'était une de ses innombrables cousines.

Elliott freina, s'arrêta et se pencha par la vitre.

— Que se passe-t-il ?

La jeune fille s'immobilisa à côté de la voiture, essoufflée. Elle contempla Elliott un long moment de ses grands yeux sombres, avant de déclarer :

— J'ai commandé du raisin. Il arrivera lundi.

— Bravo ! Où l'as-tu eu ?

— Chez les Ormond, dit-elle, sans quitter Elliott des yeux. Quelqu'un avait justement annulé une commande.

— Oh, vraiment ? fit Elliott d'un ton amusé.

— Vraiment, répéta Rachel.

Elle adressa à son cousin un sourire complice et ajouta :

— Le taux de sucre est de 23.

— Fabuleux !

— Je voulais te le dire tout de suite, pour que tu ne t'inquiètes pas.

Elliott se tourna vers Brody.

— Quand Rachel s'occupe de quelque chose, je ne suis jamais inquiet. Jamais.

Il passa la première.

— À tout à l'heure, lança-t-il.

Tandis que la Porsche filait dans l'allée, Brody jeta un coup d'œil par-dessus son épaule. Derrière le nuage de poussière soulevé par la voiture, Rachel, les poings sur les hanches, les regardait partir.

— De quoi parliez-vous ? s'enquit-il.

— Du taux de sucre contenu dans le raisin. Le nôtre est de 23, aussi cherchons-nous le même. C'est en fonction de ce taux qu'on peut évaluer la teneur en alcool du vin.

— Je vois, répondit Brody, en songeant que la fabrication du vin relevait d'un processus beaucoup plus compliqué qu'il ne l'avait cru.

— Ce que j'aime chez Rachel, c'est qu'elle pense comme un homme, commenta Elliott. Je n'ai aucune idée de la façon dont elle s'y est prise, mais quelqu'un a dû être extrêmement agacé de découvrir que sa commande de raisin avait été annulée.

— Un peu douteux, comme pratique, non ?

— C'est vrai. Mais, pour réussir dans le monde du vin, il faut être impitoyable.

— Quel est notre lien de parenté avec Rachel ?

Tout en parlant, Brody observait Elliott à la dérobée. Son frère conduisait sa Porsche avec une nonchalance qui donnait l'impression qu'il était né dedans.

— C'est une cousine éloignée. Issue de germains, je crois. Enfin, je n'en suis même pas certain. Nos parents les plus proches sont les Barzini. Ensuite, je m'y perds, mais peu importe. La famille, c'est la famille. Je considère Rachel comme ma sœur.

Brody n'avait jamais eu de cousine avant ce jour, mais il était sûr d'une chose : Rachel ne considérait pas Elliott comme son frère. Il avait assez souvent vu cette expression dans les yeux des femmes pour savoir ce qu'elle signifiait.

8

Rachel Rittvo regarda disparaître la Porsche en songeant qu'elle avait prouvé son amour à Elliott de la seule façon possible. Elle avait offert au vieil Ormond une caisse de blanc de noir Hawke's Landing millésimé et une nuit au lit, et elle avait obtenu le raisin dont ils avaient besoin pour remplacer celui qu'avait détruit l'orage de grêle.

— Je ferais n'importe quoi pour toi, murmura-t-elle entre ses dents.

Elle était folle d'Elliott depuis toujours. Elle le comprenait mieux que quiconque, elle partageait sa passion pour les affaires. Ils formeraient un couple idéal, mais quand allait-il enfin s'en rendre compte ?

— Dire que je le tenais presque...

Malheureusement, Victoria Anderson était arrivée. Rachel ne comprenait pas ce qu'Elliott lui trouvait. Tori était blonde, mais un peu trop maigre pour être sexy. Et, contrairement aux femmes qu'avaient épousées les autres hommes de la famille, elle n'avait pas une goutte de sang italien dans les veines.

— J'ai le sang chaud et je suis passionnée, moi, marmonna Rachel. Et mon amant ne s'en plaint pas.

Elle pensa à Alex Abruzzo et sourit. Le fils d'Aldo Abruzzo était un beau ténébreux au moins aussi sexy qu'Elliott, et maintenant que son père allait hériter d'une partie de Hawke's Landing, elle le trouvait encore plus séduisant.

Rachel aimait Elliott, mais elle refusait de rester chaste jusqu'à ce qu'il réalise que Tori n'était pas la femme qu'il lui fallait. Heureusement, il y avait Alex. Elle se promit d'aller le rejoindre dans la soirée.

— Que penses-tu de lui ?

Rachel tressaillit. Tout à sa rêverie, elle n'avait pas entendu arriver Gina. Elle ne portait pas la vieille dame dans son cœur. Gina et son frère avaient toujours régenté la famille, sans se soucier de ce que les autres pouvaient ressentir. Mais aujourd'hui, Gian Hawke mangeait les pissenlits par la racine, et l'influence de sa sœur était sur le déclin. Celle de Rachel, en revanche, grimpait en flèche, et Gina était assez intelligente pour s'en rendre compte. De tous les membres de la famille, c'était Rachel la plus proche d'Elliott.

— Ce que je pense de Brody, tu veux dire ? demanda-t-elle innocemment.

— Bien sûr, répliqua sèchement Gina.

— Il ressemble terriblement à Elliott, n'est-ce pas? fit Rachel, évasive.

— Crois-tu qu'il ait l'intention de rester ici?

— Je n'en sais rien. Quelle importance?

— Je vais lui envoyer le couturier de Gian, décréta Gina avec son autorité habituelle.

Comme son frère, elle s'attendait à être obéie.

— Maintenant que Brody sait qui il est, il va vouloir des vêtements corrects, ajouta-t-elle.

Rachel voyait clair dans le petit jeu de Gina. Elle avait compris son manège dès que Brody s'était approché d'eux, au cimetière, et que la vieille femme avait joué son couplet mélodramatique. Gina Barzini ferait tout pour garder sa place dans les hautes sphères du pouvoir.

« Eh bien, elle ne réussira pas, songea Rachel. C'est mon tour. J'ai gagné le droit d'être aux côtés d'Elliott. Gina, c'est du passé. L'avenir, c'est moi. »

Les seuls obstacles étaient Brody et Tori. Elle se remémora l'expression d'Elliott quand il avait vu Tori en compagnie de son frère, au cimetière, et une petite idée germa dans son esprit. Rien ne pourrait diviser les deux hommes plus rapidement qu'une femme, d'autant qu'Elliott avait déjà une bonne raison de haïr son jumeau.

Il suffirait de peu de chose pour qu'Elliott s'imagine qu'il se passait quelque chose entre Tori et Brody. Ce serait un bon moyen de se débarrasser de Tori, se dit Rachel, sans compter que la fiancée d'Elliott avait déjà repoussé la date du mariage, ce qui ne pouvait que faire douter de la sincérité de ses sentiments. Sa pseudo-aventure avec Brody prouverait à Elliott que Victoria Anderson n'était pas une femme pour lui.

Quant à Brody…

C'était l'élément imprévisible. Il était fort capable de vendre ses parts aux frères Corelli, qui guettaient le moindre faux pas pour leur fondre dessus et s'approprier Hawke's Landing.

À eux deux, Elliott et Brody possédaient quatre-vingts pour cent de la compagnie, mais Aldo et Gina avaient également des parts dans la société. Si eux et Brody décidaient de vendre aux Corelli, ceux-ci deviendraient majoritaires et obligeraient Elliott à partir. Et qu'adviendrait-il d'elle, alors ?

Heureusement, pendant quelque temps, les choses resteraient en suspens. Le testament devait être homologué, ce qui pouvait fort bien traîner en longueur et durer plusieurs mois. Rachel et Elliott mettraient ce temps à profit pour trouver un plan.

— Il commence à faire frais, dit Gina. Je rentre.

Une fois la vieille femme partie, Rachel contempla la route où les ombres s'allongeaient, en réfléchissant au moyen de conserver Hawke's Landing. Puis elle réalisa qu'elle frissonnait et décida de rentrer.

Elle passa par la charmille pour se rendre dans le salon de télévision, où son père et ses frères devaient être en train de regarder une émission sportive au lieu de faire des mondanités avec les personnes venues assister aux funérailles. Soudain, elle entendit la voix de Lorenzo Barzini de l'autre côté de la charmille et s'arrêta net.

— Je suis sûr que je ne me trompe pas, au sujet du testament, disait-il.

Lorenzo avait fait du droit, poussé par sa mère et par Gian, qui estimaient que les Hawke devaient avoir un juriste dans la famille, mais il n'avait jamais été inscrit au barreau.

— S'il arrivait quelque chose à Brody avant le partage des biens, il est stipulé que ses parts seraient réparties équitablement entre divers légataires.

— Comment le sais-tu ? demanda Gina.

— Je suis sorti avec la secrétaire de Fred Wickerson.

— Alors, Elliott n'aurait pas tout ?

— Non, Dieu merci, assura-t-il. Les parts de Brody seraient réparties entre toi, Aldo et les Rittvo.

— Les Rittvo ! s'exclama Gina avec mépris. C'est impensable ! Dominic Rittvo et mon frère n'ont jamais été proches. Et, à part Rachel, les Rittvo ne connaissent rien au vignoble.

Rachel frémit en entendant ce compliment équivoque. Certes, les hommes de sa famille n'étaient pas de grands viticulteurs, mais les Barzini non plus.

— Mieux vaut voir le bon côté de la situation, reprit Gina. S'il arrivait un malheur à Brody, je recevrais ce qui me revient de droit.

Cette fois, ce ne fut pas la fraîcheur et l'humidité vespérales qui firent frissonner Rachel, mais la méchanceté à l'état pur qu'elle percevait dans la voix de Gina.

— Tu veux dire qu'il devrait arriver quelque chose à Brody ? demanda Lorenzo.

— Bien sûr que non, mon chéri, voyons.

Lorenzo et Gina partirent ensuite vers l'aile ouest de la maison, tandis que Rachel se repliait dans l'ombre, pensive. À quel point les Barzini désiraient-ils se débarrasser de Brody ? se demandait-elle.

Brody contemplait la dalle de calcaire, qui dépassait de la colline telle une étagère. Une petite brise automnale apportait les odeurs fraîches des fleurs sauvages. Il se tenait à côté de son frère, au sommet du point culminant de Hawke's Landing. Pour arriver jusqu'ici, ils avaient dû emprunter un étroit chemin de terre envahi çà et là d'herbes et de broussailles.

— Les faucons viennent souvent se percher ici, expliqua Elliott. Ils y restent des heures, jusqu'à ce qu'ils repèrent un lapin ou une souris. Les deux premiers frères Hawke ont décidé de rebaptiser le vignoble Hawke's Landing, parce qu'on surplombe tout le domaine depuis cette colline. Ils trouvaient aussi que cela formait un jeu de mots plaisant avec leur nom de famille[1].

— La vue est somptueuse, dit Brody.

Il avait voyagé dans le monde entier et vu d'innombrables paysages exotiques, mais aucun ne l'avait touché

1. En anglais, *hawk* signifie « faucon » (N.d.T.).

autant que celui-ci. Le soleil se couchait sur la longue et étroite vallée, baignant les collines dans son éclat flamboyant. Dans le crépuscule naissant, les vignes projetaient un treillage d'ombres sur la terre. Quelques gros nuages filaient à l'autre bout de la vallée, annonciateurs de pluie.

Ce devait être impressionnant de vivre sur la terre qu'avaient travaillée vos ancêtres pendant des générations, songea Brody. D'ailleurs, le ton d'Elliott trahissait sa fierté. Son frère faisait partie d'une famille, il incarnait l'avenir de cette terre. Brody, lui, ne connaîtrait jamais cette sensation. Il n'avait jamais eu de foyer et n'en aurait jamais.

Son destin n'était pas de participer, mais d'observer.

Quand il était petit, il sortait à la nuit tombée et se dissimulait dans l'ombre des maisons pour regarder les gens évoluer dans les pièces éclairées. Il se rappelait notamment une famille avec une clarté surprenante. Ce soir-là, vêtu de sa vieille veste, il déambulait dans les rues. Il neigeait tellement qu'il distinguait à peine le trottoir.

Il avait froid et s'apprêtait à regagner la caravane qu'il partageait avec sa mère, de nombreuses rues plus loin, quand les flocons avaient soudain cessé de tomber. Au bout d'une pelouse couverte de neige, il avait vu une maison, dans laquelle deux garçons et une petite fille étaient assis autour d'une table avec leurs parents.

Tout le monde riait, surtout le père, qui s'esclaffait de bon cœur, la tête renversée en arrière. Brody n'avait pu s'empêcher d'aller voir de plus près. Il s'était approché de la maison, ses pieds s'enfonçant dans la neige fraîche. Il s'était arrêté derrière un buisson et avait observé la scène, fasciné. Ses orteils étaient gelés dans ses chaussures, mais il ne s'en souciait pas.

Ces gens mangeaient, parlaient, riaient. Il n'entendait pas ce qu'ils disaient, mais le bruit de leurs voix passait à travers les carreaux. C'était une famille heureuse, vivante. Il s'était demandé ce que cela pouvait faire d'appartenir à une famille comme celle-là, de rester toujours au même endroit, d'y avoir des amis. Dès qu'il commençait à s'habituer à une ville, sa mère déménageait. Il y avait toujours un meilleur boulot ailleurs, un meilleur terrain de caravaning, une meilleure école.

— Regardez, regardez ! s'était soudain écriée la fillette, en montrant la fenêtre du doigt.

Brody avait fait demi-tour et couru vers la rue, mais la neige le ralentissait. Il avait trébuché et s'était étalé de tout son long dans la neige. Des bras puissants l'avaient relevé, et il avait vu le visage du père devant lui.

— Ça va, fiston ?

— Oui, m'sieur, avait marmonné Brody en se frottant les yeux.

— Que fais-tu là ? avait demandé l'homme d'un ton doux et gentil.

Brody avait essuyé la neige de son visage du revers de la main, tout en cherchant une explication.

— Tu n'as pas de gants ?

— Si, bien sûr, avait-il menti. Je les ai oubliés chez moi. Je... je voulais voir s'il y avait quelqu'un à l'intérieur. Il faut que j'appelle ma mère pour qu'elle vienne me récupérer.

C'était un autre mensonge. Sa mère et lui n'avaient évidemment pas le téléphone.

L'homme avait passé un bras autour des épaules de Brody et l'avait emmené vers la maison. Sur le porche, Brody avait tapé des pieds pour ôter la neige de ses semelles, pendant que l'homme criait à sa femme de préparer un chocolat chaud.

Puis Brody était entré, et tous les regards s'étaient tournés vers lui.

— J... je voudrais téléphoner, avait-il bredouillé.

— Bien sûr, mais bois d'abord ça, avait dit la mère en lui tendant un bol de chocolat chaud surmonté d'une cuillerée de crème chantilly.

Tandis qu'il soufflait sur le chocolat fumant, il avait croisé le regard de la petite fille par-dessus le bol, et il s'était vu avec ses yeux : un garçon trempé aux chaussures éculées, au jean trop court et à la veste rapiécée aux coudes. Il avait tenté de sourire, en vain. Il avait trop froid aux lèvres. Il avait goûté le chocolat chaud et s'était brûlé la langue. Puis, pour ne pas avoir à parler, il avait bu sans s'arrêter.

— Tu veux partager notre repas ? avait demandé la mère. J'ai trop fait à manger, de toute façon.

— Merci, m'dame, mais ma mère a dû préparer le dîner.

Encore un mensonge. Sa mère travaillait au restaurant routier du bout de la ville. Il serait seul jusqu'à l'aube dans la caravane exposée aux courants d'air, à attendre qu'elle rentre en traînant des pieds et qu'elle se jette sur son lit.

— Le téléphone est là, dans la cuisine.

La mère avait pris son bol vide et l'avait emmené dans une agréable cuisine située à côté de la salle à manger. Elle lui avait montré le téléphone accroché au mur, puis, grâce à Dieu, elle était retournée auprès des siens. Brody avait donc pu discuter tranquillement avec le néant.

— Elle va me prendre au coin de la rue, avait-il annoncé en retournant dans la salle à manger.

— Pourquoi pas ici ? avait demandé l'un des garçons.

Brody avait prévu la question.

— Je ne connaissais pas l'adresse, avait-il répondu, en remarquant que le père n'était plus à table. Merci pour le chocolat et pour le coup de fil.

— Il n'y a pas de quoi, avait répondu la mère avec un gentil sourire.

— Au revoir, avait dit Brody en se dirigeant vers la porte.

Le père l'attendait dans l'entrée, où tous les manteaux étaient soigneusement accrochés à une patère.

— C'était à Jason, mais il est trop petit pour lui, avait-il dit en tendant un blouson à Brody.

— Non, m'sieur, je n'en ai pas besoin. J'ai un manteau chaud à la maison.

Il avait ouvert précipitamment la porte d'entrée. Une rafale de vent s'était engouffrée dans la maison, accompagnée d'un froid si glacial qu'il lui avait presque coupé le souffle. Il s'était enfui dans le blizzard en criant :

— Merci !

Une fois au coin de la rue, il avait ralenti. Il avait regardé par-dessus son épaule pour vérifier que personne ne l'avait suivi, mais avec la neige qui tourbillonnait autour de lui, il ne voyait pas plus loin que sa main.

Quand il était enfin arrivé à la caravane, Brody avait compris qu'il n'avait pas berné le père. L'homme savait très bien qu'il n'avait pas de manteau chaud. Mais Brody était fier d'avoir refusé. Il devait se débrouiller seul, sans compter sur la charité d'autrui.

Et, pendant que Brody déménageait constamment, Elliott grandissait ici, dans une maison où brillaient plus de lumières qu'au paradis, au sein d'une famille qui lui racontait qui avaient été ses ancêtres, comment ils avaient baptisé le vignoble et d'innombrables autres détails.

Tout ce que savait Brody, il l'avait appris par lui-même, et les leçons avaient souvent été dures. Mais il ne le regrettait pas. Cela lui avait donné la force d'affronter le monde seul.

Tori se tenait sous une voûte, dans la grande salle de la villa à l'architecture toscane où s'étaient succédé des générations de Hawke. Le soir était tombé, mais il restait encore beaucoup d'invités, qui bavardaient et grignotaient des canapés, quand Brody et Elliott entrèrent par la porte principale, côte à côte.

Le silence s'installa dans l'immense pièce tandis que chacun se tournait vers les jumeaux. Ils se ressemblaient tellement qu'on ne pouvait s'empêcher de les dévisager. Mais ils étaient plongés dans leur discussion et ne semblèrent pas remarquer l'effet produit par leur arrivée. Ce serait bien que les deux frères puissent travailler ensemble, songea Tori.

Mais elle se reprit aussitôt. Brody n'avait aucune expérience en matière de viticulture, et Elliott n'était pas le genre d'homme désireux de partager son pouvoir. D'ailleurs, même s'ils aboutissaient à un arrangement, la famille trouverait un moyen de les diviser.

Comme pour illustrer les pensées de Tori, Gina Barzini traversa la pièce et fondit sur les jumeaux. Le gouverneur et son entourage lui emboîtèrent le pas. À cet instant, Brody leva la tête, surprit le regard de Tori et lui décocha un clin d'œil.

L'avait-elle dévisagé d'une façon équivoque ? Compte tenu de son attitude dans le kiosque, Brody pouvait légitimement croire qu'elle cherchait à le séduire. Il ne la connaissait pas suffisamment pour savoir que ce malentendu l'avait embarrassée au plus haut point.

Pour lui, c'était une anecdote, un incident comique. Il ignorait son passé et les problèmes qu'elle avait eus avec les hommes depuis la mort de Connor. Elle n'avait certes pas pour habitude de se jeter au cou des inconnus. Mais cela, il ne le savait pas.

Tori vit Brody adresser un sourire d'excuse à Gina et se diriger vers elle. Elle lança un coup d'œil effarouché derrière elle, à la recherche de son père, puis se rappela qu'il était retourné au *Silver Moon* accueillir les clients pour l'apéritif.

— Connaissez-vous Maria ? lui demanda Brody, dès qu'il fut assez proche d'elle.

Tori ordonna à son cœur de cesser de cogner contre sa poitrine et se força à se concentrer sur la question de Brody. Pourquoi s'intéressait-il à la gouvernante des Hawke ?

— Bien sûr. Elle doit être à la cuisine.

— Présentez-la-moi.

Décidément, Brody ne perdait pas de temps en circonvolutions. Il allait droit au but.

— Pourquoi voulez-vous la rencontrer ?

— Elle travaillait ici quand Elliott et moi sommes nés. Elle pourra peut-être me donner des renseignements sur ma mère.

Tori l'entraîna dans un long couloir. La vieille arrière-cuisine, qui datait de la maison d'origine, avait été réaménagée et abritait à présent plusieurs plans de travail. Des casseroles au cuivre étincelant étaient accrochées à un râtelier suspendu au plafond, au-dessus du fourneau central. Une grande femme décharnée aux cheveux noirs et luisants donnait à divers domestiques des instructions pour le repas du soir.

Tori sentit Brody s'arrêter derrière elle, son corps puissant à quelques centimètres d'elle. Ignorant la chaleur qui embrasait ses reins, elle dit à voix basse :

— Voilà Maria Sanchez. Attendons qu'elle ait terminé.

— Elle est ici depuis trente ans ? s'étonna Brody.

— Oui. Elle est d'origine madrilène. Avec ses cheveux noirs, elle fait plus jeune que son âge, mais je crois qu'elle a presque cinquante ans.

Tori se tut. Elle se demandait ce qu'Elliott avait pu dire à Brody à propos de Maria. Comme s'il lisait dans ses pensées, Brody lui toucha l'épaule. C'était un geste doux, mais une fois encore, elle sentit qu'il maîtrisait sa force. Elle se tourna vers lui et se heurta à son regard bleu pénétrant. Alors, elle décida de lui dire la vérité.

— C'est Maria qui a élevé Elliott, vous savez, chuchota-t-elle. Gian était accaparé par ses affaires, et il n'avait ni le temps, ni l'envie de s'occuper d'un enfant.

La main de Brody se resserra imperceptiblement sur son épaule.

— Pourquoi Gina ne s'en est-elle pas chargée ?

— Elle habite de l'autre côté de la vallée, et elle avait déjà Lorenzo à élever.

Tori n'ajouta pas que Gian et Gina étaient comme les revers d'une même médaille. Ni l'un ni l'autre ne s'intéressaient à leur fils. Les seules choses qui les passionnaient étaient leur propre personne et Hawke's Landing.

— Maria ? appela Tori, quand les domestiques furent partis avec les plats. Avez-vous un instant ?

La gouvernante se tourna vers eux et s'essuya les mains sur son tablier bleu orné du faucon doré aux ailes déployées. Sous le logo, on pouvait lire en grosses lettres « Hawke's Landing ».

Maria s'avança vers eux. Tori lui trouva l'air soucieux, et elle comprit que la gouvernante avait remarqué leur présence depuis un moment. C'était une femme foncièrement bonne, mais elle devait sans doute se méfier de Brody, puisqu'il représentait une menace pour Elliott, qu'elle avait élevé comme son propre fils.

— Connaissez-vous Brody ? demanda Tori.

— Non, répondit Maria. Bienvenue, ajouta-t-elle en tendant la main au jeune homme.

— Merci. Y a-t-il un endroit où nous pourrions discuter en privé ? demanda Brody.

Maria n'hésita pas.

— Il n'y a personne à l'office.

Tori et Brody sur ses talons, elle traversa l'immense cuisine jusqu'à l'office, où l'on entreposait les plats, les couverts et le linge de table sur des étagères en verre. Sur un comptoir en granit noir attendaient des plateaux en argent garnis de petits-fours qui seraient servis avec le café.

Maria se tourna vers eux et croisa les bras sur sa poitrine. Son expression était impassible, mais elle semblait sur le qui-vive. Une maman ourse protégeant son petit, songea Tori. Il suffisait de voir Maria et Elliott ensemble pour constater qu'ils étaient très attachés l'un à l'autre.

Tori décida de prendre les choses en main. Elle craignait que Brody ne brusque Maria et n'obtienne finalement aucun renseignement.

— Maria, Elliott et Brody ont besoin de votre aide. Ils sont encore sous le choc, vous savez. Ni l'un ni l'autre n'étaient au courant de l'existence de leur frère jumeau.

— Elliott m'a emmené tout à l'heure sur la corniche où viennent se percher les faucons, déclara Brody. Il voulait m'expliquer pourquoi le vignoble s'appelait Hawke's Landing.

Bien joué, songea Tori. Ainsi, Maria comprendrait que les frères essayaient d'apprendre à se connaître.

— En quoi puis-je vous être utile ? demanda Maria d'un ton un peu moins méfiant.

— Je me pose des questions au sujet de ma mère. Pourquoi n'a-t-elle pas emmené Elliott avec nous ?

— Je n'en sais rien, avoua Maria. Un jour, sans prévenir, Gian a ramené Elliott ici. Il a dit que le bébé était de lui. Il affirmait que la mère ne voulait pas de l'enfant.

— Qu'a-t-il dit à mon sujet ?

Maria poussa un soupir.

— Rien. Il n'a jamais fait allusion à un frère jumeau.

Une ombre voila brièvement les yeux de Brody, et le cœur de Tori se serra. Le jumeau oublié. Le jumeau abandonné. Apprendre que son père ne s'était pas soucié de lui une seule seconde devait lui faire mal. Elle réprima l'envie de se jeter à son cou.

— Quel âge avait Elliott quand Gian est revenu avec lui ? demanda-t-il, d'une voix qui ne trahissait aucune émotion.

— C'était un nouveau-né. Il avait à peine quelques jours.

— Nos parents se sont mariés et séparés si vite que cela ?

Maria laissa passer quelques secondes, puis elle demanda :

— Qu'est-ce qui vous fait croire qu'ils étaient mariés ?

— Les Barzini me l'ont dit.

Maria n'ajouta pas un mot, son regard ne changea pas, mais Tori savait ce que pensait la gouvernante. On ne pouvait pas se fier aux Barzini. Ils disaient et faisaient uniquement ce qui les arrangeait.

— Pourquoi Gian n'aurait-il pas épousé la mère de ses fils ? intervint Tori.

— Un mariage aurait donné à cette femme le droit légal de revendiquer Hawke's Landing. Gian n'était pas homme à prendre ce genre de risque. Pour lui, sa terre était sacrée. Vous remarquerez qu'il n'a pas laissé une grande part du vignoble à sa sœur jumelle.

Un long silence suivit, brisé uniquement par les tintements des plats et des couverts dans la cuisine attenante. Enfin, Brody reprit :

— J'ai cru comprendre que vous aviez découvert Gian vers 1 heure du matin, la nuit de sa mort.

Pendant un instant, le changement subit de sujet parut déstabiliser Maria. Puis elle hocha la tête.

— Avez-vous trouvé cette mort… bizarre ? demanda Brody.

— Non. C'était un accident.

— Pourquoi en êtes-vous si sûre ?

— Eh bien… Apparemment, Gian s'est approché trop près de la piscine. Il avait des insomnies, voyez-vous, et il se promenait souvent la nuit. Une fois, il avait renversé son fauteuil roulant sur le chemin qui mène chez Aldo.

— Le chemin en question est dallé et irrégulier, protesta Tori. Le bord de la piscine est lisse.

Maria soupira.

— Il faisait nuit.

— Avez-vous vu ou entendu quelque chose d'insolite ? insista Brody.

— Non, rien du tout.

— Pourquoi êtes-vous sortie à cette heure tardive ?

— Je me rendais chez Aldo. La lumière de la piscine était restée allumée, et j'ai vu le corps de Gian.

Intéressant, songea Tori, surprise d'apprendre que Maria et Aldo formaient un couple. Mais, à la réflexion, c'était logique. L'un et l'autre avaient passé presque toute leur vie à Hawke's Landing. Maria ne s'était jamais mariée, et Aldo avait divorcé depuis si longtemps que plus personne ne se souvenait de sa femme.

— Si la lumière de la piscine était allumée, Gian aurait dû la voir aussi et ne pas s'approcher si près du bord.

Maria secoua la tête.

— Son attaque l'avait laissé en partie paralysé. Il ne pouvait plus tourner la tête, ni la baisser. Sans doute a-t-il mal estimé la distance entre l'eau et son fauteuil roulant. Et puis, il n'était pas habitué à cette piscine.

— Comment cela ?

— Elliott l'a fait refaire entièrement l'année dernière. Votre père a peut-être cru qu'il se trouvait au bord de la précédente, celle qu'il avait connue depuis son enfance.

Brody sembla réfléchir à cet argument, puis il demanda :

— Il n'y a aucun agent de sécurité dans le domaine ? Aucun chien de garde ?

— Gian détestait les chiens. Il n'a jamais permis à Elliott d'avoir un animal domestique, répondit Maria avec amertume.

Elle marqua une pause, comme pour se reprendre, avant de poursuivre d'une voix plus égale :

— Le seul système de sécurité est l'alarme électronique qui protège les caves.

Tori ne put s'empêcher d'ajouter :

— Elliott disait que son père était trop radin pour dépenser de l'argent pour la sécurité.

— Qu'avez-vous fait en découvrant Gian ? demanda Brody.

Maria ferma les yeux un instant.

— Il était au fond de la piscine. J'étais sûre qu'il était mort, mais j'ai couru chercher Aldo. À nous deux, nous l'avons remonté à la surface.

— Si vous étiez certaine qu'il était mort, pourquoi n'avez-vous pas laissé la police se charger du corps ? Pourquoi prendre le risque de détruire des preuves ?

Maria le fixa, visiblement choquée.

— Il y avait peut-être une chance de le sauver. Nous n'allions pas attendre vingt minutes que le shérif arrive, tout de même !

9

— Pourquoi Gina Barzini aurait-elle menti au sujet du mariage de mes parents ?

— C'est peut-être Maria qui se trompe.

— Je n'en ai pas l'impression. Maria me fait l'effet d'une femme droite.

Tori partageait entièrement l'avis de Brody. Autant Gina semblait jouer la comédie, autant Maria paraissait honnête. La gouvernante se trompait peut-être, mais elle ne mentait pas délibérément.

Ils traversaient le grand vestibule qui conduisait au salon principal. Brody avait posé d'autres questions à Maria, mais elle ne lui avait rien appris qu'il ne sût déjà sur Gian Hawke.

— Avez-vous parlé à Fred Wickerson, l'avocat de la famille ? demanda Tori. Il connaît sûrement la vérité au sujet de vos parents.

— Non. Elliott et moi avions l'intention de l'interroger, tout à l'heure, mais nous ne l'avons pas trouvé.

— Je suis sûre qu'il est encore là.

Effectivement, lorsqu'ils entrèrent dans la salle à manger, l'avocat se tenait devant le buffet, en train d'empiler du rosbif sur son assiette. Il les accueillit cordialement, mais Tori discerna un certain malaise sous le sourire de l'homme de loi. Soit Brody ne lui plaisait pas, soit il s'inquiétait de voir la moitié des biens de Gian léguée à un homme qui était un parfait inconnu pour tout le monde.

Ils se réfugièrent dans un coin de la pièce, à l'abri des oreilles indiscrètes.

— Vous désirez me poser des questions sur votre héritage, je suppose ? demanda Fred.

— Non. Elliott m'en a déjà parlé. J'aimerais savoir si mes parents étaient mariés.

— Quoi ? s'exclama Fred, stupéfait. Bien sûr qu'ils étaient mariés.

— C'est vous qui vous êtes occupé de leur divorce ?

— Non. Elliott avait déjà trois ans quand je suis devenu l'avocat de Gian. Je ne sais pas qui s'est occupé de la procédure de divorce.

— Les papiers doivent être archivés au tribunal du comté, intervint Tori.

— Pas nécessairement. Ils ont pu divorcer dans un autre comté, voire dans un autre État.

La salle à manger se remplissait d'invités affamés, et Fred parlait de plus en plus bas.

— Avez-vous trouvé un certificat de mariage parmi les papiers de Gian ? demanda Tori.

— Je ne possède que des documents professionnels. Gian conservait ses dossiers personnels dans le coffre-fort de la bibliothèque.

Tori balaya la salle à manger du regard. Elliott se trouvait de l'autre côté de la pièce, en compagnie d'un groupe de gens qui ne manifestaient aucune intention de s'en aller. À quelques pas de lui, Rachel l'observait. Tori savait qu'Elliott considérait sa cousine comme sa meilleure alliée en affaires. Elle savait aussi que la jeune femme n'approuvait pas leurs fiançailles.

Tori n'était pas aveugle. L'intérêt que Rachel portait à Elliott dépassait le cadre du vignoble. Gian avait d'ailleurs espéré que son fils épouserait un jour sa cousine éloignée. Il n'avait donc pas montré beaucoup d'enthousiasme quand Elliott avait demandé Tori en mariage.

— Voyons si nous pouvons trouver Aldo Abruzzo, dit Tori à Brody. Il connaissait votre père mieux que quiconque.

— Bonne idée, approuva Fred. Mais, que vos parents aient été mariés ou non, cela ne change rien au fait que Gian vous a légué presque la moitié de ses biens.

À cet instant, Tori réalisa que l'avocat n'avait pas compris la démarche de Brody. Sans doute ne la comprenait-elle pas elle-même, mais elle était sûre d'une chose : l'argent intéressait peu Brody. Il voulait avant tout connaître la vérité sur ses parents.

— Pourquoi Gian était-il si proche d'Aldo Abruzzo ? demanda Brody, tandis que Tori et lui s'éloignaient.

Avant que la jeune femme ait pu répondre, Rachel les rejoignit.

— Où allez-vous comme ça ?

— Nous sortons prendre l'air, répondit Brody.

— Vous avez raison. On étouffe, là-dedans, dit-elle d'une voix un peu trop enjouée. À tout à l'heure.

Lorsque Rachel les eut quittés, Tori répondit :

— La mère d'Aldo était la précédente gouvernante des Hawke.

— Je sais, fit-il avec un brin d'impatience. Vous me l'avez déjà dit. Elle a élevé Gian comme Maria a élevé Elliott. Mais pourquoi Gian et Aldo sont-ils restés si proches ? Apparemment, Gian avait beaucoup de parents. Il aurait pu se lier d'amitié avec un cousin, par exemple.

— C'est vrai, admit Tori. Mais il ne faisait pas confiance à n'importe qui. Il savait depuis toujours qu'il pouvait compter sur Aldo.

Tori remarqua que Brody disait toujours « Gian » et non « mon père ». Mais quoi de plus normal, après tout ? Pour lui, Gian n'avait eu de père que le nom.

Une fois dehors, ils se dirigèrent vers les caves taillées dans la roche, à flanc de colline. L'automne était dans l'air, songea Tori en frissonnant. Elle regrettait de ne pas s'être habillée plus chaudement.

— Aldo est le chef de cave, n'est-ce pas ? fit Brody.

— Oui. En ce moment, c'est la phase du remuage.

— En quoi cela consiste-t-il, exactement ?

— On ne fabrique pas du vin mousseux ou du champagne selon le même procédé que les autres vins, expliqua

Tori. À la fin de la période de vieillissement, les bouteilles doivent être renversées, le goulot vers le bas, et placées dans des casiers spéciaux qu'on appelle des pupitres, afin que le dépôt se concentre dans le goulot. Cela permet ensuite de le retirer plus facilement. Tous les jours, il faut tourner chaque bouteille d'un sixième de tour, afin que la lie glisse vers le bouchon. C'est tout un art de faire cela correctement.

— Il n'existe pas de machines pour effectuer un travail aussi astreignant ?

— Si. Les Corelli et d'autres utilisent des giropalettes pour le remuage des bouteilles, mais Hawke's Landing a toujours mis un point d'honneur à rester fidèle à la méthode traditionnelle. Aldo a pris la suite de son père et de son grand-père. En tant que chef de cave, il est chargé de choisir différents crus du vignoble et de les assembler afin de réaliser le vin mousseux. C'est un poste éminemment prestigieux.

— Apparemment, Aldo était le meilleur ami de Gian. Pensez-vous que c'était son seul ami ?

Tori hésita à répondre. Puis elle se résigna. Elle savait que Brody ne la laisserait pas se dérober, et de toute façon, à quoi bon mentir ?

— Oui. Il y avait très peu de gens à qui Gian faisait confiance.

— Et Elliott ?

— Il avait confiance en lui, dans une certaine mesure. Il a eu du mal à lui céder les rênes du pouvoir, voyez-vous.

— C'était un beau salaud, on dirait.

Tori ne protesta pas. Elle ne connaissait personne qui ait vraiment aimé Gian Hawke, à l'exception d'Aldo. Comme éloge funèbre, on faisait mieux, songea-t-elle.

Rachel mit cinq bonnes minutes avant de réussir à parler en tête à tête avec Elliott. La foule s'était clairsemée, mais il restait encore une trentaine d'amis et de parents. Elliott semblait fatigué. Il avait les traits tirés par le manque de sommeil.

— Comment ça s'est passé, avec Brody ? demanda-t-elle.

— Mieux que je ne m'y attendais. J'ai l'impression que c'est un type bien.

Elliott refusa d'un geste l'assiette que lui proposait un cousin.

— Il ne va pas accepter l'héritage.

— Quoi ?

Rachel avait parlé si fort que plusieurs personnes se tournèrent vers eux. Elle baissa la voix.

— C'est sérieux ?

Elliott hésita.

— C'est ce qu'il affirme, mais je le croirai quand il aura renoncé à sa part par écrit.

— Brody discutait avec Fred Wickerson, tout à l'heure. Je te parie qu'il n'a pas refusé l'argent, finalement.

— Je viens de voir Fred se diriger vers la bibliothèque, répondit Elliott. Allons lui poser la question.

Ils trouvèrent effectivement l'avocat dans la bibliothèque, en train de verser dans son café une généreuse rasade de cognac.

— Avez-vous pu parler à Brody ? demanda Elliott.

Sans laisser le temps à l'avocat d'ouvrir la bouche pour répondre à son cousin, Rachel ajouta :

— A-t-il demandé à combien s'élevait sa part ?

— Non.

Fred avala une gorgée de café, puis une deuxième, avant de reposer sa tasse.

— Brody voulait savoir si ses parents avaient été mariés et si je m'étais occupé de leur divorce. Mais tout cela est arrivé avant que je ne me charge des affaires juridiques de Gian.

D'un signe de tête, il désigna un tableau qui représentait une scène de chasse.

— Je lui ai conseillé de regarder dans les papiers personnels qui se trouvent dans le coffre-fort.

— Mais pourquoi s'intéresse-t-il à ça ? fit Rachel, perplexe.

Elle n'arrivait pas à cerner Brody, et elle détestait cela. Elle ignorait ce qu'il recherchait et ne savait quelles manettes actionner pour le manipuler.

— Quelque chose lui paraissait bizarre à propos de ce mariage, répondit Fred en reprenant sa tasse.

— Si l'on découvre que Gian n'a jamais été marié, est-ce que cela changera la teneur du testament? demanda Rachel.

— Absolument pas. À mon avis, si Brody veut savoir si ses parents étaient bien mariés, c'est parce qu'il pense que la réponse à cette question permettrait d'éclaircir le mystère.

Rachel regarda tour à tour Elliott et Fred.

— Quel mystère?

D'une voix tendue, Elliott répondit:

— Les raisons qui ont poussé ma mère à emmener Brody et à me laisser ici.

— Ne serait-il pas plus logique de se demander pourquoi votre père n'a pas gardé Brody? suggéra l'avocat.

Elliott écarta la question d'un haussement d'épaules, et Rachel réalisa soudain une chose: il enviait son frère, car Brody n'avait pas été obligé de grandir sous la férule de Giancarlo Hawke.

— Pourquoi ne pas regarder dans le coffre? reprit Fred. Connaissez-vous la combinaison?

— Oui, répondit Elliott. Mon père me l'a apprise il y a des années, en me disant que j'en aurais besoin après sa mort.

— Il rangeait peut-être des dossiers secrets là-dedans! s'exclama Rachel, incapable de dissimuler son excitation.

Ils ouvrirent le coffre caché derrière le tableau, mais à la grande déception de la jeune femme, ils n'y trouvèrent qu'une boîte à bijoux renfermant des montres anciennes et des boutons de manchette qui devaient dater du début du siècle. Cependant, sous la boîte, il y avait une épaisse liasse de papiers. Parmi ceux-ci, ils découvrirent l'acte de propriété original du domaine, des attestations prouvant que Gian était propriétaire de différentes voitures, ainsi que l'acte de naissance d'Elliott.

— Ma mère y figure sous le nom de Linda Hawke, remarqua Elliott, songeur. Elle n'aurait pas porté ce nom si elle n'avait pas été mariée, n'est-ce pas ?

— Au moment de la déclaration de naissance à l'état civil, il arrive qu'il y ait des cafouillages avec le nom de jeune fille de la mère, dit Fred, qui avait pris place dans un fauteuil. Vous ne voyez ni acte de mariage, ni jugement de divorce ?

— Non. C'est tout.

— Gian aurait-il pu les mettre ailleurs ? demanda Rachel.

— S'il les avait rangés dans son bureau, on les aurait déjà trouvés, répondit Elliott.

— Votre frère a peut-être raison de douter de ce mariage, intervint Fred d'une voix calme. Il n'est pas impossible que Gian et Linda n'aient jamais été mariés.

— Mais vous avez dit que cela ne faisait aucune différence d'un point de vue juridique, n'est-ce pas ?

Rachel s'efforçait de garder son sang-froid, mais son ton s'était fait plus aigu, comme chaque fois qu'elle se sentait frustrée. En l'occurrence, elle était très agacée de ne pouvoir pénétrer les intentions des deux frères. Elliott semblait attacher autant d'importance que Brody à ce vulgaire détail administratif. Mais pourquoi donc ?

— Il faut que je discute avec Brody, dit Elliott. Quelque chose le pousse à croire que nos parents n'ont jamais été mariés, mais quoi ?

Rachel sauta sur l'occasion.

— Tu vas devoir attendre. Brody est parti je ne sais où avec Tori. Je suppose qu'ils vont revenir… tôt ou tard.

Elliott fronça les sourcils. Cette inflexion dans la voix de Rachel, il la connaissait. Elle sonnait comme un avertissement. Elliott s'interdit de réagir comme il l'avait fait au cimetière, lorsqu'il avait vu Tori et Brody ensemble. Il n'avait aucune raison d'être jaloux. Tori ne risquait pas de s'intéresser à son frère.

Elliott avait souvent évoqué avec elle son premier mariage. Tori avait épousé un cascadeur professionnel qui s'était tué en exécutant une cascade beaucoup trop risquée. Elle avait dit à Elliott qu'elle recherchait la sécurité, qu'elle refusait de connaître de nouveau l'angoisse qui la tenaillait chaque fois que Connor partait travailler. Bref, elle ne voulait plus d'un homme qui vivait pour le grand frisson. Or, Brody était justement de cette race, et Elliott savait qu'il comptait reprendre ses activités antiterroristes dès que possible. Ce n'était pas le genre d'homme susceptible de plaire à Tori.

À moins que…

À moins qu'elle ne soit inconsciemment attirée par les hommes qui vivaient sur le fil du rasoir. Se pouvait-il que ce qui l'avait séduite chez Connor Anderson la fascine également chez Brody ?

Le charme d'Elliott et sa position sociale l'avaient toujours rendu populaire auprès des filles. Malgré tout, son expérience des femmes était assez limitée. Il ignorait totalement comment fonctionnait leur esprit. Même Maria, il ne la connaissait pas vraiment. Elle avait beau lui avoir servi de mère, elle avait toujours conservé une certaine distance, consciente de n'être, après tout, qu'une employée.

Il ne parvenait pas à comprendre Tori. Elle ne cessait de repousser la date de leur mariage. Il avait attendu des années, avait fréquenté de nombreuses femmes, jusqu'à ce qu'il soit certain d'avoir trouvé celle qui était faite pour lui. Tori semblait éprouver les mêmes sentiments que lui, et pourtant, elle se dérobait.

Malgré les efforts que cela lui coûtait, il respectait son souhait de ne pas avoir de relations sexuelles avant le mariage. Il avait connu suffisamment de femmes faciles pour apprécier cette attitude à sa juste valeur. Mais il commençait à se poser des questions sur les hésitations de Tori.

Et si c'était sa faute ? songea-t-il.

Peut-être avait-il vu en elle l'épouse idéale, au lieu de la voir telle qu'elle était. L'image qu'il avait d'elle et de leur relation était peut-être totalement utopique. Il l'aimait, certes, mais il se demandait parfois si son amour n'était pas un peu trop... rationnel.

Il jeta un coup d'œil distrait à côté de lui. Rachel l'observait avec insistance. Maintenant que Gian était mort, sa cousine s'efforçait de s'imposer comme son associée. Or, s'il reconnaissait volontiers qu'il avait besoin de son aide, il n'était pas sûr de la vouloir à ses côtés en permanence.

Quelqu'un frappa soudain à la porte, brisant le silence qui s'était installé dans la pièce. Sans attendre de réponse, Lorenzo poussa le battant et passa la tête dans l'entrebâillement.

— Devinez qui vient d'arriver ? Les frères Corelli.

— Oh, non !

C'était la dernière chose dont Elliott avait besoin. Bien sûr, en venant lui présenter leurs condoléances, ses rivaux ne faisaient qu'obéir à la bienséance. Ils avaient beau être ennemis, le protocole exigeait un minimum de courtoisie entre vignerons. Tout le monde attendait des Corelli cette petite visite.

Elliott traversa la pièce en deux enjambées.

— Je vais chercher Brody. Les frères Corelli sont sûrement au courant, pour l'héritage. Je tiens à ce qu'on leur présente un front uni.

— Je t'accompagne, proposa Rachel. Je sais dans quelle direction ils sont partis.

10

Tori regarda par-dessus son épaule pour vérifier que Rachel ne les avait pas suivis. La jolie brune pulpeuse la mettait mal à l'aise, et pas seulement parce qu'elle avait un faible pour Elliott. Tori sentait que cette femme était aussi ambitieuse et implacable que Gina Barzini.

Elle ne vit personne derrière eux. Pourtant, elle avait la désagréable impression que quelqu'un les observait, tapi derrière les buissons épais qui bordaient le sentier. « Ne fais confiance à personne », scandait son esprit. C'était ce que Gian avait écrit à son fils. Son décès avait-il vraiment été accidentel ? se demanda-t-elle pour la énième fois.

— Par ici, dit-elle à Brody.

Ils reprirent le chemin dallé qui serpentait à travers la propriété et menait aux caves. De minuscules lanternes accrochées à des poteaux hauts d'une trentaine de centimètres éclairaient faiblement le chemin, mais les fourrés tout autour étaient plongés dans l'obscurité.

— À quoi ressemble Aldo Abruzzo ? demanda Brody.

— C'est un homme calme et réservé, répondit-elle, en essayant de se remémorer les quelques conversations qu'elle avait eues avec le chef de cave. Il habite dans un cottage situé dans la partie nord du vignoble, mais tous les soirs, il dîne à la cuisine avec Maria.

— Qu'est-il arrivé à sa femme ?

— Je l'ignore. Tout ce que je sais, c'est qu'il est divorcé depuis des années et qu'il a élevé seul son fils unique, Alex. Aujourd'hui, celui-ci gère avec beaucoup de succès un vignoble du voisinage.

Brody s'arrêta brièvement et lui effleura l'épaule.

— Quel genre d'homme est Aldo ? insista-t-il.

— Je ne peux pas vous le dire. Je l'ai souvent vu parler avec votre père, mais je n'ai jamais été suffisamment près d'eux pour entendre leur conversation. Après son attaque, Gian n'a permis à personne de s'occuper de lui, hormis Aldo et Maria.

— Et Elliott ?

Tori hésita une seconde. Elle ne pouvait pas dire à Brody qu'Elliott avait souffert que son père le repousse sans trahir les confidences de son fiancé.

— Il a repris l'exploitation, et c'était ce à quoi votre père tenait le plus.

Au moins, cela était vrai, Dieu merci. Hawke's Landing était la seule chose dont s'était jamais soucié Gian.

— Nous allons devoir sonner et attendre Aldo, dit-elle, comme ils approchaient de la voûte en pierre qui marquait l'entrée des caves. S'il est en plein remuage d'une rangée de bouteilles, il va peut-être lui falloir quelques minutes pour ouvrir, car il ne voudra pas perdre le fil de ce qu'il est en train de faire.

Sans répondre, Brody composa le code sur le clavier encastré à côté de la lourde porte en bois. Un petit déclic se fit entendre.

— Vous connaissez le code ? s'étonna Tori, tandis qu'il poussait la porte.

— Elliott me l'a plus ou moins donné.

Plus ou moins ? La vérité, c'était que Brody était un véritable professionnel, parfaitement entraîné. Rien ne lui échappait. Il s'était débrouillé pour découvrir le code secret. C'était un homme dangereux, songea-t-elle. Pourtant, curieusement, elle lui faisait presque confiance.

Ils pénétrèrent dans la salle d'attente où les touristes se rassemblaient pour les visites guidées des caves. L'endroit était plongé dans la pénombre. Seul l'écran de l'ordinateur posé sur le bureau de la réception répandait une lumière diffuse, permettant tout juste de voir la porte en bois qui conduisait au labyrinthe de cavernes où était produit le vin.

— Pourquoi Gian a-t-il mis en place ce dispositif de sécurité pour les caves, alors que la villa ne dispose d'aucun système d'alarme ? demanda Brody.

— Pour éviter le sabotage. Il y a plusieurs années, quelqu'un a réussi à s'introduire dans les caves des Langpre. L'intrus a trafiqué la quantité de levures qu'on ajoute au vin.

— Ce sont les levures qui font pétiller le champagne, c'est cela ?

— Le vin mousseux, rectifia Tori. Le nom de champagne ne désigne que du vin français. En effet, la levure se nourrit du sucre contenu dans le jus de raisin et le dégrade. Cela produit de l'alcool et du dioxyde de carbone, dont l'essentiel ressort sous forme de gaz. Le vin produit par la famille Langpre ne pétillait pas.

Ils s'engagèrent dans le couloir et ralentirent un moment, le temps de s'accoutumer à la pénombre. Le couloir était si bas de plafond que Brody devait se courber pour ne pas se cogner la tête.

— Ce fiasco a ruiné les Langpre, poursuivit Tori. Leur exploitation a fait faillite, et Gian l'a rachetée pour une bouchée de pain. Aujourd'hui encore, les Langpre sont convaincus que Gian était derrière cette histoire. Ils tiennent maintenant un petit vignoble et produisent du vin de garage. Ils n'ont jamais pardonné aux Hawke ce qui s'était passé.

Brody s'abstint de tout commentaire, mais il avait la nette impression que, comme les Langpre, Tori soupçonnait Gian d'être à l'origine du sabotage. Lui-même n'aurait pas été surpris d'apprendre qu'elle avait raison. Quelque chose lui disait que sa famille était prête à tout pour rester en haut de l'échelle.

— On peut mettre une demi-heure pour atteindre les caves les plus éloignées, expliqua Tori. Mais ne vous inquiétez pas. C'est là qu'on conserve les vins destinés à la vente. Aldo n'y sera pas.

Ils ne marchèrent que quelques minutes dans les souterrains froids et humides avant de trouver le chef de cave. Aldo s'affairait dans une petite cave éclairée par une unique ampoule suspendue au plafond de pierre. Il leva les yeux et parut surpris de les voir, mais Tori aurait juré qu'il n'avait pas pris Brody pour Elliott.

— Bonsoir, Aldo, dit-elle, d'un ton qui se voulait léger. Avez-vous fait la connaissance de Brody ?

Le chef de cave se tenait très droit, à l'exception de ses épaules, légèrement voûtées par des décennies de remuage de bouteilles. Ses cheveux auburn étaient striés de blanc, son visage très pâle, et de profondes rides étaient creusées au coin de ses yeux noisette.

— Non, nous ne nous connaissons pas, répondit-il en retournant à son travail. Mais je l'ai vu à l'enterrement.

Il s'approcha d'un nouveau pupitre en bois, où étaient alignées des bouteilles, la tête en bas. Rapidement, il les fit pivoter de quelques centimètres.

— Je suis à vous dans un instant.

— C'est cela, le remuage ? chuchota Brody à l'oreille de Tori, profitant de l'occasion pour se rapprocher d'elle.

— Oui. Cela permet de faire tomber la lie sur le bouchon. Plus tard, on retirera le dépôt, et on changera de bouchon.

Le vieil homme termina sa rangée sous les yeux admiratifs de Brody, puis il se tourna vers eux.

— Je suis Aldo Abruzzo, dit-il en tendant la main à Brody.

Tori remarqua que les doigts du chef de cave tremblaient légèrement. Combien de temps encore pourrait-il remuer les bouteilles avant que ses poignets ne lâchent ? se demanda-t-elle.

— J'ai grandi avec votre père.

— Je suis heureux de vous rencontrer, déclara Brody en lui donnant une solide poignée de main.

— Gian me manque énormément, ajouta Aldo.

Brody reconnut une émotion sincère dans la voix d'Aldo, et il réalisa alors qu'aucune des cinq cents personnes qui avaient assisté aux obsèques n'avait parlé de son père avec autant d'affection. Seul Aldo semblait réellement affecté par la mort de Gian Hawke. Quant à Gina, il la soupçonnait fortement d'avoir joué la comédie du chagrin, au cimetière.

Quelqu'un avait-il aimé Gian ? se demanda-t-il. Mais quelle importance, de toute façon ? Maintenant que sa mère était morte, personne ne l'aimait, lui non plus. Et il s'en moquait. Certains individus étaient faits pour traverser la vie seuls.

Aldo entreprit de lui expliquer la fabrication du vin mousseux, et Brody l'écouta avec attention. Ce n'était pas un sujet qui l'aurait captivé, en temps normal, mais

Aldo en parlait avec tant de passion qu'il était difficile de ne pas partager son enthousiasme. Le procédé était beaucoup plus contrôlé, beaucoup plus mathématique que ne l'avait imaginé Brody, ce qui ajoutait à son intérêt. Il avait toujours été plus attiré par les sciences que par les disciplines artistiques. Et il avait pensé, à tort, que la fabrication du vin relevait davantage de l'art que de la science.

Ils se trouvaient dans le pressoir, lui apprit Aldo. Des machines en acier inoxydable servaient à exprimer le jus des raisins. Ici, l'odeur de moisi due à l'eau qui suintait en permanence de la pierre était éclipsée par le fort parfum du raisin mûr.

— Nous avons presque terminé le premier pressurage, expliqua Aldo.

— Tout est mécanisé, commenta Brody en regardant autour de lui. Cela fonctionne tout seul.

Aldo sourit, dévoilant des dents inférieures qui se chevauchaient légèrement.

— Le plus dur a déjà été fait.

Il désigna les cuves dans lesquelles le raisin était entreposé en attendant d'être introduit dans les pressoirs.

— Votre frère a trié lui-même les grappes pour éliminer les mauvaises, ajouta-t-il.

— Ah, bon, fit Brody, sceptique.

Elliott avait passé des heures à trier du raisin ? Il avait du mal à l'imaginer. Son frère semblait trop sophistiqué pour ce genre de travail. Du moins, c'était l'impression qu'avait eue Brody. Mais que savait-il réellement de son frère ? Au moins une chose : Elliott aimait réellement cette terre. Brody l'avait compris quand son frère lui avait raconté l'origine du nom du vignoble.

Elliott vivait pour son travail, Brody pour le sien.

— Certains vignerons ne produisent pas de vin. Ils cultivent simplement le raisin et le vendent à d'autres, qui s'occupent de la production, expliqua Tori.

— Intéressant, fit Brody.

Il ne s'était pas attendu à être aussi passionné par l'exploitation. Curieusement, il se sentait à l'aise, dans cette cave. Sans doute parce qu'il s'agissait d'un lieu sombre et humide, songea-t-il. Grâce à son métier, ce genre d'endroit lui était devenu parfaitement familier.

— Et voilà, conclut Aldo avec un sourire. La leçon est terminée pour aujourd'hui. Revenez demain, et je vous montrerai l'assemblage et le dégorgement, ainsi que les opérations de mise en bouteilles et d'étiquetage.

Sur ce, le chef de cave s'éloigna vers une autre rangée de bouteilles.

— Attendez, dit Brody. J'aimerais que vous me parliez de mes parents.

Aldo regarda le jeune homme droit dans les yeux, mais toute trace de sourire avait disparu de son visage. Probablement s'était-il étendu sur la fabrication du vin dans l'espoir d'éviter des sujets plus délicats, devina Brody.

— Que voulez-vous savoir ? demanda Aldo, l'air méfiant.

— Comment se sont-ils rencontrés ? Ont-ils été mariés ?

Il s'arrêta là, sans poser la question cruciale : pourquoi avait-on séparé les jumeaux ?

— Je ne peux rien vous dire, répondit Aldo d'un ton bourru.

— Mais vous étiez le meilleur ami de Gian, intervint Tori, étonnée.

— Et alors ?

— Comment a-t-il expliqué l'apparition subite d'un nouveau-né ? demanda Brody.

— Cela a dû soulever bien des questions, renchérit Tori.

— Gian a déclaré qu'il était le père de cet enfant et qu'il allait l'élever. C'était tout ce que nous avions besoin de savoir, rétorqua Aldo.

— Il n'a jamais mentionné un autre fils ? Un jumeau ?

— Il y a deux mois, Gian a décidé de vous écrire et m'a fait taper la lettre sur l'ordinateur. C'était la première fois qu'il m'expliquait qu'il avait un autre fils.

Brody eut l'impression très nette que cet homme, bien qu'il eût partagé la vie de Gian depuis toujours, n'avait jamais remis en question les faits et gestes de ce dernier.

— Avez-vous vu ce que Gian a griffonné en bas de la lettre ? demanda-t-il.

— Non. Je lui ai donné un stylo et je suis parti.

— Pourquoi ?

— Il n'y avait pas plus orgueilleux que Gian. Son attaque l'avait à moitié paralysé. Pour écrire, il devait tenir le stylo dans son poing, comme ceci.

Aldo attrapa une barre métallique sur une table et la serra comme un poignard.

— Cela l'aurait humilié que quelqu'un, même moi, le voie peiner pour écrire.

— Voici ce que son message disait : « Mon fils, viens tout de suite. J'ai besoin de ton aide. Mes ennemis se rapprochent. Ne fais confiance à personne », déclara Brody, tout en observant la réaction d'Aldo.

— Vous savez, votre père ne faisait complètement confiance à personne, pas même à moi.

— À personne, répéta Tori. Pas même... à Elliott.

Elle prononça ces derniers mots dans un murmure, et une ombre, comme un nuage poussé par le vent, assombrit fugitivement son visage si expressif. Quelque chose la tracassait, et cela concernait Elliott, mais Brody ne la connaissait pas assez pour déceler la nature du problème.

— À votre avis, quelqu'un aurait-il pu tuer Gian ? demanda-t-il à Aldo.

— Non. Nous l'avions averti de ne pas sortir seul la nuit, mais il ne voulait rien entendre. C'était un accident, croyez-moi.

11

— Mon p...

Brody s'interrompit. Comment appeler « père » un homme qu'il n'avait jamais connu ?

— Gian était plus proche d'Aldo que de n'importe qui d'autre, reprit-il. J'ai du mal à croire qu'il ne lui ait donné aucune explication sur l'apparition inopinée d'Elliott. Pensez-vous qu'Aldo nous ait révélé tout ce qu'il sait ?

— Pas tout, admit Tori à voix basse.

Ils retournaient vers la maison pendant qu'Aldo, dans les caves, continuait à remuer les bouteilles. Il faisait nuit noire, à présent. La seule lumière venait des faibles éclairages du chemin et d'une lune boudeuse à moitié cachée par les nuages.

— Mais je ne pense pas qu'il mente vraiment, ajouta Tori. Il y avait quelque chose de... particulier chez Gian. J'ai l'impression que personne ne l'a réellement connu, même pas ses intimes, comme Aldo.

Brody remarqua qu'elle ne mentionnait pas Elliott, mais il ne posa aucune question. Il craignait qu'en évoquant son frère, Tori ne se ferme comme une huître. Et même si son intuition lui disait que quelque chose n'allait pas entre Elliott et la jeune femme, elle portait sa bague de fiançailles.

— Aldo croit peut-être que la mort de Gian était accidentelle, insista Brody, mais je continue à penser qu'il s'agit d'un meurtre.

— Pourquoi ?

— Mettez ça sur le compte de mon sixième sens.

Il ne voulait pas alarmer Tori en lui disant qu'il reconnaissait le parfum du crime, pour l'avoir maintes fois humé au cours de sa carrière.

— J'en saurai plus quand j'aurai parlé au shérif, ajouta-t-il.

Tori ne répondit pas, et il se demanda ce qu'elle pensait réellement de la mort de Gian Hawke. Pendant un moment, ils marchèrent en silence, puis Brody remarqua un sentier qui partait du chemin principal.

— Où mène ce sentier ? s'enquit-il.

— Au belvédère. De là-haut, on a une vue imprenable sur tout le vignoble.

Sans lui demander son avis, il la prit par le bras et l'entraîna sur le sentier. Les nuages s'étaient écartés de la lune, qui se dressait fièrement au-dessus de la vallée, éclaboussant le paysage de sa lumière argentée. Brody aperçut le replat d'une colline, où les gens avaient tant foulé l'herbe qu'elle était toute pelée. Au loin, on distinguait les vignes, qui dessinaient leur motif de toiles d'araignée sur les coteaux.

Ils s'arrêtèrent au sommet de la colline et admirèrent la vue. Brody avait beau ne pas être sentimental, il devait reconnaître que Hawke's Landing ne manquait pas de charme. Pendant un instant, il regretta de ne pas avoir le temps d'explorer la propriété. Il aurait aimé apprendre à la connaître comme Elliott la connaissait.

Il entendit soudain un craquement dans les buissons. Alarmé, il se retourna brusquement et chercha machinalement son arme, avant de réaliser qu'il ne la portait pas. Tori lui prit le bras.

— Ce n'est que Piny.

Brody soupira et se détendit, tandis qu'un labrador noir trottinait vers eux en remuant la queue.

— Il est venu depuis le *bed-and-breakfast* jusqu'ici ? s'étonna-t-il.

— Nous ne sommes pas aussi éloignés du *Silver Moon* qu'il y paraît. Les incendies constituent un gros risque pour les vignobles. C'est pourquoi des chemins en terre battue quadrillent toute la région.

Elle se pencha pour caresser son chien.

— Nous venons bien souvent nous promener par ici, pas vrai, Piny ?

Brody avait remarqué les sentiers pare-feu dans l'après-midi, au cours de sa promenade avec Elliott, mais il n'avait pas réalisé qu'ils étaient si nombreux.

— En tout cas, vous réagissez au quart de tour, commenta Tori.

En voyant son expression choquée, Brody se sentit un peu penaud.

— Vous croyiez que c'était qui ? demanda-t-elle en caressant le labrador docilement assis à ses pieds.

Il haussa les épaules et essaya de sourire d'un air rassurant.

— Personne. C'était purement instinctif, comme réaction.

— Purement instinctif ?

— Enfin, non. Déformation professionnelle, avoua-t-il. Désolé de vous avoir fait peur.

Le silence s'installa. Tori frissonna, puis elle lui jeta un regard à la dérobée, et l'éclat argenté de la lune se refléta dans ses yeux verts.

— Vous avez froid.

Il ôta sa veste de costume et la posa sur ses épaules, en tentant de se persuader qu'il s'agissait d'un geste neutre, comme une attention qu'il aurait eue pour sa mère. En vain.

En resserrant la veste autour d'elle, il ne put résister à l'envie de soulever d'une main ses longs cheveux bouclés. Il les garda un instant entre ses doigts, savourant leur douceur. Tori baissa les yeux et les abrita derrière ses cils interminables. Nerveusement, elle passa le bout de sa langue sur sa lèvre inférieure.

Sa bouche était si tentante et si proche...

Du bout des doigts, il effleura sa nuque, et il eut l'impression qu'elle se penchait légèrement en avant, comme si elle attendait... Quoi ? Un baiser ?

Tori voulait se dégager, rompre le charme, mais elle en était incapable. Une force inconnue l'empêchait de bouger.

Brody posa un index sous son menton, l'incitant doucement à incliner la tête en arrière. Une fois encore, la lune joua avec ses yeux, et il lui sembla que leur éclat vert se chargeait de désir. Alors, de son bras libre, il l'attira près de lui, jusqu'à ce que ses seins chauds touchent son torse et envoient un message très urgent dans la région de son entrejambe.

Silencieusement, Tori le suppliait : « Embrasse-moi, Brody. Embrasse-moi jusqu'à ce que je te dise d'arrêter. »

« Calme-toi, ordonnait la conscience de Brody. Calme-toi. C'est la fiancée de ton frère. » Mais il refusa d'écouter l'avertissement. Le désir lui tournait la tête. Depuis leur premier baiser dans le kiosque, il ne rêvait que d'une chose : l'embrasser encore une fois.

Ses lèvres frôlèrent doucement celles de Tori. Il voulait être tendre, mais il ne savait comment s'y prendre. Ses expériences passées avec les femmes ne l'avaient pas habitué à ces préliminaires.

Sous sa bouche, les lèvres de Tori s'entrouvrirent, et elle effleura sa langue de la sienne. C'était une caresse presque timide, mais elle fit s'accélérer les battements de son cœur. Sans réfléchir, il la serra dans ses bras.

Avec un soupir de reddition, Tori se blottit contre lui, et leur baiser devint sauvage. Tout son corps. Voilà ce qu'il voulait. Son corps tout entier.

« Vas-y doucement », lui murmura une petite voix. Il s'obligea à desserrer un peu son étreinte, mais il continua à l'embrasser, tout en caressant sa joue avec son pouce. Sa peau était chaude, et il n'avait jamais rien senti d'aussi doux sous ses doigts. Un parfum frais et floral émanait de Tori, lui emplissait les poumons, le grisait.

« Arrête ! » se dit Tori. Elle avait sincèrement cru que leur premier baiser n'était dû qu'à un quiproquo. Mais maintenant, dans les bras de Brody, elle se demandait si elle n'avait pas inconsciemment espéré ce nouveau baiser.

« Arrête tout de suite ! » répéta son cerveau, mais son corps refusait de réagir. « Arrête ! » Non seulement elle était fiancée au frère de Brody, mais il représentait tout le contraire de ce qu'elle recherchait chez un homme. C'était un casse-cou, une tête brûlée qui flirtait avec la mort. Exactement comme Connor.

À cette pensée, la douleur et la tristesse la submergèrent, telle une lame de fond. Elle s'écarta brusquement.

— Arrêtez ! parvint-elle à articuler.

Brody lui sourit. C'était un sourire espiègle, qu'elle ne put s'empêcher de trouver adorable. Malgré elle, elle sourit à son tour.

Il redressa le col de la veste qu'il venait de draper sur ses épaules et plongea les yeux dans les siens.

— Que me cachez-vous, au sujet de Gian ? demanda-t-il.

Sa question la prit complètement au dépourvu. Il y avait dans sa voix rauque une autorité à la fois sensuelle et intimidante. Après une hésitation, elle répondit :

— Rien. Rien, vraiment.

Puis, soudain, d'une seule traite, elle déclara :

— Mon père rédige un article exceptionnel sur la mort de Gian pour le *San Francisco Herald*. Son ancien rédacteur en chef l'a contacté pour lui demander d'enquêter. Il pense que Gian a probablement été assassiné.

Brody hocha la tête. Lou Edwards lui avait raconté qu'avant de reprendre le *Silver Moon*, il avait été journaliste.

— Pourquoi votre père ne m'a-t-il rien dit ?

— Il préfère rester discret. Après tout, je suis fiancée à Elliott. Nous ne voulons pas perturber toute la famille.

— Merci de m'avoir fait cette confidence.

Tori était fiancée à Elliott, se répéta-t-il. Cette femme, dont le corps si tentant effleurait le sien, aimait son frère. Mais il ne put se résoudre à la lâcher. Il laissa ses mains sur les épaules de Tori et la serra contre lui.

— Tu les as vus partir il y a longtemps ? demanda Elliott à Rachel.

Il essayait de ne pas trahir son inquiétude, mais quelque chose dans l'attitude de Brody et de Tori le tracassait. Durant la plus grande partie de la réception, ils étaient restés éloignés l'un de l'autre. C'était bizarre.

Brody ne connaissait personne, hormis Tori et son père. Pourtant, Elliott l'avait vu parler avec des étrangers, même lorsque Tori se tenait juste à côté de lui, seule.

En outre, il avait surpris Tori en train de regarder Brody lorsqu'elle pensait que personne ne l'observait. C'était de la folie, songea Elliott en secouant la tête. Ils venaient à peine de se rencontrer. Tori n'était pas le genre de femme à succomber aussi vite au charme d'un homme.

— Ça doit faire une bonne heure, répondit Rachel.

Il y avait sûrement une raison toute bête à leur disparition, se dit Elliott. Il refusait de se laisser entraîner par son imagination.

Dans la nuit, les collines n'étaient plus que des ombres dans le lointain. La lune projetait une lueur blanche sur les buissons qui bordaient le chemin. Tel un présage de l'hiver à venir, un vent mordant soufflait de la corniche qui avait donné son nom au vignoble.

— Tu crois qu'il a demandé à Tori de lui montrer les vignes ?

Rachel attendit un instant avant de répondre. Elle avait déjà éveillé les soupçons d'Elliott. À présent, il s'agissait de les renforcer.

— Possible.

— Mmm, marmonna Elliott.

Ils tournèrent à droite et montèrent en haut d'une butte. De là, on dominait la partie de Hawke's Landing où se dressaient les plus anciens des pieds de chardonnay. Ces ceps avaient une base épaisse comme un tronc d'arbre, et leurs branches rabougries s'étiraient vers les fils de fer qu'on avait tendus pour soutenir les plants plus jeunes et plus vulnérables. Sans leurs grappes de raisin, les vignes semblaient complètement nues. Bientôt, elles seraient taillées.

— Qu'est-ce que c'est ? demanda Elliott en s'arrêtant brusquement.

— Quoi ?

— Écoute. Des bruits de voix.

Il tendit l'oreille et ajouta :

— Ça vient de là-bas.

Rachel connaissait ces sentiers depuis qu'elle était enfant. Les voix venaient du belvédère. Elle maudit sa malchance. Elle avait espéré errer plus longtemps avec Elliott dans les vignes. S'il tombait sur Tori et Brody en train de discuter, qu'y gagnerait-elle ?

Elliott pressa le pas, tout en s'efforçant de ne pas se livrer à des suppositions hasardeuses. D'accord, Brody et Tori se trouvaient seuls, dans le noir et le froid, mais il y avait certainement une explication logique à cette situation.

En atteignant le haut de la colline, il vit Tori et Brody debout l'un en face de l'autre. L'élan de jalousie qu'il ressentit alors fut aussi brutal qu'un coup de poing à l'estomac. Son frère jumeau et sa fiancée étaient si proches qu'on n'aurait pas pu passer une feuille de papier à cigarette entre eux.

Ils ne s'embrassaient pas, mais Brody tenait Tori par les épaules, et celle-ci le contemplait comme s'il venait de lui décrocher la lune. Ils étaient tellement absorbés l'un par l'autre qu'ils ne les avaient pas entendus approcher.

Rachel lui prit le bras et lui chuchota doucement à l'oreille :

— On ne devrait peut-être pas les interrompre.

À cet instant, Brody se retourna face à eux. En voyant l'éclat farouche qui brillait dans ses yeux, Elliott se souvint que cet homme était un soldat aguerri et qu'il avait tué six hommes, dont quatre à mains nues.

— Les frères Corelli, lui rappela Rachel à voix basse.

Au prix d'un effort surhumain, Elliott réussit à maîtriser la fureur qui bouillonnait en lui. Il rêvait de balancer son poing dans la figure de son frère, mais il ne pouvait se permettre de se le mettre à dos en ce moment.

— Je te cherchais, Brody, dit-il d'une voix neutre.

Brody s'avança vers lui, suivi de Tori et de Piny. Elliott distinguait mieux leurs visages, à présent. À la lueur de la lune, Tori semblait légèrement troublée, mais l'expression de Brody était plus insondable que jamais.

— Viens, Brody, ajouta Rachel, en voyant qu'Elliott restait muet. Il faut qu'on te présente les frères Corelli.

Tori s'en voulait. Elle aurait dû prendre Elliott à part pour mettre les choses au point avec lui. Mais les événements s'étaient précipités, et la réception ne lui avait pas semblé être le moment propice pour lui annoncer qu'elle ne voulait plus l'épouser. Maintenant, il allait croire que sa décision avait quelque chose à voir avec Brody. Ce qui n'était pas le cas. Elle avait dit à Brody d'arrêter de l'embrasser, non ? Pourtant, elle se sentait honteuse et coupable.

Ils retournèrent tous les quatre vers la maison, Elliott et Brody en tête, les deux jeunes femmes derrière eux. Rachel mit un point d'honneur à ignorer Tori, comme toujours. Mais celle-ci ne fut pas dupe de l'expression froide et détachée de la cousine d'Elliott. Elle avait remarqué le sourire en coin de Rachel quand Elliott et elle l'avaient surprise dans les bras de Brody.

Lorsqu'ils arrivèrent près de la villa, Tori déclara :

— Il est tard. Je vais rentrer.

— Tu as une voiture ? demanda Elliott avec calme.

— Oui. Papa m'a laissé la sienne. Il s'est fait ramener par des amis.

Elliott l'embrassa sur la joue, et non sur les lèvres.

— Conduis prudemment, surtout au Ravin de la Mort.

Il parut sur le point d'ajouter quelque chose, mais Rachel le devança.

— Les Corelli nous attendent, déclara-t-elle.

Tori les quitta et se dirigea vers le parking, où était garée la BMW de son père. Elle fit monter Piny et prit le volant.

Les virages de l'allée privée qui menait à la route principale étaient traîtres. Avec le nombre de touristes qui venaient visiter le domaine, Tori s'était toujours étonnée que l'on n'ait pas goudronné le chemin de terre. Mais Gian trouvait probablement que son charme rustique ajoutait au cachet de Hawke's Landing, supposa-t-elle.

Elle conduisit lentement et profita du trajet pour analyser ses sentiments, en s'obligeant à être d'une franchise brutale envers elle-même. Elle devait admettre que Brody l'attirait incroyablement. Exactement comme Connor l'avait attirée.

— Qui sème le vent récolte la tempête, dit-elle à Piny avec un soupir.

Le chien pencha la tête, comme pour acquiescer.

Ce qu'elle avait récolté, en épousant Connor, avait été l'exact opposé de ce dont elle avait rêvé. Elle s'était retrouvée seule bien souvent, et même sa carrière – elle travaillait à l'époque dans une prestigieuse agence d'arts graphiques – n'avait pu compenser les nuits solitaires et l'absence de vie de famille.

Elle avait stupidement pensé que, pour elle, Connor changerait. Mais Connor avait une maîtresse avec laquelle il était impossible de rivaliser : l'adrénaline.

Par amour, elle était restée avec lui. Chaque fois qu'il partait, elle était terrifiée à l'idée qu'elle ne le reverrait peut-être jamais plus. Et, un jour, ses pires angoisses étaient devenues réalité. Depuis, tout s'était recouvert d'un voile.

Son père était venu à Los Angeles pour l'aider à préparer l'enterrement. Les cendres de Connor avaient été dispersées au-dessus des studios Universal par un cascadeur, puis ses amis lui avaient rendu hommage en organisant une veillée dont ils avaient tous dû sortir avec une belle gueule de bois.

Avec la mort de Connor, la lumière s'était éteinte dans la vie de Tori. Elle avait l'impression d'être prisonnière au fond de l'océan, plongée dans les ténèbres, sans rien pour l'éclairer. Elle essayait de nager pour remonter à la surface, mais des poids invisibles la retenaient au fond.

— Si tu passes ton temps à te retourner sur le passé, tu ne t'en sortiras jamais, lui avait dit Lou un jour. Connor est mort. Tu es vivante.

Elle avait fini par venir s'installer à Napa Valley pour se rapprocher de son père, la seule famille qu'il lui restait. Lou lui avait donné le joli petit cottage à côté du *Silver Moon*, et elle avait ouvert son agence en ville.

Au cours des années suivantes, elle avait trouvé une certaine forme de sérénité. Ses affaires prospéraient, la réputation de son agence grandissait. C'était satisfaisant, mais pas suffisant.

Elle ralentit en arrivant en vue du dangereux virage en épingle à cheveux, et Piny grogna.

— Ça va, ça va, mon beau, dit-elle machinalement, perdue dans ses pensées.

Le Ravin de la Mort était exactement le genre de virage que les réalisateurs de films d'action affectionnaient, car il permettait de spectaculaires cascades. Rien de plus facile que de plonger dans le vide…

D'où lui venait cette pensée morbide ? Même dans les moments les plus difficiles, elle n'avait jamais été suicidaire. Elle négocia le virage abrupt, puis reprit de la vitesse dans la ligne droite.

Et Elliott, dans tout ça ? se demanda-t-elle.

Quelques années plus tôt, elle s'était rendue à une vente aux enchères de vins pour y voir un de ses clients. Elle avait dessiné un nouveau logo pour son vignoble et s'occupait de tout le côté graphique de sa publicité. C'était à cette occasion qu'elle avait rencontré Elliott et Gian Hawke. Le fils s'était montré impressionné par son travail, mais pas le père.

Quand Elliott lui avait téléphoné, ensuite, elle avait accepté le rendez-vous qu'il lui proposait, malgré l'aversion immédiate qu'elle avait éprouvée pour Gian Hawke. Au début, ils étaient sortis ensemble épisodiquement, mais avec le temps, leur relation avait évolué. Même s'il y avait en Elliott quelque chose qu'elle n'arrivait pas à cerner, Tori savait que c'était quelqu'un de bon et d'honnête, un homme attaché aux valeurs familiales.

Elle s'était assez facilement convaincue qu'elle était amoureuse de lui. Heureusement, elle n'avait pas commis l'erreur de l'épouser. Elle avait réalisé à temps qu'elle était incapable de l'aimer comme il méritait de l'être.

Ç'aurait pourtant été bien mieux pour elle... Étant donné ce qui venait de se passer avec Brody, elle se demandait sérieusement si elle était condamnée à être attirée par des casse-cou comme celui qui avait réduit son cœur en miettes.

12

Brody résista à l'envie de raccompagner Tori jusqu'à sa voiture.

La fiancée de son frère exerçait sur lui un attrait qui n'était pas seulement sexuel. Ce qu'il ressentait était plus profond. Il y avait entre eux comme un lien psychologique.

Mais cela ne servait à rien d'essayer de justifier son attitude. Voler la femme d'un autre était contraire à toute éthique.

Et puis, comment aurait-il pu trahir son propre frère jumeau ? Elliott ne méritait pas ce genre de coup bas. Il était bien assez préoccupé par Hawke's Landing, il n'avait pas besoin qu'on vienne aussi compliquer sa vie amoureuse. D'ailleurs, Brody ne voulait pas d'une femme dans sa vie.

Bien que son frère n'ait encore rien dit de la scène qu'il avait surprise au belvédère, Brody le devinait très contrarié. Pourtant, à sa grande surprise, Elliott ne fit aucune allusion à ses rapports avec Tori. Brody s'était attendu à des paroles cinglantes, peut-être même à une bagarre, mais au lieu de cela, son frère entreprit de lui exposer les relations entre les Hawke et les frères Corelli.

— Les Corelli étaient déjà nos principaux rivaux du temps de mon grand-père. À l'époque, les vins mousseux produits par Corelli Crest et Hawke's Landing égalaient en qualité les meilleurs champagnes français.

— Puis les Corelli ont vendu leur domaine au consortium français, le Ruisseau, ajouta Rachel avec dédain.

— Les Français ont transformé le vin des Corelli en une marque spéciale distribuée en grandes surfaces, précisa Elliott. Or, les champagnes ou les vins mousseux millésimés doivent avoir au moins cinq ans d'âge.

— Millésimés ? demanda Brody.

— Ça se réfère à l'année à laquelle le raisin a été cueilli, expliqua Elliott avec une pointe d'impatience. Beaucoup de champagnes français et de vins mousseux américains sont des assemblages, c'est-à-dire des mélanges de crus provenant d'un même vignoble ou de vins d'années différentes. Ça ne signifie pas qu'ils sont mauvais, au contraire. Mais si la récolte de l'année est exceptionnelle, on fera un vin millésimé. Cela demande un vieillissement plus long.

— Les vins mousseux non millésimés comme ceux que produisent actuellement les Corelli n'ont que deux ou trois ans d'âge, dit Rachel.

— Rotation des stocks rapide, donc plus de profit, conclut Brody.

— Ce n'est pas seulement une question d'argent, précisa Elliott.

— Pourquoi ne pas produire à la fois des vins commerciaux et des vins millésimés ?

— La marque Hawke's Landing n'a jamais été synonyme de médiocrité, décréta Elliott.

— On ne va pas commencer maintenant, renchérit Rachel.

Brody réprima un soupir agacé. Comment Elliott supportait-il cette fille ? Elle était certainement amoureuse de lui, alors qu'il ne se doutait visiblement de rien. Mais ce n'était pas seulement cela qui déplaisait à Brody. Il devinait en Rachel une duplicité qui lui rappelait Gina Barzini.

Il avait souvent éprouvé ce genre de pressentiment durant ses missions, quand il s'avançait en territoire inconnu sans savoir à quel moment l'ennemi tapi dans l'ombre passerait à l'attaque.

Les femmes pouvaient être tout aussi cruelles que les hommes, songea-t-il. De plus en plus de groupes terroristes, aux États-Unis et à l'étranger, engageaient des éléments féminins. Les hommes étaient incapables d'anticiper les réactions des femmes, car ils n'avaient pas été formés à réfléchir comme elles.

Cette pensée le ramena à sa mère. Il avait vécu avec elle, l'avait aimée sans condition, mais il ne l'avait jamais comprise. Pourquoi avaient-ils déménagé si souvent ? Pourquoi avait-elle refusé de chercher un autre emploi que celui de serveuse ? Il le lui avait maintes fois demandé, mais elle lui avait toujours répondu de façon évasive.

Se cachait-elle de Gian Hawke ?

Jamais Brody ne s'était posé cette question, car jusqu'à présent, il ignorait que le passé de sa mère avait été marqué par un homme aussi dur que son père. Mais la peur était sans doute la clé de tout. Oui, si sa mère et lui n'étaient jamais restés en place, si elle lui avait toujours caché l'existence de son père et de son frère, c'était probablement parce qu'elle avait peur.

Rachel chuchota quelque chose à Elliott, et Brody revint sur terre. Ils se trouvaient devant les portes-fenêtres de l'immense salle à manger. À l'intérieur, il n'y avait plus qu'une douzaine de personnes.

Elliott ouvrit la porte, et Rachel se glissa dans la pièce en disant à Brody :

— Les Corelli représentent les intérêts du Ruisseau dans notre pays. Ils essaient de racheter Hawke's Landing depuis plusieurs années. Une telle opération ruinerait tout ce qu'a laborieusement accompli notre famille depuis des générations.

« Notre famille », se répéta Brody. Il jeta un coup d'œil à son frère, et sa gorge se serra. Chaque fois qu'il regardait Elliott, il avait l'impression de se voir dans un miroir, et il n'arrivait pas à s'y habituer. Ce qui le troublait le plus, cependant, c'était la tension qu'il lisait sur le visage d'Elliott. Contrairement à son frère, Brody s'était entraîné depuis son plus jeune âge à extérioriser le moins possible ses sentiments, à ne rien dévoiler qui puisse être utilisé contre lui.

Mais il ne possédait rien qui comptât autant pour lui que Hawke's Landing pour Elliott.

Bien sûr que si, se dit-il aussitôt. Il avait sa carrière. Il aimait le danger, l'excitation. Ce n'était pas une chose tangible, mais c'était tout aussi important pour lui que le vignoble pour Elliott.

— Les frères Corelli sont là pour présenter leurs condoléances, mais bientôt, ils vont venir te demander de leur vendre la part de Hawke's Landing que notre père t'a léguée, lui expliqua son frère à voix basse.

— À quoi leur servirait ma part ? s'étonna Brody.

— Ensemble, nous contrôlons la compagnie, toi et moi, répondit Elliott sans élever le ton. Aldo Abruzzo et tante Gina n'en possèdent qu'un faible pourcentage. Mais, pour peu qu'on leur propose une somme assez intéressante, ils se laisseront convaincre de vendre, surtout si un actionnaire majoritaire comme toi leur en donne l'exemple.

C'était donc pour cette raison qu'Elliott n'avait pas fait de scène au sujet de Tori, tout à l'heure, songea Brody. Elliott avait besoin de lui, et il tenait plus à Hawke's Landing qu'à sa fiancée. Peut-être que Tori s'en rendait compte, d'ailleurs. Était-ce pour cela qu'elle semblait douter de l'avenir de leur relation ?

— Brody, il faut que tu m'aides, dit Elliott en lui prenant le bras.

Brody fixa la manche de sa veste. C'était la première fois que son frère le touchait. Il sentit son ventre se nouer, mais il s'interdit de s'appesantir sur cette sensation. Il préféra se concentrer sur la main d'Elliott. Elle était grande et large. Exactement comme la sienne.

— Comment cela ? réussit-il à demander.

Elliott retira sa main.

— Pour ce soir, au moins, montrons aux Corelli qu'on forme une équipe. Fais semblant de vouloir rester ici pour apprendre le business.

— Mais j'ai un travail qui m'attend, objecta Brody. Et tu sais que je compte te laisser ma part.

— Cela va demander pas mal de démarches administratives, intervint Rachel. Ce ne sera pas officiel avant un certain temps.

Brody avait cru que la jeune femme était trop loin d'eux pour entendre ce qu'ils disaient, mais il s'était trompé.

— Et pendant ce temps, les Corelli risquent de te convaincre de vendre, ajouta-t-elle.

— Je vois.

L'esprit de Brody travaillait à toute allure. Il n'avait pas l'intention de s'attarder dans la région, mais la franchise d'Elliott et l'expression qu'il lut sur son visage lui firent dire :

— Tu peux compter sur moi.

Elliott hocha la tête, mais il semblait encore vaguement méfiant. « Tu ne comprends pas, se dit Brody. Je fais partie des troupes d'élite de la marine. Quand je donne ma parole, mes hommes savent que ce n'est pas du chiqué. »

Mais il n'eut pas le temps de rassurer son frère, car Gina Barzini se précipita vers eux.

— Ah, te voilà, Brody ! Les Corelli meurent d'envie de te rencontrer.

Sur ce, elle entraîna son nouveau neveu à l'autre bout de la salle à manger. Elliott s'apprêtait à les suivre quand Rachel le retint par le bras.

— Je n'ai pas confiance en lui, chuchota-t-elle.

Elliott faillit protester, mais il songea soudain au tour extraordinaire qu'avaient pris les événements depuis l'ouverture du testament de son père. Cela prouvait assez que, dans ce monde, tout était possible.

Quand il regardait son frère et l'écoutait, il avait l'impression de se voir et de s'entendre. Pourtant, Brody conservait un masque indéchiffrable. Son visage, sa voix trahissaient si peu d'émotions...

Qui savait ce que souhaitait réellement Brody ?

Il prétendait ne pas vouloir de sa part de Hawke's Landing, mais peut-être était-ce un subterfuge... En tout cas, il s'intéressait à Tori. Au souvenir de sa fiancée dans les bras de son frère, Elliott se sentit bouillir de colère.

— J'ai quelque chose à te dire, ajouta Rachel.

— Quoi donc ? demanda Elliott, en s'efforçant d'ignorer ce je-ne-sais-quoi qui l'agaçait chez Rachel.

— J'ai surpris Gina en train de parler à Lorenzo, lui confia-t-elle à voix basse.

Elliott se représentait parfaitement la scène. Il avait souvent vu sa tante et son cousin en train d'échanger des confidences, penchés l'un vers l'autre.

— Gina soulevait un point intéressant : il existe une clause particulière dans le testament, prévue pour le cas où il arriverait quelque chose à Brody avant le partage officiel des biens.

Devant la surprise d'Elliott, Rachel marqua une pause, puis elle ajouta lentement, en enroulant une mèche brune autour de son index :

— Sa part reviendrait aux Barzini et à ma famille, ainsi qu'à Aldo Abruzzo.

Les Rittvo ? C'était parfaitement stupide ! Dominic et ses fils, Eddie et Sam, faisaient pousser du raisin. Point final. Ils n'avaient aucune expérience en matière de viticulture. Rachel était la seule à y connaître quelque chose. Mais Gian n'aurait jamais laissé le vignoble à une femme.

« Pour le cas où il arriverait quelque chose à Brody... » avait dit Rachel. Les mains d'Elliott devinrent moites. Les Barzini étaient-ils capables d'assassiner Brody ? Du vivant de Gian, Gina avait joué les sœurs aimantes et faibles. Mais l'expérience avait appris à Elliott que Gina Barzini était en réalité le pendant féminin de Gian. Elle était à peu près aussi inoffensive qu'un serpent à sonnette.

Elle avait vécu toute sa vie dans l'ombre de Gian, et la mort de son frère, d'une certaine façon, l'avait délivrée. Quant à son mari et à son fils, c'étaient de vrais pantins entre ses mains. Mais de là à leur faire commettre un meurtre... Elliott se promit tout de même de leur parler, pour être sûr qu'aucun malheur n'arriverait à Brody.

— Ne t'inquiète pas, dit Rachel en voyant son visage choqué. Ils ne feront rien.

Elliott hocha la tête, mais il n'en resta pas moins sceptique. Une somme d'argent colossale était en jeu. Les Barzini n'étaient que de minables exploitants. Elliott savait que leur affaire péricliterait dès qu'il arrêterait de leur fournir des capitaux. Quant aux Rittvo, leur sort n'était guère plus enviable. Dans le meilleur des cas, le raisin qu'ils produisaient était médiocre.

Elliott avait prévu de cesser d'aider les Barzini incessamment, mais il ne pouvait plus courir le risque de se les mettre à dos. Il allait devoir continuer à renflouer leur satané vignoble.

Les Corelli, forts de leurs capitaux français, décrivaient des cercles autour de lui comme des hyènes autour d'un cadavre. Il ne faudrait pas grand-chose pour convaincre les Rittvo et les Barzini de vendre, surtout s'ils découvraient que Hawke's Landing connaissait des difficultés financières.

Qu'il lui fasse confiance ou non, songea Elliott, il avait besoin de son frère, et il devait s'arranger pour que tout le monde sache que lui et Brody poursuivaient le même but. Sa décision prise, il traversa la salle à manger d'un pas si rapide que Rachel eut du mal à le suivre. Un sourire plaqué sur le visage, il se dirigea vers Ricco et Don Corelli et dit :

— Je vois que vous avez rencontré mon frère.

Il se campa à côté de Brody. Tous deux formaient un duo plus impressionnant que les Corelli. Ceux-ci, petits et trapus, avaient plus de cinq ans d'écart et étaient dotés d'un front si bas que leurs cheveux noirs ondulés touchaient presque leurs yeux noirs.

— Ça a dû être un sacré choc de découvrir tout à coup que vous aviez un frère jumeau, dit Don Corelli à Elliott.

Don, l'aîné, était un beau parleur et un homme d'affaires avisé. Ce serait certainement lui qui aborderait la question de la vente avec Brody et les autres, le moment venu.

— C'est vrai, j'ai été surpris, reconnut Elliott en souriant à Brody, mais je suis content d'avoir un frère.

— Brody s'est tout de suite intéressé à l'exploitation familiale, ajouta Gina, apportant involontairement de l'eau au moulin d'Elliott.

— C'est vrai, confirma Elliott. Il a ça dans le sang.

— Formidable, dit Ricco à Brody. Vous envisagez de rester ?

— Vous renonceriez à votre carrière ? demanda Don, stupéfait. D'après ce que j'ai entendu dire, vous êtes l'un des rares experts dans le domaine du techno-terrorisme.

Elliott félicita silencieusement les Corelli pour leur efficacité. Ils avaient mené leur petite enquête au sujet de Brody. Cela confirmait ses soupçons, si besoin était. Ils espéraient bel et bien, grâce à son frère, mettre enfin la main sur Hawke's Landing.

— J'ai en effet l'intention de rester quelque temps, déclara Brody. J'ai vu Aldo, notre chef de cave, tout à l'heure. Il m'a assuré que cette année serait une grande année.

C'était donc pour visiter les caves que Brody et Tori s'étaient esquivés, tout à l'heure, se rassura Elliott. Mais si son frère avait l'intention de lui donner sa part, pourquoi diable était-il allé inspecter les installations ? L'avertissement de Rachel résonna dans sa tête. Pouvait-il faire confiance à Brody ?

À cet instant, Rachel lui donna un coup de coude discret et demanda :

— Comment va Corelli Crest ? Vous êtes toujours contents de faire partie du Ruisseau ?

Mauvaise idée, Rachel, songea Elliott. Maintenant, les Corelli allaient être sur la défensive. Ils gagnaient beaucoup d'argent, certes, mais pour cela, ils avaient dû renoncer à leur fierté. Les connaisseurs savaient que leur marque était de qualité très moyenne.

— Nous sommes ravis, affirma Ricco à l'intention de Brody. Nous avons des projets d'extension passionnants.

— Qui promettent des opérations très lucratives, ajouta Don.

De toute évidence, ses paroles s'adressaient également à Brody, mais l'aîné des Corelli, plus malin que son frère, regardait tour à tour les jumeaux Hawke.

— Eh bien, bonne chance, commenta Brody, qui ne semblait pas impressionné le moins du monde. Elliott, il faut que j'y aille, dit-il en se tournant vers son frère.

— Permettez-nous de vous raccompagner, proposa Don avec empressement. Nous devons partir, nous aussi.

— Ce n'est pas nécessaire, intervint Elliott en s'efforçant de parler avec naturel. Brody va prendre ma voiture. Ainsi, il pourra rapporter ses affaires ici.

— En effet, confirma Brody.

Elliott observa Gina et Rachel du coin de l'œil. Aucune d'elles ne parut apprécier la nouvelle, mais lorsqu'elles sentirent son regard sur elles, elles se forcèrent à sourire.

— Nous allons prendre congé, dans ce cas, déclara Don, avec un sourire encore plus hypocrite que ceux de Gina et de Rachel. Nous voulions juste vous adresser nos sincères condoléances pour la mort de votre père.

— Merci, dit Elliott. Rachel, emmène Brody dans la bibliothèque. Je vais raccompagner Ricco et Don à leur voiture. Brody, attends-moi, tu veux ? J'aimerais qu'on bavarde un peu avant ton départ.

Diviser pour mieux régner, songea Brody. Telle était la tactique des frères Corelli. Pour l'instant, le front uni présenté par les jumeaux Hawke avait contrecarré leurs vues, mais ils reviendraient à la charge.

— Tu restes ici, alors ? Quelle bonne nouvelle ! s'écria Gina en battant des mains.

— Lui et Elliott ont besoin d'apprendre à se connaître, dit rapidement Rachel.

— Et Elliott va confier à Brody les clés de sa Porsche ? demanda Gina à Rachel. Incroyable !

Brody n'intervint pas, mais il doutait que son frère permît à quiconque d'utiliser son joujou chéri. Elliott lui prêterait sûrement la Range Rover.

— Ils ont très vite sympathisé, assura Rachel à Gina. Viens, Brody, je vais te conduire à la bibliothèque.

En marchant à côté de lui, la jeune femme sentit un frisson glacial lui parcourir l'échine. Une pensée terrifiante venait de lui traverser l'esprit. Si elle n'y prenait pas garde, Brody risquait de la remplacer aux côtés d'Elliott.

C'était hors de question.

13

Elliott se dirigea d'un pas rapide vers la bibliothèque, en espérant que son frère s'y trouvait toujours.

Plus il y songeait, plus l'idée que Brody séjourne à Hawke's Landing lui plaisait. Ainsi, son frère serait loin de Tori, et cela permettrait à Elliott de garder un œil sur lui et de voir quelles étaient réellement ses intentions.

Il ouvrit la porte et poussa un soupir de soulagement. Assis dans l'un des deux fauteuils qui flanquaient la cheminée, Brody lisait. Comme toujours lors des fraîches soirées d'automne, les domestiques avaient fait du feu, et une odeur de pomme de pin embaumait l'air.

— J'espère que tu n'as pas attendu trop longtemps, dit Elliott en entrant dans la pièce.

— Ça va. On est bien, ici, pour se reposer un peu.

— Que veux-tu boire ? demanda Elliott, tout en ouvrant le petit meuble ancien qui servait de bar.

— Un whisky pur malt avec des glaçons, si c'est possible.

Elliott s'immobilisa. Heureusement qu'il tournait le dos à Brody et que celui-ci ne pouvait voir son expression. Du whisky pur malt. Exactement ce qu'il buvait lui-même. Son père avait eu beau faire, Elliott avait toujours préféré un bon whisky à n'importe quel vin.

— Macallan ou Springbank ? proposa-t-il.

— Tu n'aurais pas du Royal Lochnagar, par hasard ?

Elliott saisit la bouteille de whisky pour empêcher sa main de trembler. Il lui fallut une seconde pour trouver la force de dévisser le bouchon. Cette marque n'était guère connue qu'en Angleterre. La distillerie, située près du château de Balmoral, fournissait la famille royale en whisky depuis des générations.

— Tu as déjà visité l'Angleterre ? demanda-t-il.

Il mit des glaçons dans deux verres en cristal, puis versa le Royal Lochnagar.

— Non. J'aimerais bien y aller, répondit Brody, en prenant le verre qu'Elliott lui tendait. Mais il y a d'autres endroits que je voudrais voir d'abord.

— Ah, bon ? fit Elliott en s'asseyant en face de son frère. Lesquels ? Et quels pays as-tu déjà visités ?

— Je connais pas mal le Moyen-Orient, dit Brody en observant attentivement Elliott par-dessus le rebord de son verre. Je suis allé dans des endroits où ne vont pas les touristes. Des endroits dont je préférerais n'avoir jamais entendu parler.

— Dis toujours.

À sa propre surprise, Elliott éprouvait une curiosité sincère pour la vie de son frère.

Sans répondre, Brody goûta son whisky, le savoura un instant, puis il reprit :

— Je connais aussi presque toute l'Amérique du Sud. Le seul endroit où j'ai envie de retourner, là-bas, ce sont les îles Galápagos.

Les îles Galápagos… Elliott en rêvait.

— Justement, à propos d'Amérique du Sud, j'ai prévu un voyage au Chili, cet été, dit-il après un bref silence. Tu y es déjà allé, je suppose ?

— Bien sûr, plusieurs fois.

— Ah... Que faisais-tu là-bas ?

Brody l'examina pendant un instant, puis déclara :

— Je regrette. C'est confidentiel.

— J'envisage d'y investir dans un vignoble, annonça Elliott.

— Tu prends le train en marche un peu tard, non ? Beaucoup d'autres viticulteurs se sont déjà intéressés au Chili.

L'estomac d'Elliott se noua. Ce qu'il avait soupçonné se confirmait. Si Brody en savait autant sur le sujet, cela prouvait qu'il n'était pas prêt à renoncer à sa part de Hawke's Landing.

Durant les dix années passées, de grands exploitants américains avaient acheté des parts dans des vignobles chiliens. Les plus nantis auraient même acquis des vignobles entiers si la loi chilienne avait autorisé les étrangers à devenir propriétaires. Gian n'avait jamais voulu entendre parler d'un quelconque investissement dans un vignoble chilien, mais de récents tests en double aveugle avaient démontré la qualité des vins chiliens. Cette constatation avait agité le monde du vin, comme en 1968, quand des tests de même nature réalisés en France avaient révélé que des cabernets sauvignons, en particulier ceux de Californie, étaient supérieurs à certains grands crus français.

— Le climat chilien est similaire à celui de la Bourgogne, en France, n'est-ce pas ?

— Tout à fait. Et il est effectivement un peu tard pour investir au Chili, admit Elliott. J'aurais aimé m'y prendre plus tôt, mais il valait mieux moderniser d'abord nos installations ici, ce que père ne m'a laissé faire que l'année dernière.

Il contempla les flammes qui dansaient dans l'âtre, en songeant à la vétusté des installations avant que l'attaque de son père ne lui permette de prendre enfin quelques initiatives.

— Nous n'avions même pas de tapis roulants, ajouta-t-il.

— Ah, bon.

La voix de Brody n'exprimait aucune surprise. Que savait-il exactement de la viticulture ? se demanda Elliott.

— J'ai été étonné de voir Aldo remuer les bouteilles à la main, reprit Brody. Il me semble que ce genre d'opérations pourraient être automatisées.

— Tu as raison. La plupart des vignobles sont équipés de giropalettes. Mais il n'est pas facile de trouver le bon logiciel, capable à la fois de contrôler le processus de rotation et de déposer correctement la lie sur le bouchon. Mon... notre père ne faisait pas confiance aux machines.

— Ce doit être difficile de lutter contre des décennies de tradition, commenta Brody en buvant une gorgée de whisky. Il paraît que le remuage est un véritable art. Aldo a-t-il formé son fils à cette pratique ?

— Oui, mais Alex Abruzzo ne travaille pas pour nous. Il est très doué. Il dirige une petite exploitation ultramoderne, l'une des plus prospères de la vallée, qui produit un vin de garage.

— Qu'est-ce qu'un vin de garage, exactement ? demanda Brody.

— C'est un excellent vin, mais dont la production est limitée, de sorte qu'il n'est pas vendu dans le monde entier, comme les marques plus connues. Souvent, les exploitations du genre de celle que dirige Alex vendent leur vin à des collectionneurs passionnés avant même la mise en bouteilles.

La question de Brody était celle d'un amateur, et Elliott se sentit un peu rassuré. Si Brody s'était sérieusement renseigné sur Hawke's Landing, il aurait su ce qu'était un vin de garage. La famille Hawke n'avait jamais produit en petites quantités. On trouvait leur vin mousseux dans tous les commerces spécialisés du pays et dans les caves de tous les connaisseurs.

Le silence s'installa. Le feu crépita, et une bûche se brisa dans l'âtre en produisant une gerbe d'étincelles. Elliott songea à tous les soirs où il s'était assis là, en face de son père. Il n'en gardait aucun souvenir agréable. Chaque fois, la même scène se répétait : Gian savourait un grand cru, tandis qu'Elliott buvait du whisky en écoutant les sempiternelles critiques de son père.

— Je compte repartir dès que j'aurai parlé au shérif de la mort de Gian, annonça Brody à brûle-pourpoint.

— Je suis sûr que le shérif Westcott te dira que c'était un accident, répondit Elliott en haussant les sourcils. Il n'aurait pas autorisé l'enterrement s'il avait eu des doutes.

Brody le considéra un moment, avant de dire :

— Dans mon métier, je dois souvent me fier à mon intuition, et en général, ça paie. Or, j'ai le sentiment que ce n'était pas un simple accident. Il y a trop de gens qui cherchent à tout prix à m'en convaincre.

Elliott, lui, restait convaincu que le décès de son père était accidentel. Certes, beaucoup de gens ne portaient pas Gian Hawke dans leur cœur, mais il ne voyait pas pourquoi on aurait voulu le tuer.

— J'irai avec toi chez le shérif, demain. S'il a le moindre doute sur la mort de notre père, je tiens à le savoir.

Brody hocha la tête, apparemment satisfait, puis il s'absorba dans la contemplation du feu. Elliott prit une petite bûche dans le panier posé à côté de la cheminée et la jeta dans l'âtre. Des étincelles jaillirent, et dans un sifflement, les flammes léchèrent le bois neuf avec un regain d'énergie.

— Tu ne trouves pas bizarre que nous ayons été séparés à la naissance ? demanda Brody.

Une fois encore, sa remarque abrupte surprit Elliott. Décidément, son frère était déconcertant. Mais cette question, il l'avait lui aussi tournée et retournée dans son esprit depuis qu'il avait appris l'existence de son frère jumeau. Et, chaque fois, il avait abouti à la même conclusion.

— Notre père était quelqu'un de bizarre, répondit-il. Il faisait souvent des choses dont la logique échappait aux autres, et il considérait qu'il n'avait pas à se justifier. Quelle qu'ait pu être la raison de notre séparation, il n'en a jamais parlé à personne.

Les paroles suivantes furent plus difficiles à prononcer.

— Et notre mère ? ajouta-t-il. A-t-elle jamais mentionné mon existence ?

Brody le regarda un long moment. Son regard ne trahissait aucune émotion.

— Elle m'a menti. Elle m'a toujours affirmé que mon père avait été tué dans un accident de voiture. Elle ne m'a jamais parlé de toi.

— C'est dingue. Complètement dingue.

Elliott secoua la tête et vida son verre, puis il se leva et alla leur verser à tous les deux une nouvelle rasade de Lochnagar.

Brody gardait le silence, mais cela ne le mettait pas mal à l'aise, réalisa-t-il en se rasseyant. Il se rappela alors les innombrables autres silences qu'il avait subis dans ce même fauteuil, sous le regard glacial de son père. Aujourd'hui, Gian Hawke était mort. Le silence dans la pièce n'était plus ni menaçant, ni pesant.

C'était un interlude plaisant, comme pouvaient en partager des amis ou des frères. Quoi de plus agréable que de siroter un whisky pur malt devant un bon feu de cheminée, par une fraîche soirée d'automne ?

— Quel est le problème avec Hawke's Landing ? demanda Brody, le prenant au dépourvu pour la troisième fois.

— Le problème ?

Que savait exactement Brody ?

— Les Corelli veulent racheter le vignoble. Ils doivent avoir une raison de penser qu'il est à vendre, non ?

Elliott ne répondit pas tout de suite. Il hésitait à évoquer la situation financière du domaine devant son frère. Puis il songea qu'il était inutile d'essayer de berner Brody. Celui-ci avait l'habitude de sonder les gens, d'analyser leurs moindres mots et gestes. Il devait déjà se douter de ce qui se passait.

— Les améliorations que j'ai apportées aux installations du vignoble ont coûté cher. En outre, un orage de grêle a endommagé une partie de notre raisin. Les peaux ont été abîmées et sont devenues trop dures pour être utilisées dans l'assemblage de notre vin mousseux.

— Les difficultés financières sont graves ?

— Pas exactement, répondit Elliott. Nous traversons une passe délicate, mais nous n'avons pas eu besoin de contracter un emprunt.

— Les Corelli sont à l'affût.

— Je sais. Ils profiteront de la moindre de nos faiblesses. Mon père était très dur en affaires. Maintenant qu'il n'est plus là, les Corelli vont tenter de s'allier certains d'entre nous.

— Si je comprends bien, ils essaieront de convaincre Aldo ou Gina de leur céder quelques actions, afin d'avoir un pied dans la place, puis ils s'efforceront de semer la zizanie, pour t'obliger à vendre.

C'était une perspective peu réjouissante, mais Elliott ne pouvait pas se voiler la face.

— C'est cela, admit-il. Cette année va être déterminante pour nous. Si tout se passe bien, j'aurai les moyens de racheter les parts de Gina et d'Aldo.

— En tout cas, ne t'inquiète pas pour la mienne, dit Brody en se levant. Elle est à toi. Bon, je vais rentrer, il se fait tard.

Brody semblait sincère, mais Elliott se demandait s'il pouvait avoir entièrement confiance en lui. Il articula un remerciement bourru, puis posa les verres sur le plateau et dit :

— Rapporte toutes tes affaires ici. Maria va préparer une des chambres d'amis.

Ils se rendirent au garage en silence. La porte était restée ouverte. Les domestiques n'avaient probablement pas encore eu le temps de s'en occuper, songea Elliott. Ils devaient être en train de ranger la salle à manger. Or, dès l'aube, le brouillard ramperait dans toute la vallée, et si on ne fermait pas la porte du garage, les chromes seraient ternis, le lendemain matin.

Brody s'approcha de la Range Rover, et Elliott lui lança les clés. Brody les rattrapa au vol.

— Minable, mon lancer, commenta Elliott. J'ai failli toucher la Range Rover.

— Pas de problème. J'ai l'habitude que les quarterbacks ratent leur coup.

Elliott rit et demanda :

— Tu jouais au football ?

— Bien sûr. Mais, en général, j'étais attaquant.

— En général ? répéta Elliott, troublé.

Grand et bien charpenté, mais vif comme l'éclair, il avait été la star de l'équipe locale de football. Pendant ce temps, un frère dont il ignorait jusqu'à l'existence vivait ailleurs et occupait la même position.

— On déménageait souvent, expliqua Brody. J'ai joué dans différentes équipes. Parfois, j'avais un autre poste. Ça dépendait.

Elliott resta un moment immobile. D'abord le whisky, puis l'attirance pour les îles Galápagos. Cela ne suffisait donc pas que Brody soit sa copie conforme ? Fallait-il aussi qu'il partage les mêmes plaisirs que ce jumeau surgi de l'enfer ?

Brody feignait de ne pas s'intéresser à l'entreprise familiale, de même qu'il feignait de ne pas s'intéresser à Tori. Mais son petit jeu n'avait pas berné Rachel, qui s'était méfiée de lui dès la première minute. Peut-être valait-il mieux suivre les conseils de sa cousine, réfléchit Elliott.

Lorsque Brody voulut ouvrir la portière de la Range Rover, il déclara :

— Ce sont les clés de la Porsche que je t'ai données.

Un embryon de sourire se forma sur les lèvres de Brody, le premier qu'Elliott voyait chez son frère.

— Merci.

Sans ajouter un mot, il prit place derrière le volant, mit le contact et disparut dans la nuit. Elliott resta debout sur le seuil du garage, les poings serrés dans les poches de son pantalon. Quel démon l'avait poussé à laisser Brody conduire sa chère voiture ?

La réponse ne tarda pas à s'imposer à son esprit. Il avait manqué d'amour, mais du point de vue matériel, il avait toujours été gâté. Son frère, au contraire, avait vécu dans l'ombre toute son enfance, sans jamais devenir la vedette de son équipe de football, sans jamais porter de beaux vêtements, sans jamais voyager pour le plaisir…

La liste des « jamais » était trop longue. De toute façon, Elliott ne se sentait pas vraiment coupable d'avoir été si privilégié. Car ce qu'il avait reçu, il ne l'avait jamais réellement apprécié. Il avait été trop obsédé par l'envie de plaire à son père et de l'impressionner pour en profiter. Mais, aujourd'hui, Gian avait disparu, et pour la première fois, Elliott commença à envisager sans déplaisir l'idée de partager avec son frère sa vie et son héritage.

14

Brody démarra et se mit à rouler tranquillement. Il regarda dans le rétroviseur les lumières de la villa derrière lui, jusqu'à ce que Hawke's Landing disparaisse, puis il accéléra. Il était stupéfait qu'Elliott lui ait prêté sa Porsche. Sans doute son frère voulait-il se concilier ses bonnes grâces, étant donné qu'il avait besoin de lui pour sauver le vignoble.

La lune avait disparu derrière un banc de nuages, et les phares découpaient une lumière vive dans la nuit noire. En négociant le premier virage, Brody pensa aux gens qu'il avait rencontrés au cours de la journée.

Sa famille.

Cette notion était totalement nouvelle pour lui. Quelle place avait-il là-dedans ? Comment les autres le considéraient-ils ? Tout le monde, y compris son frère, essayait de le manipuler.

« Ne fais confiance à personne. »

L'énigmatique message de son père résonna à ses oreilles, comme si le vieil homme qu'il n'avait jamais connu lui parlait d'outre-tombe. Quelqu'un devait forcément connaître la vérité, songea-t-il, agacé de n'avoir obtenu aucune réponse à ses questions.

Il freina pour laisser passer un blaireau, puis ralentit en prenant le virage suivant. La direction lui semblait un peu lâche. Sa Porsche de location était du même modèle, mais les commandes répondaient mieux. En jetant un coup d'œil au compteur, il vit que la voiture de son frère avait beaucoup plus de kilomètres que celle qu'il avait louée. Cela expliquait qu'il y ait un peu de jeu, conclut-il.

— Quelle bagnole ! dit-il à voix haute.

La chaussée était inégale, mais la Porsche épousait chaque ornière, chaque bosse, comme si elle roulait sur une étendue lisse. Grisé, Brody prit le virage suivant un peu plus vite.

— Hé !

Cette fois, il y eut encore plus de jeu dans la direction. La voiture fit un écart sur la droite, puis sur la gauche, et il dut redresser précipitamment.

— Il faudra que je dise à Elliott de faire réviser sa voiture, marmonna-t-il.

En s'engageant dans la ligne droite, il accéléra de nouveau. Comme la voiture filait sans heurt sur la route, il se replongea dans ses réflexions, mais cette fois, ses pensées dérivèrent vers Tori.

« Qu'est-ce qui t'arrive ? » se demandait-il. En dépit de sa volonté et des règles d'éthique qu'il s'était toujours efforcé de suivre, il était incapable de lui résister. À quoi cela était-il dû ? Il avait connu un certain nombre de jolies femmes, et il en connaîtrait encore. Il ne tirait d'ailleurs aucun orgueil de son succès auprès du sexe opposé, succès qui ne s'était pas démenti depuis l'été où il s'était transformé en un grand adolescent musclé.

À l'époque, il travaillait à mi-temps à la scierie du village où sa mère et lui s'étaient installés. Un jour, la secrétaire l'avait entraîné derrière le hangar, sous prétexte de lui montrer un endroit ombragé où prendre son quart d'heure de pause. Avant qu'il ait compris ce qui se passait, elle avait soulevé son petit tee-shirt et sa jupe. Dix minutes plus tard, il était devenu un homme.

À partir de ce jour, il avait connu une succession d'aventures qui n'avaient jamais duré longtemps. Sa mère et lui déménageaient trop souvent pour que Brody se fasse des amis. Quant à établir une relation stable avec une fille, ce n'était même pas la peine d'y penser.

Plus tard, lorsqu'il était entré dans les unités d'élite de la marine, il avait commencé à rencontrer des femmes dans les clubs et dans les bars. Il appréciait ces moments de détente, qui contrastaient avec le côté sombre de son métier.

Mais aujourd'hui, cela lui semblait bien vain.

— Qu'est-ce qui a changé ? se demanda-t-il à voix haute.

« Toi », lui répondit une petite voix. Aussi surprenant que cela puisse paraître, il était devenu un autre homme en l'espace de très peu de temps. Découvrir qu'il avait un frère jumeau et qu'il appartenait à une grande famille avait modifié la perception qu'il avait de lui-même. Lorsque sa mère était morte, il s'était cru orphelin, sans racines, mais il s'était trompé.

À peine une semaine plus tôt, s'il lui était arrivé quelque chose durant l'une de ses dangereuses missions, cela n'aurait rien changé pour personne. Désormais, ce n'était plus le cas. Même s'il renonçait à son héritage, Brody resterait un frère, un neveu, un cousin. Un membre d'une famille.

Personne ne le connaissait suffisamment pour pleurer sa mort, dût-elle survenir, mais sa disparition affecterait l'image de sa famille. Aux yeux des autres, Elliott deviendrait le seul successeur d'un immigrant italien qui avait construit l'un des vignobles les plus prestigieux du monde à partir de rien.

Mais cela n'avait aucun rapport avec Tori, songea-t-il. Quoique... Intelligente et distinguée, Tori était le genre de femme qui avait sa place à la tête d'un domaine comme Hawke's Landing. Il devinait qu'avec Tori, le sexe ne pouvait être qu'une des facettes d'une relation complexe. Il y avait en elle une force, une profondeur qu'il n'avait rencontrées chez aucune des femmes qu'il avait connues.

« Virage dangereux. » Le panneau jaune et noir le ramena brutalement aux réalités de la route traîtresse. C'était le virage en épingle à cheveux qu'Elliott avait appelé le Ravin de la Mort. Sa roue droite heurta une pierre, la voiture tangua, et il freina.

Il tourna à fond à gauche pour négocier le virage. Le volant bougea entre ses mains, mais la voiture continua à aller tout droit. Il tourna vivement le volant dans l'autre sens.

Rien. La direction ne répondait plus.

Les phares disparurent de la route et se perdirent dans l'abîme noir, au-delà de l'à-pic. Le Ravin de la Mort. S'il basculait, il se fracasserait le crâne ou finirait ses jours paraplégique.

Il poussa un juron et enfonça la pédale de frein. La Porsche dérapa sur la terre. Impossible de la contrôler.

Son instinct lui souffla de défaire sa ceinture de sécurité, mais déjà, les roues avant de la Porsche quittaient la terre ferme. La voiture resta en équilibre une fraction de seconde, puis elle plongea dans le Ravin de la Mort.

Tori se redressa d'un bond dans son lit. Elle avait toujours eu un sommeil agité, et depuis la mort de Connor, elle faisait régulièrement les mêmes rêves. C'était probablement un de ces cauchemars-là qui l'avait réveillée.

Laquelle des cascades de Connor était venue la hanter, cette fois-ci ? Un accident d'avion ? Une chute du haut d'un gratte-ciel ? Un radeau dégringolant dans un torrent ?

La mémoire lui revint peu à peu. Les images de son rêve, d'abord floues, se précisèrent, jusqu'à ce que les traits d'un visage masculin s'imposent à elle.

— Brody, chuchota-t-elle, se rappelant soudain son rêve.

Brody, le bras ensanglanté, fuyait dans la jungle, poursuivi par une bande d'hommes armés. Elle essayait de le rejoindre, mais un réseau de lianes la maintenait prisonnière.

Soudain, comme par magie, elle se libérait des lianes et rejoignait Brody. Ils portaient tous deux une tenue de camouflage. Et ils couraient à perdre haleine, tout en sachant que les hommes allaient les rattraper et les tuer.

— Non ! cria-t-elle à voix haute.

L'idée que Brody avait remplacé Connor dans ses rêves l'horrifiait. Mais cela n'avait rien d'étonnant. Brody ressemblait tellement à Connor ! Comme lui, il vivait dangereusement, et il aimait cela.

Mais il n'était pas le genre d'homme qu'elle voulait. Elle avait besoin d'une vie tranquille et sereine. Et c'était cette vie-là que lui offrait Elliott. Pourtant, elle devait s'avouer que leur relation ne la satisfaisait pas.

Qu'attendait-elle vraiment d'un homme ?

Encore plongée dans les brumes du sommeil, elle mit quelques secondes avant de réaliser qu'on frappait à sa porte. C'était cela qui l'avait réveillée, et non son cauchemar. Qui pouvait bien débarquer ainsi au milieu de la nuit ? se demanda-t-elle en jetant un coup d'œil à son réveil. Il était presque 2 h 30.

Le bruit avait aussi réveillé Piny, qui agitait joyeusement la queue. Ce devait être son père, songea Tori. Le chien l'adorait.

Elle alluma vivement sa lampe de chevet, sauta sur ses pieds et ouvrit en grand la porte du cottage.

— Mon Dieu ! s'écria-t-elle en voyant Brody.

Était-elle encore en train de rêver ? Une main appuyée sur le chambranle de la porte, Brody chancelait devant elle. Une traînée de sang à moitié coagulé s'étendait de sa tempe à sa joue.

Les mots s'étranglèrent dans la gorge de Tori. Elle s'obligea à se ressaisir. Elle n'était pas dans la jungle, Brody n'était pas en tenue de camouflage. Il portait toujours le costume qu'il avait mis pour l'enterrement, mais une des jambes de son pantalon était déchirée. Sa chemise blanche était sale et déchiquetée. Des brindilles s'étaient accrochées à l'une de ses manches, comme s'il s'était roulé par terre. Il avait déboutonné son col, et son nœud de cravate pendait au milieu de sa poitrine.

— Brody, que s'est-il passé ?

Il la contempla avec des yeux las mais pleins de colère.

— Avez-vous une clé du *bed-and-breakfast* ? demanda-t-il de sa voix rauque. Je suis enfermé dehors.

— Papa ferme la porte à 1 heure. C'est affiché à la réception et dans toutes les chambres. Entrez.

Elle le prit par le bras qui n'était pas couvert d'épines, et il se laissa guider dans le salon. Là, il s'affala sur le petit canapé, et tout son corps fut saisi d'un bref tressaillement.

— Vous devriez voir un médecin. Je vais appeler…

— Non !

Il l'attrapa par le poignet avant qu'elle ait pu bouger.

— Ça va aller.

— Mais vous êtes blessé !

Elle recula d'un pas et essaya de se dégager. En vain. La poigne de Brody était celle d'un homme habitué à employer la force quand il le fallait. Il desserra légèrement sa prise, mais ne la lâcha pas.

— Laissez-moi au moins m'occuper de cette coupure à la tempe.

Il la libéra, et elle courut vers sa chambre. Là, elle réalisa qu'elle ne portait qu'une chemise de nuit lavande extrêmement légère. Sous le tissu arachnéen, sa peau lui parut soudain brûlante. Elle arracha de la patère le peignoir assorti, l'enfila et serra étroitement la ceinture autour de sa taille.

Dans la salle de bains attenante, elle prit du coton, des pansements et un antiseptique pour nettoyer la blessure. Lorsqu'elle revint dans le salon, Brody était penché en avant, les bras sur ses genoux. Le dos de sa chemise était également couvert d'épines et de brindilles, remarqua-t-elle.

— Que s'est-il passé ? répéta-t-elle.

— J'ai eu un accident de voiture.

— Apparemment, c'était plus qu'un simple accrochage, commenta-t-elle.

— On peut dire ça de cette façon.

— Y a-t-il eu d'autres blessés ?

Il se redressa et la regarda droit dans les yeux.

— Non. J'étais seul sur la route.

— Alors, comment est-ce arrivé ?

Elle se pencha au-dessus de lui, un genou posé sur le canapé, et entreprit de nettoyer sa plaie. Il y avait quelque chose dans la façon dont il la contemplait qui la troublait. Sous son regard intense, elle avait l'impression d'être complètement nue.

Et puis, elle était obligée de s'approcher beaucoup trop près de lui pour soigner sa blessure. Elle pouvait même sentir son souffle chaud sur sa joue. Les doigts légèrement tremblants, elle appliqua l'antiseptique. Brody serra les dents, et elle vit tressauter un muscle dans sa mâchoire. Mais rien dans ses yeux ne trahit sa douleur.

Elle jeta le premier coton et en prit un autre, qu'elle appuya sur sa tempe pour stopper le sang qui s'était remis à couler.

— Il vous faudrait des points de suture.

— Laissez tomber. Ça ira.

— Vous avez fait votre rappel de tétanos ?

Il grommela un son qui ressemblait à un acquiescement.

— Tous mes vaccins sont à jour. C'est obligatoire, dans ma profession.

Tori utilisa encore un coton pour essuyer le sang sur sa tempe, puis elle appliqua un large pansement sur la blessure, mais ses doigts tremblaient tellement qu'elle le posa de travers.

— Merci, dit Brody, lorsqu'elle eut terminé.

L'ombre d'un sourire joua sur sa bouche, et Tori remercia le Ciel qu'il ne lui ait pas réellement souri. Cette espèce de rictus la laissait déjà hors d'haleine. Pour un peu, elle aurait rougi de se trouver si près de lui, et dans une tenue aussi vaporeuse.

Le regard de Brody s'attarda un moment sur elle, calme et pénétrant. Devinait-il ce qu'elle pensait ? Elle l'examina à son tour et remarqua que ses yeux étaient d'un bleu plus soutenu et plus brillant que ceux d'Elliott.

C'était un soldat d'élite, se rappela-t-elle, formé pour tuer. Il avait vu et fait des choses qu'elle ne pouvait même pas imaginer. Jamais elle n'avait côtoyé quelqu'un comme lui. Certes, Connor avait été un homme intrépide, qui avait souvent mis sa vie en danger, mais ça n'avait jamais été par conviction morale. Brody, lui, était le genre d'homme à risquer sa vie pour une cause. Rien d'étonnant à ce qu'il semble si grave. Dans son monde, il s'agissait de vie ou de mort, pas de jeu et de plaisir.

Tori s'écarta un peu, mais pas trop, pour ne pas donner l'impression qu'elle était tendue ou effrayée. Les lèvres de Brody ressemblaient beaucoup à celles d'Elliott, mais elles avaient un pli plus volontaire, plus sensuel. Malgré elle, Tori repensa à leur baiser sous le kiosque et frissonna brièvement. Personne, pas même Connor, ne l'avait troublée à ce point.

— Racontez-moi ce qui s'est passé, dit-elle, d'une voix plus sèche qu'elle ne l'aurait voulu.

Les yeux de Brody s'attardèrent sur son visage, puis descendirent vers ses lèvres. Enfin, il répondit :

— Je conduisais la Porsche d'Elliott.

— Sa Porsche ? Sa précieuse Porsche ? Il ne m'a jamais laissée la conduire, ajouta-t-elle sans réfléchir.

Brody eut un petit haussement de sourcils, mais il ne dit rien. Le visage empourpré, elle ajouta rapidement :

— C'est très macho, de ne pas faire confiance aux femmes pour tenir le volant, vous ne trouvez pas ?

Encore une fois, Brody resta muet. Dans la petite maison, Tori n'entendait rien d'autre que le sang qui battait à ses tempes et le souffle régulier de Piny, qui s'était endormi.

— Comment a réagi Elliott quand vous lui avez dit que vous aviez eu un accident ?

— Il n'est pas au courant.

— Pourquoi ? La Porsche est très abîmée ?

Tori réprima une grimace. Elle n'aurait pas aimé avoir à annoncer ce genre de nouvelle à Elliott.

— C'est une épave.

Il avait répondu d'un ton léger, mais Tori crut avoir enfin décelé une faille dans son armure. Si Brody était venu la voir au lieu d'aller dire à son frère qu'il avait cassé son précieux joujou, c'était qu'Elliott devait l'intimider.

— Une épave ? Vous avez eu beaucoup de chance, alors ! s'exclama-t-elle en détaillant de nouveau sa tenue du regard.

— La chance ou le hasard n'ont rien à voir là-dedans.

— Comment cela ? demanda-t-elle lentement.

— La direction a lâché au Ravin de la Mort. La Porsche a basculé dans le vide.

— Mon Dieu !

Elle le regarda, stupéfaite, en se demandant si le calme imperturbable qu'il affichait n'était pas dû au choc. Mais non, il avait l'habitude du danger, tout simplement.

— Comment êtes-vous revenu ici ?

— À pied.

— À pied ? Dans votre état ? Le Ravin de la Mort se trouve à presque dix kilomètres d'ici !

— Pas si l'on coupe par les sentiers pare-feu. C'est Piny qui m'en a donné l'idée.

En entendant son nom, le labrador se réveilla et leva la tête vers Brody. Tori le contemplait, médusée. Elle vivait là depuis cinq ans, et elle aurait été bien incapable de retrouver son chemin à travers les différents vignobles qui s'imbriquaient les uns dans les autres comme les pièces d'un puzzle. À plus forte raison en pleine nuit.

— Pourquoi n'avez-vous pas appelé la police ?

— J'avais besoin de réfléchir à l'accident.

— Pourquoi ?

Il haussa les épaules sans rien dire. À cet instant, Tori se rappela leur entretien sur la terrasse de Hawke's Landing, après l'enterrement. Brody lui avait dit qu'il avait bien besoin d'une amie.

Elle ne le connaissait pas depuis longtemps, néanmoins elle avait appris une chose sur lui : ses sentiments, il les gardait pour lui. Il s'était tourné vers elle, mais il hésitait. Peut-être ne savait-il pas comment s'exprimer ? Comment l'encourager à sortir de sa réserve ?

Elle se pencha vers lui et lui toucha doucement la joue. Les yeux rivés aux siens, elle essaya silencieusement de lui faire comprendre qu'il pouvait avoir confiance en elle, qu'elle était prête à lui venir en aide.

Elle déglutit à deux reprises, pour déloger la boule qui s'était formée dans sa gorge, et tenta de calmer les battements précipités de son cœur.

— Expliquez-moi pourquoi vous aviez besoin de réfléchir à l'accident, demanda-t-elle dans un murmure.

Pendant un long moment, Brody garda le silence. Lorsqu'il prit enfin la parole, il parut peser chacun de ses mots.

— Je me demandais si la direction avait lâché accidentellement... ou si mon frère avait essayé de me tuer.

15

Brody vit les grands yeux verts de Tori s'écarquiller sous l'effet de la stupéfaction. Il laissa la question s'insinuer dans son esprit. Elle avait toujours la main sur sa joue, mais ses doigts s'étaient raidis.

« Dis quelque chose, supplia-t-il en silence. Dis-moi ce que tu penses. »

Il avait besoin qu'elle l'aide à y voir plus clair. C'était pour cela qu'il s'était adressé à elle. Si son frère et lui étaient impliqués dans cette histoire, cette femme l'était aussi.

Victoria Anderson.

Son nom était aussi mélodieux que le reste de son être. Sa présence lui faisait presque oublier cet horrible accident et sa longue marche dans le noir jusqu'au *Silver Moon*. Il avait ruminé les données du problème en chemin, mais son esprit n'avait cessé de revenir vers Tori.

Il mourait d'envie de la serrer dans ses bras. C'était un besoin impérieux, qui prenait racine au plus profond de lui-même, une émotion qu'il n'avait jamais connue jusque-là.

Quand elle avait ouvert la porte, le rai de lumière avait dévoilé son corps sous la mince étoffe de sa chemise de nuit. Malgré la fatigue et les blessures, les sens de Brody avaient pourtant aussitôt réagi à la vision de ses seins hauts et ronds qui se dessinaient sous le tissu léger. Son regard exercé avait également noté en un clin d'œil la taille remarquablement fine et les hanches aux courbes délicates.

Ce simple souvenir envoya un élan de désir dans ses membres las. Il valait mieux qu'il s'en aille, pensa-t-il. Vite. Très vite.

— Vous tuer ? dit-elle enfin. Elliott ne ferait jamais une chose pareille.

Elle laissa retomber sa main.

— Pourquoi pensez-vous cela ?

Ainsi, ses premiers mots étaient pour prendre la défense d'Elliott. Il s'écarta imperceptiblement d'elle, conscient d'en avoir déjà trop dit.

« Oh, non, songea Tori. Il reprend ses distances. » Le regard qu'il lui adressa était sombre et impénétrable. Elle le sentait se raidir de plus en plus à côté d'elle, tel un lion se ramassant avant un combat.

— Brody, s'il vous plaît. Vous me faites peur, murmura-t-elle.

Son expression s'adoucit aussitôt. Il tendit le bras vers elle et repoussa derrière son oreille une mèche de cheveux blonds. La colère avait disparu de ses traits, laissant place à une expression pensive. Il se rapprocha d'elle.

— Je ne voulais pas vous faire peur.

À présent, ses lèvres étaient à quelques centimètres des siennes. Ses yeux étaient si près d'elle que, pour la première fois, elle remarqua de minuscules taches noires dans ses iris bleu marine.

Aucune lueur menaçante ne brillait dans son regard, au contraire. Il semblait refléter la chaleur d'un feu intérieur. Soudain, le cœur de Tori se mit à battre la chamade. Il allait l'embrasser...

Mais elle ne voulait pas qu'il l'embrasse. Elle voulait le comprendre. Quelque chose se brisa en elle, se fragmenta en mille petits morceaux. Cet homme était le contraire de ce à quoi elle aspirait, et pourtant, elle se sentait inexplicablement liée à lui.

— Brody, racontez-moi comment cela s'est produit.

Le regard de Brody redevint lointain. Elle toucha sa joue du bout des doigts, effleurant sa mâchoire virile.

— S'il vous plaît. Expliquez-moi pourquoi vous pensez que ce n'était pas un accident. Je veux comprendre.

Après un long silence, il répondit :

— Elliott et moi sommes allés dans la bibliothèque, et nous avons parlé de Hawke's Landing.

— Vous avez passé un moment agréable ?

— Oui, assez agréable.

Sa voix était tendue, comme s'il luttait pour refouler des émotions troublantes.

— Quand je suis parti, j'ai trouvé bizarre qu'il me propose sa Porsche. Je m'attendais qu'il me prête la Range Rover, ou peut-être la Jaguar de son père.

« C'était aussi ton père », protesta-t-elle silencieusement.

— Elliott a insisté pour que je prenne la Porsche.

Dans sa voix basse, Tori entendit le chagrin qu'il essayait d'étouffer et comprit à quel point il était bouleversé. C'était une inflexion subtile, et quelqu'un d'autre n'aurait peut-être rien remarqué, mais elle avait l'impression de sentir les moindres de ses changements d'humeur. Elle commençait à percevoir ce qui se passait derrière la barrière invisible qu'il dressait entre lui et les autres.

— Elle marchait parfaitement, un peu plus tôt, quand Elliott m'a emmené voir la corniche.

— Mais vous n'étiez pas au volant, vous n'avez pas vraiment pu vous en rendre compte, n'est-ce pas ?

— Non. Mais Elliott conduit très vite. Sur ce chemin cahoteux, à l'allure à laquelle il allait, la colonne de direction aurait dû se détacher, or cela ne s'est pas produit. Je pense que quelqu'un a desserré les écrous qui maintiennent la barre d'accouplement après notre promenade.

Tori réfléchit un instant, puis elle demanda :

— Combien de temps faut-il pour trafiquer les écrous ?

— Quelques minutes, si on sait ce qu'on fait.

Tori se sentit soudain oppressée. Brody pensait sérieusement que son frère avait voulu le tuer. Elle avait du mal à le croire, pourtant... Bien qu'Elliott soit un homme charmant, délicat et attentionné, elle devait reconnaître que tout un pan de sa personnalité lui échappait. D'une certaine façon, il était aussi impénétrable que son frère.

— Vous auriez pu mourir.

Son cœur battait si fort qu'elle fut incapable d'articuler un mot de plus. Que lui arrivait-il ? En quelques minutes, sa stupeur s'était transformée en angoisse. « Non, criait la partie rationnelle de son cerveau. Non, ne t'aventure pas dans cette voie-là. Ne commence pas à t'attacher... »

— Je ne suis pas mort, dit Brody d'une voix apaisante. J'ai réussi à m'éjecter à temps. J'ai la peau dure, ajouta-t-il avec amertume.

L'accablement submergea Tori.

— C'était peut-être un autre membre de la famille, dit-elle enfin. À votre avis, qui aurait pu toucher à la Porsche ?

Brody haussa les épaules.

— C'est la voiture d'Elliott. Personne ne savait qu'il allait me la prêter. Et puis, c'est lui qui a le plus à gagner à ce que je disparaisse de la circulation, non ?

Tori ouvrit la bouche pour protester, mais la referma sans rien dire. Brody n'avait pas tort. Elle avait besoin de réfléchir à tout cela et d'en parler à son père. Mais, avant tout, il fallait qu'elle instaure une certaine distance entre elle et Brody. L'attrait qu'il exerçait sur elle la terrifiait.

Elle se leva.

— Je vais chercher les clés du *Silver Moon*. Il va bientôt faire jour. Nous aviserons demain.

— D'accord, mais avant cela, j'ai besoin de votre aide.

Brody se leva à son tour et arracha sa cravate, qu'il jeta par terre. Il retira en grimaçant sa chemise déchirée et la laissa tomber à ses pieds.

Tori étouffa un cri d'admiration.

Torse nu, Brody était d'une virilité impressionnante. Il était grand, puissant, musclé, mais on devinait que ses muscles ne devaient rien aux poids et haltères soulevés dans un club de gym… Soudain, il se retourna, et elle étouffa un nouveau cri, d'horreur cette fois. Le dos de Brody était lacéré, couvert d'ecchymoses et de sang séché. En enlevant sa chemise, il avait ôté une partie des épines qu'il avait récoltées dans sa chute, mais il en restait encore beaucoup, et certaines s'étaient cassées.

— Je vais chercher ma pince à épiler, déclara-t-elle. Allongez-vous sur le canapé.

Elle retourna en hâte dans la salle de bains et fouilla dans le tiroir où elle rangeait ses cosmétiques. Enfin, elle trouva la pince qu'elle utilisait pour s'épiler les sourcils. Elle la lava soigneusement à l'eau chaude et au savon, puis elle repartit vers le salon, armée d'un nouveau stock de cotons et d'alcool à 90°. Sur le seuil de sa chambre, elle s'arrêta net.

— Il était temps. Heureusement que je ne suis pas à l'article de la mort.

Brody était étendu à plat ventre en travers de son lit, nu comme un ver, à l'exception de son postérieur, que recouvrait un coin de drap lavande.

— Qu'est-ce que vous faites ? demanda-t-elle d'une voix étranglée.

Il tourna la tête et lui jeta un sourire désarmant par-dessus son épaule nue.

— J'ai aussi des épines dans les fesses et derrière les jambes.

Tori était trop troublée pour répondre. Il avait raison, bien sûr. L'arrière de ses jambes était couvert d'épines. Quant à ce qui était caché sous le drap, elle préférait ne pas y songer.

— Vous allez rester là à baver toute la nuit ?

— Je ne bave pas, répliqua-t-elle, d'un ton sévère dont elle se félicita. Je me disais que certaines de ces égratignures risquaient de s'infecter. Je vais avoir besoin de plus d'antiseptique.

— Bah, ce n'est rien. On m'a tiré dans la jambe, une fois, et j'ai eu un début de gangrène. Il a fallu me couper un morceau de cuisse. Vous voulez voir ?

Il commença à descendre la partie du drap qui dissimulait ses fesses et le haut de ses cuisses.

— Non ! répondit vivement Tori. Ce n'est pas la peine. Je vous crois sur parole.

Elle le vit enfouir son visage dans l'oreiller, tendre ses longs bras et agripper la tête de lit en fer forgé, ce qui fit saillir ses biceps puissants. Le mouvement était félin, gracieux, mais sans rien de féminin. En s'étirant ainsi, Brody mettait en valeur les contours masculins de son corps.

Elle avança timidement vers le grand lit. Il lui semblait immense et solitaire quand elle y dormait seule, mais à présent, il paraissait trop petit pour deux personnes. Étalé en travers du matelas, Brody prenait presque toute la place. Elle posa ses cotons sur la table de nuit, s'assit au bord du lit et se pencha vers lui.

La tête tournée sur l'oreiller lavande, il serrait toujours le montant en fer forgé entre ses mains. Il leva la tête vers elle, et une mimique amusée se dessina sur ses lèvres. Qu'y avait-il de si drôle là-dedans ? Il voyait bien que cela la gênait de se trouver à côté d'un homme entièrement nu. Sans plus lui prêter attention, Tori décida de se concentrer sur sa tâche.

La seule blessure sérieuse était celle de sa tempe, mais entre les épines, sa peau virait au violet sombre. Il avait atterri brutalement sur le dos, et certaines échardes risquaient d'être trop profondément enfoncées pour qu'elle puisse les extraire.

— Ça va peut-être faire mal, dit-elle en pinçant la première épine entre les deux branches de sa pince à épiler.

Piny vint poser sa tête sur ses genoux. Pendant qu'elle retirait plusieurs des grosses épines qui n'étaient pas parties avec la chemise, le labrador poussa un gémissement grave et compatissant. Mais Brody ne tressaillait pas, même lorsqu'elle devait lui pincer la peau pour ôter des échardes récalcitrantes.

Lorsqu'elle eut fini la moitié supérieure de son dos, elle essuya sa peau meurtrie avec un coton imbibé d'antiseptique.

— Certaines des petites épines se sont cassées, et je ne peux pas les retirer. Ça commence déjà à s'infecter par endroits. Il faudra que vous alliez voir un médecin demain.

— Ne vous en faites pas pour ça, grommela-t-il, d'une voix assourdie par l'oreiller.

En sentant le matelas bouger, il releva la tête.

— Où allez-vous ?

Tori s'éloignait, ses cheveux blonds flottant sur ses épaules.

— J'ai de la lotion à l'aloès. Ça aidera les plaies à cicatriser.

— Super, marmonna-t-il, le nez de nouveau dans l'oreiller.

Il ne manquait plus que ça, songea-t-il. Encore un massage, encore le supplice de ses mains douces sur sa peau... Mais la faute à qui ? se dit-il en se maudissant intérieurement. Pourquoi n'avait-il pas attendu de pouvoir aller voir un médecin, le lendemain matin ?

Parce qu'il voulait être avec Tori. Tous les prétextes étaient bons.

Brody sentit le matelas s'affaisser lorsqu'elle vint se rasseoir à côté de lui. Il lui jeta un coup d'œil et le regretta aussitôt. Le léger peignoir avait glissé sur l'épaule de Tori et exposait la naissance d'un décolleté très prometteur.

Il enfouit son visage dans l'oreiller et compta jusqu'à dix. Le bruit d'un flacon en plastique que l'on pressait, un filet de lotion froide entre ses épaules, l'odeur entêtante de l'aloès... Tori étala délicatement la crème sur son dos, à l'aide de courts mouvements circulaires qui ne firent qu'augmenter le désir de Brody.

Elle travaillait à présent sur les muscles tendus de sa nuque. Aucune épine, là, mais Brody était crispé depuis l'accident qui avait failli lui coûter la vie. Peu à peu, sous ses mains douces, il se détendit.

— C'est agréable, dit-il.

Elle fit remonter ses mains et vint effleurer la peau à la racine des cheveux. La lotion était fraîche, mais des gouttes de sueur commencèrent à perler sur le front de Brody. Un désir grandissant se propageait dans son corps tout entier.

Dès l'instant où il s'était déshabillé et jeté sur le lit, il avait eu envie d'elle. Il avait d'abord trouvé les draps lavande trop féminins, mais ils étaient incroyablement doux, et il y sentait l'odeur de Tori. Son discret parfum fleuri embaumait l'oreiller et l'enivrait littéralement.

— L'entracte est terminé, annonça-t-elle en retirant ses mains de son cou.

Il mordit l'oreiller pour ne pas la supplier de continuer.

— Je vais retirer le reste de ces épines.

Il changea légèrement de position, gêné par son érection, et serra les dents, le nez dans l'oreiller, pendant qu'elle s'affairait sur la partie inférieure de son dos.

Lorsqu'elle tira sur plusieurs épines profondément enracinées, le désir de Brody se calma un peu. Il commençait à se demander si elle ne faisait pas exprès de le torturer quand il sentit son souffle au creux de ses reins.

— Mon Dieu ! s'écria-t-elle. Regardez ça !

Il souleva la tête.

— Quoi donc ? Mon joli petit cul ?

— Très drôle. Comment avez-vous réussi à vous salir sous votre caleçon ?

— Je préfère ne pas vous le dire, répondit-il en songeant au plongeon de la Porsche et à sa tentative désespérée pour s'éjecter de la voiture.

Tori s'interdit de s'attarder sur la taille et les hanches étroites de Brody. Elle cacha soigneusement un côté de son postérieur sous le drap et chercha les épines sur l'autre. Heureusement, les deux épaisseurs de tissu, pantalon et sous-vêtements, n'en avaient pas laissé pénétrer beaucoup.

Elle fut pourtant bien obligée de toucher sa fesse nue pour extraire les échardes qu'elle trouva. Par chance, l'autre fesse n'avait subi aucun dommage, et elle n'eut pas à le dénuder entièrement.

Il leva la tête vers elle et lui adressa un petit sourire taquin.

— Vous devez admettre que j'ai des fesses en acier.

Elle donna une tape sur son flanc nu.

— Si c'était réellement le cas, vous n'auriez pas été couvert d'épines.

— Continuez, je m'assoupis.

Il poussa un soupir exagéré et reposa la tête sur l'oreiller. Tori borda soigneusement le drap autour de ses fesses et s'attaqua aux cuisses.

— N'en oubliez pas, surtout, conseilla-t-il.

Elle crut l'entendre réprimer un gloussement.

— Je ne voudrais pas risquer la septicémie.

Tori se retint de rire. Cela lui aurait fait trop plaisir.

Le buisson que la jambe de Brody avait heurté avait laissé dans sa peau des épines petites et difficiles à retirer. Il avait des jambes incroyablement longues, songea Tori en les examinant, bronzées et musclées, comme son dos. Une discrète toison sombre accentuait encore leur virilité.

C'était la perfection faite homme. Enfin, presque. Une profonde cicatrice creusait l'extérieur de sa cuisse gauche. Elle passa un doigt dessus.

— C'est là que vous avez reçu la balle ?

Après un long silence, un « oui » étouffé émergea de l'oreiller. Manifestement, il s'endormait. Tori poursuivit patiemment sa besogne et retira des dizaines de petites épines. Il lui sembla qu'elle mettait des heures à atteindre les mollets, où les échardes étaient plus clairsemées. Elle commençait à avoir une sérieuse crampe à la nuque.

Elle se redressa et s'étira.

— Il est temps de passer encore un peu d'aloès.

Comme il ne répondait pas, Tori supposa qu'il dormait. Il avait toujours les mains autour du montant en fer forgé, mais elles s'étaient détendues. En veillant à ne pas le réveiller, Tori appliqua la lotion du bout des doigts. Remonter de la cheville au mollet ne lui posa pas de problème, mais en arrivant vers le haut de la cuisse, elle hésita. C'était tout de même une zone nettement plus intime. Elle l'aurait évitée si Brody n'avait pas eu tant d'égratignures à cet endroit. Aussi poursuivit-elle courageusement sa tâche, en prenant soin toutefois de ne pas toucher l'intérieur de la cuisse.

Brody gardait les paupières bien fermées et essayait de respirer normalement pendant qu'elle lui frottait la cuisse avec cette maudite crème. L'aloès était frais, et pourtant, il le mettait en feu. C'était un véritable calvaire.

Le moindre mouvement du matelas, le moindre contact des doigts de Tori lui rappelaient qu'elle était à moitié nue et à quelques centimètres de lui. Il avait un mal fou à faire semblant de dormir. Pourtant, il allait falloir qu'il continue encore un moment quand elle aurait fini son massage, autrement, ce serait la honte de sa vie.

Tori finit d'appliquer la crème, puis elle observa le torse de Brody, qui se soulevait au rythme de sa respiration. Il dormait à poings fermés. Comment lui en vouloir ? Elle-même était épuisée.

Elle poussa un soupir et prit appui sur ses bras pour se relever, mais elle s'immobilisa en plein élan, incapable de résister à l'envie de le regarder. Lorsqu'elle se surprit à imaginer ce qui se cachait sous le drap, plaqué contre le matelas, elle détourna les yeux, choquée par ses propres pensées. Elle était beaucoup trop attirée par lui, réalisa-t-elle avec horreur.

Brody n'osait pas bouger. Que faisait-elle donc ? Il devinait qu'elle était penchée au-dessus de lui, car il sentait la chaleur de son corps, mais elle restait immobile. Malgré son érection, il s'appliquait à garder un souffle lent et régulier, comme quand il était en mission et désirait ne pas se faire repérer.

Il attendit.

Même après, Tori fut incapable de s'expliquer ce qu'elle fit ensuite.

Elle se pencha au-dessus de lui et examina attentivement son visage à moitié caché par l'oreiller. Cet homme était terrifiant et dangereux, certes, mais personne ne l'avait jamais fascinée autant que lui. Même au repos, son côté sauvage la captivait.

Elle approcha un peu plus son visage du sien. Une odeur masculine se mêlait aux effluves d'aloès et d'antiseptique. Elle s'en emplit les poumons... Enivrant arôme...

Que diable fabriquait-elle ? se demandait Brody. Il forçait tous ses muscles à ne pas bouger et continuait à respirer régulièrement, mais il ne pouvait contrôler le sang qui coulait dans ses veines, de plus en plus brûlant.

Tori se pencha un peu plus, et ses seins effleurèrent le dos de Brody. Elle entrouvrit les lèvres et embrassa le creux de sa nuque. Du bout de la langue, elle goûta sa peau. Salée, piquante. Beaucoup trop sexy.

Brody faillit craquer. Si elle l'avait embrassé une seconde de plus, il l'aurait plaquée contre lui et ne se serait pas contenté d'un baiser.

Tori s'écarta brusquement, choquée par ce qu'elle venait de faire. Et si Brody s'était réveillé ? Il n'aurait jamais compris qu'elle avait seulement obéi à une envie momentanée, un simple petit coup de folie.

Il prenait presque toute la place, mais elle réussit à s'étendre sur le lit à côté de lui. Elle le laisserait dormir encore quelques minutes, décida-t-elle, puis elle le réveillerait, lui donnerait la clé du *Silver Moon* et l'enverrait dans sa chambre. En attendant, elle allait essayer d'analyser ce qu'il y avait de si irrésistible chez lui.

16

Lou Edwards observa le paysage depuis la fenêtre de sa chambre. Un mince filet de gris apparaissait derrière les collines. Dans quelques minutes, le soleil allait illuminer ce versant de la vallée, et une nouvelle journée de travail commencerait. Il lui restait peu de temps pour raconter à sa fille l'entretien qu'il avait eu avec le shérif Westcott, la veille.

Il jeta un coup d'œil vers le cottage de Tori. Il y avait de la lumière à l'intérieur, ce qu'il trouva étrange. Sa fille avait des insomnies, mais elle réussissait en principe à s'endormir avant l'aube. Lou devait même souvent aller la réveiller et faire sortir Piny.

— Elle a peut-être enfin retrouvé un sommeil normal, marmonna-t-il.

Il s'habilla et se rendit à la cuisine en réfléchissant à son article pour le *San Francisco Herald*. C'était une sacrée histoire, songea-t-il en allumant le four pour faire cuire les chaussons aux pommes. Il avait préparé la pâte la veille, après avoir servi l'apéritif et les amuse-gueules à ses clients.

Le petit déjeuner était sa grande spécialité, et il ne voulait pas décevoir ses visiteurs, dont certains venaient de l'autre bout du pays. L'un d'eux avait éveillé ses soupçons, d'ailleurs. Lou aurait juré qu'il travaillait pour un guide touristique réputé. Il sortit du réfrigérateur des saucisses faites maison et estima qu'il avait le temps d'aller parler à Tori pendant que le four chauffait.

Une fois dehors, il savoura l'air frais et vivifiant. Il régnait un silence étrange dans la vallée, ce lourd silence propre à l'automne, quand le brouillard amortissait tous les bruits. La brume flottait au niveau du sol, mais au-dessus, l'air était pur. Dans le jardin, les branches du chêne majestueux remuaient mollement, agitées par la brise. Haut dans le ciel, un aigle survolait les vignobles à la recherche de son petit déjeuner, les ailes largement déployées.

Lou s'arrêta devant la porte du cottage et leva la main, prêt à frapper. Mais il suspendit son geste. Quelque chose d'étrange venait d'attirer son attention. Il s'approcha et scruta le cottage à travers les rideaux en dentelle qui recouvraient partiellement la vitre de la porte d'entrée.

Il pouvait voir le petit salon et, derrière, le grand lit qui trônait au milieu de la chambre. Tori était allongée à côté d'un homme. Lou recula vivement, gêné de s'immiscer ainsi dans la vie privée de sa fille. Mais la curiosité l'emporta, et il jeta un nouveau regard à l'intérieur.

Piny était lové sur le tapis à côté du lit. La lampe de chevet allumée projetait une lumière douce sur cette scène très intime. Des vêtements d'homme étaient jetés par terre. Tori était blottie contre son compagnon, dont le bras se refermait, possessif, autour d'elle. Elle remua dans son sommeil, et il l'attira encore plus près.

Lou s'écarta. Il était normal que Tori et Elliott dorment ensemble. Après tout, ils étaient fiancés. Pourtant, jusqu'à présent, ils étaient restés très discrets.

Il repartit vers sa cuisine, puis s'arrêta net. Ce n'était pas Elliott Hawke qu'il venait de trouver allongé avec sa fille. Il n'avait pas pu voir le visage de l'homme, mais son instinct de journaliste lui soufflait qu'il s'agissait de Brody.

— Étonnant, dit-il à voix haute.

Sa fille n'était pas du tout le genre de femme à se précipiter au lit avec le frère de son fiancé, un homme qu'elle connaissait à peine.

Non, c'était impossible. Il devait se tromper. Pour s'en assurer, il alla voir dans le parking si la Porsche noire d'Elliott était là. Il y avait bien une Porsche, mais c'était celle que Brody avait louée.

Lou avait trouvé étrange, la veille, que les jumeaux conduisent exactement la même voiture. Il avait d'ailleurs remarqué d'autres points communs entre eux. Mais, à la réflexion, ce n'était pas si étonnant que ça. Il avait lu des récits de jumeaux élevés séparément, mais qui choisissaient le même métier, pratiquaient les mêmes activités, épousaient le même genre de femme...

En l'occurrence, la situation était différente.

Il n'y avait qu'une Tori, et elle était fiancée à Elliott. Cela ne ressemblait pas à sa fille de tromper son fiancé. « Il ne faut jamais dire fontaine... » songea-t-il. Au cours de sa carrière de journaliste, il avait vu assez de choses étranges pour savoir que les êtres humains étaient pleins de surprises.

Qu'arrivait-il donc à sa fille ? Il avait remarqué que Brody et elle étaient attirés l'un par l'autre, mais elle aurait tout de même pu attendre d'avoir rompu ses fiançailles avec Elliott avant de se jeter dans les bras de son frère.

Un crissement de pas dans l'allée attira son attention. Probablement un client qui était sorti pour assister au lever du soleil. L'astre majestueux marbrait le ciel d'une couleur ambrée qui se mêlait au rose poudré que la nuit avait laissé derrière elle.

Il plissa les yeux, ébloui par l'éclat du soleil, et vit Katherine, une des clientes, s'approcher de la maison. Elle devait venir des sentiers pare-feu qui reliaient tous les vignobles entre eux, pensa-t-il, comme elle s'engageait dans le chemin qui menait au jardin. Qu'était-elle donc allée faire là-bas toute seule ?

Quand elle le vit, elle agita la main. Il lui retourna son salut, tout en essayant, sans succès, de se rappeler son nom de famille. C'était une belle femme d'une cinquantaine d'années, aux longues jambes et au corps musclé.

Il se dirigea vers elle et dit à mi-voix, pour ne réveiller personne :

— Vous êtes bien matinale.

Ses yeux bruns pétillaient ; ses rides d'expression, profondes, disaient qu'elle souriait souvent.

— On est obligé de se lever tôt, quand on est ornithologue, dit-elle en montrant les jumelles pendues à son cou. C'est au lever et au coucher du soleil qu'on rencontre le plus d'espèces.

— Vous avez des jumelles spéciales pour voir dans le noir ?

Elle lui adressa un sourire chaleureux, et il se rappela qu'elle lui avait souri plusieurs fois, la veille, durant l'apéritif. Mais il l'avait ignorée, comme il ignorait toutes les femmes depuis la mort d'Ellie. Lorsque sa femme avait disparu, il s'était juré de ne plus jamais s'attacher.

— Elles sont parfaites jusqu'à ce qu'il y ait trop de lumière. Vous avez vu ce faucon à queue rouge ? demanda-t-elle. Il faut que j'aille changer de jumelles, justement, si je veux observer mon quota d'oiseaux avant le petit déjeuner.

Lou la regarda s'éloigner, en songeant qu'il n'était pas assez stupide pour se laisser berner par une paire de longues jambes minces et bronzées et un beau sourire. Si cette femme étudiait les oiseaux, il voulait bien manger son chapeau.

— Elliott ! Elliott, réveille-toi !

Elliott ouvrit une paupière, puis il souleva la tête de l'oreiller et cligna des yeux, hébété. Ce ne pouvait pas déjà être le matin. Il avait l'impression qu'il venait de s'endormir.

— Allez ! Réveille-toi ! répéta la voix de Rachel.

Les Barzini et les Rittvo étaient restés dormir à Hawke's Landing, comme ils le faisaient souvent après les grandes réunions de famille.

— Bon Dieu, marmonna-t-il en regardant dehors.

Il faisait à peine jour. Pourquoi était-elle déjà debout ?

— Qu'y a-t-il ?

Rachel ouvrit la porte et passa la tête dans l'entrebâillement au moment où il repoussait les couvertures pour sortir du lit. Il ne portait qu'un caleçon. En général, il était parfaitement à l'aise avec Rachel, mais l'expression qu'il vit dans son regard le gêna.

Bon sang ! Ils avaient quasiment été élevés ensemble ! Il la considérait comme la petite sœur qu'il n'avait jamais eue. Pourtant, dans ses yeux, il lisait la même admiration qu'il avait vue chez d'autres femmes.

— Quel est le problème ? demanda-t-il en attrapant son peignoir en éponge accroché au portemanteau.

— Il y a eu un accident.

À en juger par son ton désinvolte, ce ne devait pas être trop grave, estima Elliott. Il serra la ceinture de son peignoir et se tourna vers elle.

— Que s'est-il passé ?

— En allant travailler, un des ouvriers a vu un petit incendie au fond du Ravin de la Mort, répondit-elle en entrant dans la chambre.

— Merde !

Elliott ouvrit vivement son placard et en sortit un pantalon kaki, bien repassé et soigneusement rangé par Maria.

— Un incendie ! Il ne manquait plus que ça !

L'automne était la saison des vendanges dans Napa Valley. C'était aussi l'époque où les épaisses broussailles desséchées par l'été s'embrasaient en un clin d'œil, à la faveur des vents saisonniers. Si on ne les maîtrisait pas, les incendies se propageaient souvent jusqu'aux vignobles, où des ceps irremplaçables pouvaient être détruits en quelques minutes.

Rachel le regarda ôter son peignoir et mettre son pantalon avec le même regard intense.

— Ce n'était pas un feu de broussailles, poursuivit-elle. En s'approchant, l'ouvrier a vu la carcasse d'une voiture qui brûlait.

— Quelqu'un est tombé dans le Ravin de la Mort, conclut Elliott en enfilant un polo noir. Quelle horreur ! Sait-on qui c'est ?

Il songea aux dizaines de personnes qui étaient venues à l'enterrement. Pour rejoindre la route principale, toutes avaient dû passer par le Ravin de la Mort. Il s'agissait sûrement de quelqu'un qu'il connaissait. Il fit des vœux pour que la victime ait survécu, tout en sachant qu'une telle chute ne pouvait être que mortelle.

— J'ai appelé le shérif Westcott, annonça Rachel.

Toujours aussi efficace, commenta-t-il en lui-même.

— Ses hommes n'ont pas vu de corps, mais ils attendent qu'il fasse complètement jour pour commencer les recherches. La voiture est fichue, bien sûr. Toutefois, ils ont pu la reconnaître.

Elle le considéra un long moment avant de dire :

— C'était une Porsche.

— Noire ? s'écria Elliott.

Il se laissa tomber sur une chaise, sa ceinture serrée dans son poing. Il connaissait déjà la réponse.

— Oui, noire. Oh, Elliott, ajouta-t-elle en se précipitant vers lui, j'ai d'abord cru que c'était toi, jusqu'à ce que Maria me dise que tu étais en train de dormir.

Elliott revit soudain avec une affreuse clarté le sourire de son frère quand il lui avait dit de prendre la Porsche.

— Brody... Ô mon Dieu, non !

Il se frappa le front.

— J'ai laissé Brody conduire ma Porsche.

Rachel se pencha vers lui et le serra contre son opulente poitrine. Elliott se dégagea aussitôt et se leva. Il avait la nausée. Que Dieu le protège ! Il avait causé la mort de son propre frère !

— C'est ma faute. J'aurais dû le prévoir. Brody ne connaissait pas la route. Je suppose qu'il a roulé trop vite.

Rachel haussa les sourcils.

— Tu as prêté ta voiture à Brody ?

— Je pensais que ça lui ferait plaisir de conduire la Porsche.

C'était la vérité, mais en voyant l'expression de Rachel, il comprit qu'elle avait bien du mal à le croire.

Le vent qui fouettait les longs cheveux de Rachel transportait avec lui l'odeur de métal calciné et de caoutchouc brûlé. La jeune femme se tenait à côté d'Elliott, au-dessus du Ravin de la Mort. Le soleil s'élevait dans le ciel au-dessus des collines, à l'autre bout de la vallée. L'équipe de secours avait commencé à descendre quelques minutes plus tôt et atteignait à présent la carcasse tordue et carbonisée. Seul l'emblème de la Porsche, un cheval noir dressé sur ses pattes arrière, avait miraculeusement survécu à l'accident.

Rachel essaya une fois de plus d'attirer l'attention d'Elliott.

— Ça ne laisse guère de place à l'espoir.

Le col de son blouson relevé, les mains enfoncées dans les poches de son pantalon, Elliott ne quittait pas les sauveteurs des yeux. Il n'avait pas ouvert la bouche depuis leur départ de Hawke's Landing.

Cet accident lui donnait une occasion de se rapprocher d'Elliott, songea Rachel. Il s'était éloigné d'elle, ces derniers temps, en particulier depuis qu'il avait appris l'existence de son frère. La mort de Brody allait peut-être renverser la situation. Il était temps qu'Elliott se rende compte qu'elle lui était indispensable.

Rachel entendit du bruit derrière eux et regarda pardessus son épaule. Une Bentley bleu marine venait de s'arrêter à côté de la voiture du shérif.

— Les Barzini sont là, chuchota-t-elle.

Seul le silence lui répondit. Elliott gardait les yeux fixés sur la scène du drame. En contrebas, les hommes fouillaient les débris.

— Incroyable ! s'écria Rachel. Tante Gina est debout !

— Quoi ?

Cette fois, il réagit. Gina Barzini devait trouver l'événement important, sinon elle ne serait pas sortie de son lit à l'aube. Elle se levait habituellement à 10 heures et passait deux heures à siroter du café et à se maquiller avec autant de soin que si elle s'apprêtait à se produire à Broadway.

Fidèle à son habitude, elle était vêtue comme pour un défilé de mode, en tailleur-pantalon Armani noir et col roulé en cachemire. Un foulard noir et rouge noué dans ses cheveux complétait sa tenue. Il fallait admettre, reconnut Rachel, que la vieille dame ne manquait pas d'allure. Ce qu'elle lui enviait, du reste. Mais elle n'aurait qu'à investir dans des vêtements de qualité, et le tour serait joué.

Enfin, non, cela ne suffirait pas. Il lui faudrait aussi adopter une attitude arrogante, comme Gian et Gina, se comporter avec la suffisance de ceux qui possédaient le pouvoir. Eh bien, le pouvoir aussi, elle l'aurait un jour, décida Rachel.

— Mon Dieu ! s'écria Gina, plus théâtrale que jamais, en voyant l'épave.

— Seigneur tout-puissant ! s'exclama Tito Barzini.

Lorenzo, lui, contempla silencieusement la scène, avant de déclarer :

— Pauvre Brody, comment aurait-il pu survivre ?

Elliott fit volte-face et saisit son cousin par le col de sa veste en cuir.

— Comment savais-tu que Brody conduisait ma voiture ?

— C'est Maria qui nous l'a dit, répondit Gina à la place de son fils. Elle l'a vu partir au volant de la Porsche, hier soir.

Elliott relâcha Lorenzo et se tourna de nouveau vers le précipice, pendant que Rachel maudissait la personne qui avait réveillé les Barzini pour leur apprendre l'accident. Elle aurait préféré rester en tête à tête avec Elliott.

Un instant plus tard, une camionnette équipée d'une antenne parabolique et dont les portières proclamaient « KCTV – Les yeux de Napa » arriva, suivie de deux autres voitures.

Rachel réfléchissait au meilleur moyen d'empêcher Gina d'accaparer les journalistes quand le shérif Westcott s'approcha d'eux.

— Brody est-il mort sur le coup ? demanda Gina. J'espère qu'il n'a pas souffert.

L'air soucieux, le shérif accrocha son talkie-walkie à sa ceinture, à côté de son revolver.

— J'ai parlé aux hommes, en bas, annonça-t-il à Elliott. Il n'y a aucun corps dans cette voiture.

— Brody a été éjecté ? s'enquit Gina.

— Vos hommes ont-ils fouillé les environs ? demanda Tito.

— Il n'y a aucune trace de corps nulle part, dit le shérif, toujours à l'adresse d'Elliott.

— Comment cela ? C'est absurde. Continuez les recherches, insista Gina.

— On a déjà ratissé large autour de la voiture, répondit le shérif. Mais nous allons poursuivre les recherches un moment.

Voyant que les Barzini se tournaient vers les journalistes, Rachel sauta sur l'occasion et attira Elliott à l'écart.

— Ce n'était pas un accident, affirma-t-elle. Brody veut qu'on s'inquiète pour lui.

Elliott la regarda avec perplexité.

— Pourquoi ferait-il une chose pareille ?

— Pour te torturer. Il commence par transformer ta voiture en épave, et tu verras que, bientôt, il trouvera une excuse pour garder l'héritage. Il est jaloux de toi.

— Il ne m'a pas l'air du genre à être jaloux.

— Ah, non ? Crois-moi, Elliott, ce type n'est pas réglo. Il a essayé de séduire Tori, n'est-ce pas ?

Elliott ne répondit pas, et elle sut qu'elle avait touché la corde sensible.

— Brody a délibérément balancé ta voiture au fond du ravin. Si tu veux mon avis, ça fait partie de son plan pour te couper l'herbe sous le pied et vendre Hawke's Landing aux frères Corelli.

17

Tori se blottit plus près du corps chaud. L'odeur, un mélange de poussière, de sueur et d'after-shave, lui rappela que Connor revenait d'un tournage. La publicité avait été tournée de nuit, se rappela-t-elle, encore engourdie par le sommeil. Ils avaient fait l'amour quand il était rentré, puis ils s'étaient assoupis.

Il fallait qu'elle se lève pour aller travailler, songea-t-elle, en plein brouillard. La journée de travail de Connor était terminée, mais la sienne ne faisait que commencer. Si elle ne se dépêchait pas, elle serait en retard, et ce jour-là, elle avait une importante présentation à l'agence.

Elle voulut se redresser, mais le bras de Connor autour d'elle l'empêchait de bouger. Elle ouvrit les yeux et resta perplexe un instant.

Ce n'était pas la tignasse blonde de Connor qui reposait sur l'oreiller, mais une tête brune. Soudain, la mémoire lui revint, brutale. Elle n'était pas à Los Angeles avec Connor Anderson. Connor était mort.

Grands dieux!

— Brody Hawke... murmura-t-elle.

Elle se rappela avoir embrassé sa nuque, goûté sa peau. Seigneur, pourquoi avait-elle fait une chose pareille?

Et comment le bras de Brody s'était-il retrouvé autour d'elle? La chaleur du corps de son compagnon imprégnait sa peau, cela faisait donc sûrement longtemps qu'ils étaient dans cette position. Elle avait dû s'endormir en le regardant, et dans son sommeil, il l'avait machinalement attirée contre lui.

Elle essaya de se dégager, en vain. Même endormi, il avait une force impressionnante. Et s'il se réveillait et la trouvait nichée ainsi au creux de son bras?

Elle se tortilla doucement pour ne pas le réveiller, mais son bras autour d'elle était comme un poids mort. Elle n'arrivait à rien. Pour couronner le tout, sa chemise de nuit et son peignoir s'étaient relevés jusqu'en haut de ses cuisses.

Brody tourna la tête sur l'oreiller.

— Hé, ça devenait intéressant. Ne pars pas déjà.

Elle poussa un cri de surprise. Il l'étudiait sous ses longs cils noirs, avec les yeux les plus bleus qu'elle avait jamais vus. Sa barbe naissante lui donnait un air de voyou sexy au charme ravageur.

Mais cet homme ne pouvait lui apporter que des ennuis. Elle avait peut-être un peu perdu la tête quelques heures plus tôt, mais à la lueur du jour, son bon sens avait repris le dessus.

— Laisse-moi me lever ! protesta-t-elle. Je me suis allongée un moment parce que j'avais mal au dos. J'ai dû m'endormir.

Il glissa un bras autour de sa taille et l'attira tout contre lui, l'obligeant à sentir son torse puissant, ses cuisses musclées... et la preuve solide de sa virilité contre son ventre.

Doux Jésus !

Tori ferma les yeux. Comment en était-elle arrivée là ? Eh bien, à la réflexion, elle ne pouvait s'en prendre qu'à elle-même.

Quand elle rouvrit les yeux, elle se trouva nez à nez avec Brody.

— Allons donc, mon ange, tu m'as embrassé.

Que répondre à cela ? C'était la vérité.

— C'était juste pour voir si tu dormais.

Il plissa les yeux.

— Ah, bon ! Et quand tu as passé la langue sur ma nuque, c'était juste pour me prouver que tu étais cannibale ?

— Je... C'était une sorte de petit jeu, je suppose.

— Je vois, dit-il avec un sourire à faire rompre ses vœux à une carmélite. Un jeu... Ça me convient très bien. À moi de jouer.

Il avait le souffle court, les yeux dilatés par le désir. D'un baiser, il étouffa les protestations de Tori. Il entrouvrit ses lèvres étonnamment douces, et sa langue vint caresser la bouche de la jeune femme. Tori sentit une chaleur presque douloureuse naître entre ses cuisses, et elle comprit que si elle ne cessait pas immédiatement ce petit jeu, elle serait bientôt incapable de contrôler ses pulsions.

— Arrête !

— Quoi donc ? demanda-t-il d'un ton innocent. Ceci ?

Ses lèvres sur les siennes se firent plus impérieuses. Une onde de désir parcourut le corps de Tori. « Ressaisis-toi avant qu'il ne soit trop tard », s'ordonna-t-elle silencieusement.

— Oui ! Ceci !

Elle tenta de le repousser et se cambra pour se libérer.

— Le jeu est fini.

— Non, ma douce, pas encore.

Il l'embrassa dans le cou, l'un des endroits les plus sensibles de son corps. Puis, en une série de baisers lents qui la mirent au supplice, ses lèvres remontèrent jusqu'à son oreille. Tori avait cru tout connaître du désir et des préliminaires sexuels, mais elle découvrait de nouveaux horizons avec Brody Hawke.

— J'adore ce jeu, chuchota-t-il, la bouche tout contre son oreille.

Elle aurait pu lui répéter de s'arrêter, mais ses membres étaient trop faibles pour bouger, et elle avait l'impression que le sang dans ses veines s'était transformé en miel chaud. Elle se savait d'une nature sensuelle, mais elle n'avait jamais éprouvé un tel sentiment d'impuissance face aux réactions de son corps. Depuis quand était-elle incapable de se contrôler ?

Depuis qu'elle avait rencontré Brody Hawke.

Impossible de nier l'évidence. Elle était perdue.

Lou saupoudra ses beignets de fromage râpé en souriant. Wilson, c'était ça. Elle s'appelait Katherine Wilson et était passionnée par les oiseaux – du moins était-ce ce qu'elle était en train de raconter aux autres clients pendant qu'il préparait leur petit déjeuner. Il les entendait discuter dans la salle à manger attenante.

Katherine jeta un coup d'œil par la porte ouverte et surprit le regard de Lou. Il lui fit un clin d'œil, juste pour voir comment elle allait réagir, mais elle le lui rendit sans se démonter.

Et voilà, il avait mis trop de fromage dans les beignets. « Occupe-toi plutôt de tes casseroles », se morigéna-t-il.

Il avait intérêt à soigner ses clients, en particulier le type chauve assis à droite de Katherine. Ce dernier travaillait pour *Elite Travel,* le plus prestigieux de tous les guides touristiques. Austin Glasell s'imaginait être là incognito, mais Lou n'avait pas été journaliste d'investigation pour rien.

Glasell avait payé sa chambre en liquide, ce qui avait éveillé ses soupçons. Il avait donc cherché les différents sites Internet sur les magazines et guides de voyages et vu la photo de Glasell en pleine page d'accueil du site de *Elite Travel.*

Décidé à satisfaire le critique, Lou entra dans la salle à manger victorienne et servit ses beignets garnis de tranches de melon et de fraises du pays. Il aimait bien cette présentation et la trouvait assez originale. Ses chaussons aux pommes légers et moelleux étaient déjà sur la desserte, avec une cafetière pleine et un assortiment des meilleurs thés.

— Ça sent merveilleusement bon, déclara l'un des clients.

— C'est magnifique, affirma un autre.

— Mmm, murmura Glasell pour tout commentaire. Connaissez-vous la famille Hawke ?

Cette question surprit Lou. Dans la vallée, personne n'ignorait que Tori était fiancée à Elliott Hawke. Mais Lou n'aimait pas se vanter de ses relations, aussi répondit-il simplement :

— Oui, bien sûr. Dans la vallée, tout le monde connaît cette famille.

Il se détourna, prit l'assiette de saucisses sur la desserte et la posa sur la grande table en merisier.

— J'avais l'intention d'aller me promener par là-bas, ce matin, dit Katherine en lui adressant un nouveau sourire. Il paraît qu'il y a une corniche où viennent se percher les faucons, sur leur propriété.

— C'est ce qu'on dit, répondit Lou.

Il connaissait cette corniche, bien sûr, mais il savait que Gian Hawke fulminait de rage lorsque des touristes se promenaient sur ses terres. Peut-être Elliott ne réagissait-il pas comme son père, néanmoins Lou ne voulait pas encourager cette femme.

— Si l'on emprunte les sentiers pare-feu, on doit sûrement arriver là-bas, non ? ajouta Katherine.

— Sans doute, répondit Lou en commençant à servir le café.

Comment savait-elle cela ? Les sentiers pare-feu n'étaient pas un secret, mais ils ne figuraient pas sur beaucoup de cartes. Par endroits, ils étaient envahis de broussailles, et il fallait régulièrement relancer les bureaucrates du comté pour qu'ils fassent défricher ces étroits chemins, afin qu'ils jouent leur rôle en cas d'incendie.

— Les ornithologues connaissent toujours les pistes secrètes, fit Katherine, sans se départir de son sourire. C'est quand on s'écarte des sentiers battus qu'on trouve les oiseaux les plus rares.

Que fallait-il comprendre ? songea Lou, troublé par l'étincelle qui brillait dans les yeux de Katherine. Il avait le sentiment que cette femme ne faisait pas que flirter.

En temps normal, il se serait assis pour boire un café avec ses hôtes, mais la présence de Glasell et l'attitude de Katherine le rendaient nerveux, sans parler des nouvelles que le shérif lui avait apprises, la veille. Il retourna donc à la cuisine, où il entreprit de nettoyer ses casseroles.

Il aurait aimé discuter de tout cela avec Tori, mais elle était au lit avec Brody, ce qui ne faisait qu'ajouter à ses inquiétudes. L'impatience montait en lui, ce sentiment insidieux qu'il éprouvait autrefois quand il s'apprêtait à révéler un scoop.

Il ne voulait pas que sa fille soit mêlée à cette affaire, songea-t-il en regardant le cottage par la fenêtre. Qu'arrivait-il donc à Tori ? Elle n'avait même pas sorti Piny, qui apparaissait généralement tous les matins à proximité de la table du petit déjeuner.

Comme il retournait dans la salle à manger pour vérifier que ses hôtes n'avaient besoin de rien, Austin Glasell l'interpella.

— Hawke's Landing est fermé cette semaine en raison du décès de Gian Hawke, dit le critique. Croyez-vous que vous pourriez quand même m'obtenir une visite ?

D'ordinaire, Lou refusait de rendre ce genre de service, mais il ne tenait pas à voir le *Silver Moon* égratigné dans les pages de *Elite Travel*, ni traîné dans la boue sur le site Internet du guide.

— Je ne vous promets rien, mais je vais passer quelques coups de fil, répondit-il.

— Moi aussi, j'aimerais me promener autour du vignoble pour voir s'il y a des espèces rares, dit Katherine un peu plus tard, en venant rapporter son assiette vide à la cuisine.

Ils ne manquaient pas de culot, tous les deux, constata Lou, agacé, mais il sourit et hocha la tête. Du coin de l'œil, il surprit un mouvement dans le jardin. Tori avait peut-être enfin sorti Piny. Il se pencha vers la fenêtre.

— Oh, zut !

Elliott Hawke et sa cousine Rachel remontaient l'allée en direction du cottage.

— Tori doit être là, puisque sa voiture est encore dans le parking, dit Elliott à Rachel. Mais je ne vois aucun signe de Brody.

Rachel commençait à se dire qu'elle avait peut-être eu tort d'insinuer que Brody avait délibérément provoqué l'accident et était allé pleurer sur l'épaule de Tori. Cela risquait de se retourner contre elle. Toutefois, elle déclara :

— Reconnais que cet accident est bizarre. Même le shérif Westcott l'a dit.

— Elliott ! Elliott !

Rouge et essoufflé, Lou Edwards s'approchait d'eux à grandes enjambées.

— Qu'est-ce qui vous amène ici de si bonne heure ?

Pourquoi le père de Tori criait-il si fort ? s'étonna Elliott. Et pourquoi haletait-il ainsi ?

— Je cherche Tori.

— Elle dort encore, dit Lou en empêchant Elliott de monter les marches du cottage.

— Elle ne travaille pas, aujourd'hui ? demanda Rachel.

— Si, mais elle commence plus tard, répondit Lou.

Un client était sorti sur les traces de Lou. L'homme chauve semblait vaguement familier à Elliott, mais il n'aurait su dire pourquoi. Dans son esprit, il ne cessait de revoir la scène de l'accident, et l'étau qui comprimait sa poitrine se resserrait de minute en minute. Qu'était-il arrivé à son frère ?

— Elliott Hawke ? dit l'homme en avançant vers lui. Je suis Austin Glasell.

Elliott ravala un grognement. Glasell était le critique sévère et prétentieux de *Elite Travel* qui classait chaque année les vignobles de Napa Valley. Il participait aux dégustations qui suivaient les visites des caves, puis attribuait un certain nombre d'étoiles aux vignobles. Hawke's Landing avait toujours reçu quatre étoiles, la distinction suprême, mais nul n'était à l'abri d'une rétrogradation. Or, ces temps-ci, le domaine n'avait vraiment pas besoin d'une mauvaise critique de la part du guide touristique le plus lu de toute l'Amérique.

— Heureux de vous voir, dit Elliott, en espérant paraître sincère. Vous avez eu du flair. Vous êtes descendu dans le meilleur *bed-and-breakfast* de la région.

— Vous êtes Austin Glasell, de *Elite Travel* ? s'exclama Lou. Quel honneur !

Quelle comédie, songea Rachel en fronçant les sourcils. Tout le monde se léchait les bottes, maintenant. Cela allait-il durer longtemps ?

Pendant qu'ils discutaient des vendanges, elle se rapprocha du cottage, monta les marches du perron et regarda discrètement à travers la vitre de la porte d'entrée. Bon sang de bois !

La chance lui souriait. Elle lui riait, même ! Tori était couchée avec un homme. Ils s'agitaient tellement qu'il était difficile de le reconnaître... mais si, c'était bien Brody Hawke, et il embrassait Tori avec une telle passion que Rachel se plut à imaginer un instant que les rôles étaient inversés et que c'était Elliott qui était en train de l'embrasser, elle.

Brody Hawke au lit avec cette sainte nitouche de Victoria Anderson ! Elle n'aurait pas pu espérer mieux. Elle avait d'abord pensé que l'accident de Brody servirait ses desseins, mais la scène qu'elle venait de surprendre allait nettement accélérer les choses.

Derrière Rachel, les hommes discutaient à présent des mérites des vins californiens et français. Elle échafauda rapidement un plan. Elle aurait pu feindre la surprise et l'indignation, mais elle décida de cacher la vérité à Elliott, dans un premier temps, ce qui serait perçu par la suite comme une délicate attention.

— Tori a dû partir travailler en vélo, dit-elle en rejoignant les autres au pied du perron.

— C'est probable, renchérit Lou précipitamment.

Mensonge, songea Rachel. Lou Edwards savait pertinemment qui se trouvait dans le lit de sa fille. C'était pour cela qu'il s'était empressé de leur barrer la route.

— Vous venez de dire qu'elle dormait encore, objecta Elliott.

À cet instant, la porte de la petite maison s'ouvrit à moitié, livrant passage au labrador. Piny se précipita vers Lou avec des jappements de joie.

— Papa ? appela doucement Tori en passant la tête dans l'entrebâillement.

Elle était complètement échevelée, et une des bretelles de sa chemise de nuit avait glissé sur son épaule. Il aurait fallu être vraiment idiot pour ne pas remarquer ses lèvres gonflées et ses yeux dilatés.

Rachel prit le bras d'Elliott.

— Viens. Ce n'est pas la peine que tu voies ça.

— Que je voie quoi ? demanda Elliott.

Tout le monde se comportait bizarrement, autour de lui. Pourquoi Rachel et Lou avaient-ils prétendu que Tori était partie ? Soudain, la lumière se fit dans son esprit, et son estomac se serra. Il s'entendit demander d'une voix blanche :

— Brody est là ?

— Brody ? fit Tori. Euh... euh...

La porte s'ouvrit alors en grand, et Elliott vit son frère derrière Tori, vêtu en tout et pour tout d'un pantalon déchiré.

Il n'avait pas besoin d'un dessin.

18

Elliott contempla Tori et Brody pendant un long moment, hébété, incapable de croire qu'ils sortaient du lit tous les deux. Mais comment en douter, quand Tori avait les joues roses, les cheveux emmêlés, les lèvres gonflées, et que Brody était à moitié nu ?

— Espèce de salaud !

Elliott bondit sur les marches et sauta sur son frère, les deux poings brandis. Le premier coup atteignit Brody au ventre... et faillit briser les doigts d'Elliott. « Ce type a du ciment à la place des muscles », songea-t-il confusément, toute douleur anesthésiée par une rage aveugle.

Il frappa une deuxième fois, mais Brody lui bloqua le bras et le repoussa violemment. Elliott atterrit sur le dos en bas du perron, le souffle coupé. De petites étoiles scintillaient devant ses yeux. Il n'avait pas retrouvé son souffle que Brody était sur lui, le poing levé, prêt à lui écraser la mâchoire.

— Arrêtez ! Arrêtez !

Tori dévala les quelques marches et essaya de retenir le bras de Brody.

— Arrêtez ! Ça va mal finir !

Elliott l'entendit, mais sa voix lui parut venir de très loin. Le poing de son frère s'abattit sur son ventre, et il poussa un grognement de douleur. Rachel se jeta soudain comme une chatte sauvage sur le dos de Brody, toutes griffes dehors, et le mordit à l'épaule. Elliott profita de cette diversion pour donner un coup de poing à Brody, qui se mit à saigner du nez.

Tori empoigna les longs cheveux de Rachel.

— Laisse-le !

— Arrêtez ! cria Lou.

Personne ne lui prêta attention.

— Appelez la police ! hurla quelqu'un.

Les clients étaient venus s'agglutiner sur la terrasse, attirés par le bruit de la bagarre.

Piny tournait en rond autour des jumeaux, en aboyant gaiement et en remuant la queue. Ces deux-là semblaient bien s'amuser, et il voulait jouer aussi.

Lou courut vers le tuyau d'arrosage. Elliott, Brody, Rachel et Tori étaient tellement enchevêtrés les uns dans les autres qu'il allait devoir tous les asperger. Il tourna le robinet et braqua son tuyau sur le groupe déchaîné.

— Assez ! hurla-t-il. Arrêtez immédiatement !

Trempée, Tori s'écarta en crachotant. Elle fit quelques pas, puis considéra sa tenue avec horreur.

— Exactement ! cria Lou. Ta chemise de nuit est complètement transparente.

Il continua à arroser les jumeaux. Rachel avait roulé sur le côté et se tenait le genou droit des deux mains, mais ces deux entêtés se battaient toujours dans l'allée. Elliott avait beau se défendre vaillamment, il était évident que Brody allait remporter la victoire.

Soudain, le hurlement d'une sirène déchira l'air matinal. Brody et Elliott s'immobilisèrent en soufflant comme des chevaux de course. Tori disparut dans le cottage, et Lou dirigea son tuyau vers le parterre de chrysanthèmes qui bordait l'allée.

— La police, annonça Austin Glasell d'un ton solennel.

Lou eut alors la certitude que ce petit épisode serait relaté dans les pages de *Elite Travel*.

Le shérif Westcott se gara dans l'allée. Deux autres voitures de police s'arrêtèrent derrière lui, toutes sirènes hurlantes, ainsi que la camionnette d'une télévision locale et un autre véhicule.

— Grands dieux ! dit Lou à voix haute. Les journalistes ! Comment ont-ils pu arriver si vite ?

Elliott avait la vue brouillée. Il plissa les yeux et vit deux des adjoints du shérif s'avancer vers eux, suivis des journalistes. Il secoua la tête pour chasser le bourdonnement de ses oreilles, en vain. Tout en grimaçant de douleur, il réussit à s'asseoir par terre et cligna des yeux, comme pour faire la mise au point d'une photo.

À sa gauche, Brody était déjà debout. Du sang coulait sur son visage. Elliott savait que les saignements de nez étaient toujours spectaculaires et rarement graves, mais il espérait de tout son cœur qu'il avait cassé le nez de ce salopard. Au moins, un de ses coups avait fait mouche, songea-t-il, même s'il devait reconnaître qu'il n'était pas de taille contre Brody. Si la police n'était pas arrivée, son frère l'aurait démoli.

Le shérif Westcott s'approcha de lui et dit quelque chose qu'il ne comprit pas, car ses oreilles continuaient à tinter.

— Quoi ? demanda Elliott.

Une vague de nausée fit monter de la bile au fond de sa gorge.

— Dois-je arrêter votre frère pour agression ?

Elliott faillit lui crier que oui, mais ce n'était ni le lieu, ni le moment. Ce qui venait de se produire était strictement personnel. Inutile de le claironner dans toute la vallée.

Brody s'essuya le visage du revers de la main. Son nez n'était pas cassé, mais l'hémorragie ne cessait pas. Son distingué frère jumeau l'avait touché à l'endroit où il avait déjà été cassé une fois, dans une ruelle d'Istanbul.

— M'arrêter ? s'exclama Brody. C'est plutôt Elliott que vous devriez arrêter. Il a essayé de me tuer.

— Quoi ?

Elliott se releva en chancelant.

— Qu'est-ce que tu racontes ?

Il semblait si sincèrement surpris que Brody faillit s'y laisser prendre. Mais, pendant sa longue marche jusqu'au *Silver Moon*, il avait eu le temps de réfléchir. Seul son frère avait une raison de le tuer. En outre, il en avait eu l'occasion, et si Brody ne s'était pas éjecté de la voiture à temps, on aurait conclu à une mort accidentelle, exactement comme pour Gian Hawke.

Le shérif regarda Brody en fronçant les sourcils.

— J'attends des explications.

— Vous devriez tous rentrer.

En entendant la voix calme de Tori, Brody jeta un coup d'œil par-dessus son épaule. La jeune femme se tenait sur le seuil du cottage, pieds nus, vêtue d'un jean et d'un pull rouge trop grand pour elle. Elle n'avait pas pris le temps de se coiffer.

— Il vaut mieux discuter de cela en privé, approuva Lou.

Docilement, Brody alla rejoindre Tori et se dirigea vers la salle de bains. Il n'en revenait toujours pas qu'elle ait volé à son secours pendant la bagarre.

Certes, elle l'avait laissé l'embrasser, mais après une longue hésitation. Elle était attirée par lui, d'accord. Ce qu'il aurait bien aimé savoir, c'était ce qu'elle ressentait pour Elliott.

Décidément, il ne comprendrait jamais rien aux femmes.

Il se glissa dans la minuscule salle de bains attenante à la chambre. Il n'était pas beau à voir, constata-t-il en considérant son reflet dans le miroir ovale. Son nez était enflé et maculé de sang. Les longs ongles de Rachel avaient profondément griffé son cou, qui saignait également. Impossible de savoir ce qu'elle avait fait à son dos, mais il voyait clairement la trace circulaire de ses dents sur son épaule.

Cela confirmait sa théorie : les femmes étaient tout aussi dangereuses que les hommes. Peut-être même plus, se dit-il en s'aspergeant le visage d'eau.

Quand il revint dans le salon, Rachel et Elliott avaient pris place sur le petit canapé. Lou et le shérif Westcott se tenaient debout à côté d'eux. Assise sur une chaise, Tori arborait une expression coupable. Dans la chambre voisine, les vêtements de Brody étaient toujours éparpillés par terre, la chemise de nuit et le peignoir trempés de Tori jetés sur le lit. Un vrai petit nid d'amour, songea Brody, étrangement ému.

Il se reprit aussitôt. Il y avait plus grave. Son frère avait essayé de l'assassiner, purement et simplement.

Brody se campa derrière Lou Edwards et chercha le regard de Tori. Il appréciait qu'elle ait pris sa défense et tenait à le lui faire savoir. Il se serait très bien débrouillé sans elle, mais c'était touchant.

— Alors, que se passe-t-il ? demanda le shérif.

— Comment peux-tu accuser Elliott d'avoir voulu te tuer ? ajouta aussitôt Rachel d'un ton vindicatif. C'est ridicule.

— Tu trouves ? fit Brody.

Il se tourna vers son frère.

— Ça m'a paru étrange que tu me prêtes ta Porsche. Mais, bien sûr, tu savais que la direction allait lâcher.

— De quoi s'agit-il, bon sang ? demanda Lou.

Le shérif entreprit d'expliquer au père de Tori l'accident du Ravin de la Mort. Pendant tout ce temps, Brody ne quitta pas son frère des yeux, mais Elliott soutint son regard sans ciller.

— Ma voiture marchait parfaitement quand je t'ai emmené à la corniche, dit Elliott à Brody, lorsque le shérif se fut tu.

— C'est toi qui as fait tomber la voiture dans le ravin, tout ça parce que tu es jaloux d'Elliott, intervint Rachel. Tu voulais lui bousiller sa Porsche et exploiter cet incident pour t'attirer sa compassion, ajouta-t-elle en désignant Tori.

Tori jeta un coup d'œil à Brody et détourna vivement les yeux. Que signifiait ce regard ? Avait-elle des doutes ? Ne le connaissait-elle pas assez pour savoir qu'il disait la vérité ? Non, bien sûr. Ils avaient partagé quelques baisers torrides, rien de plus. Il ne pouvait pas lui demander d'avoir une confiance totale en lui.

— Vous n'étiez pas dans la Porsche quand elle s'est écrasée, dit le shérif, ouvertement sceptique. Mes hommes n'ont trouvé aucune empreinte par terre.

— Je me suis éjecté longtemps avant que la voiture ne touche le fond du ravin.

Le shérif enfonça ses pouces dans sa ceinture et se balança sur ses talons.

— Vous espérez que je vais croire que vous avez sauté en plein vol ?

— Les roues avant étaient dans le vide, et j'ai réussi à sortir avant que les roues arrière ne décollent.

Tout le monde poussa un petit cri incrédule. Même Tori, constata Brody avec un pincement au cœur.

— Il ment, décréta Rachel.

Brody défia le shérif du regard et déclara :

— Je suis le capitaine Brody Hawke, des commandos spéciaux de la marine américaine. La formation que j'ai reçue m'a appris à me sortir de situations mille fois plus dangereuses que celle-ci. J'ai sauté avant que la Porsche ne tombe en bas de la falaise.

Il pivota sur lui-même pour montrer son dos au shérif.

— J'ai atterri dans un buisson d'épineux.

— Seigneur ! s'exclama Lou.

— Il dit la vérité, intervint Tori d'une voix calme. J'ai extrait moi-même des dizaines et des dizaines d'épines profondément enfoncées.

La jeune femme s'adressait au shérif, mais Brody eut le sentiment qu'elle en profitait pour expliquer à Elliott ce qui avait provoqué la scène compromettante qu'il avait surprise.

— Vous n'avez qu'à examiner la voiture, reprit-il. Vous verrez sûrement qu'il manque les boulons de la barre d'accouplement. La direction n'a pas lâché tout de suite, mais sur une route cahoteuse comme celle qui longe le Ravin de la Mort, le système ne pouvait que céder. C'est ce qui s'est passé.

— N'importe quoi ! s'écria Rachel avec dégoût.

Elliott contemplait Brody, la mâchoire serrée, une expression impassible sur ses traits crispés.

— Je vais faire expertiser l'épave, annonça le shérif.

— L'impact de la chute et l'incendie ne risquent-ils pas d'avoir détruit les preuves ? demanda Rachel.

— Si on ne retrouve pas les deux boulons qui retiennent normalement la barre d'accouplement à la colonne de direction, les experts en concluront probablement que la voiture a été trafiquée.

— Comment êtes-vous revenu ici ? demanda Lou à Brody.

— À pied. J'ai vécu une semaine assez bizarre, vous savez. J'ai rencontré ma famille pour la première fois, on a essayé de me tuer... J'avais besoin de réfléchir.

— Qu'est-ce qui te fait croire que c'était toi qu'on visait ? demanda Rachel en posant une main sur le bras d'Elliott. Il s'agissait de la voiture d'Elliott. C'est peut-être lui qu'on a tenté de tuer.

— Vous soupçonnez quelqu'un ? interrogea le shérif.

— Les frères Corelli, répondit-elle sans hésiter.

Brody avait envisagé cette éventualité pendant son retour à pied. Le shérif Westcott secoua lentement la tête, et Brody vit qu'il ne croyait pas plus que lui à cette hypothèse.

— Pourquoi Don et Ricco feraient-ils une chose pareille ? demanda le shérif.

De toute évidence, il était en bons termes avec les Corelli, songea Brody, et il y réfléchirait à deux fois avant d'oser suspecter deux des membres les plus influents de la région.

— Ils veulent acheter Hawke's Landing, dit Rachel.

— Sans même parler de moralité, il serait plus simple pour eux de racheter sa part à Brody plutôt que de risquer de se faire prendre en le tuant, remarqua Lou.

— Logiquement, celui qui a le plus intérêt à ce que je disparaisse, c'est Elliott, conclut Brody.

Personne n'ouvrit la bouche pour contester son argument.

Quand tous furent partis, Lou retourna à sa cuisine et commença à laver la vaisselle. Sa dernière fournée de beignets avait brûlé quand il s'était précipité dehors en voyant arriver Rachel et Elliott.

Tout en frottant ses moules, il pensa à sa fille. Tori était la personne la plus adorable qu'il connût. Trop adorable et trop confiante, d'ailleurs, songea-t-il en repensant à Connor Anderson.

Lou avait vite compris que Brody et Tori étaient attirés l'un par l'autre, mais il n'aurait jamais cru qu'ils passeraient à l'acte aussi vite. Cela ne ressemblait pas du tout à sa fille. Quelle mouche l'avait piquée ?

Il mit un plat à tremper et réfléchit à l'accident. Une tentative de meurtre ?

— Papa, tu as le temps de discuter ?

Lou fit volte-face. Tori s'était glissée dans la cuisine par la porte de service.

— Bien sûr, ma grande. Assieds-toi et bois un café.

Tori prit place devant la table en chêne ronde. C'était le coin familial, à l'écart de la grande salle à manger où se réunissaient les clients. Là, personne ne viendrait les déranger.

— Brody est là ? demanda-t-elle, tandis qu'il préparait deux cafés.

— Il est monté dans sa chambre pour se doucher et dormir un peu, il me semble. De toute façon, le shérif n'en saura pas plus sur l'accident tant qu'on n'aura pas remonté la voiture du ravin pour la faire expertiser.

— Crois-tu Brody ?

— Oui, répondit Lou sans réfléchir.

Il aurait préféré mener son enquête et attendre que tous les faits soient connus avant de se prononcer, mais il avait du mal à rester neutre quand sa fille était mêlée de si près à cette affaire.

Il posa les tasses fumantes sur la table et s'assit en face de Tori. Elle portait toujours son jean et le pull rouge qu'il lui avait offert l'année où elle était partie pour l'université, mais elle s'était brossé les cheveux. Après avoir avalé une gorgée de café, elle dit :

— Tu dois te demander ce qui se passe.
— Tu es adulte. Tu n'as pas de compte à me rendre.
Cela ne l'empêchait évidemment pas de se faire du souci pour sa fille. Tori baissa les yeux et contempla longuement sa tasse.
— J'aimerais pouvoir t'expliquer, pour Brody…
Lou attendit, les deux mains autour de sa tasse, sans savoir quoi dire.
— Eh bien ? fit-il pour l'encourager.
— Tu crois qu'Elliott a voulu tuer Brody ?
La discussion ne prenait pas le tour qu'il avait espéré. Il aurait aimé que sa fille lui parle de sa relation avec Brody.
— Et toi, qu'en penses-tu ? demanda-t-il.
— Je… je ne sais pas, papa. Dès qu'il s'agit de Brody, je suis incapable de réfléchir normalement. Et puis, pour tout à l'heure… Nous n'étions pas en train de… Enfin, tu me comprends. C'est vrai.
Lou toucha la main de sa fille.
— Je te crois.
— Il est venu me trouver couvert d'épines, en me disant qu'il avait eu un accident. J'ai retiré les échardes et désinfecté ses blessures.
Elle marqua une pause, puis ajouta à mi-voix :
— Je… j'avoue que je l'ai embrassé, papa. C'est moi qui ai commencé. Je ne sais pas pourquoi, c'était plus fort que moi.
Elle secoua la tête, et ses longs cheveux s'agitèrent sur ses épaules.
— Je comptais rendre sa bague à Elliott bien avant l'arrivée de Brody. Je te l'avais dit, n'est-ce pas ?
— Oui.
— Je lui ai fait du mal. Il faut que je lui parle, que je lui explique, mais comment ? Je ne comprends pas moi-même ce qui se passe…
— Es-tu amoureuse de Brody ?
— Non, bien sûr que non. Il ressemble trop à Connor.
Elle contempla le plafond un moment.
— Il m'attire, c'est tout.

Lou en doutait, mais il préféra garder son opinion pour lui.

— Penses-tu que Brody ait délibérément détruit la voiture de son frère ? demanda-t-il.

— Non. C'est probablement une défaillance mécanique qui a provoqué l'accident. Je ne peux pas imaginer Brody échafauder une telle mise en scène.

Tori soupira, puis elle posa les yeux sur son père.

— Je ne peux pas croire non plus qu'Elliott ait essayé de tuer Brody.

— Et si je te disais que, d'après le rapport du médecin légiste, Gian Hawke n'avait pas d'eau dans les poumons ?

19

Pieds nus, les cheveux mouillés, Brody descendit à la cuisine pour demander à Lou de l'aider à enlever une épine oubliée par Tori. Mais, une fois devant la porte, il s'immobilisa en entendant les échos d'une conversation.

— Mais je croyais que Gian s'était noyé !

C'était la voix de Tori. Brody poussa la porte et entra dans la cuisine.

— S'il n'y avait pas d'eau dans ses poumons, cela signifie qu'il a cessé de respirer avant de tomber à l'eau, déclara-t-il.

Le père et la fille levèrent les yeux vers lui, stupéfaits. Brody traversa la pièce, prit une chaise devant la table et la retourna pour s'asseoir à califourchon dessus.

— C'est exact, répondit Lou. Gian s'est cogné la tête sur le rebord de la piscine avant de glisser dans l'eau, ce qui explique pourquoi il ne respirait plus. Du moins, c'est la théorie du médecin légiste.

— Je n'y crois pas.

Brody s'adressait à Lou. Il ne voulait pas regarder Tori. Il ne savait absolument pas comment se comporter avec elle, et tant qu'il n'aurait pas recouvré son sang-froid, il éviterait tout contact.

— Je pense que Gian était déjà mort et qu'on a plongé son corps dans la piscine pour maquiller le meurtre.

— Vous avez peut-être raison, admit Lou.

— Mais pourquoi n'y a-t-il pas eu d'enquête ? demanda Tori.

— Le shérif, le procureur et le médecin légiste se sont consultés et ont conclu à l'accident. J'ai longuement parlé avec Westcott, hier soir. Il dit qu'aucune preuve n'étaie la thèse de l'homicide.

— Hormis le mobile, répliqua Brody. À ce moment-là, Elliott ne savait pas que j'existais. Il pensait qu'il hériterait de la quasi-totalité du vignoble.

Dans le silence qui suivit cette déclaration, Brody devina que Lou et Tori avaient tous deux envisagé cette éventualité. Malheureusement, si Tori soupçonnait son frère, cela ne signifiait pas pour autant qu'elle avait confiance en lui. Elle contemplait fixement sa tasse de café pour éviter de le regarder, ce qui lui convenait très bien. Si elle pensait qu'il avait mis en scène l'accident de voiture, il préférait ne pas la regarder non plus.

— Qu'est-ce qui te fait croire que c'est toi qu'on a voulu tuer, et pas Elliott ? Tout le monde savait qu'il était fou de sa Porsche. Qui se serait attendu à te voir au volant ? lui demanda Tori, sans lui accorder le moindre regard.

— Plusieurs personnes étaient présentes quand Elliott m'a proposé sa voiture.

— Qui ? intervint Lou.

— Les frères Corelli, Rachel et Gina.

Cette fois, Tori leva vers lui de grands yeux verts étincelants.

— A-t-il dit exactement que tu allais conduire sa Porsche ?

— Non, admit Brody. Il pouvait parler de la Range Rover ou de la Jaguar de son père. Personne ne savait à quelle voiture il faisait allusion. Toutefois, il a insisté pour raccompagner les frères Corelli lorsqu'ils ont pris congé. Il est resté dehors assez longtemps pour trafiquer la Porsche.

Le feu s'éteignit dans les yeux de Tori.

— Le shérif Westcott est peut-être un peu dépassé par les événements, commenta Lou après un silence. Il ne se passe pas grand-chose, dans la vallée.

— Tu oublies les pyromanes et les sabotages dans les caves, dit Tori.

— C'est différent. Aujourd'hui, nous avons peut-être affaire à un crime. Or, la passion et la cupidité sont les deux principales raisons pour lesquelles les gens se mettent à tuer.

— Ne dit-on pas que, la plupart du temps, la victime connaît son assassin ? demanda Brody. La probabilité d'être tué par un parfait inconnu est quasiment nulle.

— C'est exact. Si Gian a été assassiné, nous connaissons son meurtrier.

Curieusement, Brody éprouva alors une sincère compassion pour le père qu'il n'avait jamais rencontré. Quel effet cela pouvait-il faire d'être cloué sur une chaise roulante et de voir approcher son assassin ?

« Rachel, tu ne comprends pas. J'aime Tori. Je l'aime profondément. »

Rachel conduisait la Corvette rouge comme si elle avait la police aux trousses, en ruminant les paroles d'Elliott.

— Quel imbécile ! s'exclama-t-elle. Que sait-il de l'amour ?

Après avoir quitté le *Silver Moon,* Elliott et elle étaient retournés à Hawke's Landing. Elliott avait gardé un silence morose pendant tout le trajet, tandis que Rachel s'efforçait de cacher sa jubilation. Elle n'en avait pas espéré autant.

Tori avait infligé une belle humiliation à Elliott ! On pouvait tirer un trait sur elle.

Hélas, il se croyait encore amoureux d'elle.

— Ça lui passera, grommela-t-elle. Il confond sexe et amour.

Rachel, elle, connaissait très bien la différence entre le sexe et l'amour. Le grand amour, c'était l'affection profonde qu'elle éprouvait pour Elliott Hawke, un sentiment qui n'avait cessé de grandir avec le temps. Le sexe n'était qu'un acte physique, dans lequel le cœur n'avait pas sa place.

Mais elle aimait le sexe et ne pouvait s'en passer. Dieu merci, Alex Abruzzo remplissait magnifiquement ses fonctions, plusieurs nuits par semaine, depuis qu'il l'avait dépucelée pour son seizième anniversaire. Parfois, Rachel regrettait de ne pas aimer Alex au lieu d'Elliott. Mais ce dernier avait la position sociale que n'aurait jamais Alex Abruzzo, même si celui-ci avait incontestablement du talent. Il avait donné ses lettres de noblesse aux vignobles Farallon, dont les propriétaires vivaient dans la Silicon Valley, en produisant un fantastique vin de garage.

Mais le talent n'était pas un pedigree. Alex était issu d'un milieu modeste, d'une lignée de simples ouvriers. Si son père, Aldo, n'avait pas été aussi proche de Gian, le vieil homme ne serait jamais devenu chef de cave. Et Rachel avait beau adorer ses rendez-vous avec Alex, elle ne pouvait envisager de l'épouser. D'ailleurs, Alex n'avait jamais évoqué le mariage.

— Ça me ferait du bien de prendre mon pied, dit-elle à voix haute.

Elle ralentit en quittant la route qui menait à l'autoroute, de peur de récolter encore un PV pour excès de vitesse. Puis elle se dirigea vers les vignobles Farallon, où elle était sûre de trouver Alex.

— C'est Brody, le véritable obstacle, murmura-t-elle. Dommage qu'il ne soit pas mort.

Elle prit son téléphone portable et composa le numéro de Gina Barzini. La sonnerie retentit quatre fois, et Rachel allait renoncer quand une voix répondit :

— Ici Lorenzo Barzini.

— Bonjour, c'est Rachel. Ta mère est là ?

— Elle se prépare pour une interview télévisée. Elle te rappellera.

Encore une interview ? La garce ! Gina s'était octroyé le rôle de porte-parole de Hawke's Landing. Mais elle ne perdait rien pour attendre. Rachel prendrait sa revanche sur cette vieille peau de vache, un de ces jours.

— Elle est au courant, pour Brody ? demanda-t-elle.

— On a retrouvé le corps ?

Rachel eut soudain une idée. Elle n'était pas très proche de Lorenzo, mais il était temps que la nouvelle génération prenne la relève. Lorenzo se rangerait-il à ses côtés ? Cela valait-il la peine de tenter le coup ? Mentalement, elle tira à pile ou face.

— Lorenzo, tu peux garder un secret ?

— Bien sûr, répondit-il avec empressement.

— Brody est vivant. Il a réussi à s'éjecter avant que la Porsche ne bascule dans le ravin.

— Il a sauté en plein vol ? chuchota-t-il.

— Oui. C'est dingue, non ?

— Il n'est pas mort ?

— Non. Il est même tout ce qu'il y a de vivant.

Rachel raccrocha en se demandant ce que Lorenzo allait faire. Préviendrait-il sa mère ou la laisserait-il se ridiculiser en pleurant la perte de son cher neveu Brody ?

Lorenzo était séduisant et plutôt brillant, mais sa mère l'avait toujours traité comme quantité négligeable. De toute sa vie, elle n'avait éprouvé d'intérêt que pour un seul homme, son frère jumeau. Et, maintenant que Gian Hawke n'était plus, la mère de Lorenzo pouvait se consacrer à la personne qui comptait le plus pour elle : Gina Barzini.

Lorenzo n'avait pas grand-chose à espérer de la vie, hormis un piètre salaire et, à long terme, un vignoble peu rentable. Pour un prix raisonnable, il serait avec elle. Enfin, avec eux. Car, sans Elliott, Rachel ne valait pas mieux que Lorenzo. Même si Brody mourait, cela ne ferait aucune différence pour elle, car son père et ses crétins de frères se partageraient l'héritage avec tante Gina.

Plus elle pensait à son plan, plus elle le trouvait bon.

Lorsqu'elle s'engagea sur la petite route qui menait aux vignobles Farallon, elle croisa une Toyota bleue familière. Aldo Abruzzo était au volant. Que diable faisait-il là en plein milieu de la journée ?

Le chef de cave de Hawke's Landing quittait rarement son vignoble. Il aurait dû être en train de remuer les bouteilles ou de goûter des cuvées de vin mousseux afin de déterminer le meilleur assemblage.

Elle se gara et pénétra dans l'entrepôt ultramoderne. À sa grande surprise, Alex n'était pas là. L'un des ouvriers lui dit l'avoir vu entrer dans la maison avec son père.

Intéressant, songea-t-elle, intriguée. Pour qu'Alex et Aldo fassent une pause, il fallait qu'il se soit produit quelque chose d'important.

Elle ne prit pas la peine de frapper à la porte de la vaste maison, que les propriétaires avaient fait dessiner par un des architectes les plus chers de Los Angeles. Pourquoi, elle se le demandait, car ils ne venaient pratiquement jamais dans la vallée.

— Alex ! Alex ! appela-t-elle.

Pas de réponse.

Elle se rendit dans l'aile qu'occupait Alex. Dans le bureau lambrissé situé au bout du couloir, Alex rentrait des chiffres dans son ordinateur.

Grand, les cheveux brun foncé, les yeux noirs, Alex Abruzzo était aussi beau qu'intelligent. Mais Rachel visait plus haut qu'un vin de garage. La marque Hawke's Landing n'avait rien à envier aux meilleurs champagnes du monde. On pouvait commander du Hawke's Landing dans un restaurant quatre étoiles de n'importe quel pays, alors que les vins Farallon étaient inconnus hors des frontières américaines.

— Salut, Alex, dit-elle doucement.

— Rachel ? Je ne t'ai pas entendue arriver.

Il se leva, puis appuya rapidement sur quelques touches du clavier pour faire apparaître l'écran de veille sur l'ordinateur.

— Je ne t'attendais pas.

— Moi qui croyais que tu aimais les surprises...

Il lui sourit, mais ce n'était pas le sourire sensuel et affamé auquel elle était habituée.

— Que faisait ton père ici ? demanda-t-elle, au moment où il tendait les mains vers elle.

Pendant une fraction de seconde, il hésita, puis il l'attira dans ses bras.

— Il est passé me dire bonjour, après avoir déposé Maria à Calistoga chez le médecin.

— Ah, bon !

Rachel essaya de ne pas se laisser distraire par les lèvres passionnées de son amant. Il était normal qu'Aldo ait servi de chauffeur à Maria, car celle-ci ne conduisait pas. En revanche, elle trouvait étrange qu'ils aient quitté le domaine au beau milieu de la journée, ce qui ne leur arrivait jamais.

— Maria est malade ?

— Non, juste un truc de femme, tu sais.

Il l'embrassa encore, mais ce baiser-là fut plus impérieux. Les genoux de Rachel faillirent se dérober sous elle, comme toujours quand Alex lui montrait à quel point il avait envie d'elle.

Rachel ne souhaitait qu'une chose, qu'il lui fasse l'amour le plus vite possible. Deux jours plus tôt, elle s'était forcée à coucher avec Ormond pour obtenir le raisin dont Elliott avait besoin. La vieille crapule avait un sexe aussi maigrichon qu'une brindille. Il avait joui en moins de deux minutes, ce dont elle ne s'était pas plainte, bien au contraire. Mais, à présent, elle avait besoin qu'Alex la satisfasse comme il savait si bien le faire.

— Tu veux voir ce que j'ai acheté tout spécialement pour toi ? demanda-t-elle en s'écartant de lui.

Elle fit glisser son pantalon sur ses hanches, centimètre par centimètre, révélant peu à peu le string que le site Internet décrivait comme « une petite merveille de vison français ». Manifestement, la mère de ce vison-là avait fauté avec un hérisson. La fourrure drue lui irritait la peau, mais le sourire qui se dessina sur le visage d'Alex méritait bien quelques démangeaisons.

— Mon Dieu ! Approche, ma jolie.

Il tendit la main, mais Rachel se déroba adroitement et se rapprocha de la chaise placée devant le bureau.

— Assieds-toi ! ordonna-t-elle. C'est moi qui décide, aujourd'hui.

— Allons dans ma chambre. Je...

— Qu'est-ce que tu dirais d'un petit massage ? dit-elle en l'attrapant par la main.

Il se laissa tomber sur la chaise, et elle s'assit à califourchon sur lui. Même à travers son pantalon et le string en fourrure, elle pouvait sentir son sexe dur. C'était exactement ce dont elle avait besoin.

Elle commença à chanter *Proud Mary*, tout en ondulant en rythme sur ses genoux. Ses seins remuaient contre le visage d'Alex. Elle serra les cuisses et se plaqua contre son sexe.

— R... Rachel, je vou... voudrais qu'on parle de... nous.

— Nous ?

Alex n'avait jamais dit « nous ». C'était mauvais signe. Elle lui donna un baiser passionné pour l'empêcher de parler. Il n'allait pas tout gâcher, au moins ?

Plus elle se frottait contre lui, plus elle le désirait. La langue d'Alex jouait dans sa bouche. Elle était prête, plus que prête... Mais elle voulait d'abord vérifier quelque chose.

Elle tendit une main derrière lui et effleura discrètement la barre d'espace du clavier. L'écran de veille disparut, laissant place à ce qui ressemblait à un projet commercial. Sans cesser d'embrasser Alex, elle inclina un peu la tête pour essayer de distinguer les chiffres.

Apparemment, Alex avait l'intention de racheter les vignobles Farallon. Il allait lui falloir une sacrée somme pour convaincre les propriétaires de lui vendre leur domaine. Mais, avec son expérience et son savoir-faire, il pouvait sans mal obtenir un prêt ou trouver des investisseurs parmi les nouveaux milliardaires de la Silicon Valley… sauf que Rachel savait qu'Alex Abruzzo ne ferait jamais cela.

Il s'adresserait à une seule personne pour avoir cet argent : son père.

Ils avaient parlé de l'échec d'Aldo plus d'une fois. Autrefois, le père d'Alex avait essayé d'obtenir un prêt pour acquérir un petit vignoble, et personne à Napa Valley n'avait voulu lui avancer l'argent. Alex n'était qu'un jeune adolescent, à l'époque, mais cet épisode l'avait marqué. Encore aujourd'hui, il restait persuadé que Gian avait mis des bâtons dans les roues de son père. Rachel, elle, estimait qu'Aldo avait visé trop haut. Jusqu'à ce que Gian l'élève au rang de chef de cave – rôle d'ordinaire réservé à un membre de la famille – il n'avait jamais rien fait d'autre que remuer des bouteilles, comme son père et son grand-père avant lui. Grâce à ses nouvelles fonctions, Aldo avait obtenu un pourcentage sur les bénéfices de Hawke's Landing, alors que s'il avait lancé sa propre affaire, il aurait sans doute échoué.

Mais Alex ne voyait pas les choses ainsi. Si Aldo s'était vite remis de sa déception, cela n'avait pas été le cas de son fils, qui avait refusé de travailler pour la famille Hawke.

Rachel était certaine qu'Alex comptait racheter les vignobles Farallon grâce à l'argent de son père. Cela ne pouvait signifier qu'une chose : Aldo, le traître, allait vendre sa part de Hawke's Landing aux Corelli.

Quand Elliott apprendrait cela !

À cet instant, Alex tourna la tête.

— Prise en flagrant délit, ma petite ! Tu meurs d'envie de savoir ce que je fais, hein ?

Essoufflée par le baiser, Rachel le contempla, fascinée par la passion qui brillait dans ses prunelles sombres. Avec un autre, elle aurait été gênée, mais pas avec Alex.

— Je suis curieuse, c'est tout.

Il la remit brusquement sur ses pieds et se leva à son tour. D'une main, il lui arracha son chemisier. Les boutons volèrent et tombèrent par terre en tintant. Rachel se mordit la lèvre, intriguée.

Qu'y avait-il dans l'ordinateur qu'elle n'était pas censée voir ?

Alex lui ôta sans ménagement son soutien-gorge, déchirant une bretelle au passage, et le jeta derrière lui. Puis il passa une main sous le string en fourrure, tout en lui caressant les seins de l'autre. Rachel ne put réprimer un gémissement.

— Vite, vite, viens, dit-elle.

Plus rien n'avait d'importance, hormis ce désir dévorant de le sentir en elle.

Alex la poussa contre le bureau et lui arracha son string, puis il laissa tomber le sous-vêtement à ses pieds et glissa une main entre ses cuisses brûlantes.

— Oh, Alex, prends-moi… J'ai tellement envie de toi ! gémit-elle.

Lorsqu'il la pénétra, elle poussa un cri de joie. Avec un grognement rauque, il prit son visage entre ses mains et plongea les yeux dans les siens.

— Je t'aime, Rachel. Je t'ai toujours aimée. J'ai de grands projets pour nous.

— Quels projets ? demanda-t-elle dans un souffle.

— Je te le dirai quand tout sera terminé, ma puce. Ensuite, je pourrai t'épouser.

20

Tori étala ses croquis sur la table à dessin. Les rayons du soleil qui pénétraient par la fenêtre à tabatière de l'agence mettaient en valeur les dessins qu'elle montrait à son client. Mais elle avait assez d'expérience pour se douter que Kevin Puth n'accepterait pas les premières esquisses qu'elle avait faites pour son logo.

— Je ne sais pas, dit M. Point-Com après avoir jeté un rapide coup d'œil à son travail. Je m'attendais à quelque chose de plus original, comme l'étiquette que vous avez créée pour Bellmark Abbey. Je pensais que vous y mettriez plus de...

Il roula ses yeux bleu pâle vers le ciel, cherchant le mot juste qui exprimerait pleinement sa pensée.

— ... plus d'imagination.

Tori n'avait guère passé de temps sur ce premier jet. Lorsqu'elle travaillait à Los Angeles, elle avait traité avec assez de clients du genre de Kevin Puth pour savoir que la première mouture, quelle qu'elle fût, ne leur convenait jamais.

— Je suis désolée, répondit-elle. Avec la mort de Gian Hawke et l'enterrement, j'ai eu du mal à me concentrer.

— C'était un de vos amis ?

Le nom des Hawke était un vrai sésame dans la vallée. Le succès de Hawke's Landing, résultat de plus d'un siècle de travail, symbolisait une réussite avec laquelle Kevin espérait rivaliser du jour au lendemain. Tori hocha simplement la tête.

— Eh bien, je comprends. Quand pensez-vous pouvoir me fournir d'autres dessins ?

— La semaine prochaine, promit-elle. Mais cela m'aiderait si vous répondiez à quelques questions.

— Vous voulez parler du type de vin que je compte produire ?

— Oui. S'agira-t-il de crus commerciaux ou de quelque chose de plus... sélectif ?

Elle avait vraiment l'impression de se répéter.

— En d'autres termes, est-ce que j'envisage de produire des vins de qualité ou des vins bas de gamme ?

Tori acquiesça et expliqua patiemment :

— Si on investit de l'argent dans l'étiquette, c'est pour que le produit se vende. Vous comprenez, la plupart des vins sont consommés un mois après avoir été achetés.

Elle consulta discrètement sa montre. Elle avait hâte de se rendre à Hawke's Landing et de discuter avec Elliott.

— Les collectionneurs attendent plus longtemps. Ils n'achètent pas une bouteille parce que l'étiquette leur plaît.

Kevin garda le silence un moment et inspecta de plus près ses dessins.

— En fait, je ne me suis pas encore décidé. J'ai du mal à trouver quelqu'un pour gérer mon vignoble. Ce n'est pas mon métier, au départ, vous comprenez.

Pas possible, songea Tori en réprimant un sourire sarcastique.

— Avez-vous pensé à engager quelqu'un comme…

Elle réfléchit un instant avant de suggérer :

— Comme Alexander Abruzzo, des vignobles Farallon ?

— Le type qui travaille pour Hoyt Adder et Ryan Burke ?

Tori aurait été incapable de se rappeler le nom des propriétaires de Farallon, mais elle savait qu'il s'agissait de magnats de l'informatique. Apparemment, Kevin les connaissait.

— Alex est une perle rare. Quand il a repris l'affaire, le vignoble ne valait rien, et en quelques années, il en a fait un cru d'exception.

— Oui, un vin de garage, paraît-il. Cela s'adresse aux collectionneurs, n'est-ce pas ?

— En effet. On appelle ce vin ainsi parce que les quantités produites sont tellement minimes que le vigneron pourrait l'élaborer dans son garage. Les collectionneurs l'achètent jeune et le laissent vieillir. Les vins de garage représentent l'avenir. Qui aurait pensé qu'un jour, Microsoft éclipserait la General Motors ? C'est une occasion d'être un pionnier.

Elle était sûre que ce discours ferait son petit effet sur M. Point-Com.

— Intéressant. Très intéressant.

— Si vous proposiez à Alex un pourcentage sur la production de votre vignoble, il pourrait se laisser tenter.

— Excellente idée.

Kevin se dirigeait déjà vers la porte.

— Je vous tiendrai au courant.

Sans tenir compte du virage dangereux qu'annonçait le panneau, Rachel appuya sur l'accélérateur. Elle était encore sous le coup de la déclaration d'Alex.

Elle était sûre d'une chose : jamais elle ne connaîtrait de meilleur amant que lui. Alex et elle avaient fait du sexe un art véritable, et voilà qu'il voulait l'épouser. Comment aurait-elle pu deviner qu'il était amoureux d'elle depuis le début ?

« Je t'aime, Rachel. Je t'ai toujours aimée... » Combien de fois avait-elle désiré qu'Elliott lui dise ces mots ? Combien de fois avait-elle imaginé dans ses yeux la passion qu'elle voyait dans ceux d'Alex ?

Alex l'aimait. Il l'aimait sincèrement. Toutes ces années, il avait travaillé avec acharnement à faire du cru Farallon un vin de garage prestigieux. Pour être digne d'elle. Pourquoi n'avait-elle jamais percé à jour ses sentiments ?

Parce qu'elle était aveuglément amoureuse d'Elliott, le seul homme avec qui elle pût envisager de faire sa vie. Mais elle devait admettre qu'elle était émue par la déclaration d'Alex.

— Alex mijote quelque chose, dit-elle à voix haute. Je suis sûre que son père projette de vendre sa part de Hawke's Landing aux Corelli. Autrement, comment Alex aurait-il les moyens de racheter le vignoble ?

Pourquoi n'avait-il rien voulu lui dire ? Mais il l'aimait. Elle lui soutirerait la vérité, il suffisait qu'elle s'arme de patience.

En attendant, elle allait prévenir Elliott.

Maria guida Tori jusqu'à la bibliothèque, où se trouvait Elliott.

— Vous avez dû avoir une journée épuisante, hier, dit Tori, en remarquant que la gouvernante avait l'air fatiguée et semblait marcher plus lentement que d'habitude.

Maria s'arrêta un instant, regarda par-dessus son épaule et répondit :

— C'est surtout pour Elliott que ça a été dur.

Quand Tori était arrivée à Hawke's Landing, elle avait aperçu Maria assise à l'avant de la voiture d'Aldo. Tous deux étaient visiblement plongés dans une grande discussion, mais ils s'étaient tus en la voyant.

De toute évidence, il se passait quelque chose d'inhabituel, mais Tori savait que ce n'était pas la peine d'interroger la gouvernante. Celle-ci refuserait probablement de répondre aux questions.

La jeune femme se concentra sur ce qu'elle allait dire à Elliott. Elle aurait dû lui rendre sa bague des semaines plus tôt, se répéta-t-elle pour la énième fois. Elle s'en voulait d'avoir fait de la peine à un homme qui s'était toujours montré extrêmement gentil avec elle.

Maria frappa à la porte de la bibliothèque.

— Tori est là, annonça-t-elle.

— Renvoie-la chez elle. Je ne veux pas la voir.

Maria fronça les sourcils et regarda Tori avec surprise.

— Elliott, il faut que je te parle, dit Tori.

Elle tendit la main vers la poignée, mais Maria se plaça entre elle et la porte.

— S'il vous plaît, insista-t-elle. C'est important.

Maria lui fit les gros yeux. Tori ne pouvait pas lui en vouloir. La gouvernante avait élevé Elliott, son instinct protecteur reprenait le dessus. Soudain, la porte s'ouvrit de l'intérieur.

— C'est bon, Maria. Laisse-la entrer.

Maria se retira, sans se départir de son air renfrogné, et Tori entra dans la bibliothèque. Elliott avait les traits tirés. Ce n'était sans doute pas le meilleur moment pour lui parler, mais il était plus que temps qu'elle affronte la situation.

— Que veux-tu ? demanda-t-il.

Tori avait répété son discours dix fois, tout en redoutant le moment où elle aurait à l'exposer de vive voix. Elle détestait faire du mal à autrui et s'efforçait en général d'éviter les conflits, mais cette fois, elle n'avait pas le choix. Il fallait qu'elle soit d'une totale franchise.

— Je suis désolée pour ce matin. Je sais ce que tu dois penser, mais tu te trompes.

Il croisa les bras sur sa poitrine.

— Voyons, Tori, tu me prends pour un imbécile ?

Elle le dévisagea un moment.

— Bien sûr que non. Tu es très intelligent, et je ne vais pas t'insulter en te disant qu'il ne s'est absolument rien passé. Nous nous sommes embrassés, c'est vrai, mais...

— Formidable ! railla Elliott. Il suffit que mon frère te fasse des avances pour que tu tombes dans ses bras !

— Ce n'est pas Brody le coupable. Il est arrivé, blessé, j'ai ôté toutes les épines de son dos, et ensuite... je ne sais pas ce qui m'a pris. Je l'ai embrassé.

— Toi ? C'est toi qui as commencé ?

Son ton était cynique, et elle se demanda un instant s'il la croyait. Elle hocha la tête et ajouta :

— Oui. C'était plus fort que moi.

— Plus fort que toi, hein ? Comme c'est commode !

Il s'assit sur le bureau et reprit :

— Et pendant ce petit épisode, tu as oublié que tu étais fiancée ?

La gorge de Tori se noua. Lorsqu'elle parvint enfin à parler, elle déclara :

— Le soir où tu m'as appelée pour m'annoncer la mort de ton père, j'avais décidé de te rendre ta bague. J'avais compris que je ne t'aimais pas comme je l'aurais dû et que c'était pour ça que je reculais constamment la date du mariage. Mais, compte tenu des circonstances, j'ai cru préférable d'attendre un peu avant de te faire part de ma décision. Je pensais que quand les choses se seraient tassées, je pourrais t'expliquer tout cela plus tranquillement.

À présent, les mots se bousculaient dans sa bouche.

— Tu mérites quelqu'un qui t'aime sans réserve, une femme qui ne passera pas son temps à se demander si elle a eu raison de t'épouser. Je croyais pouvoir être cette femme, mais je me suis trompée.

Elle retira sa bague et la lui tendit en ajoutant :

— Je suis désolée.

Il prit le bijou et le serra si fort dans son poing que ses articulations blanchirent. Puis, lentement, il rouvrit la main et contempla la bague.

— Et Brody ? Tu es amoureuse de lui ?

— Je le connais à peine.

— Ça ne t'a pas empêchée de te jeter à sa tête.

Tori ne répondit pas. Elle n'avait pas envie de se disputer avec Elliott. Bien sûr, elle comprenait sa colère. Elle espérait qu'il se remettrait de sa déception et qu'il lui pardonnerait, avec le temps. Elliott avait une authentique bonté en lui. Au fond d'elle-même, elle le savait incapable de nuire à son frère.

— J'aimerais te parler de Brody, reprit-elle.

— Tu as dit tout ce que tu avais à dire. Va-t'en, maintenant, ordonna-t-il en lui tournant le dos.

— Écoute-moi, Elliott, supplia-t-elle. C'est important.

— Va-t'en, répéta-t-il froidement.

— Non, je veux que tu entendes ce que j'ai à dire.

Son ton péremptoire le surprit. Il se retourna et la regarda, les lèvres pincées.

— Sois brève.

— Je sais que tu n'as pas essayé de tuer Brody.

— Merci infiniment. Mais, visiblement, tu crois à son histoire rocambolesque.

— C'est vrai. Et je te crois aussi.

Il ouvrit la bouche, mais avant qu'il ait pu parler, elle demanda :

— Tu te rappelles ce qu'a dit Rachel, tout à l'heure ? Et si ce n'était pas Brody qui était visé, mais toi ?

Il plissa les yeux.

— Je vois ce que tu veux dire. Logiquement, c'est moi qui aurais dû être au volant de la Porsche.

— Qui savait que Brody allait prendre ta voiture ?

— J'en ai parlé devant les frères Corelli, Rachel et Gina.

Cela ne répondait pas tout à fait à la question qu'elle n'avait pas osé poser : où se trouvait Elliott pendant que Brody l'attendait dans la bibliothèque ?

— Quatre personnes étaient donc au courant. Quelqu'un d'autre aurait-il pu t'entendre ?

— Peut-être. Il est également possible qu'une de ces quatre personnes en ait parlé à quelqu'un.

— As-tu vu les Corelli partir en voiture ?

— Non. Je les ai accompagnés jusqu'à la Ferrari de Ricco, mais je leur ai dit au revoir tout de suite et je suis allé à la cuisine.

— À la cuisine ? Brody t'attendait dans la bibliothèque, non ?

— Il fallait que je voie Maria.

— Cela t'a pris longtemps ?

Elliott eut une moue agacée.

— Pourquoi cette question ? Brody a dit que j'étais resté longtemps absent ?

— En effet.

— Je voulais remercier Maria d'avoir si bien organisé la réception. Elle est assez fatiguée en ce moment, et je savais qu'elle avait veillé une partie de la nuit pour que tout soit prêt.

— C'était gentil de ta part.

— Maria s'occupe de la maison depuis des années. Je ne pense pas que mon père l'ait remerciée une seule fois.

— Lui as-tu dit que tu allais prêter ta voiture à Brody ?

— Oui, et je lui ai demandé de faire préparer une chambre pour lui.

Il se tut une seconde, puis secoua la tête.

— Maria aurait été incapable de trafiquer la voiture, elle ne connaît rien à la mécanique. Elle ne sait même pas conduire.

— Elle aurait pu en charger quelqu'un d'autre.

— C'est un peu tiré par les cheveux, non ?

— Peut-être, admit Tori. De toute façon, mieux vaut attendre le rapport du shérif avant d'échafauder des hypothèses. Il nous dira si quelqu'un a retiré les boulons de la barre d'accouplement.

— Tu ne crois pas que c'est un peu du délire, tout ça ? fit Elliott d'un ton sarcastique.

La colère, que les questions de Tori lui avaient momentanément fait oublier, montait de nouveau en lui.

— Absolument pas. Si quelqu'un a bel et bien ôté ces écrous, je veux que vous mettiez de côté vos sentiments, Brody et toi, et que vous luttiez ensemble. J'ai l'impression que quelqu'un essaie de tuer l'un de vous. Peut-être même vous deux.

21

Rachel entra dans la villa sans sonner.

— Elliott est là ? demanda-t-elle à une domestique, qui était occupée à cirer les meubles.

— *Sí, señorita,* répondit la femme en pointant un doigt en direction de la bibliothèque.

Il faisait presque nuit. Après sa visite chez Alex, Rachel était rentrée chez elle pour se doucher et se changer. Son père et ses frères étaient partis faire la fête à San Francisco sans même lui proposer de les accompagner. Mais cela lui était parfaitement égal. En fait, cela l'arrangeait. Cela lui servirait d'excuse, si jamais Elliott s'étonnait de sa visite.

Elle frappa doucement à la porte de la bibliothèque.

— C'est moi, Rachel.

Personne ne répondit. Elle frappa de nouveau, sans succès. La domestique avait dû se tromper, se dit-elle, tout en ouvrant la porte pour vérifier. Elliott était bien là, assis devant le bureau, dans le noir.

— Ça va ?

Un long moment passa avant qu'Elliott n'allume enfin la petite lampe de bureau. La lumière accentua les cernes sous ses yeux et les petites rides autour de sa bouche. Un point étincelant attira soudain le regard de Rachel, et elle vit qu'il faisait tourner entre ses doigts la bague de fiançailles de Tori. Elle se mordit l'intérieur des joues pour s'empêcher de sourire.

— Que s'est-il passé ?

— Tori ne veut plus m'épouser.

— Après la scène de ce matin, je pensais que ce serait toi qui ne voudrais plus l'épouser.

— Elle prétend qu'il ne s'est rien passé de grave avec Brody. Un simple baiser.

— Ne me dis pas que tu la crois ? fit Rachel, atterrée de le voir aussi naïf.

— Quelle importance ? Tout est fini entre nous.

Rachel baissa les yeux pour cacher sa joie.

— Je suis désolée. Elle ne te méritait pas, de toute façon.

Elliott changea de position dans le grand fauteuil en cuir qui avait appartenu à son père. Il ne semblait pas aussi furieux que Rachel l'avait prévu. Ne sachant trop que dire, elle s'en tint à son ordre du jour.

— Il paraît que Gina va passer aux informations régionales. On devrait la regarder.

— Comment le sais-tu ?

— Lorenzo m'a appelée.

En fait, il avait laissé un message sur son répondeur. Cela signifiait-il qu'il était dans son camp ? Sans doute. Elle prit la télécommande et alluma la télévision. Sur la chaîne de San Francisco, c'était le bulletin météo. On annonçait une vague de froid. Les vendanges étaient terminées, le pire avait donc été évité, mais les vignes elles-mêmes pouvaient souffrir du gel.

— As-tu demandé à Aldo de sortir les chaufferettes ?

— Elles sont prêtes, répondit Elliott d'une voix éteinte.

Elle aurait voulu lui parler d'Aldo et d'Alex, mais elle avait l'impression qu'Elliott ne l'écouterait que d'une oreille distraite.

— Regarde, c'est Gina !

Elliott parut retrouver une certaine vivacité lorsque le journaliste debout à côté de Gina prit la parole.

— Comme les Kennedy, la famille Hawke a encore été frappée par la tragédie, ici, à Napa. Il y a quelques jours, Giancarlo Hawke trouvait la mort dans un terrible accident. Aujourd'hui, c'est l'un de ses fils, Brody Hawke, qui s'est tué au volant de la voiture de son frère jumeau…

— Quoi ? Mais Brody n'est pas mort ! s'exclama Elliott. Je croyais que des journalistes avaient assisté à notre pugilat ?

— En effet, mais ce sont les infos de San Francisco. Les journalistes qui sont venus au *Silver Moon* travaillaient pour une chaîne locale. Enfin, maintenant, ils doivent tous être au courant. Écoutons plutôt Gina.

Rachel se réjouissait secrètement : Lorenzo n'avait pas vendu la mèche.

— C'est tragique, réellement tragique, gémissait Gina, les larmes aux yeux. Nous venions juste de rencontrer Brody. Qu'il se tue ainsi, c'est déchirant.

Rachel patienta encore quelques minutes, et au moment de la séquence boursière, elle osa demander :

— Tu aimerais te débarrasser de lui ?

— Impossible. Brody a neuf vies, sinon plus. Autrement, comment aurait-il pu sortir vivant d'un accident pareil ?

— Et trouver la force d'aller raconter ça à Tori pendant qu'elle lui retirait les épines du dos…

Rachel n'avait pu s'empêcher de remuer le couteau dans la plaie. Pour adoucir le coup, elle ajouta :

— Il a délibérément bousillé ta voiture. J'en suis sûre.

Une étrange expression passa sur les traits d'Elliott.

— J'aimerais pouvoir le croire.

Le téléphone portable de Rachel sonna avant qu'elle ait eu le temps de lui demander ce qu'il voulait dire. Le petit écran affichait le numéro d'Alex. Elle fronça les sourcils. D'ordinaire, il ne l'appelait que le soir, très tard.

D'abord sa déclaration d'amour, puis ce coup de fil à une heure inhabituelle... Les choses allaient trop vite au gré de Rachel. En toutes circonstances, elle aimait faire le point sur la situation, avant d'agir en conséquence.

— C'est papa, dit-elle à Elliott. Je vais le prendre dans le couloir. Mets la chaîne locale pour voir ce qu'ils disent de l'accident.

Elle sortit dans le couloir plongé dans l'obscurité et décrocha.

— Alex ?

— Devine qui vient de me rendre visite, dit-il.

— Brody ?

— Non, ma puce. Vois les choses en grand. En très grand.

Alex n'était pas frimeur, mais il semblait très satisfait de lui-même, tout à coup.

— Pense gros sous. Très gros sous.

— Je ne sais pas...

— Kevin Puth.

— Le Kevin Puth ? M. Point-Com ?

Alex éclata d'un rire grave, masculin, délicieusement sexy.

— Crois-tu qu'il puisse exister plusieurs Kevin Puth avec un tel surnom ?

— Que voulait-il ?

Rachel était tellement excitée qu'elle avait du mal à parler à voix basse.

— Kevin a l'intention d'acquérir un vignoble avec des installations ultramodernes. Il ne regardera pas à la dépense. Et figure-toi qu'il m'a demandé d'être son gérant.

Il appelait déjà M. Point-Com par son prénom, remarqua Rachel.

— Il est prêt à me payer cinq fois ce que je gagne ici et à me donner en plus un pourcentage sur les ventes du vignoble.

— Vraiment ? fit Rachel, impressionnée.

Avec une offre pareille, Alex n'aurait plus besoin de l'argent de son père. Aldo ne risquait plus de vendre sa part de Hawke's Landing aux Corelli.

— Oh, Alex, c'est merveilleux ! Quand commences-tu ?

— Commencer ? Tu plaisantes ? Je veux posséder mon propre vignoble. Tu ne penses tout de même pas que je vais travailler pour un fêlé de l'informatique qui ne connaît rien au vin ?

Il se remit à rire et ajouta :

— Je voulais juste te raconter l'anecdote pour te faire rire.

Assis dans la salle de réunion du shérif Westcott, Brody parcourait inlassablement le dossier de la mort de Gian Hawke. Il avait étalé sur la longue table toutes les photos prises sur les lieux du crime, les avait examinées attentivement les unes après les autres avec la loupe spéciale du shérif, mais sans résultat.

Rien ne laissait penser à un assassinat, hormis le fait que les poumons de Gian n'étaient pas remplis d'eau. Et, d'après ce qu'il voyait de la piscine sur les clichés, il était tout à fait possible que le vieil homme invalide ait basculé de sa chaise roulante et se soit heurté la tête sur le rebord.

— D'accord, marmonna Brody dans sa barbe. C'est plausible.

Son instinct lui disait que son père n'avait pas trouvé la mort de cette façon, mais il comprenait pourquoi les autorités avaient conclu à un accident. Essayer de prouver autre chose en se fondant sur ce dossier relevait de l'utopie. Autant croire qu'un jour, Tori admettrait qu'elle l'aimait.

Quelle drôle de pensée ! songea-t-il.

Il n'arrivait pas à se sortir la jeune femme de la tête. Il avait essayé de l'ignorer et de se concentrer sur l'accident de voiture, puis sur la mort de son père. En vain. Son esprit revenait toujours à Tori. Si Elliott n'avait pas débarqué, ce matin-là, Brody savait parfaitement ce qui se serait passé. Il aurait fait l'amour à la fiancée de son frère.

Et il se serait détesté ensuite. Il fallait être une belle ordure pour trahir son propre frère ! Sa mère lui avait donné des principes moraux, et ses années d'entraînement dans la marine avaient renforcé son sens du devoir et de l'honnêteté.

Alors, qu'est-ce qui lui avait pris ? Il n'était qu'un salopard. Point final.

Pour s'empêcher de penser à Tori, il rassembla les photographies de son père et les examina. Gian Hawke avait été grand, comme ses fils, mais l'âge et la maladie l'avaient affaibli. Ses cheveux autrefois sombres avaient viré au gris.

« Un jour, je ressemblerai à ça. Et Elliott aussi. Si je vis assez longtemps », songea-t-il en rangeant les photos dans l'enveloppe en papier kraft.

Tori pouvait penser ce qu'elle voulait, il était sûr qu'Elliott avait trafiqué la Porsche. Il avait eu de la chance de s'en tirer. En fait, il avait eu de la chance toute sa vie. Combien de fois avait-il échappé à la mort au cours de ses missions ?

Il avait vécu pour cela, d'ailleurs, pour le danger… jusqu'à maintenant. Commençait-il à douter de la vie qu'il menait ? Non. Bien sûr que non. Il savait où il allait et ce qu'il voulait. L'apparition inattendue d'une famille – et de Tori, d'accord – l'avait un peu déstabilisé, voilà tout.

On frappa à la porte, et un adjoint passa la tête dans la pièce.

— Le shérif Westcott vous attend dans son bureau. Votre frère est ici.

Elliott, ici ? Pourquoi ? Perplexe, Brody prit le dossier et se rendit dans le bureau du shérif.

Le shérif Westcott lui fit signe d'entrer. Brody s'approcha et lui tendit le dossier en ignorant superbement son frère. Son nez encore tuméfié était douloureux, sans parler des sillons qu'avaient laissés les griffes de Rachel dans son dos. Une vraie lionne, celle-ci.

— Asseyez-vous, Brody. Je voudrais vous parler à tous les deux. C'est pour cela que j'ai fait venir Elliott.

Brody s'assit à côté de son frère sans le regarder. Il lui jeta cependant un coup d'œil à la dérobée et remarqua qu'il s'était changé depuis leur rencontre au saut du lit.

Le shérif se pencha en avant et posa les coudes sur son bureau. Il regarda les deux frères tour à tour, puis prit enfin la parole.

— J'ai reçu le rapport d'expertise de la Porsche. Il manquait effectivement les deux boulons de la barre d'accouplement.

Elliott se redressa d'un bond sur son siège. Rachel avait fini par le convaincre que Brody avait simulé l'accident pour transformer sa Porsche en épave. Mais c'était la théorie de Tori qui était la bonne. Quelqu'un avait essayé de le tuer ou de tuer Brody.

Il n'osait plus regarder Brody. Un rapide coup d'œil de côté lui indiqua que le visage de son jumeau était totalement fermé. Quoi qu'il pensât, Brody gardait ses opinions pour lui. Elliott, lui, en était incapable. Il avait mal jugé Brody et aurait voulu en discuter avec lui, mais pas devant le shérif.

— Un certain nombre de personnes ont eu l'occasion de trafiquer ma voiture.

Elliott espérait qu'il ne donnait pas l'impression d'être sur la défensive. Mais, depuis que Tori lui avait demandé pourquoi il avait mis si longtemps à rejoindre Brody dans la bibliothèque, cette question l'obsédait. Il ne voulait pas que Brody le croie responsable de l'accident.

— Qui ? demanda le shérif en prenant un bloc-notes et un stylo.

— Rachel Rittvo et Gina Barzini étaient présentes quand j'ai proposé ma voiture à Brody, ainsi que Ricco et Don Corelli, mais il est possible que d'autres invités m'aient entendu. J'en ai également parlé à Maria Sanchez, ma gouvernante.

— Ces personnes auraient-elles pu avoir facilement accès à votre voiture ?

Elliott réfléchit un moment et se rappela un détail insolite.

— Quand j'ai accompagné Brody au garage, la porte était ouverte, ce qui est inhabituel. Vous savez que le brouillard d'ici ne vaut rien aux voitures. Nous fermons toujours la porte, la nuit. J'ai pensé que mes domestiques avaient été trop occupés par la réception et avaient oublié de la fermer. À présent, je n'en suis plus si sûr.

— Bien, fit le shérif. Je vais interroger vos domestiques, ainsi que toutes les personnes que vous avez citées, et nous verrons ce qu'il en sortira.

Sur ce, il se leva. Avant qu'il ne les congédie, Elliott ajouta :

— J'ai raccompagné les Corelli dehors, mais je n'ai pas attendu de les voir partir. Je suis allé à la cuisine dire un mot à Maria.

— C'est noté. Je vais mener mon enquête. Je vous tiendrai au courant.

Les deux frères quittèrent le bureau du shérif. Brody évitait toujours le regard d'Elliott. Dans l'air frais de la nuit, celui-ci dit :

— Je n'ai pas essayé de te tuer.

Brody se tourna vers lui et déclara :

— Au début, c'est ce que j'ai cru, je l'avoue, mais Tori m'a orienté sur une autre piste.

— Tori ?

Elliott ne pouvait prononcer son nom sans un affreux pincement au cœur.

— Oui. Je ne cessais de me demander à qui pouvait profiter ma mort, et seul ton nom me venait à l'esprit. Puis Tori m'a fait remarquer que tu n'avais jamais utilisé le mot « Porsche » pour parler de la voiture. Sachant combien tu tenais à ta Porsche, la plupart des gens ont dû penser que tu comptais me prêter la Range Rover. Ce n'est peut-être pas moi qu'on a voulu tuer, mais toi.

— Tu as le temps d'aller discuter quelque part ? demanda Elliott.

22

Brody réfléchissait, tout en suivant la voiture d'Elliott au volant de sa Porsche de location.

Au cours de sa formation, on lui avait appris à se fier à son instinct et à ne compter que sur lui-même. Avec une mère souvent absente, c'était d'ailleurs ce qu'il avait fait toute sa vie. Mais, cette fois, son instinct ne lui indiquait pas la voie à suivre.

Les choses étaient devenues infiniment compliquées, songea-t-il en s'arrêtant à un feu rouge. De sa vie, il n'avait jamais douté.

Jusqu'à maintenant.

Il ne comprenait pas ce qui se passait en lui. Qu'éprouvait-il pour Tori ? Pour son frère ? Pour Hawke's Landing ?

La région, avec ses collines de vignobles, lui plaisait beaucoup. Durant son enfance, il avait vécu dans de petites villes du Sud des États-Unis. C'étaient des régions qu'on pouvait trouver pittoresques, mais aucune ne l'avait séduit comme cette vallée.

Penser que ses ancêtres étaient venus ici et avaient travaillé dur pour se faire une place au soleil expliquait peut-être son attirance pour cet endroit. Pour la première fois de sa vie, il avait l'impression de commencer à savoir qui il était. Jusqu'alors, son passé n'avait été qu'un trou noir. Combien de nuits était-il resté éveillé, à s'interroger sur l'histoire de ses parents, sur ses racines ? Puis, quand il s'était engagé dans la marine, il avait réussi à se convaincre qu'il s'en fichait.

Ce n'était pas vrai.

Une partie du mystère s'était éclaircie, mais il ne connaissait toujours pas l'histoire entière.

Le feu passa au vert.

Pourquoi Elliott et lui avaient-ils été élevés séparément ? Quelqu'un ici devait forcément détenir la vérité.

Brody se gara derrière Elliott sur le parking d'un restaurant appelé *Pinot Blanc*.

— Rachel doit me rejoindre ici pour dîner, expliqua Elliott. Veux-tu te joindre à nous ?

— Je regrette, j'ai d'autres projets. Mais j'ai le temps de prendre un verre.

Brody ne pouvait pas supporter l'idée de dîner avec Rachel Rittvo. Quelque chose chez cette fille le mettait mal à l'aise.

Tout en suivant son frère vers le restaurant, il se demanda pourquoi Elliott ne dînait pas avec Tori plutôt qu'avec Rachel. Après tout, Tori avait défendu son fiancé quand Brody l'avait accusé d'avoir essayé de le tuer, et elle portait toujours sa bague. Ils avaient peut-être eu une querelle d'amoureux, supposa Brody. C'était même plus que probable, après ce qui s'était passé le matin.

Le maître d'hôtel reconnut immédiatement Elliott et les guida à travers le charmant bistro aux banquettes rebondies jusqu'au patio couvert où brûlait un feu de bois.

— Nous prendrons deux Royal Lochnagar, avec des glaçons, dit Elliott en s'asseyant à une table près du feu.

Puis il s'adressa à Brody :

— Il faut qu'on discute.

— Oui. De l'accident, notamment.

Elliott s'adossa à son siège et contempla un moment les bûches qui flambaient dans l'âtre. Quand il releva les yeux, il semblait ému. Personne ne lui avait appris à dissimuler ses émotions, songea Brody. « Et toi, qui t'a appris à cacher les tiennes ? » chuchota une petite voix. Sa mère, pour commencer. Linda Hawke n'avait jamais rien laissé paraître, hormis de l'inquiétude, et l'avait grondé chaque fois qu'elle l'avait surpris en train de pleurer.

— J'ai tiré des conclusions trop vite, avoua Elliott.

— Moi aussi.

Brody attendit qu'on les ait servis et ajouta :

— Pourquoi pensais-tu que j'avais simulé l'accident ?

— Je me disais que tu aurais pu vouloir détruire ma Porsche.

— Mais pourquoi ?

Elliott avala une gorgée de whisky.

— J'ai été très gâté par la vie.

— Je ne suis pas jaloux de toi. Rien de ce que tu possèdes ne me fait envie.

Au moment où il prononçait ces mots, Brody réalisa que ce n'était pas la stricte vérité. Elliott l'examina par-dessus le rebord de son verre.

— Et Tori ? demanda-t-il, comme s'il lisait dans ses pensées.

Brody se raidit, puis il se rappela que c'était lui qui devait des excuses à Elliott. Mais il se sentait mal à l'aise. Il n'avait jamais parlé à un autre homme de ses sentiments. En fait, il n'avait jamais évoqué devant personne ses émotions les plus intimes.

— Tu ne dois pas lui en vouloir, commença-t-il. Contrairement aux apparences, il ne s'est rien passé.

— Rien ?

— Un baiser. Ça compte ?

— Ça dépend, dit Elliott en faisant tourner le liquide ambré dans son verre. Qui a pris l'initiative ?

— Moi.

— Ah… Comment cela a-t-il commencé ?

— Je n'aurais jamais dû aller chez elle. Mais je venais d'échapper à la mort. Je m'étais mis dans la tête que tu étais le coupable et je voulais en parler avec Tori.

— Je comprends que tu aies pu penser ça, mais je te jure que je n'ai pas trafiqué la Porsche.

Brody hocha lentement la tête.

— Peut-être que quelqu'un essaie de nous monter l'un contre l'autre, suggéra-t-il. As-tu envisagé cette hypothèse ?

— Oui, répondit Elliott. J'y ai pensé aujourd'hui, quand Tori est venue me rendre ma bague.

À cette nouvelle, une bouffée d'exaltation envahit Brody, qui faillit s'étrangler avec son whisky.

— Te rendre ta bague ? répéta-t-il. Tu es sérieux ? Elle a pris ta défense chaque fois que je t'ai accusé d'avoir provoqué l'accident.

— Tori me connaît assez bien pour savoir que je ne tuerais jamais personne. Mais elle ne veut pas m'épouser.

— Je suis désolé. J'espère que ce n'est pas à cause de moi.

Brody était sincère. Il se maudissait et se méprisait pour ce qu'il avait fait.

— Tori avait prévu de rompre nos fiançailles avant ton arrivée. Mais mon père est mort, et elle a préféré attendre avant de me l'annoncer. Je ne te reproche rien. Visiblement, il y avait quelque chose qui ne collait pas entre nous, ajouta Elliott en haussant les épaules. Je suppose que je le savais plus ou moins, même si je refusais de l'admettre.

Brody poussa un long soupir de soulagement. Toutefois, il ne pouvait s'empêcher de se demander si sa présence n'avait pas quelque chose à voir avec cette rupture.

— Je ne voulais pas semer la pagaille en débarquant ici, mais apparemment, le testament s'en était déjà chargé, dit-il, décidé à changer de sujet.

Il marqua une pause tandis qu'Elliott faisait signe au serveur de renouveler leurs consommations, puis il demanda :

— Que se passerait-il si l'un de nous deux mourait avant que le testament ne soit homologué ?

— D'après Rachel, les quarante pour cent de Hawke's Landing seraient partagés entre Gina Barzini, les Rittvo et Aldo.

— Rachel ? Comment est-elle au courant ?

— Je ne sais pas trop. Je lui poserai la question.

Après un instant de réflexion, Brody demanda :

— Rachel a deux frères, n'est-ce pas ? Je les ai rencontrés, mais j'avoue que j'ai oublié leurs noms. Tu as tant de cousins éloignés…

— Nous avons, corrigea Elliott. Tu fais partie de la famille, que cela te plaise ou non. En fait, nous sommes apparentés à la moitié de la vallée. Non, j'exagère. Mais il faut dire que les Italiens ont toujours eu de grandes familles.

— Je vois, dit Brody, qui ne voyait pas grand-chose, sa famille s'étant toujours résumée à sa mère. Pourquoi, parmi toute cette flopée de cousins, Gian a-t-il choisi les Rittvo comme héritiers potentiels ?

— Je me suis posé la question, et j'ignore la réponse. Rachel fait du bon boulot pour le vignoble, mais père ne l'a jamais appréciée. Quant à son père et ses frères, Eddie et Sam, il ne les tenait pas en haute estime.

— Quel type de vin produisent-ils ?

— Aucun. Ils cultivent du raisin et le vendent. Ce n'est pas inhabituel. Plus de la moitié des vignobles, dans la vallée, se contentent de vendre leur raisin et ne produisent aucun vin.

Le serveur leur apporta la deuxième tournée de whiskies, et Brody demanda :

— Les Rittvo auraient-ils pu connaître, d'une façon ou d'une autre, le contenu du testament ?

— C'est possible. L'information a peut-être été divulguée par la secrétaire ou le clerc de notre avocat. Comment savoir ? Mais, à partir du moment où le testament a été enregistré, n'importe qui a pu se rendre à la préfecture du comté pour le consulter.

— Pourquoi ne pas nous renseigner pour savoir si quelqu'un a demandé à le lire ?

— Oui. Écoute, Rachel arrive, ajouta Elliott. Demain, j'aimerais que tu viennes avec moi assister au dégorgement. C'est une étape de la fabrication du vin mousseux.

— Avec plaisir.

Brody aperçut Rachel Rittvo de l'autre côté du patio, vêtue d'une petite robe rouge moulante. Elle rejeta ses cheveux noirs en arrière et enroula une mèche autour de sa main en cherchant Elliott des yeux. Lorsqu'elle vit Brody, son sourire se décomposa.

— J'ai comme l'impression que Rachel en pince sérieusement pour toi, remarqua-t-il.

— Tu plaisantes ? On est comme frère et sœur !

— Ah... Bon, je dois me sauver, dit Brody en vidant son verre. À demain.

Tori dessinait fébrilement. Les idées lui venaient à la vitesse de l'éclair. Elle écarta un dessin à moitié achevé, en se disant qu'elle le terminerait plus tard, et prit une feuille vierge pour y jeter sa nouvelle idée avant qu'elle ne lui échappe.

— Incroyable, dit-elle à voix haute.

Le mot résonna dans l'atelier vide. Après deux jours de blocage, son inspiration était revenue. Parler à Elliott n'avait pas été facile, mais elle avait fait exactement ce qu'il fallait, et à présent, elle se sentait libérée.

Ses idées passaient de son fusain au papier à une vitesse impressionnante. Elle était tellement concentrée sur son travail qu'elle n'entendit pas tout de suite qu'on frappait à la porte. Puis, comme l'intrus insistait, elle leva les yeux. Il était plus de 21 heures. Qui pouvait venir la voir à cette heure tardive ?

Elle s'approcha de la porte et reconnut la voix déjà familière.

— C'est Brody. Je peux entrer ? Piny est avec moi.

Elle ouvrit en disant à son pouls qu'il n'avait aucune raison de battre si fort. En voyant Brody debout sur le seuil, Piny sagement assis à ses pieds, elle ne put s'empêcher de sourire.

— Qu'est-ce que tu fais ici ? demanda-t-elle en reculant pour les laisser entrer.

— Ton père m'a dit que tu étais encore à l'agence. Je suis passé te proposer de dîner avec moi.

Tori ne savait pas quelle attitude adopter. Devait-elle lui parler d'Elliott ? Puis elle comprit que si Brody n'avait pas été au courant de leur rupture, il ne serait pas venu la trouver.

— Papa t'a raconté, pour Elliott ?

— Non. J'ai pris l'apéritif avec Elliott, tout à l'heure. Il m'a dit que tu lui avais rendu sa bague.

— J'aurais dû le faire plus tôt. C'est quelqu'un de bien. Je n'ai pas été honnête avec lui.

Brody semblait mal à l'aise. Il se balança légèrement d'un pied sur l'autre et examina le bureau plongé dans l'ombre. Seule la pièce du fond, où Tori avait installé son atelier, était éclairée.

— Qu'est-ce que tu fais, exactement ?

Elle le conduisit dans l'atelier.

— Je dessine tout et n'importe quoi. Ça va du menu de restaurant au logo pour une bouteille de vin.

Elle s'arrêta devant la table à dessin.

— Voici les croquis d'un logo que je suis en train de créer pour un client.

— Je peux regarder ?

— Bien sûr.

Elle se pencha et caressa la tête de Piny, tandis que Brody examinait attentivement chaque dessin.

— Ce ne sont que des idées, précisa Tori. Je puiserai dedans et j'en choisirai deux ou trois, que je terminerai et mettrai en couleurs pour les présenter à mon client.

— Tu es douée. Très douée.

— Merci. La concurrence est rude, dans le domaine du graphisme. J'essaie toujours de trouver des concepts uniques et originaux.

— Tu as raison, approuva-t-il.

Ses yeux bleus fascinants hypnotisaient la jeune femme. Ils dégageaient une énergie qui exerçait sur elle un attrait irrésistible. Quand Brody la regardait ainsi, elle se sentait incapable de réfléchir, encore moins de parler.

Il brisa le silence.

— Je propose qu'on aille dîner dans un endroit bien éclairé, où je ne serai pas tenté de me mettre à t'embrasser devant une bande d'inconnus.

Tori faillit lui dire qu'elle avait trop de travail pour sortir, mais son adorable expression lui ôta toute envie de protester.

23

Le restaurant *Tra Vigne* était bondé, mais Tori connaissait le propriétaire.

— J'ai dessiné la nouvelle couverture de son menu, chuchota-t-elle à Brody, pendant qu'on les conduisait à leur table. *Tra Vigne* signifie « au milieu des vignes ». Avant, il y avait une simple grappe de raisin sur le menu. Je l'ai remaniée pour donner l'impression qu'on regarde à travers les feuillages et que l'on voit un couple en train de dîner dans un cadre d'un romantisme à toute épreuve.

Brody étudia la couverture du menu que le serveur venait de leur apporter, avec la carte des vins longue comme une encyclopédie.

— Tu as fait du beau travail.

— Tout est dans la couleur. C'est pourquoi tu ne peux pas vraiment te rendre compte de ce que donneront les croquis que tu as vus à l'agence, une fois mis en couleurs. Ici, j'ai modifié le graphisme et ajouté divers tons de mauve et de subtiles nuances de bleu.

Le serveur vint se poster à côté de Brody.

— Prendrez-vous du vin pour l'apéritif ?

Brody fit un signe de tête vers Tori.

— C'est toi, l'experte. Que désires-tu boire ?

— Un blanc de blanc Hawke's Landing.

— Quant à moi, je vais attendre un peu, dit Brody au serveur.

Il précisa à l'intention de Tori :

— Nous avons déjà bu deux whiskies bien tassés, Elliott et moi.

Quand le serveur se fut éloigné, Tori demanda :

— De quoi avez-vous parlé, tous les deux ?

— De toi, bien sûr, répondit-il, d'un ton qui se voulait taquin.

Elle écarta le sujet d'un geste de la main gauche, qui ne portait plus l'impressionnante bague de fiançailles, comme pour lui dire de rester sérieux.

— Nous nous sommes demandé qui pouvait souhaiter notre mort, reprit-il.

— Et qu'en avez-vous conclu ?

— Que l'argent est certainement le mobile de l'assassin, quel qu'il soit. Elliott jure qu'il n'a pas essayé de me tuer.

— Tu le crois ?

— Oui, répondit-il sans hésiter. Je pense que quelqu'un a pu vouloir donner cette impression, justement pour que j'accuse Elliott et que cela nous divise.

— Qui ? demanda Tori, tandis que le serveur lui apportait son verre et le posait devant elle.

— Difficile à dire. S'il m'était arrivé quelque chose, ma part de Hawke's Landing aurait été partagée entre les Rittvo, Gina Barzini et Aldo Abruzzo. Idem pour Elliott.

— Les Rittvo ? C'est absurde. Hormis Rachel, ils ne se sont jamais intéressés à l'affaire.

— C'est aussi pour cela que cette clause a étonné Elliott. Nous avons décidé de nous rendre à la préfecture, pour voir si l'un des Rittvo est allé lire le testament après son enregistrement.

Tori but une gorgée de vin en baissant les yeux. Ses longs cils projetèrent des ombres sur ses hautes pommettes. C'était un mouvement inconscient, mais que Brody trouva extrêmement provocant. Tout chez cette femme était sexy.

— Ainsi, toute personne qui aurait consulté le testament connaîtrait le nom de ceux qui auraient quelque chose à gagner à ta mort ou à celle d'Elliott ?

— Exactement.

Brody quitta brièvement Tori des yeux et remarqua que le serveur patientait à quelques pas d'eux.

— Quel plat me recommandes-tu ?

— Je te conseille la spécialité du chef, Michael Chiarello. Tu vas adorer.

Brody fit signe au serveur, qui vint prendre leur commande. Puis il regarda Tori porter son verre à ses lèvres, et une étincelle de désir brûla entre eux. « Ne va pas trop vite, se dit-il. Essaie d'abord de la connaître mieux. »

— À propos des Rittvo, reprit-il, il me semble que Rachel a un faible pour Elliott.

— Elle est même franchement amoureuse de lui, renchérit Tori. Elle a dû exulter en apprenant que j'avais rompu nos fiançailles.

— Ils dînent ensemble ce soir, Elliott et elle, au *Pinot Blanc*. Elliott m'a proposé de me joindre à eux, mais j'ai refusé.

— Pourquoi ?

Il faillit répondre : « Parce que j'avais envie de te voir. » Mais cela risquait d'embarrasser Tori et de gâcher l'ambiance détendue qui commençait à s'établir entre eux.

— Il y a quelque chose chez Rachel qui me déplaît. Cette fille ne m'inspire pas confiance.

Tori posa son verre et se pencha vers lui, soudain très sérieuse.

— Ça me rappelle un détail que j'ai remarqué l'année dernière, à Noël, lors d'une soirée organisée à Hawke's Landing pour les ouvriers et leurs familles.

Le fils d'Aldo, Alex, était là... Tu l'as rencontré, à l'enterrement ?

— Non, je ne crois pas. Mais il y avait tant de monde...

— Tu te souviendrais de lui si tu l'avais vu. Il est grand, brun et beau comme un dieu.

Elle lui parla ensuite du différend qui avait opposé Alex et Gian Hawke.

— Attends une minute ! s'écria Brody. Son père a hérité d'une partie du vignoble. Sans moi et Elliott, Aldo aurait une part encore plus importante. Alex aurait-il pu...

— Jamais, coupa Tori. Il s'occupe lui-même d'un vignoble très prospère.

Brody l'étudia un moment.

— Tu viens de me dire qu'Alex en voulait à la famille Hawke parce que Gian avait empêché Aldo de lancer sa propre affaire...

— Oui, mais ça s'est passé il y a des années. Alex me fait un peu penser à toi, ajouta-t-elle avec un léger sourire. Ce n'est pas le genre de type sournois qui irait trafiquer une direction.

Brody accepta le compliment indirect et lui rendit son sourire, mais il se promit de se renseigner au sujet d'Alex.

— Alors, que s'est-il passé, lors de cette soirée de Noël ?

— Rien, en fait, mais je me suis demandé si Rachel et Alex n'étaient pas ensemble.

— Et ?

— J'ai posé la question à Elliott, mais il m'a affirmé que Rachel ne s'intéressait à rien d'autre qu'à Hawke's Landing et qu'elle n'avait pas de petit ami fixe.

— Ça m'étonnerait, fit Brody.

Il avait croisé assez de filles comme Rachel pour savoir que celle-ci ne devait pas être du genre à supporter longtemps l'abstinence. Mais il garda ses réflexions pour lui, de peur que le sujet ne fasse rougir Tori.

Sur ces entrefaites, on leur apporta leurs plats. Le fumet du crabe farci était si délicieux que l'estomac de Brody gargouilla de plaisir. Depuis quand n'avait-il pas mangé ?

— Brody, parle-moi de ta mère, dit Tori entre deux bouchées.

Par cette question, Brody devina qu'elle lui demandait de se livrer un peu. S'il se cantonnait à des sujets d'ordre général, il n'aboutirait à rien avec elle. Or, c'était bien là le but de cette soirée, non ? Il avait envie de passer du temps avec Tori, dans un endroit où il ne serait pas tenté de se jeter sur elle. Cela ne l'empêchait évidemment pas de remarquer la courbe gracieuse de ses seins sous le tissu léger de sa robe, ni l'expression intense de ses yeux, qu'il trouvait terriblement excitante.

— Ma mère était quelqu'un de… particulier. Elle était serveuse et travaillait dur. Elle semblait toujours inquiète. Quand j'y repense, je me dis qu'elle était probablement à la limite de la paranoïa. Si elle avait l'impression que quelqu'un la regardait de façon trop insistante, elle décidait de déménager. C'est pourquoi nous avons enchaîné les petites villes de province.

— Fuyait-elle quelqu'un, à ton avis ?

— À l'époque, je me disais qu'elle se faisait des idées, que son imagination débordante lui jouait des tours. Mais maintenant, je me pose des questions.

— Crois-tu que ta mère ait eu peur que Gian Hawke te retrouve et te reprenne ?

— C'est possible. Toutefois, j'ai l'impression que Gian a toujours su où j'étais.

— Ah, bon ? Pourquoi ?

— Il a immédiatement su où m'écrire quand il l'a voulu. La question que je me pose, c'est : pourquoi m'a-t-il fait venir ? À mon avis, la réponse se trouve dans le message qu'il a griffonné au bas de sa lettre : « Mon fils, viens tout de suite. J'ai besoin de ton aide. Mes ennemis se rapprochent. Ne fais confiance à personne. » C'est là qu'est la clé de toute l'énigme.

Il avait envie de faire confiance à Tori, mais le pouvait-il ? Les mots de son père résonnaient à ses oreilles : « Ne fais confiance à personne... »

— Tu es très jolie, dit Elliott à Rachel.

— Merci, répondit-elle avec un sourire radieux.

Elle s'assit en face de lui, sur la chaise qu'avait occupée Brody – pourquoi Elliott avait-il amené son frère ici, d'ailleurs ?

Pendant qu'elle commandait un apéritif, Elliott sirota son whisky en silence. Puis il demanda à brûle-pourpoint :

— Rachel, comment as-tu su, pour la clause dans le testament ?

— La clause ? répéta-t-elle en feignant la perplexité. Oh ! C'est mon père qui m'en a parlé.

— Comment était-il au courant ?

Elle prit le verre de pinot noir que lui tendait le serveur.

— Je ne sais pas, papa ne me l'a pas précisé. Je suppose que ton père avait dû lui en parler. C'est important ?

Elliott secoua la tête en signe de dénégation. Pourtant, l'explication de Rachel ne le convainquait pas. L'attaque de Gian ne l'avait pas seulement laissé paralysé, mais aussi presque aphasique. Elliott le voyait mal expliquer une clause obscure à Dominic, parent éloigné qu'il voyait rarement.

Elliott aimait bien Rachel, il avait grandi avec elle, mais il n'appréciait ni son père, ni ses deux frères. En aucun cas il ne leur aurait fait confiance.

Il attendit qu'ils en soient au café pour aborder le sujet qui le tracassait. Depuis la mort de Gian, Rachel s'était montrée excessivement... possessive, et cela lui déplaisait. Il était temps qu'il pose des limites, avant que la situation ne devienne encore plus compliquée.

À en juger par la façon dont il avait fui à l'arrivée de Rachel, Brody n'aimait pas la jeune femme, songea Elliott. Mais son frère ignorait à quel point elle était précieuse pour l'entreprise familiale. Ils pourraient former une équipe formidable, tous les trois, si Rachel laissait une place à Brody.

— Brody doit venir voir comment se passe le dégorgement, demain, annonça Elliott.

— Pourquoi donc ?

— Il a hérité d'une grande part du vignoble. Il est temps qu'il sache un peu en quoi consiste notre travail.

— Je croyais qu'il allait te donner sa part, riposta Rachel en enroulant une longue mèche brune autour de son doigt.

— Nous n'en avons pas reparlé depuis l'accident. J'ignore quels sont ses projets à l'heure actuelle.

Rachel se pencha en avant, ce qu'elle avait déjà fait maintes fois au cours du dîner, dans le but évident de lui offrir une vue plongeante sur son décolleté.

— Je vais te dire ce que nous devrions faire, déclara-t-elle.

— Nous ? fit-il vivement. Je ne veux pas t'impliquer dans cette histoire.

— Je serai toujours là pour te seconder, répondit-elle en souriant.

— Brody et moi avons hérité de la majeure partie du domaine, dit-il, sans lui rendre son sourire. Aldo et Gina en possèdent une petite partie, mais c'est avant tout à Brody et à moi de nous en occuper.

Rachel se redressa. Ses narines palpitaient de rage. Pourtant, ce fut d'une voix calme qu'elle demanda :

— Et moi, dans tout ça ?

C'était une question légitime. Rachel travaillait à ses côtés depuis si longtemps qu'il ne pouvait imaginer le vignoble sans elle.

— Quel statut voudrais-tu avoir ?

— Je croyais qu'on était associés. Dès que nous serons débarrassés de Brody, tout ira bien.

« Débarrassés de Brody... » Les paroles de Rachel résonnèrent dans la tête d'Elliott. Non, tout de même, elle ne serait pas allée jusqu'à commettre un acte aussi monstrueux...

— Rachel, as-tu quelque chose à voir avec l'accident ? demanda-t-il lentement.

— Bien sûr que non. Comment peux-tu suggérer une chose pareille ?

Elliott haussa les épaules. Il se sentait un peu honteux de l'avoir accusée, mais il avait l'impression très nette que Rachel lui cachait quelque chose.

Elle se pencha en avant, les larmes aux yeux, et lui toucha la main.

— Tout ce que je veux, c'est être avec toi. C'est tout ce que j'ai toujours voulu.

Ses yeux étaient implorants, son corps aussi. Chacun de ses gestes était une invite sexuelle. S'il ne remettait pas les choses à leur place maintenant, la situation ne ferait qu'empirer.

— Tu es comme une sœur, pour moi, dit-il d'une voix douce, la petite sœur que je n'ai jamais eue.

— Une sœur ? répéta-t-elle avec dégoût.

— Oui. J'espère que nous serons toujours aussi proches, tous les deux, mais tu dois comprendre que Brody est mon frère. Il…

— Une sœur ?

Rachel se leva et tira sur l'ourlet de sa robe, qui était remontée jusqu'en haut de ses cuisses.

— C'est tout ce que je représente pour toi ?

— Nous sommes de la même famille. Nous…

Elle disparut avant qu'il ait pu terminer sa phrase.

Il y avait de la lumière dans la cuisine du *Silver Moon* quand Tori s'arrêta devant son cottage. Brody était allé garer sa voiture dans le parking des clients. Elle lui avait proposé de venir prendre le café et un dessert avec son père. Il était presque minuit, mais elle savait que Lou serait en train de préparer une délicieuse pâtisserie destinée au petit déjeuner de ses hôtes.

— Sors de là, Piny. Allons voir ce que fait papa.

Le chien les avait docilement attendus dans la voiture pendant qu'ils dînaient. Au cours du repas, elle s'était sentie plus proche de Brody, plus à l'aise en sa présence. C'était un homme fascinant, mais elle ne pouvait s'empêcher de le comparer à Connor. Même s'il y avait chez Brody une profondeur que n'avait pas eue son mari, les deux hommes partageaient la même fatale fascination pour le danger.

— Je ne vais pas m'enticher d'un bonhomme pareil, marmonna-t-elle en suivant Piny vers la cuisine.

Lorsqu'elle ouvrit la porte de service, elle vit qu'Elliott était assis à table avec son père. Que faisait-il là ? Elle n'aurait pas cru le revoir si vite après leur scène de rupture.

— Ah, Tori, te voilà ! fit Lou. Piny, où étais-tu, mon garçon ? Je parie que tu n'as pas eu ta soupe, hein ?

Son père se leva pour remplir l'écuelle en inox posée à côté de l'évier, et Tori sourit à Elliott. Elle l'aimait bien, elle l'aimait même beaucoup, et elle espérait sincèrement qu'ils sauraient rester bons amis.

— Je cherche Brody, déclara Elliott.

Il ne souriait pas, mais il ne semblait pas non plus hostile.

— Il ne devrait pas tarder, répondit simplement Tori, qui jugeait préférable de ne pas entrer dans les détails.

— Brody va nous rejoindre ? intervint son père. Tant mieux. Ainsi, je pourrai tout vous raconter à tous les trois. Veux-tu du café, Tori ?

— Volontiers, répondit-elle, tout en se demandant ce que son père avait à leur dire.

Elle prenait place en face d'Elliott quand Brody arriva.

— Voulez-vous du café, Brody ? proposa Lou, après l'avoir salué.

Il savait pertinemment que le jeune homme était parti à la recherche de Tori depuis des heures, mais il n'y fit aucune allusion. Inutile de mettre Elliott encore plus mal à l'aise.

— Avec plaisir, merci, répondit Brody.

Il adressa un signe de tête à son frère et s'assit à son tour.

Soudain, Lou tendit l'oreille. Il lui avait semblé entendre un bruit. Il se rapprocha de la porte qui donnait sur la salle à manger. De là, il pouvait voir l'entrée. Katherine Wilson montait l'escalier sur la pointe des pieds.

Il était un peu tard, certes, mais les portes ne fermaient qu'à 1 heure. Pourquoi se croyait-elle obligée de ne pas faire de bruit ?

— Papa ? appela Tori. Tout va bien ?

Lou baissa les yeux et vit que Piny l'avait rejoint. Le labrador montrait les dents, et un grognement sourd s'échappait de sa gorge.

— Oui, ma chérie, répondit-il en caressant la tête du chien.

Il prit une assiette de cookies au chocolat sur le plan de travail, l'emporta sur la table et s'assit à côté de Tori. Personne ne semblait savoir quoi dire, aussi décida-t-il qu'il était temps d'en venir au fait.

— J'ai écrit un article sur vous deux, annonça-t-il en regardant les frères Hawke. Il va paraître demain dans le *San Francisco Herald*.

— Je vous croyais à la retraite, fit Brody en fronçant les sourcils.

— Je le suis. Mais mon ancien rédacteur en chef m'a demandé d'enquêter sur la mort de Gian Hawke et de rédiger une série d'articles. Celui-ci sera le premier.

— Pourquoi commencer par nous, si vous êtes censé écrire sur notre père ? s'étonna Elliott.

— À l'origine, je devais en effet faire un papier sur la vie et la mort de Gian, dit Lou en souriant, dans l'espoir de mettre tout le monde à l'aise. Mais j'ai convaincu mon rédacteur en chef qu'il y avait peut-être matière à quelque chose de plus conséquent.

— L'histoire de Brody et d'Elliott ? intervint Tori.

— Oui. Leur histoire, mais aussi celle d'une dynastie qui a contribué à faire de la vallée ce qu'elle est aujourd'hui.

Il regarda un frère, puis l'autre.

— Vous vous ressemblez terriblement. En êtes-vous conscients ?

— Non, répondit Elliott, tandis que Brody secouait la tête.

— Nous avons peut-être la même apparence, mais les similitudes s'arrêtent là, précisa ce dernier.

— Avez-vous déjà lu des histoires narrant la vie de vrais jumeaux séparés à la naissance ?

Les deux frères firent signe que non, mais Tori hocha la tête.

— Ils pratiquent souvent les mêmes loisirs, aiment les mêmes couleurs, ont les mêmes préférences culinaires et... sont attirés par le même genre de femme, ajouta Lou après une brève hésitation. En ce qui vous concerne, vous êtes tous les deux gauchers, vous buvez la même marque de whisky...

— Vous aimez les mêmes voitures, ajouta Tori.

— C'est un pur hasard, insista Brody. Je n'avais jamais loué de voiture de sport, et j'ai choisi une Porsche pour m'amuser.

— Nous portons le même type de lunettes de soleil, admit Elliott, mais tout ceci est peut-être fortuit.

— Je ne le crois pas, déclara Tori. Votre ressemblance n'est pas seulement physique. J'ai également pu remarquer des similitudes dans vos attitudes, dans votre façon de penser. Je suis sûre que si vous vous connaissiez mieux, vous vous découvririez des tas d'autres points communs.

— Pourquoi écrire un article là-dessus ? demanda Brody.

— Ces histoires de jumeaux séparés à la naissance fascinent toujours les foules, répondit Lou. Surtout quand quelqu'un essaie de tuer l'un des deux.

— Justement, nous avons une théorie là-dessus, dit Elliott en regardant son frère. Après avoir été enregistré, le testament est entré dans les archives publiques. S'il arrivait quelque chose à l'un de nous, plusieurs personnes en bénéficieraient. Quelqu'un a dû découvrir cette clause et agir en conséquence.

— Exactement. J'ai interrogé les employés de la préfecture du comté, ce matin, avant d'apporter la touche finale à mon premier article. À votre avis, qui a donné mille dollars à un employé pour qu'on l'appelle dès que le testament serait consultable ?

— Rachel Rittvo ? suggéra Brody.

— Presque. Son père, Dominic Rittvo.

Brody émit un petit sifflement, tandis qu'Elliott secouait la tête.

— Dominic ? s'étonna Tori. Je n'y comprends rien. Ce n'était pas un proche de Gian.

— C'est justement pour cette raison que je suis arrivé à la conclusion suivante : si vous voulez mon avis, ajouta-t-il à l'adresse des jumeaux, Dominic sait quelque chose au sujet de vos parents.

24

Elliott s'émerveillait secrètement de l'exaltation qu'il éprouvait à montrer à Brody le fonctionnement de l'exploitation.

Brody, son frère.

Elliott avait eu une enfance solitaire. Il savait que Maria l'aimait comme s'il avait été son fils, de même qu'il savait que son père se fichait complètement de son existence. Combien de fois avait-il prié pour avoir un frère ?

— Rachel n'est pas là, d'habitude ? demanda Brody.

Ils venaient de s'arrêter devant les machines à embouteiller récemment achetées par Elliott.

— Ça m'étonnerait qu'elle se montre aujourd'hui, répondit Elliott.

Il était resté longuement éveillé dans son lit, la veille, en se maudissant d'avoir si mal géré la situation. Il avait besoin de Rachel. C'était elle, l'acheteuse du vignoble. En théorie, ce travail pouvait être effectué par quelqu'un d'autre, mais pour trouver le raisin adéquat, il fallait être expert. D'ailleurs, Elliott ignorait absolument tout du marché que sa cousine avait conclu avec Nate Ormond.

Il réalisa soudain que Brody, l'air interrogateur, attendait qu'il lui explique le procédé.

— C'est ici que les bouteilles sont bouchées, lorsqu'elles reviennent du dégorgement. La bouteille avance sur ce tapis roulant pour recevoir son bouchon définitif.

Il désigna une bouteille dont le bouchon de liège était revêtu d'un muselet.

— Tu vois comme ce fil de fer enserre bien le bouchon ? L'étape finale se fait avec la dernière machine, qui recouvre le bouchon et le muselet d'une feuille dorée, la capsule.

Brody regarda attentivement la bouteille poursuivre son chemin sur le tapis roulant jusqu'à la pièce voisine.

— Je suppose qu'ensuite, on en vient à l'étiquetage ?

— Exactement. C'est la toute dernière étape du processus. Les clients sont bizarres. Il suffit que l'étiquette d'une bouteille soit abîmée ou un tout petit peu déchirée pour qu'ils décident de ne pas l'acheter.

— Tu as déjà pensé à faire redessiner le logo de Hawke's Landing ?

Elliott hésita. Il ne tenait pas à évoquer Tori. Certes, tout s'était bien passé chez Lou, la veille, mais même Piny avait dû se rendre compte que des étincelles crépitaient entre Brody et Tori. Elliott n'en voulait pas à son frère, même s'il ne pouvait s'empêcher de se demander ce que Brody avait de plus que lui.

— Ces lettres gothiques et dorées font un peu dépassé, admit-il. J'aimerais assez renouveler le dessin, mais pour l'instant, ce n'est pas une priorité.

— Salut, les garçons ! lança Rachel en s'approchant d'eux, tout sourire, ses cheveux noirs flottant derrière elle comme une cape. Aldo a déjà commencé le dégorgement ?

Elliott s'efforça de masquer sa surprise sous un sourire. Après la scène de la veille, il ne s'était pas attendu à voir Rachel.

— Nous allions le rejoindre, justement.

Rachel se tourna vers Brody.

— Si tu désires des renseignements et qu'Elliott est occupé, adresse-toi à moi. Je connais l'exploitation depuis ma plus tendre enfance.

— D'accord, merci.

La réponse de Brody était relativement aimable, mais une nouvelle fois, Elliott sentit que son frère se méfiait de Rachel. Pourquoi ? Brody n'avait jamais formulé aucune critique explicite à son égard.

Rachel les devança et entra dans la cave suivante en appelant Aldo. Elliott croisa le regard de Brody, et cela lui suffit pour comprendre ce que son frère pensait : Rachel pouvait fort bien être à l'origine de l'accident. Il haussa brièvement les sourcils pour lui montrer qu'il avait saisi le message. Et il songea soudain qu'ils commençaient à se comporter et à communiquer comme s'ils vivaient ensemble depuis des années. Cette idée le troubla profondément.

— Ah, vous voilà ! dit Aldo.

Visiblement, le chef de cave avait hâte de se mettre au travail.

— Expliquez ce que vous faites, s'il vous plaît, lui demanda Elliott. Brody aimerait apprendre.

— À mon époque, on retirait les bouchons à la main, déclara fièrement Aldo. Vous m'avez vu remuer les bouteilles. Le vin mousseux…

— La lie se dépose sur le bouchon quand les bouteilles sont inclinées dans les pupitres, intervint Rachel.

Aldo lui lança un regard sévère, et la jeune femme se tut. Le chef de cave désigna un long bac en métal, dans lequel des douzaines de bouteilles étaient plantées dans de la glace pilée, la tête en bas.

— J'ai remué ces bouteilles pendant des mois, pour que la lie se concentre sur le bouchon. Ici, nous réfrigérons uniquement le goulot de la bouteille. Cet appareil, expliqua-t-il, en tapotant affectueusement une machine métallique qui ressemblait à un gros tournevis, extrait ce qu'on appelle le bouchon de stockage, et le dépôt réfrigéré qui a mis des semaines à se déposer dans le goulot de la bouteille est éjecté avec. C'est le dégorgement.

Ils regardèrent plusieurs bouteilles subir le processus. La machine ôtait le bouchon, ainsi qu'un tampon de glace d'un brun sale. Elliott était ravi de voir que son frère manifestait un intérêt sincère.

Aldo le remarqua également et sourit à Brody.

— Ensuite, reprit-il, les bouteilles se déplacent jusqu'à la machine suivante qui, pour compenser la perte de vin, ajoute une liqueur de stockage, c'est-à-dire un mélange à base d'alcool et de sucre.

Toujours aussi attentif, Brody regarda la machine verser quelques millilitres de liquide dans les bouteilles. Rachel, une mèche de cheveux enroulée autour de son poing, ne le quittait pas des yeux. À quoi pouvait-elle penser ? Elliott n'osait l'imaginer.

— Enfin, la bouteille se dirige vers la machine à boucher, qui enfonce un bouchon neuf dans le goulot, conclut Aldo.

— Le liège est une denrée précieuse, intervint Rachel. C'est moi qui m'occupe de le commander. Depuis quelques années, le prix a été multiplié par cinq.

Étonné, Brody haussa les sourcils.

— Pourquoi ?

— On fabrique les bouchons avec l'écorce d'un type de chêne particulier. Dans les pays méditerranéens, où il pousse, beaucoup de forêts ont été détruites. Les seuls endroits où l'on continue à produire du liège sont le Portugal et l'Espagne, et ces pays n'hésitent pas à faire payer le prix fort.

Toutefois, on pouvait se fier à Rachel pour se procurer les bouchons aux tarifs les plus intéressants, songea Elliott.

— Le monde change, ajouta Aldo avec calme. Un jour, nous serons obligés d'utiliser des bouchons en plastique.

Ces paroles auraient tout aussi bien pu sortir de la bouche de Gian Hawke, songea Elliott en échangeant un regard avec son frère. Le téléphone portable de Rachel sonna à cet instant, et Aldo s'écarta pour donner quelques instructions à l'un des hommes qui travaillaient sur le tapis roulant. Profitant de ce qu'ils étaient momentanément occupés, Elliott chuchota à Brody :

— Ce que tu viens d'entendre, c'est du Gian Hawke tout craché. Aldo et notre père étaient du même avis sur tout. Ils avaient tous les deux la nostalgie du passé. J'ai eu un mal fou à faire installer ici quelques machines et quatre tapis roulants.

— J'imagine, répondit Brody, compatissant. Y a-t-il d'autres viticulteurs qui effectuent encore le remuage à la main ?

— Non, pas ici, mais il reste peut-être quelques irréductibles en France, de petits exploitants qui ne jurent que par les méthodes traditionnelles.

Il se tourna vers Aldo.

— Je ne sais pas ce que nous deviendrons quand Aldo prendra sa retraite. Personne n'a la formation nécessaire pour effectuer le remuage.

— Eh bien, vous utiliserez des giropalettes, comme les autres.

Elliott donna une petite tape sur l'épaule du chef de cave.

— Ce ne sera pas la même chose. Le remuage, c'est tout un art.

— Un art en voie d'extinction, décréta le vieil homme avec un sourire amer. Rien ne reste jamais immuable. Le monde change, répéta-t-il. Nous devons nous y préparer.

Les paroles d'Aldo sonnaient comme une prophétie, remarqua Elliott, étrangement mal à l'aise.

— Merci, Aldo, dit-il en s'efforçant de garder un ton confiant. À présent, je vais montrer à Brody les caves où se fait la bonification.

— D'accord. Je reste ici jusqu'à ce que la dernière bouteille ait été dégorgée.

Elliott entraîna Brody vers le tunnel qui conduisait aux caves les plus reculées, où les meilleurs vins mousseux étaient mis à vieillir. Heureusement, Rachel était encore au téléphone. Avec un peu de chance, elle déciderait de monter dans son bureau et ne les suivrait pas.

— Je me fais des idées, dit Brody, lorsqu'ils furent loin de toute oreille indiscrète, ou est-ce que quelque chose tracasse Aldo ?

— À vrai dire, je me posais la même question. C'est bizarre. En général, Aldo ne s'inquiète pour rien, sauf pour son travail.

— Mais c'était de son travail qu'il parlait.

Elliott secoua la tête.

— Je jurerais qu'il y a autre chose. La crise du liège plane au-dessus de nos têtes depuis si longtemps que nous avons des cartons de bouchons en plastique dans l'entrepôt, prêts à être utilisés en cas de besoin. Certains sont assez réussis, d'ailleurs, et ressemblent à s'y méprendre à du liège.

— Aldo a déjà hérité d'une petite partie de Hawke's Landing. S'il arrivait quelque chose à l'un de nous, il aurait encore plus…

— Là, je t'arrête tout de suite, coupa Elliott. Aldo était le meilleur ami de notre père. Il s'est usé la santé pendant un demi-siècle pour Hawke's Landing. Il ne me ferait jamais de mal.

— Et à moi ? Il ne me connaît pas.

— Non. Aldo serait incapable de tuer quelqu'un froidement.

— Trafiquer une voiture, ce n'est pas pareil que de tirer sur quelqu'un ou de lui trancher la gorge. Cela permet de garder une certaine distance avec la réalité du crime.

Après un bref silence, Brody demanda :

— Et son fils ?

— Alex ? fit Elliott, choqué. Impossible. D'ailleurs, il n'était pas là. Il n'est même pas venu à l'enterrement. En tout cas, je ne l'ai pas vu.

Ils courbèrent le dos pour entrer dans les dernières caves, plus petites. Des rangées entières de bouteilles étaient entreposées du sol au plafond. Il faisait beaucoup plus frais et humide ici que dans les autres caves, remarqua Brody, et l'odeur de moisi était encore plus pénétrante.

— Notre meilleur vin mousseux millésimé, annonça Elliott. Il n'est pas le fruit du même assemblage que la plupart des autres vins mousseux et des champagnes. Il vient de raisins qui ont été vendangés dans la même région et au cours de la même année.

— Quel âge ont les vins millésimés qu'on trouve dans les grandes surfaces ? Environ deux ans, non ? Le Hawke's Landing vieillit plus longtemps, n'est-ce pas ?

— En effet. Nos bouteilles les moins chères ont quatre ans. Les meilleures ont sept ans.

— Tu parles à un néophyte, avoua Brody. Le Dom Pérignon doit être le seul grand champagne dont je connaisse le nom.

— C'est un excellent champagne, en effet. Le consommateur moyen pense que c'est le meilleur, mais les vrais connaisseurs préfèrent un Hawke's Landing millésimé ou un Salon, le meilleur champagne français. Il vieillit pendant huit ans en cave et n'est produit que les grandes années. Si le raisin de l'année est médiocre, ils ne produisent aucun champagne.

— Il doit être affreusement cher, alors !

— Oui. Si nous étions aussi sélectifs, nous n'aurions plus qu'à mettre la clé sous la porte, répondit Elliott.

Le bip accroché à sa ceinture retentit soudain. Il regarda le cadran lumineux et déclara :

— On a besoin de moi au bureau.

Brody suivit Elliott vers la sortie, en songeant qu'il devait être facile de se perdre dans ce labyrinthe de caves. Il savait pourtant que, même sans son frère, il aurait retrouvé son chemin. Ce genre de chose faisait partie de son métier.

— Par ici, lui dit Elliott, lorsqu'ils arrivèrent dans la zone administrative.

Brody remarqua qu'Elliott n'avait pas encore emménagé dans le bureau situé dans le coin. La porte était fermée, mais la plaque dorée portait le nom de Giancarlo Hawke.

— Tiens, Tori, quelle surprise ! s'exclama Elliott en entrant dans son bureau.

— Pourrions-nous sortir une minute ? demanda-t-elle.

Devant son air grave, Elliott obtempéra sans poser de question. Ils quittèrent tous les trois le bâtiment et partirent en direction de la maison, puis Tori s'engagea dans le sentier qui menait au belvédère.

Le ciel, parfaitement dégagé, offrait une vue magnifique sur les vignobles. Mais Tori ne les avait certainement pas entraînés jusqu'ici pour admirer la vue, se dit Brody.

— Mon père a insisté pour que je vienne vous parler ici, où personne ne risque de nous entendre.

— Il pense que le bureau est sur écoute ? s'étonna Elliott.

— C'est très possible.

— Il existe de nouveaux appareils minuscules, qu'on peut cacher n'importe où intervint Brody.

— Papa tient à ce que je vous raconte ce qu'il a découvert ce matin, continua Tori, qui semblait de plus en plus soucieuse. Saviez-vous que Fred Wickerson était devenu l'avocat des frères Corelli, le mois dernier ?

— Impossible ! Il y a conflit d'intérêts, il ne peut pas représenter les deux familles ! s'exclama Elliott. À moins que... Bien sûr, c'est cela ! Il va laisser tomber Hawke's Landing. Par rapport aux Corelli et à leurs bailleurs de fonds français, nous ne sommes rien.

— Ce que Tori veut dire, déclara Brody, c'est que les Corelli auraient pu connaître à l'avance le contenu du testament.

Tori hocha la tête et le regarda droit dans les yeux.

— Ce qui, bien sûr, représenterait une sacrée entorse à la déontologie de la part d'un avocat.

— Depuis quand les avocats se soucient-ils d'éthique ? railla Elliott.

— Mon père a également découvert qu'Alex Abruzzo avait demandé à consulter le testament après son enregistrement. L'employée à laquelle Alex a eu affaire était en congé maladie jusque-là, et papa vient tout juste de l'apprendre.

— Mais pourquoi Alex s'intéresse-t-il au testament ? demanda Elliott.

— Quelqu'un a-t-il été surpris qu'Aldo hérite d'une petite partie du domaine ? s'enquit Brody après un instant de réflexion.

— Non. Aldo et mon… notre père étaient proches. Personne ne s'en est étonné. Pourquoi ?

Brody sentait que quelque chose ne tournait pas rond, mais il ne parvenait pas à mettre le doigt dessus. Il regarda Tori, comme pour chercher l'inspiration sur son joli visage, mais cela ne fit que le distraire.

— Alex voulait peut-être savoir si son père toucherait davantage, au cas où il nous arriverait quelque chose, à toi ou à moi.

Elliott parut sceptique.

— Et il aurait deviné que le testament comportait une clause à ce sujet ?

— Ne le sous-estime pas, dit Tori. C'est un garçon très brillant.

Une petite brise s'était levée et agitait ses cheveux. Elle écarta distraitement une mèche blonde de son visage.

— Je suis prête à parier que les Corelli sont déjà allés trouver Alex pour lui demander d'inciter son père à leur vendre sa part.

— Aldo ne ferait jamais une chose pareille ! s'écria Elliott avec une véhémence surprenante. Je veux dire, s'il souhaitait vendre, il s'adresserait plutôt à moi.

— Et si les Corelli lui offraient beaucoup plus que la valeur réelle de sa part ? insista Tori.

Elliott enfonça les mains dans les poches de son pantalon.

— Tu ne comprends pas. C'est... c'est la vie entière d'Aldo.

— Ah, oui ! Tu en es sûr ? demanda Brody en contemplant le vignoble en contrebas.

Fabriquer du vin demandait du temps et de la passion. Curieusement, il se sentait attiré par cette terre. Il avait l'impression de la reconnaître, comme s'il avait rangé au fond de sa mémoire un souvenir remontant à sa plus tendre enfance. Plus qu'un souvenir, en fait. L'âme de cette terre, que ses ancêtres avaient travaillée et aimée durant des décennies. Se pouvait-il qu'un souvenir soit ainsi inscrit dans son sang ?

À présent, il comprenait parfaitement l'amour d'Elliott pour Hawke's Landing. Et Aldo ? se demanda-t-il. Que ressentait-on quand on avait consacré sa vie entière au vignoble d'un autre ?

25

Tori étudia un moment le visage d'Elliott, puis elle reporta son attention sur Brody. Si Elliott paraissait soucieux, Brody affichait un masque impénétrable, comme toujours. Il semblait admirer le paysage, ce qu'elle trouva étrange. Brody n'était pas un sentimental.

Après la discussion de la veille, au *Silver Moon*, Brody avait raccompagné son frère à sa voiture. Pensant qu'il allait peut-être revenir ensuite frapper chez elle, elle avait laissé les volets ouverts et attendu, mais en vain.

Bien sûr, cela valait mieux ainsi. Elle avait besoin d'apprendre à connaître cet homme. Ils avaient beaucoup parlé, pendant leur dîner en tête à tête, de tout et de rien, mais elle avait retenu une chose : il aimait son métier. Pourquoi fallait-il qu'elle soit attirée par un homme de la trempe de Connor ? Elle avait essayé d'analyser les raisons de cette attirance, sans succès. Tout lui plaisait, en lui. Son opinion politique (il était farouchement libéral), ce qu'il pensait du cinéma (trop de courses-poursuites en voiture), ses goûts culinaires (tout sauf le yaourt)...

Il lui aurait fallu une vie entière pour découvrir les innombrables facettes de la personnalité de Brody Hawke. Mais il lui avait clairement fait comprendre qu'il repartirait bientôt. Alors, pourquoi perdait-elle son temps à penser à lui ?

Gênée par le silence qui s'éternisait, elle finit par dire :

— Nous devrions peut-être contacter le shérif, non ?

Elliott secoua la tête.

— Il y a autre chose que j'aurais dû vous dire.

Brody se tourna vers lui.

— Rachel m'a confié qu'elle avait surpris Lorenzo et Gina en train de parler de toi, lui dit Elliott, et de ce qui se passerait s'il t'arrivait malheur.

Brody ne parut pas choqué. À vrai dire, Tori n'était guère surprise, elle non plus. Gina était aussi cupide qu'égocentrique. Quant à Lorenzo, elle l'avait toujours trouvé hypocrite. Instinctivement, elle ne leur faisait pas confiance. Or, les Barzini considéraient certainement Brody comme un intrus. Un obstacle.

— Au moment où Rachel m'en a parlé, je n'ai pas pris cela au sérieux, poursuivit Elliott, mais maintenant que nous savons que ma Porsche a été trafiquée...

Il fit une grimace éloquente.

— Je pense que le shérif... commença Brody.

— Non, ne l'appelons pas tout de suite, coupa Elliott. C'est une histoire de famille.

— Il s'agit d'une tentative de meurtre ! protesta Tori.

— Menons d'abord notre enquête, discrètement, suggéra Elliott, qui continuait à s'adresser à Brody. Gina possède dix pour cent du domaine. Inutile de se la mettre à dos, elle serait capable d'aller vendre aux Corelli. Et dès qu'ils auront un pied dans la place...

— Dans ce cas, conclut Brody, allons voir Rachel. J'aimerais qu'elle nous répète exactement ce qu'elle a entendu.

Elliott parut soudain hésitant.

— Hier soir, pendant le dîner, commença-t-il, nous nous sommes disputés, Rachel et moi. Je ne pense pas qu'elle ait envie de me parler. Elle... Enfin, je ne m'en étais pas aperçu jusqu'à hier soir, mais apparemment, je compte beaucoup pour elle. Je crains de l'avoir blessée en lui disant que je la considérais comme une sœur.

— Tu étais trop proche d'elle pour t'en rendre compte, mais ça sautait aux yeux qu'elle était amoureuse de toi, dit Tori.

— Je l'avais remarqué aussi, renchérit Brody. Pourtant, je ne suis pas très doué en matière de psychologie féminine. Peut-être vaudrait-il mieux que ce soit moi qui aille lui parler.

Elliott hésita. Une telle démarche de la part de son frère risquait d'éveiller les soupçons de Rachel.

— Je peux le faire, proposa Tori à contrecœur. Rachel ne se méfie pas de moi.

— Merci, Tori, dit Elliott en lui souriant.

C'était le premier sourire sincère qu'il lui adressait depuis qu'elle lui avait rendu sa bague.

— Rachel est sûrement en train de passer des commandes dans son bureau. Si tu as le temps, viens nous retrouver ensuite à la maison. Maria doit préparer des *penne rigate*. Tu nous diras ce que tu as découvert, et nous aviserons.

Tori accepta de les rejoindre pour déjeuner et les quitta. En contrebas, les ouvriers taillaient la vigne. En s'éloignant, la jeune femme entendit Elliott expliquer à son frère captivé que ce travail requérait de véritables experts. Décidément, Brody semblait fasciné par tout ce qui touchait au vignoble, songea-t-elle.

Le bureau de Rachel se trouvait en face de la salle d'assemblage, où l'on mélangeait divers crus, que goûtaient ensuite le chef de cave et ses assistants. L'assemblage choisi devait être approuvé par le propriétaire, avant d'être mis en bouteilles. Maintenant que Gian était mort, ce serait à Elliott de donner le feu vert aux assemblages qui porteraient l'étiquette de Hawke's Landing, se dit Tori.

Apparemment, Aldo avait fini de superviser le dégorgement, car il se trouvait dans la salle d'assemblage avec deux ouvriers. Tori passa la tête dans le bureau de Rachel. Celle-ci parlait au téléphone, le dos tourné à la porte. Tori frappa doucement pour annoncer son arrivée.

Rachel fit pivoter sa chaise et la considéra avec surprise.

— Je te rappelle, dit-elle, avant de raccrocher. Tu cherches Elliott, Tori ?

— Non, répondit Tori en entrant dans le bureau. Je voulais te parler.

— Fais vite, dit Rachel en montrant son ordinateur. Je suis très pressée.

Sans se laisser intimider, Tori s'assit dans l'un des deux fauteuils placés face au bureau et décida d'entrer directement dans le vif du sujet.

— Voilà, dit-elle. Tu sais que le rapport d'expertise a confirmé que quelqu'un avait trafiqué la Porsche, je suppose ? C'est ce qui a causé l'accident.

— Elliott me l'a dit au dîner, hier soir.

Le téléphone sonna.

— Excuse-moi, ça n'arrête pas.

Rachel se retourna et parla doucement dans l'appareil. La conversation semblait plus personnelle que professionnelle, et Tori essaya de ne pas écouter. Ses yeux se posèrent sur l'écran de l'ordinateur, où apparaissait le texte d'une lettre. Malgré la distance, elle réussit à déchiffrer une ligne : « Annulez notre commande immédiatement. »

Rachel fit volte-face et raccrocha sans dire au revoir.

— Mon père et mes frères, dit-elle en enroulant une mèche autour de sa main. Ah, ces mecs, il n'y a rien à en tirer ! Ils sont partis jouer au golf. Et moi, en rentrant ce soir, j'aurai encore des tonnes de boulot à faire à la maison.

Tori lui adressa un sourire compréhensif. D'une certaine manière, Rachel n'avait pas de chance. Tout le monde savait que l'affaire des Rittvo était trop petite pour l'employer en plus de ses deux frères. Elle travaillait dur depuis des années pour Hawke's Landing, et pourtant, Gian ne l'avait pas récompensée dans son testament. Quant à son emploi au vignoble, elle ne le conserverait que si elle restait en bons termes avec Elliott.

— Alors, de quoi es-tu venue me parler ? demanda Rachel.

Tori rassembla son courage.

— J'essaie de donner un coup de main à Brody et Elliott. Ils ne veulent pas contacter le shérif, à moins d'y être absolument obligés.

— À quel sujet ?

— Au sujet de Gina et de Lorenzo. Il paraît que tu as surpris une conversation entre eux. Tu les aurais entendus évoquer la possibilité qu'il arrive quelque chose à Brody avant que le testament ne soit homologué.

— J'ignore de quoi tu parles, répliqua sèchement Rachel.

Son regard se posa sur l'ordinateur, et elle appuya sur une touche du clavier pour faire apparaître l'écran de veille.

— N'as-tu pas dit à Elliott…

— Ah, ça !

Son sourire ne trompa pas Tori. Elle l'avait trop souvent vue sourire ainsi à Elliott pour s'y laisser prendre.

— Ils plaisantaient. Tu sais comme on peut dire des bêtises, parfois. Tante Gina adorait Gian. Il ne lui viendrait jamais à l'idée de faire du mal à son fils.

— Voyons, Rachel, je ne suis pas stupide. Gina se fiche éperdument de son propre fils, alors celui de son frère...

— C'est vrai, admit Rachel. Mais elle plaisantait. Rien de ce que j'ai entendu n'était sérieux.

— Tu en es sûre ? C'est très important.

— Absolument sûre. Pourquoi ? Elliott a-t-il dit quelque chose sur moi ?

Tori se pencha en avant, posa les coudes sur le bureau et regarda Rachel droit dans les yeux.

— Non. Il a juste dit qu'il ne pourrait pas tenir Hawke's Landing sans toi. Il est avec Brody, sinon il serait venu te parler lui-même. Mais il ne voulait pas que Brody pense que sa tante puisse ourdir un complot contre lui.

Rachel repoussa sa chaise et se leva.

— Je suis contente qu'Elliott apprécie mon travail. C'est vrai qu'il ne pourrait pas se passer de moi, ici.

Tori sortit du bureau un peu dépitée. À quoi avait abouti cet entretien, sinon à faire comprendre à Rachel que les jumeaux soupçonnaient des membres de la famille ? À présent, elle risquait de prévenir son père et ses frères. Or, Dominic Rittvo était un de ceux qui avaient consulté le testament...

Plongée dans ses réflexions, elle faillit se cogner contre Aldo.

— Pardon, je ne regardais pas où j'allais.

Le sourire d'Aldo était gentil, comme toujours.

— Je viens de lire l'article de votre père, dit-il en montrant la porte ouverte de son bureau. Vous l'avez lu ?

— Non. Quand je suis partie ce matin, les journaux n'étaient pas encore arrivés. Il est bon ?

Aldo la guida dans son bureau et lui tendit le journal.

— Voyez vous-même.

Tori lut l'article et admira une nouvelle fois le talent de son père. Des jumeaux séparés à la naissance... L'inné et l'acquis, leurs préférences...

Et leurs goûts en matière de femmes ? « Non, non, non, Tori, ce n'est pas le moment de commencer avec ça, se morigéna-t-elle. Surtout avec Aldo qui t'examine comme si tu étais une nouvelle sorte de raisin. »

— Beau travail, conclut-elle. La suite doit paraître dans l'édition de dimanche.

— Je la lirai.

— Je ne sais pas si vous êtes au courant, mais le shérif a découvert que quelqu'un avait trafiqué la direction de la Porsche, annonça-t-elle en guettant sa réaction.

— Quoi ? s'écria Aldo. Elliott ne m'a rien dit.

Tori se maudit d'avoir parlé sans réfléchir.

— C'était sûrement pour ne pas vous inquiéter. Je me demandais juste si vous aviez vu quelqu'un près du garage, le soir de l'enterrement.

Le vieil homme plissa les yeux.

— Oui. Quand j'ai fini le remuage, je suis allé à la cuisine pour dîner, comme chaque soir. La porte du garage était ouverte, ce qui m'a paru bizarre, car Elliott insiste pour qu'on la ferme à la tombée de la nuit. Lorenzo était là. J'ai pensé qu'il était venu emprunter une des voitures.

26

Tori retourna précipitamment vers la maison. Brody et Elliott l'attendaient dans la salle à manger, en compagnie de Maria. La gouvernante écoutait Elliott parler de l'engouement grandissant des viticulteurs pour la syrah.

— Croyez-moi, si j'avais de l'argent à investir, j'achèterais des cépages de syrah. Ce sont eux qui produiront les meilleurs vins de ce nouveau millénaire.

Elliott fit signe à Tori de s'asseoir à côté de Brody, et la jeune femme se demanda si elle devait annoncer devant la gouvernante ce qu'elle venait d'apprendre. Mais, après tout, Aldo lui en avait peut-être déjà parlé, songea-t-elle.

— Je vais demander à Conchita de servir, dit Maria en se levant. Je suppose que tu es pressé, comme d'habitude ? ajouta-t-elle à l'intention d'Elliott.

Celui-ci lui sourit avec affection, et Maria disparut dans la cuisine.

— Maria est ce qui se rapproche le plus d'une mère pour moi. Elle a été à mes côtés dans tous les coups durs.

— Et ton père ? demanda Brody.

Silencieuse comme une ombre, Maria revint s'asseoir et regarda Elliott. Elle avait sûrement entendu la question de Brody, se dit Tori.

— Il était trop accaparé par le vignoble pour élever un enfant, pas vrai, Maria ?

— Oui, cela lui prenait tout son temps, répondit la gouvernante avec une pointe de sarcasme.

Il y eut un silence, puis Brody demanda :

— Alors, Tori, as-tu découvert quelque chose ?

La jeune femme n'eut pas le temps de répondre, car Conchita venait d'apparaître, chargée d'un plateau de crudités et d'une corbeille contenant une baguette, le pain préféré d'Elliott. Derrière elle, une autre domestique apportait une bouteille de chardonnay Chalk Hill.

— Parle-moi de notre mère, demanda Elliott à Brody, pendant qu'on les servait.

Si la question mit Maria mal à l'aise, elle n'en montra rien.

— Elle se tuait au travail pour gagner de quoi nous faire vivre, répondit Brody après un silence pensif. Le plus souvent, elle travaillait quinze heures par jour. Je ne la voyais guère.

— Physiquement, elle était comment ?

Les domestiques étaient reparties, mais Tori ne voulut pas interrompre cette conversation. Elle leur raconterait plus tard ce qu'elle avait découvert.

— Jolie. Mince, les cheveux noirs, les yeux bleus. Le genre de femme sur laquelle les hommes se retournent, même si elle n'est plus de la première jeunesse.

Tori remarqua que Maria mangeait tranquillement sa salade. Apparemment, elle n'était pas curieuse de savoir à quoi ressemblait la mère d'Elliott.

Se pouvait-il qu'elle l'ait connue ? Cela aurait expliqué son indifférence.

Troublée par cette idée, Tori s'efforça de se concentrer sur la conversation.

— Elle n'a jamais envisagé de se remarier ?

— Non. Elle ne s'intéressait pas aux hommes, répondit Brody. Elle n'a jamais eu d'aventure, ou alors, je ne m'en suis pas rendu compte.

— Nos parents étaient-ils mariés, à ton avis ? demanda Elliott.

— Gina prétend que oui, fit Brody.

— Mais qu'en sait-elle ?

Elliott se tourna vers la gouvernante.

— Maria, tu semblais penser qu'ils n'étaient pas mariés. En es-tu certaine ?

Maria posa sa fourchette et regarda Elliott comme s'ils étaient seuls dans la pièce.

— Oui. C'est la vérité. Ils ne se sont jamais mariés.

— Tu as connu ma mère, alors ? s'exclama Elliott avec une pointe de colère dans la voix. Pourquoi ne me l'as-tu jamais dit ? Pendant des années, je t'ai interrogée sur elle.

Maria répondit d'une voix neutre et calme, comme si elle attendait cette colère depuis des années et s'y était préparée :

— Si je t'avais dit ce que je savais, c'est-à-dire peu de chose, ton père m'aurait renvoyée, et tu te serais retrouvé seul avec lui. C'est pour cela que je ne pouvais pas t'en parler, ajouta-t-elle d'un ton plus doux. Puis tu as grandi, et je me suis dit que ça n'avait plus beaucoup d'importance. Tu avais cessé de me poser des questions.

Voyant qu'Elliott restait silencieux, Brody décida d'intervenir.

— Vous avez fait ce qui vous semblait le mieux pour Elliott, assura-t-il. Dites-nous ce que vous savez, je vous en prie. Cela ne peut plus nuire à personne, n'est-ce pas ?

Maria contempla fixement son assiette, comme si elle cherchait les mots justes au milieu de sa salade verte.

— Vos parents ne se sont pas mariés parce que votre mère, Linda, était déjà mariée.

Cette phrase eut l'effet d'une détonation. C'était la première fois que Tori voyait Brody bouche bée. Elliott ne paraissait pas moins stupéfait.

— Quoi ? chuchota-t-il.

— C'est arrivé alors que Gian était à l'université. Il étudiait l'œnologie.

— Oui, j'ai fait les mêmes études, dit Elliott.

— Linda était la femme d'un autre étudiant, déclara Maria, comme si cela expliquait tout.

Sur ces entrefaites, Conchita reparut et débarrassa les assiettes à salade, tandis que l'autre domestique servait les pâtes.

— Pourquoi n'a-t-elle pas divorcé pour épouser Gian ? demanda Tori.

Maria saupoudra ses pâtes de parmesan et les remua avec sa fourchette, puis elle répondit en regardant Elliott :

— Il ne désirait pas l'épouser. C'est aussi simple que cela.

— C'est absurde ! commenta Tori, incrédule. Il voulait un de ses enfants, mais ni l'autre, ni la mère ?

Maria, la bouche pleine, ne put répondre. Il leur en restait encore beaucoup à découvrir, songea Tori. L'histoire n'était pas terminée.

— Ça ressemble tout à fait à père, remarqua Elliott. Il ne supportait pas l'idée de partager Hawke's Landing avec une femme. Il disait toujours qu'on ne pouvait pas faire confiance aux femmes.

— Pourquoi ne nous a-t-il pas gardés tous les deux ? demanda Brody. C'est d'autant plus incompréhensible qu'il nous a légué le domaine à parts égales.

Tori hocha la tête. Elle jouait avec ses pâtes, mais n'en portait pas une seule à sa bouche, trop perturbée pour manger.

— Maria ? demanda-t-elle.

— Je vous ai dit ce que je savais, assura Maria. Tout cela s'est passé pendant que Gian était étudiant à Santa Clara. Il est rentré à la maison juste avant la fin de sa dernière année avec un bébé.

Elle sourit à Elliott.

— Tu hurlais à pleins poumons. Heureusement que le père de Gian était mort l'année précédente. Carlo Hawke n'aurait pas supporté tes pleurs.

Tori jeta un rapide coup d'œil à Brody, qui gardait le silence, puis elle demanda :

— Gian vous a laissée avec le bébé et est reparti à l'université ?

— Non. Il n'a jamais repris ses études. Il est resté ici, mais c'est moi qui me suis occupée du bébé.

— Notre mère devait avoir de la famille quelque part, dit Brody. Nous pourrions aussi consulter les archives de la fac...

— Votre mère n'était pas étudiante, objecta Maria. Elle était serveuse. C'était son mari qui étudiait à l'université avec Gian.

— C'est logique, approuva Brody. J'ai toujours vu ma mère serveuse. Je me souviens qu'un jour, je lui ai demandé de m'aider à résoudre des fractions, mais elle a refusé en prétendant qu'elle avait mal à la tête. Je me suis dit que c'était peut-être trop difficile pour elle, et je n'ai pas insisté.

— Qu'est devenu le mari de Linda ?

Maria haussa les épaules et soupira.

— À votre avis ? Il l'a quittée, bien sûr.

— Tout de même, fit Elliott, père aurait pu l'épouser pour que nous portions légalement son nom. Et il aurait dû veiller à ce que Brody ne manque de rien, comme moi.

— Il est vrai que je n'ai pas eu la même enfance que toi, déclara Brody sans aucune amertume. D'aussi loin que remontent mes souvenirs, nous avons toujours eu du mal à joindre les deux bouts, et nous avons mangé des patates plus souvent qu'à notre tour.

Pour la première fois, Maria manifesta une étincelle de compassion.

— Je sais, c'était injuste, mais j'ignore pourquoi Gian a agi ainsi. La plupart du temps, il faisait des choses qui n'avaient de sens que pour lui.

— Vous ne connaissez pas le nom de famille du mari de Linda, qu'on puisse le retrouver ? demanda Tori. Peut-être que les jumeaux ont des demi-frères ou des demi-sœurs.

Elliott émit un petit rire.

— Il ne manquerait plus que ça. De nouveaux frères et sœurs !

— J'aimerais pouvoir vous aider, mais cela s'est passé à Davis, pas ici, et il y a près de trente ans. Je serais incapable de vous dire son nom.

— Quelle importance, après tout ? dit Brody à Elliott. Nous verrons cela plus tard. Pour l'instant, nous avons d'autres priorités. Tori, as-tu pu obtenir quelque chose de Rachel ?

Tori écarta son assiette presque intacte.

— Elle affirme que les Barzini plaisantaient. Maria, reprit-elle en se tournant vers la gouvernante, Aldo est bien venu dîner ici, le soir de l'enterrement ?

— Évidemment. Il dîne ici tous les soirs. Il aime bien mes pâtes fraîches.

— Nous les adorons tous, affirma Elliott en brandissant sa fourchette. Ces *penne* sont délicieuses.

— À quelle heure Aldo est-il venu ? demanda Tori.

— Tard. Je m'apprêtais à servir les desserts quand il est arrivé. Pourquoi ? ajouta Maria, l'air soupçonneux.

— J'ai discuté avec Aldo. En se dirigeant vers la cuisine, ce soir-là, il a remarqué que la porte du garage était ouverte. Lorenzo était à l'intérieur.

— Quoi ? s'écria Brody en posant sa fourchette. Pourquoi ne l'a-t-il pas dit au shérif ?

— Personne ne le lui a demandé. Le shérif ne vous a fait part des conclusions de l'expertise qu'hier soir, il n'est peut-être pas revenu ici depuis.

— Je ne l'ai pas vu, dit Maria.

— Je vais l'appeler, déclara Elliott.

— Attends, dit Brody en regardant Tori, puis son frère. Laisse-moi d'abord parler à Alex Abruzzo.

— Alex ! Pourquoi ?

Tori fronça les sourcils, étonnée par l'intervention véhémente de Maria.

— Il n'a pas mis les pieds ici depuis des mois, ajouta la gouvernante.

— Nous voulons savoir si les frères Corelli ont essayé de traiter avec lui, dit Elliott d'un ton léger. Bon, passons au dessert. J'attends un exportateur en début d'après-midi.

— Je t'accompagnerai chez Alex, dit Tori à Brody.

Du coin de l'œil, elle surprit une expression réprobatrice sur le visage de Maria.

— Je travaille pour lui, mentit-elle. J'ai des croquis à lui montrer.

Lou vérifia le registre de la réception dès que son employée eut quitté le *Silver Moon*. Il remonta deux jours en arrière et trouva le nom de Katherine Wilson. Ce qu'il lut confirma ses soupçons. Elle avait payé en liquide et n'avait pas réservé. Comme Brody, elle avait eu une chambre grâce à une annulation de dernière minute.

— Plus personne ne paie en liquide, de nos jours, marmonna-t-il à l'adresse de Piny, qui le suivait partout. Sauf les gens qui ne veulent pas laisser de traces.

En apparence, cette femme ne faisait rien de mal. Pourtant, quelque chose clochait, chez elle. Ses jumelles, sa réserve vis-à-vis des autres clients… Et puis, elle ne posait pas les questions habituelles des touristes. Il avait l'impression qu'elle observait les humains, pas les oiseaux.

Il étudia un moment les grands yeux bruns du labrador, puis lui dit :

— Reste ici, Piny.

Il lui montra le plancher et partit commettre l'impensable.

C'était le début de l'après-midi, et la maison était déserte. Avec ce soleil et ces feuillages flamboyants, tous les clients devaient être allés visiter les vignobles. Ils rentraient généralement vers 16 heures, épuisés, et se reposaient un peu avant l'apéritif.

Avec Katherine Wilson, impossible de savoir à quoi s'attendre. Elle était partie peu après le petit déjeuner, munie de son appareil photo et de ses jumelles, des chaussures de randonnée aux pieds. Pas besoin d'être surdoué pour deviner qu'elle n'allait pas visiter une cave.

De la fenêtre du palier, au premier étage, Lou contempla le parking réservé à la clientèle. Aucune trace de la Toyota blanche qu'avait louée Katherine.

Il prit son passe, pas très fier de lui. Il possédait une clé de chaque chambre, pour les cas d'urgence, mais ne s'en servait jamais.

La chambre qu'occupait Katherine Wilson contenait le lit ancien de style Queen Anne qu'il avait découvert en chinant dans la région. Rose et blanc, la pièce était trop kitsch à son goût, mais les femmes l'adoraient. Il balaya la chambre du regard. Pour son malheur, cette femme avait le sens de l'ordre. Toutes ses affaires étaient rangées dans des tiroirs ou dans le placard.

Dommage. Il allait être obligé de fouiner vraiment.

Il ouvrit la porte du placard et découvrit quelques robes, pantalons et chemisiers, ainsi qu'un imperméable. Il les fouilla rapidement. Rien.

La salle de bains présentait l'assortiment habituel de cosmétiques. Cela ne lui fournit aucun renseignement quant à l'identité réelle de sa cliente. Il refermait l'armoire de toilette quand le téléphone sonna.

Il sursauta et se cogna contre la porte de l'armoire.

— On se calme, grogna-t-il dans sa barbe.

Il retourna vivement dans la chambre et regarda le petit écran digital du téléphone, sur lequel s'inscrivaient le nom et le numéro du correspondant.

Montgomery et Montgomery, lut-il.

Ce nom lui disait quelque chose. Un cabinet d'avocats ? Soudain, le déclic se fit. C'était une agence de détectives privés située à San Francisco. Il s'y était rendu à deux ou trois reprises lorsqu'il travaillait pour le *Herald*.

Il sortit de la chambre précipitamment, laissant le téléphone sonner derrière lui, puis il dévala l'escalier et appela Piny.

— Viens là, mon beau.

Une fois dans sa chambre, il caressa un moment le labrador en reprenant son souffle. *Montgomery et Montgomery*. Ce n'était pas une petite agence au rabais qui vivait en espionnant des épouses volages. Ces détectives-là n'acceptaient aucune affaire concernant des particuliers et ne se chargeaient que d'enquêtes strictement professionnelles.

— Katherine les a-t-elle engagés ou travaille-t-elle pour eux ? demanda-t-il à Piny.

Il penchait plutôt pour la deuxième hypothèse. Mais, pour le savoir, une seule solution. Il téléphona aux renseignements et demanda le numéro de *Montgomery et Montgomery*.

Lorsqu'il eut la standardiste de l'agence, il déclara :

— Bonjour, ici Warren Talbott, de MicroNet Software à Palo Alto. Nous avons un séminaire, en ce moment. J'ai rencontré au cours d'une soirée une personne qui travaille chez vous, mais je n'arrive pas à me rappeler son nom, et j'aurais aimé faire appel à ses services. Je vais vous la décrire.

Lou s'efforçait d'adopter le langage des jeunes informaticiens de la Silicon Valley qui arpentaient le pays du vin quand ils n'étaient pas scotchés à leurs ordinateurs. Il décrivit Katherine Wilson, sans mentionner l'ornithologie.

— Oh, vous voulez parler de Katherine Mowrey ? Je regrette, mais elle est en mission, en ce moment. Désirez-vous lui laisser un message ?

— Non, non, merci. Je vais noter son nom et je la rappellerai.

Lentement, il reposa le combiné.

— Mais quel genre d'enquête mène-t-elle ici ? se demanda-t-il en caressant distraitement la tête de Piny.

Lou n'avait aucune raison de penser que Tori ou lui faisaient l'objet d'une enquête. Mais Katherine avait débarqué le lendemain de l'arrivée de Brody...

— Quelqu'un veut en savoir plus sur Brody Hawke.

Il se leva et marcha jusqu'à la fenêtre, d'où il contempla la vallée parée des teintes rousses et dorées de l'automne. Les ouvriers taillaient les vignes, de peur qu'un coup de gel précoce ne les endommage.

— Une agence haut de gamme spécialisée dans les enquêtes pour les entreprises... murmura-t-il. Les frères Corelli sont derrière tout ça. Qui d'autre ?

27

Brody s'engagea dans le virage en épingle à cheveux. De jour, le Ravin de la Mort était nettement moins effrayant qu'en pleine nuit, mais il restait tout aussi dangereux.

— Je ne peux pas croire que tu aies réussi à t'éjecter de la voiture, commenta Tori, assise à côté de lui.

C'était la première fois qu'elle parlait depuis qu'ils avaient quitté Hawke's Landing. Brody s'était réjoui qu'elle propose de l'accompagner chez Alex Abruzzo, mais elle semblait distante, comme si quelque chose la préoccupait.

— J'ai fait bien pire, répondit-il en négociant le virage en douceur. Pendant ma formation, j'ai appris à me sortir de toutes sortes de situations délicates, sur terre, mais aussi au-dessus de la mer. Quand on est lâché d'un hélicoptère dans l'océan, c'est comme si on heurtait du ciment. Crois-moi, ces épines et ces hématomes, ce n'était rien.

— Ah, bon ! fit-elle en arrondissant ses grands yeux verts si lumineux.

— Je suis content que tu sois venue avec moi, dit-il en lui tapotant la main.

Tori ne répondit rien, et il comprit qu'il l'avait mise mal à l'aise. Il avait difficilement résisté à l'envie d'aller la retrouver chez elle, la veille. Mais il savait qu'il n'y avait qu'une façon d'établir une relation avec une femme comme Tori : le dialogue. Pourtant, l'amorce de complicité qui s'était établie entre eux pendant le dîner semblait s'être évaporée.

— Il faut que je te parle d'Elliott.

Et zut, songea-t-il. Quand une femme vous parlait d'un autre homme, c'était plutôt mauvais signe, non ? Peut-être Tori regrettait-elle d'avoir rendu sa bague à Elliott. Mais comment le lui reprocher ? Elliott était vraiment un type bien.

— Il a eu beaucoup de soucis, ces derniers temps, commença-t-elle en se tournant vers lui, le front barré d'un pli soucieux. Je ne voudrais pas lui causer davantage de tracas.

— Lui causer des tracas ? À quel sujet ?

— Je ne sais pas exactement… Pendant que je parlais à Rachel, j'ai remarqué une lettre sur l'écran de son ordinateur. J'ai réussi à lire : « Annulez immédiatement la commande. » Puis elle a mis l'écran de veille avant je ne puisse en lire plus.

— Elle est responsable de toutes les commandes. Acheter et annuler, c'est de la routine, non ?

— Oui, mais cette lettre était adressée au Portugal. C'est là que se trouve le principal fournisseur de bouchons de liège de Hawke's Landing.

Brody freina pour laisser un minibus de touristes entrer dans un vignoble.

— Je comprends ton inquiétude. Étant donné la rareté de ce produit, pourquoi annuler une commande ?

— J'ai l'impression que Rachel ne m'a pas dit la vérité, au sujet des Barzini. À mon avis, elle sait ou elle se doute qu'ils sont responsables du sabotage. Il est même possible que ce soit elle, la coupable.

Ses lèvres sensuelles se pincèrent, et elle ajouta d'une voix tendue :

— Mais ce n'est qu'une intuition. Je ne suis sûre de rien. Je voulais connaître ton opinion avant d'inquiéter Elliott avec ça.

Brody ne put s'empêcher d'être touché. C'était exactement ce qu'il espérait depuis qu'il l'avait rencontrée : gagner sa confiance. Aucune femme ne lui avait jamais inspiré cette envie, mais son univers semblait avoir subi une petite révolution. Il était peut-être temps de voir les choses autrement.

— Je dois admettre que Rachel ne me revient pas, dit-il. Mais il faudrait tout de même connaître le contenu de cette lettre avant d'en parler à Elliott.

— C'est exactement ce que je me disais, approuva-t-elle avec animation. J'ai l'intention d'aller dans son bureau ce soir, pour en avoir le cœur net. Comme tu as le code d'accès, nous pourrons entrer sans le dire à Elliott.

L'idée que Tori s'expose à un danger lui déplaisait, mais Brody savait que s'il l'en empêchait, il donnerait l'impression d'être macho. Aussi acquiesça-t-il.

— D'accord, nous essaierons d'y aller ce soir, mais attention à Maria et à Aldo. Il ne faudrait pas qu'ils nous surprennent en train de fouiner.

— Rachel sera partie à 18 heures. Comme Elliott nous a invités à dîner, nous pourrions peut-être...

Elle hésita. Brody ralentit et s'engagea dans un petit chemin de terre qui se perdait dans les vignes. Surprise, Tori le regarda s'arrêter devant un petit bosquet d'aulnes.

— J'ai besoin de marcher un peu, dit-il. Et je voulais te parler en face.

Il sortit sans lui laisser le temps de discuter et vint lui ouvrir la portière.

Elle sortit ses longues jambes gainées d'un pantalon en daim de la voiture et se leva. Avec son twin-set couleur rouille et ses chaussures assorties, elle faisait très femme d'affaires, tout en restant incroyablement féminine.

— De quoi veux-tu me parler ? s'enquit-elle.

— D'Elliott, répondit-il, tandis qu'ils marchaient dans le chemin. Pourquoi lui as-tu rendu sa bague ?

— Tu as attendu tout ce temps pour me le demander ?

— Je ne voulais pas t'embêter.

Ils s'arrêtèrent sous un énorme chêne, qui se dressait à côté d'une barrière en bois fraîchement repeinte en blanc. De l'autre côté, dans un petit pré, deux chevaux noirs s'ébattaient au soleil. À quelques mètres d'eux, un étalon rouan broutait tranquillement.

— Si un autre que toi m'avait posé cette question, je lui aurais répondu que cela ne le regardait pas. Elliott a mal interprété ce qu'il a vu hier matin.

— Ah, bon ? En quoi l'a-t-il mal interprété ?

— À première vue, nous étions...

Elle laissa tomber son sac à main dans l'herbe et s'assit au pied du chêne.

— Nous étions... euh... intimes.

— Tu vas peut-être me trouver présomptueux, dit-il en s'asseyant à côté d'elle, mais si personne n'était arrivé, que se serait-il passé ?

Les joues de Tori rosirent. Elle était si charmante ainsi qu'il dut faire appel à toute sa volonté pour ne pas l'embrasser.

— Je m'en veux d'avoir mis Elliott dans cette position embarrassante. Il ne méritait pas ça. Je suis sûre qu'il aurait fait le plus merveilleux mari du monde.

Elle semblait parfaitement sincère, et Brody ressentit un petit pincement de jalousie.

— S'il est tellement formidable, pourquoi avoir rompu vos fiançailles ?

Il regretta aussitôt son sarcasme. Il voulait la comprendre, pas la braquer contre lui. Il posa doucement une main sur son épaule et s'obligea à être totalement franc.

— Je suis juste jaloux, avoua-t-il. Personne n'a jamais dit que je ferais le plus merveilleux mari du monde.

Il avait voulu plaisanter, mais l'expression de Tori devint encore plus grave.

— As-tu jamais laissé le temps à une femme de te connaître et de penser que tu pourrais faire un compagnon merveilleux ?

Brody sentit son ventre se nouer. C'était vrai, il avait mené une vie dont étaient exclues les vraies relations avec les femmes. Mais comment Tori le savait-elle ?

— Avec le métier que je fais, je n'ai guère le temps de...

— Tu n'avais pas une vie, avant ?

— Je suis entré dans la marine le jour de mes dix-huit ans.

— Tu n'as pas intégré immédiatement les commandos d'élite, si ?

— Non, admit-il. Suis-je donc si transparent que ça ?

Elle esquissa un sourire.

— Pour moi, oui. Maintenant que ta mère n'est plus de ce monde, y a-t-il quelqu'un qui te connaisse vraiment ?

« Ma mère ne me connaissait pas, et je ne la connaissais pas non plus », répondit-il en silence. Toutefois, il comprenait un peu mieux Linda, maintenant. Sa liaison avec Gian Hawke avait gâché sa vie, et elle en avait payé le prix jusqu'à la fin de ses jours.

— Je sais que ça va te faire un choc terrible, dit-il en essayant de mettre une pointe d'humour dans sa voix, mais j'ai de très bons amis à Key West.

Il se pencha si près d'elle que son nez faillit toucher le sien.

— Et l'un d'eux est une femme, figure-toi.

— Ah, bon ? Parle-moi d'elle. Enfin, d'eux. De tous tes amis.

— Je veux bien, mais ça risque de prendre un bout de temps.

Il essaya de sourire, mais sa tentative s'acheva en grimace.

— Alors, commence par me parler d'elle.

— Jennifer Whitmore est une amie mariée qui vit maintenant à Coral Gables. Je l'ai rencontrée quand je terminais ma formation à Key West. Elle dresse des chiens, essentiellement des chiens de chasse. Elle leur apprend à retrouver des gens.

Il embrassa le bout de son adorable nez.

— Maintenant, à toi. Pourquoi as-tu rompu tes fiançailles ?

Tori s'adossa au tronc du chêne et le contempla avec un tel sérieux qu'il sentit les battements de son cœur s'accélérer.

— Elliott est quelqu'un d'exceptionnel, et il mérite qu'on l'aime sans réserve. Mais je ne l'aimais pas. J'étais attirée par son intégrité, sa gentillesse. Il est solide et fiable. Il veut des enfants. Tout le contraire de Connor Anderson, ajouta-t-elle en baissant la voix.

Lou lui avait expliqué que le mari de Tori était mort cinq ans plus tôt. Brody s'était dit que la blessure de Tori avait dû se refermer, au moins un peu, mais la souffrance était toujours là, dans la voix de la jeune femme.

— Lou m'a dit que ton mari était un cascadeur professionnel. Je comprends pourquoi il ne voulait pas d'enfant.

Tori se rembrunit, mais il poursuivit :

— Être dans les commandos d'élite, c'est aussi un métier dangereux. On ne peut pas se permettre d'être distrait. S'il fallait que je laisse une femme et des enfants derrière moi, je ne serais plus aussi bon, et je courrais beaucoup plus de risques.

Elle eut un sourire pincé.

— Avec Connor, c'était un peu plus compliqué que cela.

— Oh !

Il attendit qu'elle s'explique, en se demandant s'il aurait supporté de partir en mission en laissant Tori à la maison. L'inquiétude l'aurait probablement rongé, à l'idée qu'à tout moment, il risquait de lui revenir dans un cercueil.

— En réalité, Connor n'aurait jamais dû se marier. Il ne m'était pas fidèle.

— Pourquoi ? s'écria-t-il, avec une vivacité qui le surprit lui-même.

— Parce qu'il était beau et charmeur. Les femmes lui faisaient constamment des avances. Il était incapable de résister à la tentation.

Elle se tut et ferma les yeux un long moment. Quand elle les rouvrit, elle ajouta :

— Je suppose que je l'ai compris assez rapidement, mais je refusais de regarder la réalité en face.

Que dire après un aveu pareil ? Comment effacer la douleur causée par ce salaud ?

— Mais ça va, maintenant. Quoi qu'il en soit, il m'a fallu tout ce temps pour être honnête envers moi-même. Je ne pouvais pas épouser Elliott sans l'aimer de tout mon cœur. J'avais prévu de le lui dire avant l'accident de Gian. Quand il m'a annoncé la mort de son père, je n'ai pas voulu le bouleverser plus. Je me suis dit qu'il valait mieux attendre quelques jours avant de lui assener une autre mauvaise nouvelle.

— Je comprends.

Brody s'était cru en partie responsable de la rupture, mais il s'était complètement trompé. À vrai dire, il était un peu dépité. Il aurait voulu représenter quelque chose pour Tori, mais elle n'était pas le genre de personne à s'attacher à un parfait inconnu. Car c'était ce qu'il était, pour elle. Ils se connaissaient à peine.

Il passa un bras autour des épaules de Tori et l'attira contre lui. Le soleil filtrait à travers les feuilles du chêne et projetait sur eux un tableau mouvant d'ombres et de lumières.

— Donne-moi une chance, Tori.

— Une chance de quoi ?

« De te montrer que je suis aussi bien que mon frère », songea-t-il.

— Tu repars bientôt, non ?

Il ne pouvait le nier. Il avait prévu de repartir, quand il aurait obtenu les réponses qu'il était venu chercher. Oui, un jour ou l'autre, il s'en irait.

— Travailler dans les forces spéciales de la marine, c'est tout ce que je sais faire.

— Tu as presque trente ans. Il te reste encore quelques bonnes années, puis on te confinera dans un bureau.

— Sûrement, admit-il. Comment le sais-tu ?

— J'ai vu une émission sur ces corps d'élite, à la télévision, avoua-t-elle avec un petit sourire.

Elle effleura sa joue du baiser le plus rapide qu'il eût jamais connu.

— Tu pourrais avoir une deuxième carrière, remarqua-t-elle.

— C'est vrai. Je connais d'anciens soldats qui sont devenus conseillers ou spécialistes en technologie antiterroriste.

Mais il savait bien que Tori ne faisait pas allusion à un prolongement de sa carrière militaire. Elle lui suggérait de profiter de l'héritage. Brody devait reconnaître qu'il aimait énormément cette région, qu'il commençait à beaucoup apprécier son frère, mais cela ne signifiait pas qu'il voulait passer le reste de sa vie ici.

Cette conversation ne les menait nulle part. Ne sachant que dire, il se pencha vers elle et l'embrassa. Ses lèvres impérieuses caressèrent les siennes, puis se firent plus tendres. Les femmes aimaient les hommes sensibles, non ?

— Brody, non, s'il te plaît, chuchota-t-elle.

Il quitta ses lèvres pour lui mordiller le lobe de l'oreille.

— Quoi, non ? Je t'embrasse, c'est tout.

— C'est bien le problème.

Mais il entendit dans sa voix qu'elle capitulait et n'hésita plus. Il força la barrière de ses lèvres, et elle enlaça sa langue à la sienne. Il n'avait pas besoin d'encouragement.

Avec un gémissement, elle se cambra contre lui, et Brody resserra son étreinte. Seigneur, il ne pourrait jamais résister, il ne pourrait jamais y aller en douceur...

Il remonta une main jusqu'à la courbe d'un de ses seins et le prit dans la paume de sa main.

— Brody, murmura-t-elle dans un souffle.

Le corps de Brody palpitait tout entier. Jamais il n'avait réalisé que la voix d'une femme pouvait être aphrodisiaque, ni que ses doigts dans vos cheveux pouvaient anéantir toute votre raison en quelques minutes.

Grands dieux, l'effet qu'elle avait sur lui !

— Br... Brody... Mmm... Je... Il ne faut pas.

Zut ! Il ne manquait plus que Tori ait des scrupules. Il respira un grand coup.

— Tout va bien, ma douce.

Il s'empara de nouveau de ses lèvres et se perdit dans leur baiser. Serré contre Tori, il savourait la chaleur de son corps. Sans même s'en rendre compte, il avait passé une main sous son pull et caressait le bonnet en dentelle de son soutien-gorge.

Il ne se lasserait jamais de l'embrasser, ni de la toucher, songea-t-il en l'allongeant doucement sur l'herbe fraîche. L'odeur de la terre emplit ses narines, s'ajoutant à celle de son parfum discret. Il se pencha sur elle, et leur baiser se fit plus ardent. De sa main libre, il remonta son pull au-dessus de ses seins.

— Tu es très doué, chuchota-t-elle en faisant sortir sa chemise de son pantalon.

— Tu trouves ? dit-il. Pourtant, je n'ai jamais embrassé une femme aussi longtemps.

— Tu plaisantes ?

Les mains de Tori exploraient son dos avec une lenteur qui le mettait au supplice.

— Pas du tout.

Elle plongea ses grands yeux verts dans les siens.

— Alors, pourquoi…

— Parce que tu es différente.

Il regarda ses seins dressés et baissa la tête pour les embrasser, l'un après l'autre.

« Arrête ça tout de suite ! » lançait une voix sévère dans la tête de Tori. Mais son corps refusait d'écouter son cerveau. Elle connaissait à peine Brody, et c'était la deuxième fois qu'elle l'invitait à lui faire l'amour.

Jamais, de toute sa vie, elle n'avait éprouvé un désir si intense qu'il menaçait de l'emporter sur sa raison. Mais cet homme n'était pas comme les autres, et le corps de Tori n'avait absolument pas l'intention de repousser le plaisir que Brody lui promettait.

Le bruit d'un moteur gronda soudain, non loin de là.

Tori redressa vivement la tête, le corps fermement plaqué au sol par celui de Brody.

— Ô mon Dieu !

Un bus de touristes passa à côté d'eux dans un nuage de poussière. Les passagers les acclamèrent gaiement.

— Je croyais que personne n'empruntait ce chemin, marmonna Brody.

— Moi aussi, répondit-elle.

À cet instant, la sonnerie d'un téléphone retentit. Elle redescendit vivement son pull jusqu'à sa taille et attrapa son sac.

— C'est mon portable.

Brody s'écarta, tandis que Tori cherchait son petit téléphone dans le fouillis de son sac. C'était de la folie, se disait-elle. Elle avait failli coucher avec Brody au bord d'une route, en plein jour !

— A… allô ? Papa ? Euh…

— Tori, ça va ? Tu as l'air bizarre.

— Non, oui, ça va, bredouilla-t-elle en évitant soigneusement de regarder Brody.

— Je suis à ton agence. Où es-tu ?

— Dans la campagne, répondit-elle.

— Il faut que je parle à Brody immédiatement. Tu ne sais pas où il est, par hasard ?

— Je pense pouvoir le trouver.

— Dis-lui de me rejoindre tout de suite au kiosque de Pioneer Park. Nous avons de gros ennuis.

Sur ce, il raccrocha.

28

— Je connais mon père, dit Tori. Il y a un problème. Sinon, il ne ferait pas autant de mystères.

Brody opina de la tête, sans quitter la route des yeux. Il n'avait pas dit un mot depuis qu'elle avait raccroché et insisté pour qu'ils aillent retrouver son père au plus vite.

Quant à Tori, elle ne pensait qu'à une chose : sauvée par le gong.

— Au lieu de prendre la route des vignobles Farallon, continue tout droit dans Calistoga. Nous avons rendez-vous dans un petit jardin public près de la rue principale.

Ils roulèrent en silence. Tori était honteuse de la façon dont elle s'était conduite, mais plus gênée encore d'avoir raconté à Brody les détails de sa relation avec Connor. Après avoir gardé si longtemps la vérité pour elle, pourquoi avait-il fallu qu'elle se confie maintenant, et à Brody, qui plus est ?

Elle n'avait jamais réellement surpris Connor en flagrant délit d'adultère, mais les indices n'avaient pas manqué. Elle avait toujours choisi de les ignorer. Pourquoi ?

« Parce que tu voulais un mariage parfait », lui répondit la petite voix dans sa tête, et elle avait raison. Tori avait grandi avec l'image de ses parents, un couple uni et heureux jusqu'à ce que la tragédie fasse irruption dans leur vie.

Tori avait mis toutes ses frustrations sur le compte de la carrière de Connor, mais ce n'était pas si simple. Elle avait un problème avec les hommes. D'ailleurs, elle venait de le démontrer. Elle était sortie avec Elliott pendant plus d'un an, sans jamais lui autoriser de réel contact physique, et voilà qu'elle se jetait à la tête de son frère, qu'elle ne connaissait que depuis quelques jours. Pourquoi diable se comportait-elle ainsi ?

— Des bains de boue ? demanda soudain Brody.

Tori leva les yeux et vit la pancarte qui vantait les bains de boue de la région.

— Il y a des tas de geysers et de sources chaudes dans le coin, à cause d'un volcan éteint appelé le mont St. Helena. La boue du volcan est censée être thérapeutique.

— Vive la Californie ! s'exclama-t-il en riant.

— Les touristes viennent ici autant pour les bains de boue et les sources chaudes que pour les visites des caves.

Brody s'arrêta à un feu rouge, et un flot de vacanciers chargés de sacs de courses traversa devant eux.

— Tourne à droite et cherche Cedar Street, dit-elle.

Lorsqu'ils arrivèrent à Pioneer Park, Tori aperçut la BMW de son père garée dans le parking. Lou était assis dans le kiosque victorien. En le voyant, Tori se rappela soudain le soir où, dans un autre kiosque victorien, celui du *Silver Moon*, elle avait embrassé Brody en le prenant pour Elliott.

Brody trouva une place à côté de la BMW et coupa le moteur.

Comme elle rajustait rapidement son pull, elle surprit son regard amusé sur elle.

— Qu'est-ce qu'il y a de si drôle ?

— Tu crois vraiment que ton père va être dupe ?

— Ça m'étonnerait, concéda-t-elle.

Il la prit par le coude et la guida vers le petit parc vieillot. Des enfants jouaient dans les allées, tandis que des personnes âgées discutaient, assises sur des bancs.

Dès qu'il les aperçut, Lou agita la main, et Tori se demanda une fois de plus pourquoi il les avait fait venir à Calistoga plutôt qu'à St. Helena.

— Y a-t-il un problème, Lou ? demanda Brody, tandis qu'ils montaient les marches du kiosque.

Son père se leva, et Tori vit que des rides d'inquiétude plissaient son front. L'affaire devait être vraiment grave.

— Voyez-vous une raison pour qu'un détective privé spécialisé dans les enquêtes pour les entreprises vous suive ? demanda-t-il à Brody.

— Moi ? s'étonna Brody, visiblement abasourdi.

— Qu'est-ce que tu racontes, papa ?

— L'une des clientes du *Silver Moon* est détective privé. Elle s'est inscrite sous le nom de Katherine Wilson.

— Qu'est-ce qui vous fait penser qu'elle enquête sur moi ?

— Elle est arrivée un jour après vous. Le lendemain de l'accident, elle inspectait les sentiers pare-feu en se faisant passer pour une ornithologue.

— Si quelqu'un enquêtait sur moi, ce serait plutôt un agent du Moyen-Orient. J'ai effectué des missions secrètes là-bas, ainsi qu'en Amérique du Sud, où se sont retranchés des barons de la drogue, mais je les vois mal envoyer une femme déguisée en ornithologue.

— Pourquoi as-tu tenu à ce qu'on se retrouve ici ? demanda Tori à son père.

— J'ai pensé qu'il valait mieux ne pas parler de ça au téléphone. On peut assez facilement capter les conversations sur les portables, et avec tout ce qui se passe à Hawke's Landing en ce moment, je ne voulais pas courir le risque que quelqu'un nous entende.

— Je suppose que cette histoire n'est pas liée à mon travail, mais à l'héritage, dit calmement Brody.

— Que comptes-tu faire ? demanda Tori.

— Ce soir, je suivrai cette Katherine, déclara Brody. Si ça se trouve, elle me conduira à une piste intéressante. Sinon, je ne tournerai pas autour du pot. J'irai lui demander qui l'a embauchée.

Brody raconta ensuite à Lou les événements de la matinée à Hawke's Landing, mais Tori ne l'écouta que d'une oreille distraite. Une idée qu'elle n'arrivait pas à identifier tourbillonnait dans son esprit. Cela avait un rapport avec Rachel. Que Brody l'accompagne ou non, elle se rendrait ce soir dans son bureau.

— On devrait peut-être attendre demain, remarqua Tori, tandis qu'ils se garaient dans le petit parking réservé aux employés des vignobles Farallon. Il est tard.

— Nous n'en avons pas pour longtemps, répondit Brody.

Tori regarda autour d'elle. Elle n'était encore jamais venue chez Alex. Les installations semblaient aussi modernes qu'on le disait.

L'équipe d'entretien des caves les envoya vers la vaste demeure où habitait Alex. Farallon avait la réputation d'être un excellent vin, mais Tori ne pouvait s'empêcher de penser qu'il lui manquerait toujours quelque chose, une âme, une histoire.

— C'est impressionnant, commenta Brody. Parle-moi un peu d'Alex. Je sais déjà qu'il est beau comme un dieu, mais ça ne m'en dit guère sur sa personnalité, ajouta-t-il, taquin.

— Elliott et toi êtes tout aussi beaux, protesta-t-elle en rougissant.

— D'accord. Ce qui fait trois hommes jeunes et séduisants. Et ensuite, que sais-tu sur Alex ?

— Il a trois ans de plus que toi et Elliott, de sorte qu'il étudiait l'œnologie à la fac de Davis avant qu'Elliott n'y entre. Il s'est fait des amis là-bas, qui sont ensuite partis travailler dans la Silicon Valley.

— Au moment où Internet commençait à décoller, c'est cela ?

— Exactement. Certains ont gagné tellement d'argent qu'ils ne savaient plus comment le dépenser. Une grande partie de ces capitaux ont été investis dans Napa Valley. Les propriétaires des vignobles Farallon sont deux magnats de l'informatique.

— Elliott et Alex sont-ils aussi amis que l'étaient leurs pères ?

— Pas vraiment, dit Tori en admirant la fontaine située près de la double porte d'entrée. Elliott m'a dit que cela tenait à la différence d'âge, mais je crois que ce n'est pas la seule raison. Elliott est allé dans les meilleures écoles privées, tandis qu'Alex a dû fréquenter des établissements publics, par exemple.

— Gian était snob, je présume.

Tori s'immobilisa et réfléchit longuement avant de répondre. Elle n'avait jamais vraiment réussi à cerner la personnalité de Gian.

— Peut-être. Elliott dit que son père n'invitait jamais Aldo, ni Maria aux réunions de famille. Cela gênait Elliott que Maria soit traitée comme une simple employée de maison, alors qu'il l'a toujours considérée comme sa mère.

— De plus en plus sympathique, ce Gian Hawke.

— Je crois qu'il souffrait d'une forme de paranoïa. Je ne suis pas psy, mais je pense qu'il était anormalement soupçonneux de nature. En tout cas, il était intelligent. Il gardait un œil sur ce que faisait Alex ici. Il admirait le fils d'Aldo et ne cachait pas qu'il aurait aimé qu'Elliott lui ressemble.

Brody secoua la tête, et ils repartirent vers la maison.

— La plupart des gens doivent penser qu'Elliott a eu une jeunesse privilégiée, mais j'ai l'impression que j'ai eu plus de chance que lui.

Les deux frères avaient souffert, chacun à leur manière, songea Tori.

Ils sonnèrent à l'interphone, qui était surmonté d'une petite caméra, et un instant plus tard, la voix d'Alex retentit.

— Tori ? Et Brody Hawke, je suppose ?

— Oui, dit Brody. Nous aimerions vous parler.

— J'arrive.

La porte en chêne s'ouvrit peu après, et Alex apparut.

— Alexander Abruzzo, déclara-t-il en tendant la main à Brody.

Tori regarda Brody se présenter à son tour et lui serrer la main. Comme beaucoup d'hommes aux origines italiennes, Alex et Brody avaient tous deux d'épais cheveux noirs et le teint mat. Mais si Brody avait un regard d'un bleu profond, Alex avait hérité des yeux marron foncé d'Aldo.

Tori le connaissait mal, mais elle l'avait vu assez souvent pour savoir qu'il arborait en général une expression aussi sérieuse que Brody. Aucun d'eux ne souriait avec l'aisance d'Elliott, car ils ne possédaient pas l'assurance innée de celui dont l'argent et le nom ouvrent toutes les portes.

Si Elliott avait été là, elle aurait été entourée par trois des hommes les plus séduisants et les plus brillants de la vallée. Intéressant, songea-t-elle. Trois beaux garçons, tous célibataires.

— Entrez, dit Alex. J'allais me servir un verre. La journée a été longue.

Brody lui prit le bras, et ils suivirent Alex dans un salon de style Santa Fe. Un feu brûlait dans la cheminée d'angle, à côté d'une table basse composée d'une plaque de verre en équilibre sur une pierre luisante en onyx noir.

— Tutoyons-nous, Brody, déclara Alex, ce sera plus simple. Tu ressembles tellement à ton frère que j'ai du mal à te considérer comme un parfait inconnu. Je comptais me servir un whisky. Que puis-je vous offrir ?

— Quelle marque de whisky bois-tu ? demanda Brody, ce qui surprit un peu Tori.

— Knockando, mais j'en ai d'autres.

— Knockando, c'est parfait.

— Tori ? demanda Alex.

— Je prendrais bien un Coca light, si tu en as.

Ils s'installèrent sur le canapé, tandis qu'Alex préparait leurs verres. Il les servit, puis s'assit en face d'eux dans un fauteuil en cuir.

— J'ai comme l'impression qu'il ne s'agit pas d'une visite de courtoisie.

Brody goûta son whisky avant de répondre :

— En effet.

— Que se passe-t-il ? s'enquit Alex.

— Je me demandais si les frères Corelli t'avaient fait des propositions.

— À moi ? Jamais. Pourquoi les Corelli s'intéresseraient-ils à moi ?

— À cause des parts de Hawke's Landing que possède ton père.

Alex but une gorgée de whisky et annonça :

— Ils ne m'ont pas fait de propositions. Ils se sont adressés directement à mon père.

29

Brody faillit s'étrangler avec son whisky. Comment Alex pouvait-il être aussi désinvolte ?

— Les Corelli sont allés directement trouver ton père ?

— Oui. Je ne sais pas comment ils se sont débrouillés, mais ils connaissaient le contenu du testament de Gian avant qu'il ne meure.

— Penses-tu qu'ils auraient pu le tuer ?

— Non. À quoi cela leur aurait-il servi ? Quand ils lui ont appris qu'il hériterait d'une partie du vignoble, mon père a accepté de leur vendre sa part. Je suis sûr qu'ils ont projeté de racheter aussi la part de Gina.

— Ton père veut vendre ? s'exclama Tori, bouleversée. Mais pourquoi ?

Alex alla se resservir au bar.

— Papa avait parlé à Gian de l'offre des Corelli, riposta sèchement Alex. Il ne l'a pas fait dans son dos.

— Oh, je pensais...

Tori haussa les épaules en guise d'excuse.

— Lorsque papa a exposé ses intentions à Gian, reprit Alex en retournant s'asseoir, celui-ci a répondu que cela ne le dérangeait pas.

— C'est vrai ? J'ai du mal à le croire, protesta Tori. Gian était littéralement obsédé par Hawke's Landing. Pourquoi en aurait-il laissé une partie à quelqu'un qui comptait la vendre à ses ennemis ?

— Ils en ont discuté ici même. Cela s'est passé il y a six mois. Gian était venu voir le nouveau pressoir automatique que j'avais installé. Il s'inquiétait parce qu'Elliott voulait acheter le même. Je lui ai fait une démonstration, puis nous sommes venus ici prendre un verre. Nous avons parlé jusque tard dans la nuit. Ensuite, mon père a mis Gian dans la camionnette spécialement conçue pour transporter son fauteuil roulant et l'a raccompagné chez lui. C'est la dernière fois que j'ai vu Gian Hawke.

Y avait-il une pointe de tristesse dans le ton d'Alex ? se demanda Brody. Impossible de le dire. Son visage était impassible. Cet homme était réellement impressionnant. Derrière son physique avantageux, on sentait une force et une profondeur exceptionnelles. Rien d'étonnant à ce qu'il ait réussi, songea Brody.

— Qu'a dit Gian exactement, quand ton père lui a appris qu'il allait vendre sa part aux Corelli ? demanda Tori.

Alex tourna la tête vers Brody.

— Tu n'as pas connu Gian, n'est-ce pas ? C'était l'homme le plus brillant que j'aie jamais rencontré, expliqua-t-il.

Il fit tourner son whisky dans son verre, puis l'avala d'une traite.

— Et le pire saligaud de toute la vallée, conclut-il sans s'émouvoir.

Il posa son verre et poursuivit :

— Gian se rendait compte de tout ce qui se passait dans la vallée et dans le monde entier. Lès grandes banques qui avalaient les petites. Les supermarchés qui ruinaient les épiceries de proximité. La même chose s'est produite avec les vignobles. Certaines familles ont commencé avec rien, mais ont donné naissance à d'énormes exploitations. Des Français comme les Rothschild sont venus s'établir ici. Le vin est devenu un business. Gian était conscient des développements que pouvaient apporter les nouvelles technologies à son monde.

— Il détestait tout ce qui était informatique et technologie de pointe, objecta Tori en secouant la tête.

Une étincelle amusée traversa le regard d'Alex.

— J'ai dit qu'il comprenait l'impact que cela aurait, pas qu'il l'appréciait. En fait, il en avait même peur.

— Peur ? Comment cela ?

Alex se leva en faisant tinter les glaçons dans son verre.

— Je vous ressers ?

Tori secoua la tête, mais Brody tendit son verre.

— Vas-y doucement. Je conduis. On doit aller dîner à Hawke's Landing.

Alex sortit des verres propres et de la glace. Puis il ouvrit une autre bouteille de Knockando, alors qu'il semblait y avoir encore assez de whisky dans la première. Il essayait de gagner du temps, constata Brody en se demandant pourquoi.

Le verre qu'Alex lui tendit enfin était trop plein. Marqué par l'époque où sa mère et lui tiraient le diable par la queue, Brody détestait le gaspillage, mais il s'abstint de tout commentaire.

Alex se rassit et étendit ses longues jambes devant lui.

— Tu disais que Gian avait peur, reprit Tori.

— Peur du changement, oui. C'était une chose qu'il ne pouvait maîtriser, or il tentait toujours de contrôler son univers. Il était très doué pour ça, mais il savait qu'en définitive, la technologie serait plus forte que lui.

Alex posa son verre, et Brody remarqua qu'il était toujours plein.

— Gian utilisait son influence et sa fortune pour couper court aux changements qui ne lui plaisaient pas.

Il se tut, et Tori demanda :

— Par exemple ?

— Le meilleur ex...

Une sonnerie stridente l'interrompit. Il s'approcha du téléphone posé sur le bar, regarda le numéro affiché sur l'écran digital et se dirigea vers la porte.

— C'est un appel professionnel, dit-il en sortant. Je vais le prendre dans mon bureau.

Lorsqu'il eut disparu, Tori chuchota :

— Que penses-tu de lui ?

Sans hésiter, Brody répondit :

— Tu sais, une partie de mon travail consiste à recruter des éléments pour des missions dangereuses. J'agis à l'instinct. Alex est tout à fait le genre d'homme que je voudrais avoir dans mon équipe.

— Et Elliott ?

Brody ne réfléchit pas non plus avant de répondre :

— Lui aussi. Je les prendrais tous les deux. On sent qu'on peut avoir confiance en eux, même dans une situation extrême.

— Intéressant.

— Et toi, Tori, que penses-tu d'Alex ?

— Il m'est très sympathique. Je ne le connais pas aussi bien qu'Elliott, évidemment, mais il me plaît.

Je trouve que vous êtes tous les trois des hommes exceptionnels.

La tendresse qu'il entendit dans sa voix le surprit.

— J'ai l'impression qu'Alex veut nous dire quelque chose, poursuivit-elle. Ou, plutôt, te dire quelque chose. Pour l'instant, il tâte le terrain, parce qu'il ne te connaît pas. Il essaie de voir s'il peut te faire confiance.

Brody ne dit rien, mais il avait abouti à la même conclusion.

— Je vais me servir un autre Coca, annonça Tori en se dirigeant vers le bar.

Du coin de l'œil, Brody admira la gracieuse ondulation de ses hanches. Qu'est-ce qui lui avait pris d'être aussi entreprenant, cet après-midi ? Lui qui s'était promis d'y aller lentement et de donner une chance à Tori de le connaître...

— Mon Dieu !

— Qu'y a-t-il ?

Tori lui fit signe d'approcher au bar et lui montra l'écran digital du téléphone.

— Il est en ligne avec Dominic Rittvo, chuchota-t-elle.

— Le nom inscrit est celui de la personne qui possède l'abonnement téléphonique. Il parle peut-être à Rachel, à un de ses frères ou à n'importe qui dans la maison.

Le nom disparut brusquement du petit écran.

— Il a raccroché, ajouta vivement Brody. Vite. Assieds-toi et faisons comme si de rien n'était.

Ils reprirent précipitamment leur place. Un instant plus tard, Alex les rejoignit.

— Où en étions-nous ? demanda-t-il.

Son visage ne trahissait aucune méfiance, remarqua Brody.

— Ah, oui ! fit Alex. Un exemple du machiavélisme de Gian. Il y a plus de vingt ans, un homme a voulu acquérir son propre vignoble. Il travaillait très dur, il avait beaucoup de talent, une grande expérience, et surtout, il avait toujours vécu dans la vallée. Il s'est adressé à plusieurs banques et n'a eu aucun mal à trouver un financement.

« Vous imaginez comme ils étaient contents, lui et sa famille ? Leur rêve, le rêve de tout homme qui travaille dans cette vallée, s'apprêtait à devenir réalité. Il avait les terres, les plans d'un petit vignoble. Il avait même commandé ses ceps.

Alex s'interrompit, le temps de boire une petite gorgée de whisky.

— Et soudain, sans explication, ses financiers se sont désistés.

— C'est Gian qui lui a mis des bâtons dans les roues, intervint Tori.

— Exactement. C'était l'époque bénie où Gian pouvait arrêter le changement et écraser les rêves d'un homme.

— Cet homme était ton père, n'est-ce pas ? dit Brody.

Le ton d'Alex n'était pas amer, mais Brody se mettait facilement à sa place. Il devinait la souffrance qu'avaient dû endurer Aldo et son fils.

— En effet. Gian Hawke avait encore du pouvoir, à l'époque. Mais la dernière fois que je l'ai vu, dans cette même pièce, le monde était devenu trop complexe pour qu'il le manipule à sa guise.

Alex contempla son verre un moment.

— Gian était inquiet. Il n'en voulait pas à mon père d'avoir l'intention de vendre aux Corelli. Si ce n'était pas eux, disait-il, ce serait quelqu'un d'autre.

— Je ne comprends toujours pas comment Gian pouvait envisager de renoncer à Hawke's Landing sans se battre, intervint Tori.

Alex la considéra un instant avant de répondre :

— Il comptait se battre. C'est pourquoi il a fait venir Brody.

— Il t'a dit qu'il m'avait écrit ? demanda Brody.

— Non. Gian ne m'a rien dit. C'est moi qui ai eu l'idée de te contacter.

— Toi ! s'écrièrent Tori et Brody en chœur.

— Oui. La lettre, la photo d'Elliott, le mot écrit à la main en bas, tout ça, c'était mon idée.

L'air sembla soudain se solidifier dans les poumons de Brody. Il fixa Alex, incapable de dire un mot.

— Comment... comment étais-tu au courant, pour Brody ? bredouilla Tori, encore sous le choc.

Alex poursuivit du même ton neutre, comme s'ils étaient en train de discuter du temps ou du prix du raisin :

— Mon père m'a tout raconté au sujet de Brody.

Tori plaqua une main contre sa bouche et l'autre sur ses yeux.

— Ô mon Dieu ! Comment ai-je pu être aussi bête ?

— Bête ? répéta Brody, ahuri.

Pendant un moment, aucun d'eux ne dit mot. Dans la cheminée, une bûche se brisa en produisant une gerbe d'étincelles. Brody ne comprenait absolument rien à toute cette histoire. Enfin, Tori laissa retomber ses mains et s'approcha de lui.

— Oh, Brody ! dit-elle d'une voix étranglée.

— Qu'est-ce qui ne va pas ?

— Rien, rien ! répondit Tori, les yeux emplis de larmes. J'aurais dû m'en rendre compte plus tôt. Alex est ton demi-frère.

30

Brody hocha la tête en signe d'approbation, mais il était totalement perdu. Il ne trouvait pas qu'Alex lui ressemblât plus que la multitude des cousins présents à l'enterrement.

Il examina l'homme assis en face de lui. Alex avait un menton légèrement plus allongé qu'Elliott et lui, et ses yeux n'étaient pas bleus, mais bruns, comme Aldo.

« Ouvre les yeux et regarde ce que tu ne t'attends pas à voir. » C'était une mise en garde familière chez les hommes des commandos antiterroristes. Brody s'était attendu à trouver une ressemblance entre Alex et Aldo, et c'était exactement ce qu'il avait vu. Mais il n'avait jamais songé à chercher une ressemblance entre Alex et sa propre mère.

Et pourtant, elle était là, qui lui sautait aux yeux.

Ils avaient tous les trois hérité de la bouche de Linda : la lèvre supérieure assez mince, la lèvre inférieure large et charnue. Et Alex avait également une fossette au menton, un peu moins prononcée que chez ses demi-frères, mais bien présente.

Linda était probablement mariée à Aldo quand elle était tombée amoureuse de Gian Hawke.

Entre ses lèvres sèches et raidies, Brody parvint à articuler :

— Comment ?

— Comment est-ce arrivé ou comment suis-je au courant ? demanda Alex.

— Peu importe par où tu commences, dit Tori.

— J'ai découvert la vérité à l'âge de quinze ans. Des viticulteurs américains, Gian en tête, sont partis en France essayer de convaincre les Français de les autoriser à mettre le mot « champagne » sur leurs étiquettes – seuls les vins produits dans la région de Champagne ont droit à cette appellation, comme vous le savez. Je n'avais jamais vu mon père aussi excité. Dans un vignoble, le chef de cave se rend généralement à toutes sortes de réunions professionnelles avec le propriétaire, mais Gian n'y avait jamais invité papa.

La voix d'Alex était égale, mais à présent, une certaine amertume teintait ses paroles. Qu'avait-il pu ressentir, se demanda Brody, en voyant que son demi-frère vivait dans la grande maison du domaine et fréquentait les meilleures écoles, alors que tout cela lui était refusé ?

Brody avait du mal à encaisser le choc. Il avait passé près de trente ans, sa vie entière, à se croire fils unique. Et aujourd'hui, il découvrait qu'il avait deux frères.

— Gian demandait l'avis de papa sur tout, absolument tout, mais il ne l'avait jamais emmené nulle part jusqu'à ce voyage. Pendant leur absence, j'ai ouvert une lettre adressée à mon père. Je croyais que c'était le rapport d'analyse d'un échantillon de sol qu'il avait envoyé à l'université de Davis.

Alex marqua une pause et avala une gorgée de whisky.

— C'était un rapport, en effet. Linda Abruzzo vivait à Flora Springs, dans l'Alabama, sous le nom de Linda Hawke. Elle travaillait au relais routier situé à l'entrée de la ville.

Alex se tut, et Brody poursuivit à sa place :

— Je me souviens de Flora Springs. J'avais douze ans, mais j'en faisais plus, et je travaillais à la station-service du vieil Harris après l'école.

— C'était la première fois que j'entendais parler de toi, reprit Alex. Le rapport disait que vous veniez de vous installer dans cette ville et que Brody Hawke avait d'excellents résultats scolaires.

— Tu ne t'étais jamais posé de questions au sujet de ta mère ? demanda Tori.

— Bien sûr que si, mais mon père m'avait dit qu'elle était morte, et je le croyais.

— Personne dans ta famille n'avait jamais fait allusion à...

— Notre plus proche parente était une tante âgée qui vivait à New York. Seuls mon père et Gian connaissaient la vérité.

Alex eut un petit sourire narquois et ajouta :

— Ainsi que Dominic Rittvo, bien sûr.

— Dominic ? s'étonna Tori.

— Linda était la fille d'un ami des Rittvo qui habitait Chicago. Un beau jour, elle est venue rendre visite aux Rittvo, a pris un boulot de serveuse dans le coin, a rencontré mon père et l'a épousé.

— Et Gian ? demanda Brody. Que faisait-il, à l'époque ?

— Il était chez des cousins en Toscane. Quand il a rencontré ma mère, elle était enceinte de moi. Elle travaillait toute la journée pour permettre à papa de continuer ses études à l'université. Il l'adorait, et il était sincèrement convaincu qu'elle l'aimait.

Alex se leva pour jeter une autre bûche dans la cheminée, puis il se retourna.

— J'avais deux ans quand ils ont appris qu'elle attendait des jumeaux. Papa était enchanté. Pourtant, avec deux bouches de plus à nourrir, il allait être obligé de quitter l'école d'œnologie.

Il revint s'asseoir et ajouta :

— Et tout son univers s'est écroulé quand notre mère lui a dit que les jumeaux n'étaient pas de lui et qu'elle le quittait pour son meilleur ami.

Alex n'essayait plus de cacher sa rancœur. Il n'avait jamais connu sa mère, et pourtant, il la méprisait. D'une certaine façon, Brody le comprenait.

— Ton père ne s'était douté de rien ? demanda Tori.

— Non. Gian était son meilleur ami, l'homme qu'il considérait comme son frère. Comment aurait-il pu penser qu'il lui volerait sa femme ? Il est devenu fou.

Alex se pencha en avant et contempla son verre posé sur la table basse.

— Mes parents se sont battus. Notre mère est tombée et a dû aller aux urgences.

— Quelle horreur ! s'écria Tori.

— Il l'aimait de tout son cœur. C'était un accident.

Tori hocha la tête avec compassion, mais Brody se posait des questions. Sa mère avait passé sa vie à avoir peur de tout et à déménager de ville en ville. Qui fuyait-elle ? Aldo ou Gian ?

— Papa lui a dit qu'elle était libre de se marier avec Gian, mais qu'il me garderait avec lui. Elle aurait renoncé à moi sans hésiter si Gian avait accepté de l'épouser.

— Pourquoi a-t-il refusé ? demanda Tori en écarquillant les yeux.

— Tu n'as pas eu le temps de bien connaître Gian. C'était un drôle de bonhomme. Déséquilibré, je dirais. Hormis mon père, il ne faisait confiance à personne, et surtout pas aux femmes. Avoir une aventure était une chose, se marier en était une autre.

— Seigneur, pauvre Linda... murmura Tori.

Alex se tourna vers Brody.

— Papa m'a emmené, a quitté la fac et est parti travailler à Santa Barbara, où on commençait tout juste à produire du vin.

— Qu'est devenue ta mère ? demanda Tori.

— Papa lui a donné tout l'argent qu'il a pu rassembler, et Gian l'a installée dans un appartement à Yountville jusqu'à la naissance.

— Savait-elle où tu étais ? Tu devais terriblement lui manquer, dit Tori d'une voix frémissante.

— Elle n'a jamais essayé de me revoir.

— C'est ce que t'a dit ton père, objecta Tori. Il préférait peut-être que tu n'apprennes pas la vérité.

— Papa ne m'a pas menti. Quand j'ai découvert, à quinze ans, que ma mère était vivante, je lui ai écrit.

— Tu lui as écrit ? s'exclama Brody.

— Oui. J'ai envoyé la lettre à Flora Springs, à l'adresse indiquée dans le rapport. Elle m'a répondu qu'elle espérait que tout allait bien pour moi, mais que c'était à mon père de s'occuper de moi, qu'elle-même en était incapable. Point final. Aussi sèchement que cela.

Tori étouffa un gémissement.

— Ce n'était pas dirigé contre toi, précisa Brody. Moi qui ai vécu avec elle, je ne l'ai jamais vue avoir le moindre geste de tendresse. Elle n'avait qu'une obsession : joindre les deux bouts.

— Mais tu savais qu'elle t'aimait, non ? demanda Tori.

Brody ne répondit pas tout de suite.

— Oui, je suppose, même si elle ne me l'a jamais dit. Je ne peux pas me plaindre de la façon dont elle m'a élevé.

— Ton père ne s'est jamais remarié, Alex, et ta mère non plus, remarqua Tori. Quelle triste histoire ! Ils ont dû être terriblement seuls, chacun de leur côté.

— Mon père avait son travail. Il était accaparé par le vignoble.

— Notre mère n'a jamais fréquenté personne d'autre, lui dit Brody. Elle n'en avait pas le temps.

— C'est beau, l'amour, pas vrai ? fit Alex avec un petit rire sans joie.

Pendant un instant, personne ne parla, puis Tori demanda doucement :

— Que veux-tu dire ?

— Mes parents aimaient tous les deux le même homme : Gian Hawke.

Brody prit une profonde inspiration et écarta une mèche de cheveux de son front. Il ne savait plus comment réagir. Il avait envie de connaître le fond de l'histoire, certes, mais il se demandait s'il n'aurait pas mieux valu qu'il reste solitaire et orphelin, un homme sans passé et sans famille.

— Qu'est-ce que tu insinues ? demanda-t-il, intrigué par la remarque d'Alex.

— Je n'insinue rien. J'énonce des faits. Gian était un de ces rares hommes qu'on aime ou qu'on déteste. Notre mère l'aimait passionnément. Mon père l'aimait comme un frère, et c'était réciproque.

« Papa s'est donc installé à Santa Barbara, et il a trouvé quelqu'un pour s'occuper de moi. Gian est venu nous rendre visite et a dit à papa qu'il était désolé d'avoir eu cette aventure avec Linda. Il lui a juré qu'il n'aurait plus jamais rien à voir avec elle. Et il lui a promis le poste de chef de cave, bien que mon père ait quitté l'université avant d'avoir obtenu son diplôme.

— Il a préféré son ami à la femme qui portait deux enfants de lui ? s'exclama Tori. Pourquoi n'a-t-il pas pensé à Aldo plus tôt ? Avant d'avoir une liaison avec sa femme, par exemple ?

— C'est le genre de chose que je ne comprendrai jamais, affirma Alex.

— Et qu'était censée devenir votre mère, seule, avec deux nourrissons sur les bras ? demanda Tori, qui ne parvenait pas à dissimuler son indignation.

— Bonne question, répondit Alex d'une voix calme. Papa l'a suppliée de revenir à la maison, mais il ne voulait pas élever les enfants d'un autre homme. Elle a refusé. Ensuite, le divorce a été prononcé. À cette époque, elle espérait encore que Gian l'épouserait. Elle s'est même joué la comédie en utilisant son nom de famille.

— Tout ce que tu as, c'est la parole de ton père, protesta Tori. Il existe peut-être d'autres éléments...

— Quand j'ai trouvé la lettre et que j'en ai parlé à mon père, il était encore fou d'elle. J'étais assez grand pour me rendre compte qu'il disait la vérité.

Du bout du doigt, Alex dessina lentement un cercle sur la table basse en verre, puis il se leva brusquement et traversa la pièce. Debout devant la fenêtre, il regarda les ombres au-dehors. Lorsqu'il reprit la parole, il leur tournait toujours le dos.

— Papa gardait sa trace, au cas où elle aurait besoin de lui. Mais le seul homme qu'elle voulait, c'était Gian Hawke.

— Et Gian ne s'est jamais intéressé au fils qu'elle avait emmené ? demanda Tori.

Alex revint s'asseoir et regarda Brody.

— Rien chez Gian n'a jamais laissé penser qu'il se souciait du fils qui vivait sous son propre toit, pas plus que de celui qui habitait à mille cinq cents kilomètres de chez lui.

Brody ne fut pas surpris. De l'avis général, Gian Hawke était un homme cruel et sans cœur.

Avec un soupir exaspéré, Alex ajouta :

— Vous savez comment Gian s'y prenait pour voir des filles ? Dominic Rittvo lui amenait des call-girls de

San Francisco. Après Linda, il avait trop peur qu'une femme essaie de lui passer la corde au cou.

— Et Dominic Rittvo, justement ? demanda Brody en songeant à la clause du testament. Était-il proche de Gian ?

Alex haussa les épaules.

— Pas de la même façon que papa, mais Gian trouvait qu'il avait son… son utilité.

— C'est-à-dire ?

— C'est lui qui a négocié avec Linda quand il s'est agi de vous séparer, Elliott et toi.

Brody resta très droit sur son siège, résistant à l'envie de secouer Alex pour lui soutirer tous les détails. Son demi-frère faisait durer le suspense de façon insoutenable.

— Au fil des années, Dominic s'est chargé de quelques sales affaires pour Gian.

— Comme le sabotage qui a ruiné les Langpre ? demanda Tori.

— Je n'en sais rien. En tout cas, je suis certain que papa n'a pas trempé là-dedans. C'est un homme foncièrement honnête. Il n'a jamais été impliqué, de près ou de loin, dans une affaire douteuse.

— Attendez ! dit Brody en se penchant en avant. Je veux savoir pourquoi on nous a séparés. Ça n'a pas de sens. Soit notre mère aurait dû nous garder tous les deux, soit nous aurions dû rester ensemble à Hawke's Landing.

Alex laissa passer quelques secondes avant de répondre :

— Gian ne voulait pas d'enfant, mais Dominic l'a convaincu qu'un jour ou l'autre, il lui faudrait un fils à qui léguer Hawke's Landing. Il a choisi Elliott parce qu'il était le plus grand.

Le plus grand ? Brody resta immobile, profondément ébranlé. Il avait imaginé toutes sortes de scénarios susceptibles d'expliquer la séparation d'avec son frère. Une mère déchirée, un père obligé d'abandonner un de ses fils…

Et ça n'avait été qu'une question de taille.

— D'après ce que j'ai compris, reprit Alex, Linda avait l'intention de te confier à l'assistance publique pour te faire adopter, mais au dernier moment, elle n'a pas pu. Gian lui a donné une jolie somme d'argent pour tes études et lui a dit de quitter la ville.

De l'argent ? Voilà qui était nouveau.

— De nos jours, il n'aurait pas pu traiter Linda comme ça et s'en sortir impunément, déclara Tori.

— Il y a trente ans, dans cette vallée, le nom des Hawke était tout-puissant, lui rappela Alex. Les temps ont changé.

Brody remarqua que son demi-frère regardait sa montre et réalisa qu'il était tard.

— Pourquoi es-tu allé consulter le testament de Gian, si tu le connaissais déjà ?

Alex parut un peu gêné.

— Je traverse une période assez délicate, en ce moment, dit-il. J'essaie de racheter les vignobles Farallon, et papa m'aide. Je voulais savoir à qui reviendrait la part de mon père s'il mourait.

— Tu faisais des spéculations sur la mort de ton propre père ? s'exclama Brody, partagé entre l'horreur et la stupéfaction.

— Si tu veux, répondit Alex en le regardant droit dans les yeux. Je m'inquiète pour la santé de papa. Il a un cancer de la prostate, et je crois qu'il ne pourra plus travailler bien longtemps.

31

Tori enfonça les ongles dans les coussins du canapé. Alex avait parlé d'une voix tremblante. Comme elle comprenait sa douleur ! Elle-même ne pouvait imaginer la vie sans son père.

Elle écarta vivement cette idée et reporta son attention sur Brody. Que pensait-il de toute cette histoire ? Elle n'aurait su le dire. Comme d'habitude, son visage était impénétrable. Il cachait remarquablement bien ses émotions.

— Vous comprenez, poursuivit Alex, quand mon père et Gian sont revenus de France, j'ai aussitôt parlé à papa de Linda. Il m'a tout raconté, et je suis allé trouver Gian. Je voulais qu'Elliott sache que nous avions la même mère, mais Gian m'a interdit d'en parler à quiconque. Il a menacé de renvoyer mon père si je révélais la vérité.

— Pourquoi ? Il suffisait qu'Elliott jure de garder le secret. Au moins, il aurait été préparé aux révélations qui lui sont tombées dessus à la mort de son père.

— Gian Hawke était un personnage très étrange. Je n'ai jamais compris le dévouement de mon père à son égard. Papa a renoncé à monter son propre vignoble, mais croyez-vous qu'il en ait voulu à Gian ?

Alex se leva et arpenta la pièce.

— Même pas ! Mon père est de la vieille école. Vous savez, les traditions qui se transmettent de génération en génération, de père en fils. On naît propriétaire ou on naît ouvrier. Mon grand-père et mon arrière-grand-père et son père avant lui étaient remueurs. Il pensait que c'était son destin. Alors, devenir chef de cave, c'était une grande promotion.

Alex revint lentement vers son siège. Cette fois, il resta debout derrière son fauteuil, plaça les deux mains sur le dossier et se pencha vers eux.

— Papa a été promu chef de cave bien qu'il n'ait pas terminé ses études. C'était une sorte d'indemnisation pour la trahison de Gian. Moi, je suis ambitieux, mais pas papa. À vrai dire, quand Gian l'a obligé à renoncer à tout espoir de monter sa propre entreprise, je crois qu'il a été soulagé.

— Il s'est senti moins stressé ? devina Tori.

— Exactement. C'est à ce moment-là que je me suis promis de réussir, avec ou sans l'aide de Gian Hawke.

— Et tu as atteint ton but, conclut Tori.

— Non. Je suis en bonne voie, mais tant que cet endroit ne m'appartiendra pas, cela restera un rêve. Il contempla les poutres apparentes au plafond, et un long moment s'écoula avant qu'il ne regarde de nouveau Tori et Brody.

— Espérons que mon père sera encore en vie pour me voir y arriver.

Brody hocha lentement la tête. Cette intimité, cette complicité qu'Alex et Aldo partageaient, il ne l'avait jamais connue avec sa mère. Elle s'était occupée de lui, elle s'était décarcassée pour qu'il ne manque de rien, mais elle était toujours restée distante.

— Quel est exactement l'état de santé de ton père? demanda Tori. Quand je l'ai vu aujourd'hui, ça avait l'air d'aller.

— Il continue sa routine grâce aux analgésiques. Mais, à un moment donné, il va falloir qu'il affronte la vérité. Il…

Une sonnerie stridente retentit, lui coupant la parole.

— Excusez-moi, fit Tori. Cette fois, c'est mon téléphone.

Elle ramassa son sac par terre.

— C'est mon père, leur dit-elle.

Elle se leva et s'éloigna vers la fenêtre.

— Pourquoi Gian a-t-il voulu que je vienne, alors qu'il savait que je n'avais aucune expérience en matière de vin?

Alex jeta un coup d'œil vers Tori.

— Écoute, je ne m'attendais pas à votre visite. J'avais prévu de te parler quand les choses se seraient un peu tassées. Je dois passer prendre une amie de l'autre côté de la vallée dans moins d'une heure. Pourrais-tu revenir ici demain matin? Je te montrerai mes dernières installations, et on discutera.

— Bien sûr, répondit Brody. Je serai là vers 9 heures.

Les deux hommes marchèrent lentement vers la porte. Debout près de la fenêtre, Tori parlait encore à son père.

— C'est moi qui ai eu confiance en toi, vois-tu, confia Alex à voix basse. D'après ce que disait ce premier rapport, je savais que tu étais un battant, comme moi, que tu arriverais à quelque chose un jour. Tous les six mois, l'inspecteur envoyait un rapport à mon père. Chaque fois, je lisais la rubrique qui te concernait. Je les ai tous gardés.

— Pourquoi ?

— Je suppose que je me reconnaissais un peu en toi. Et je voulais prouver quelque chose : ce n'est pas ce qu'on nous donne qui compte, c'est ce qu'on fait de nos compétences, des occasions qui se présentent.

— C'est exactement ce que j'ai toujours pensé, déclara Brody.

Il songea à Elliott, qui n'avait jamais eu à lutter comme Alex et lui. C'était pour cela qu'Alex avait eu envie de le connaître, lui, alors qu'il n'avait jamais été proche d'Elliott, qu'il côtoyait pourtant depuis toujours.

— Tu sais, j'envisage de me marier, reprit Alex en baissant encore un peu plus la voix. Et avec la maladie de mon père, je n'ai pas envie d'attendre davantage.

Grands dieux ! Des confidences, maintenant ! Brody n'était pas préparé à cette soudaine familiarité. Il avait vécu trop longtemps seul pour baisser sa garde avec quelqu'un qu'il connaissait à peine.

« Vous êtes demi-frères, lui souffla une voix. Il sait que tu existes depuis des années. Tu n'es pas un inconnu, pour lui. » Peut-être, mais tout cela était trop bizarre.

Alex le fixait. Visiblement, il attendait qu'il dise quelque chose. Alors, Brody posa la première question qui lui venait à l'esprit.

— Qui est l'heureuse élue ?

— Rachel Rittvo.

À cet instant, Brody se félicita chaudement de s'être entraîné pendant des années à ne laisser paraître aucune émotion.

— Tu l'as sûrement rencontrée à Hawke's Landing. Elle y travaille depuis qu'elle est gamine. La fabrication du vin, elle a ça dans le sang, elle aussi.

Le vin, et quoi d'autre ? se demanda Brody. Même si les soupçons de Tori étaient sans fondement, son instinct lui disait qu'il valait mieux éviter cette femme.

— Il faut qu'on file, annonça Tori en les rejoignant. Merci pour l'apéritif.

— De rien, dit Alex en souriant. À demain, Brody.

•

— Dépêchons-nous. Katherine est sur la terrasse, en train de boire un verre de vin, dit Tori à Brody, dès qu'ils eurent refermé derrière eux la porte de la maison d'Alex. Papa la fait patienter. J'ai appelé Elliott pour annuler notre dîner. Pendant qu'ils se dirigeaient vers la voiture, Brody lui raconta les projets matrimoniaux d'Alex.

— Il veut épouser Rachel ? Tu plaisantes ?

— Je n'oserais pas.

— Je continue à penser qu'elle est amoureuse d'Elliott. Mais si Alex l'aime, cela complique singulièrement les choses.

— Elliott et Alex s'entendent-ils bien ? demanda Brody en lui ouvrant la portière de la Porsche.

Tori réfléchit un instant.

— Elliott n'a jamais dit de mal d'Alex en ma présence, déclara-t-elle en attachant sa ceinture, mais j'ai la très nette impression que cela l'agaçait d'entendre constamment Gian vanter sa réussite.

Ils discutèrent pendant tout le trajet. Quand ils arrivèrent au *Silver Moon,* la terrasse et la cuisine étaient plongées dans l'obscurité.

— Tout le monde a dû sortir dîner. Je me demande pourquoi papa ne m'a pas rappelée.

Elle sortit son téléphone de son sac et poussa un soupir agacé en constatant que la batterie était à plat.

— Tu penses qu'il t'a laissé un message ? demanda Brody en se garant.

— Sûrement. Il sait combien tu es impatient de parler à cette Katherine.

Dans le cottage de Tori, seule brillait la petite lumière du porche, qui s'allumait automatiquement à la tombée de la nuit. Piny attendait le retour de sa maîtresse. Dès qu'il aperçut Tori et Brody dans l'allée, il courut à leur rencontre.

— Salut, mon beau, où est Lou ? demanda Brody.

Le chien répondit en sautillant et en remuant frénétiquement la queue, tout à la joie de le revoir.

Tori ouvrit la porte du cottage et alluma la lumière. Il n'y avait pas de message de son père sur son répondeur, ni sur le bloc-notes où il lui arrivait de lui laisser un mot.

— J'espère que tout va bien.

— Comment as-tu trouvé Lou au téléphone, tout à l'heure ?

— Excité. Content. Austin Glasell, le critique d'*Elite Travel*, prenait l'apéritif avec lui et les autres clients. Allons voir dans sa cuisine.

Des plats, des assiettes et des verres traînaient sur le comptoir. Le voyant du chauffe-plats était encore allumé. Tori l'ouvrit.

— On a de la chance ! Des feuilletés au crabe et aux artichauts.

— Où ton père aurait-il pu laisser un mot ?

— Là, sur le tableau à côté du téléphone.

Elle éteignit le chauffe-plats et prit un gant pour sortir l'appétissant plat d'amuse-gueule.

— Il n'y a rien, constata Brody. Aucun message non plus sur le répondeur.

— C'est bizarre, dit Tori, l'air soucieux. Il nous appelle, puis il s'en va. Bah, il devait être pressé. Je parie qu'il est allé dîner avec Austin Glasell.

Sans répondre, Brody examina la cuisine.

— Je vais jeter un coup d'œil sur la terrasse, annonça-t-il en ouvrant la porte-fenêtre.

Tori appuya sur l'interrupteur qui commandait l'éclairage de la terrasse. Elle aperçut quelques verres dehors, ce qui la surprit. Elle n'était pas habituée à une telle négligence de la part de son père.

Les poings sur les hanches, Brody contemplait les ténèbres. Apparemment, quelque chose le tracassait.

Il devait avoir la même expression concentrée quand il était en mission, songea-t-elle.

— Je monte vérifier à l'étage, cria-t-elle par la porte-fenêtre.

Elle prit une clé dans un tiroir, monta l'escalier et ouvrit la porte de l'appartement de son père. Tout était bien rangé. Elle ne remarqua rien d'inhabituel.

Brody se trouvait de nouveau dans la cuisine quand elle redescendit.

— Lou a un portable, je suppose ? s'enquit-il.

— Non. Seulement un téléphone dans sa voiture. Tori s'obligea à marcher calmement jusqu'au téléphone. L'attitude de Brody la rendait nerveuse.

— Ça ne répond pas, dit-elle, après avoir composé le numéro de son père. Il doit être en train de dîner quelque part.

— Nous avons la maison pour nous tout seuls, remarqua Brody en lui décochant un clin d'œil.

— Je croyais que tu étais inquiet, fit Tori, partagée entre l'indignation et le rire.

— Je le suis. Je m'inquiète pour mon dîner. Il n'y a rien d'autre à manger que ces feuilletés ?

— Papa a toujours un tas de choses dans son frigo. Je suis tout à fait capable de confectionner un repas correct, tu sais.

— Et tu crois qu'on pourrait aussi dénicher une bonne bouteille de vin ?

— Bien sûr. Regarde dans le casier, là-bas.

— Viens m'aider. Je suis incapable de reconnaître un bon vin d'une piquette.

— Ne serait-il pas temps que tu apprennes ?

Elle posa une main sur son épaule et le regarda avec de grands yeux innocents.

L'expression de Brody s'assombrit.

— Tori, je ne reste pas. Tu le sais.

Elle avait vaguement espéré qu'en apprenant qu'il avait deux frères dans cette vallée, en plus d'un héritage conséquent, Brody changerait d'avis. Mais elle aurait dû s'attendre à cette réponse. Brody Hawke avait choisi sa voie depuis longtemps, et ce n'était pas celle-là.

La gorge nouée par l'émotion, elle répondit :

— Oui, je le sais. Mais nous avons ce soir.

32

Brody laissa Tori déposer un baiser sur sa joue. Il était incapable de la repousser. Jamais il n'avait désiré une femme à ce point. En fait, il avait envie d'elle depuis le jour où il l'avait aperçue dans la salle à manger du *Silver Moon*, avant même qu'elle ne vienne l'embrasser dans le kiosque.

Tori ne réfléchit pas une seconde avant de se serrer contre lui. Elle avait refusé d'admettre la vérité sur Connor pendant des années. Mais, maintenant qu'elle avait affronté son passé, elle allait devenir une femme qui regardait les choses en face.

Or, elle désirait Brody. C'était indéniable. Mais le temps jouait contre elle. Il allait partir. La seule chose que cet homme avait à lui offrir, c'était le présent. Et elle ne voulait pas passer le restant de ses jours à se maudire de n'avoir pas profité de lui pendant qu'il en était temps.

— Tori... Tu es sûre que tu sais ce que tu fais ? demanda-t-il d'une voix rauque.

Elle s'écarta juste assez pour le regarder et dit d'un ton moqueur :

— Oui, mais si tu as besoin de conseils, on peut toujours essayer de trouver des magazines pornographiques.

Brody referma les bras autour de sa taille. Ses lèvres étaient à quelques centimètres des siennes. C'était elle qui avait pris l'initiative. Qu'attendait-il pour l'embrasser ? Jamais il n'avait désiré une femme ainsi, au point que le simple fait de la regarder faisait palpiter son corps tout entier. Jamais une femme n'avait réussi à toucher son cœur.

— Ma chambre est au bout du couloir, chuchota-t-il contre son oreille.

— Passe devant.

— Pour que tu me laisses tomber en route ? Sûrement pas.

Il glissa un bras sous ses genoux et la souleva de terre. Puis, Piny sur ses talons, il l'emmena dans le couloir. Il eut quelques difficultés à extirper la clé de sa poche tout en portant Tori, d'autant que celle-ci lui mordillait le lobe de l'oreille.

— Ne laisse pas Piny dehors, dit-elle.

— Entre vite, mon beau.

D'un coup d'épaule, il referma la porte derrière le labrador, qui trottina dans la chambre en regardant avec curiosité autour de lui.

— Tu as raison, Piny, dit Tori. Cette pièce est un peu trop féminine pour un grand garçon comme Brody.

Il la déposa sur la couette rose du lit, au milieu de l'armada de coussins en dentelle, et se laissa tomber à côté d'elle.

— Très amusant. J'ai atterri ici parce que quelqu'un s'est désisté. J'ai eu de la chance de trouver une chambre.

— Ah, bon ! Tu es sûr que ce n'est pas toi qui as insisté pour avoir ce type de décoration ?

Elle plaisantait pour cacher sa nervosité, il le savait. Mais c'était elle qui avait voulu venir, il ne l'avait pas forcée. Malheureusement, il n'était pas très doué pour ce genre de conversation légère. Aussi tenta-t-il un exercice qu'il connaissait mieux.

Il s'allongea sur le côté, face à elle, puis il glissa une main sous l'ourlet de son pull. Sa peau était chaude et encore plus douce que dans son souvenir. Il l'embrassa tendrement, effleurant à peine ses lèvres encore parfumées par le Coca.

— Mmm, délicieux, murmura-t-il.

Elle émit un petit rire de gorge horriblement sexy.

— Toi, tu sens le whisky.

— Tu aimes ?

Elle esquissa un irrésistible sourire.

— J'aime le goût de ta bouche, mais je ne bois pas de whisky. Ça me brûle les entrailles.

Elle sortit la chemise de Brody de son pantalon avec un autre de ses sourires diaboliques, et il l'avertit :

— Attention, si tu continues comme ça, tu vas avoir des ennuis.

— Je crois que je les ai déjà trouvés, les ennuis.

Sur ce, elle défit sa ceinture et le premier bouton de son pantalon en toile. Quelle détermination ! songea-t-il avec ravissement.

Leurs lèvres se trouvèrent, et ils s'embrassèrent, aussi avides l'un que l'autre. Pour Brody, s'embrasser était une chose qu'on faisait au cinéma pour donner l'illusion d'une relation sexuelle torride et ne pas être classé X, mais ce qu'ils vivaient était vraiment torride.

Tori enlaça une jambe aux siennes. Sa main menue s'était glissée sous l'élastique de son caleçon, et ses doigts exécutaient de lents cercles autour de son nombril.

Son nombril ?

Il n'avait jamais pensé qu'il puisse y avoir quelque chose d'érotique ou d'intéressant dans cette partie de son corps, mais Tori semblait fascinée. Il laissa échapper un grognement. « Reprends-toi, s'ordonna-t-il. Sinon, tu vas partir comme un débutant ! »

Il s'écarta légèrement.

— J'adore t'embrasser, dit-il, mais avec ta main dans mon pantalon, j'ai du mal à me concentrer.

La bouche de Tori forma un O de surprise, et ses doigts s'immobilisèrent.

— Je laisse quand même ma main là, au cas où je m'ennuierais.

Elle étouffa le rire de Brody sous un baiser, qu'il lui rendit avec la même ardeur. Comment avait-il pu vivre toutes ces années sans connaître ces délices ?

Il s'étendit sur le dos et la fit rouler sur lui. Sans cesser de l'embrasser, il lui retira son pantalon et sa petite culotte. Elle se tortilla pour l'aider, ce qui ne fit qu'augmenter le désir de Brody.

Elle se montrait aussi empressée qu'elle avait été timide tout à l'heure. Bien sûr, il devait admettre que ce n'était peut-être pas l'idée du siècle, de faire l'amour au bord de la route, mais il s'était laissé emporter. En repensant au bus de touristes, il ne put s'empêcher de rire.

— Qu'est-ce qu'il y a de si drôle ?

— Tout à l'heure... Les touristes... réussit-il à dire entre deux gloussements.

Elle pouffa doucement dans son oreille.

— En rentrant dans l'Iowa, ils vont affirmer que l'air et le vin de la Californie font des autochtones des obsédés sexuels.

Ils éclatèrent de rire tous les deux, et Brody réalisa fugitivement qu'il n'avait jamais ri au lit avec une femme. Il y avait tant de choses qu'il n'avait jamais faites, auxquelles il n'avait même pas pensé. Tori l'éveillait à des sensations dont il avait ignoré l'existence jusqu'alors.

— Continue, ordonna Tori en remuant ses fesses dénudées. Je suis à moitié nue, et tu es encore tout habillé.

Il s'écarta et retira sa chemise en un temps record. Lorsqu'il en arriva à la braguette de son pantalon, il demanda :

— Tu es sûre que c'est ce que tu veux ?

Grands dieux ! Qu'est-ce qui lui prenait ? Comment pouvait-il poser une question aussi stupide ?

— Arrête de dire des inepties.

Il sourit et se laissa retomber sur le dos, les bras au-dessus de la tête. Tori ôta son twin-set et le jeta par terre. Un soutien-gorge à balconnet en dentelle bleu ciel mettait sa poitrine en valeur. Brody tendit les mains et les plaça en coupe sous ses seins magnifiques.

Les pupilles dilatées, Tori le fixait. Il se demanda ce qu'elle ressentait. Son mari l'avait trahie, elle avait refoulé tout désir pendant trop longtemps. Qu'attendait-elle de lui ? Ne risquait-il pas de la décevoir ?

Tori adorait le contact des mains chaudes de Brody autour de ses seins. Elle aurait dû se sentir vulnérable, mais elle éprouvait une formidable sensation de puissance. Elle devinait que Brody avait du mal à se maîtriser, et elle songeait avec émotion qu'aucun homme ne l'avait désirée avec autant de passion.

Elle dégrafa son soutien-gorge, qui glissa sur les poignets de Brody.

— Tu es parfaite, murmura-t-il. Absolument parfaite.

Ce n'était pas vrai. Elle avait besoin d'un Wonderbra pour avoir un vrai décolleté, mais à voir l'étincelle dans les yeux de Brody, il n'était pas de son avis. Alors, elle cambra un peu le dos, faisant ressortir ses seins.

Il jeta le soutien-gorge en l'air en disant :

— Va chercher, Piny !

— Sacrilège ! Il m'a coûté une fortune, ce soutien-gorge.

— Tant mieux. Ce toutou va devenir un connaisseur.

Elle l'embrassa lentement, des épaules au nombril. Il avait le genre de corps dont rêvaient les femmes. Une poitrine solide, puissante et musclée, une peau bronzée, une toison pas trop abondante qui s'affinait en descendant. Plus bas, elle voyait le renflement de son érection sous son pantalon.

Elle n'avait qu'à baisser sa braguette.

Elle était prête. Mais il y avait si longtemps qu'elle n'avait pas fait l'amour… Elle ne voulait pas gâcher leur première fois.

Lorsqu'elle leva la tête, elle vit qu'il la regardait sous ses paupières mi-closes. Ses yeux bleus n'étaient plus que deux fentes sombres. Sous son regard, elle sentit un élan de désir lui parcourir le corps, tel un frisson violent. Dans cet état, elle allait avoir du mal à jouer les séductrices comme elle l'aurait voulu.

Brody ne s'en rendait peut-être pas compte, mais elle était en train de lui faire le cadeau suprême. Comme tant de femmes au fil des siècles, elle s'apprêtait à s'offrir à lui. Car, à la réflexion, avait-elle autre chose à donner que son corps à l'homme qu'elle aimait ?

Qu'elle aimait ?

Elle avait passé la journée à analyser ses sentiments, mais jamais elle n'avait envisagé cette possibilité. Amoureuse de Brody Hawke ? C'était beaucoup trop précipité. Elle ne le connaissait pas.

Mais pouvait-on jamais connaître quelqu'un ? Elle était sortie avec Connor pendant deux ans avant de l'épouser. Malgré cela, elle ne l'avait pas vraiment connu.

— Tori ? chuchota-t-il en soulevant ses cheveux pour lui caresser la nuque. Qu'y a-t-il ? Tu es fétichiste du nombril ?

— Mmm, grogna-t-elle contre sa peau, en s'armant de courage pour baisser sa braguette.

Très doucement, elle le toucha à travers le caleçon.

— Oh, Tori, tu vas me tuer !

— À moins que je ne meure la première…

Tori essayait de plaisanter, mais elle fut subitement saisie d'angoisse. Et si elle n'était pas à la hauteur ? Était-ce pour cela que Connor l'avait trompée ?

— Tori ?

Elle réalisa alors qu'elle s'était immobilisée. Le ton rauque et sensuel de Brody envoya un frisson à travers tout son corps. Elle voulait faire l'amour avec cet homme, mais pour cela, elle devait oublier le passé. Et se donner une chance d'aimer de nouveau.

« Tu n'auras pas de lendemain, avec lui, lui rappela une petite voix. Brody ne va pas rester. Il s'agit de désir, pas de t'engager pour la vie entière. »

Elle n'avait rien à perdre. Cette idée ôta un poids de son cœur. Elle changea de position, étala son corps sur le sien et l'embrassa. Lorsqu'elle passa les bras autour de son cou, leurs corps s'ajustèrent instantanément, comme s'ils s'étaient enfin trouvés après s'être cherchés depuis toujours.

Plus tard, quand ils eurent basculé ensemble dans une extase bouleversante, ils retombèrent sur le lit en tremblant.

— Pardon, chuchota-t-il.

Tori n'avait jamais rien connu d'aussi délicieux, et il s'excusait ?

— De quoi ? demanda-t-elle, alarmée.

Il sourit.

— Ça a été beaucoup trop rapide. Il va falloir qu'on recommence, jusqu'à ce que ce soit parfait.

33

Tori bougea et se blottit contre l'oreiller, encore engourdie par le sommeil. Il y avait quelque chose de mouillé contre sa joue. Elle souleva une paupière et se retrouva nez à nez avec Piny.

Elle était dans le lit de Brody. Ils avaient fait l'amour deux fois, puis s'étaient endormis, épuisés.

— Qu'y a-t-il, mon beau ? murmura-t-elle en regardant par-dessus son épaule.

La tête de Brody reposait sur l'oreiller à côté de la sienne, et il avait passé un bras possessif autour de sa taille. Ils étaient nus tous les deux.

Tori avait mal partout. Elle avait l'impression de ne plus avoir d'os, d'avoir survécu à une terrible tempête. En même temps, le plaisir rayonnait par tous les pores de sa peau. Il lui était arrivé une chose extraordinaire, qui dépassait largement la simple jouissance sexuelle. Faire l'amour avec Brody l'avait entraînée dans un univers totalement nouveau.

— Je ne vois plus la vie de la même façon depuis que j'ai rencontré Brody, chuchota-t-elle au labrador.

« C'est purement physique », se répétait-elle. Mais qui croyait-elle tromper ? Elle éprouvait bien plus qu'une attirance sexuelle pour Brody.

Depuis qu'il était entré dans sa vie, elle avait compris bien des choses. La mort prématurée de sa mère avait cristallisé dans son esprit une image du couple parfait, mais elle réalisait maintenant qu'il était absurde de vouloir reproduire un schéma. Chacun avait sa personnalité, ses goûts. Avec Connor, elle avait essayé de construire un mariage idéal, à l'image de celui de ses parents, mais elle avait fait fausse route depuis le début.

Elle tourna légèrement la tête pour regarder Brody et passa un doigt sur la courbe de sa mâchoire. Au moins, elle pouvait être sûre que Brody serait franc avec elle.

Mais elle, saurait-elle être franche envers elle-même ? Tori devait admettre l'amère vérité : elle était amoureuse d'un homme qui faisait passer sa carrière avant tout le reste. Elle n'avait plus qu'à l'accepter et apprendre à vivre avec.

En voyant Piny dresser les oreilles et pencher la tête sur le côté, Tori tendit l'oreille. Question attaque, son chien était totalement nul, mais il avait une ouïe excellente et savait la prévenir en cas de danger. Elle perçut un bruit de pas quelque part devant la maison. Piny grogna et montra les dents. Pour une fois, il ne remuait pas la queue.

Tori jeta un coup d'œil au réveil. Presque minuit. Sans doute un client du *Silver Moon* qui rentrait se coucher. Soudain, un bruit sourd résonna dans le couloir. Piny grogna de nouveau, le poil hérissé. En un éclair, Brody s'assit sur le lit et plaqua une main sur sa bouche.

— Ne bouge pas, lui chuchota-t-il à l'oreille.

En quelques gestes rapides et silencieux, il enfila son pantalon. Puis, dans la pénombre, Tori distingua l'éclat de l'acier. Sans doute portait-il toujours ce couteau sur lui, caché dans sa poche, songea-t-elle.

Le bruit de pas, traînant, se rapprocha de leur chambre. Enhardi par la présence de Brody, Piny se mit à grogner plus fort. Brody s'approcha de la porte, le couteau dans sa main droite.

Quelqu'un tourna la poignée de l'extérieur, et la porte s'ouvrit sur un homme grisonnant. Il soutenait une femme qui semblait au moins aussi éméchée que lui.

— Qu'est-ce que c'est ? grommela-t-il en voyant Piny.

— Au secours ! glapit la femme en posant ses yeux bouffis sur le chien. Un loup !

Brody se campa devant eux. À cet instant, Tori remarqua que le couteau avait disparu.

— Je crois que vous vous trompez de chambre.

L'homme était si soûl qu'il mit un moment avant de comprendre. Puis il s'affala contre l'embrasure de la porte, les jambes flageolantes, sans plus soutenir sa compagne.

— Ah, bon !

— Il me semble que la vôtre est à côté, répondit calmement Brody. Laissez-moi vous aider.

Brody hissa la femme sur son épaule et fit sortir l'homme. Piny les suivit, en remuant la queue, cette fois. Seule dans la chambre, Tori entreprit de chercher ses vêtements, abandonna rapidement l'idée de retrouver son soutien-gorge et sa petite culotte, mais dénicha son pantalon sur la télévision et son pull sous le lit. Quand Brody revint, elle annonça :

— Il faut que je rentre chez moi pour voir si papa a laissé un message.

— Je t'accompagne.

Il l'arrêta sur le seuil et effleura sa joue du bout des doigts. Lentement, il baissa la tête, jusqu'à ce que leurs lèvres se touchent. Puis il l'embrassa doucement. Une fois. Deux fois. Au troisième baiser, il s'écarta et dit :

— Il est tôt. Nous avons encore toute la nuit...

Les jambes de Tori tremblaient de fatigue, mais cette promesse lui donna du courage. Brody attrapa un polo dans le placard, l'enfila, et ils sortirent.

En passant devant la porte de la chambre voisine, Tori pouffa.

— Et quand ces deux-là retourneront dans l'Iowa...

Brody rit et l'attira contre lui. Il était stupéfait d'avoir encore envie d'elle, après leurs glorieux ébats. Dans la cuisine, il s'arrêta pour l'embrasser sur le front.

— C'était mémorable, murmura-t-il.

Elle lui sourit, un sourire franc, irrésistible. À présent, il savait à quoi ça ressemblait vraiment, de faire l'amour avec une femme. Mais comment allait-il retourner à sa vie d'avant, maintenant qu'il connaissait Tori ?

— Tu as faim ? demanda-t-elle.

— Je suis au régime, plaisanta-t-il en lui mordillant le lobe de l'oreille.

Ils sortirent par la porte de service. Dehors, l'air était plus vif que la nuit précédente. Tori prit la clé derrière un pot de fleurs, et ils entrèrent dans le cottage, Piny sur leurs talons.

Elle décrocha le téléphone, appuya sur quelques touches, puis porta le combiné à son oreille. Quand elle raccrocha, elle haussait les sourcils, perplexe.

— Que se passe-t-il ?

— C'était papa. Lorsqu'il a appelé, il était au *French Laundry* avec Austin Glasell et Katherine. C'est l'un des meilleurs restaurants de la vallée. Je parie qu'il a fait des pieds et des mains pour qu'Austin puisse avoir accès aux cuisines.

— Pourquoi Katherine Wilson était-elle avec eux ?

— Bonne question. Papa chuchotait, mais j'ai compris qu'il disait que Katherine était une femme formidable, intéressante et très amusante.

— Mmm, c'est le grand amour, apparemment.

— Mon père n'a fréquenté personne depuis la mort de maman, il y a plus de vingt ans.

Brody sentit qu'elle était sur la défensive et n'insista pas. Mais il s'étonnait qu'un homme aussi sociable que Lou soit resté toutes ces années sans compagnie féminine.

— D'après mon père, Katherine part à San Francisco ce soir et ne reviendra que demain, tard dans la soirée. Elle va dîner, grâce aux relations de mon père, au *Brava Terrace,* dont le chef est un vieil ami de papa. Il est très connu, tu sais.

— Ah, fit Brody.

Les hautes sphères de l'art culinaire lui échappaient totalement.

— Katherine doit dîner avec quelqu'un que tu es censé rencontrer. Papa dit que tu n'auras qu'à les rejoindre au *Brava Terrace.*

— Demain soir ? Pourquoi attendre si longtemps ? Et qui est ce mystérieux personnage ?

— Apparemment, Katherine ne représente pas une menace pour toi. Je parie qu'elle enquête pour le compte d'un journaliste qui veut faire un papier sur Elliott et toi.

Brody en doutait, mais il s'abstint de tout commentaire. Tori revint vers lui, et il oublia tout, subjugué par le balancement de ses seins sous son pull.

— Nous perdons du temps, dit-elle avec un petit sourire.

Il la prit dans ses bras, et elle se plaqua contre lui en ondulant des hanches, les mains accrochées à la boucle de sa ceinture. Un flot brûlant de désir les traversait déjà tous les deux.

— Tori, chuchota-t-il, tandis qu'ils s'approchaient du lit, toujours enlacés. Et les préliminaires ?

— Ils ne sont pas invités, déclara-t-elle en l'attirant près d'elle sur le lit.

Du genou, elle lui écarta les jambes. Décidément, elle ne finirait pas de l'étonner. Cette Tori entreprenante lui plaisait autant qu'elle le surprenait. Mais il avait envie de savourer chaque instant en sa compagnie.

— Pourquoi tant de hâte ? demanda-t-il, haletant, lorsqu'elle tira le polo hors de son pantalon.

— Viens vite, dit-elle, les lèvres contre sa peau nue.

Elle le débarrassa de ses vêtements promptement. Elle était tellement impatiente et excitée qu'elle refusa de ralentir lorsqu'il en émit la suggestion – sans grande conviction, certes. Il renonça donc de bonne grâce et la dévêtit à son tour. Tori enroula les jambes autour des siennes et l'embrassa comme si elle voulait l'avaler tout entier, tout en se frottant langoureusement contre son sexe dur. Alors, il ne put plus penser qu'à une chose : être en elle. Aucune femme ne lui avait ainsi fait perdre son sang-froid.

Jusqu'à présent.

Jusqu'à Tori.

Ses grands yeux verts fascinants plongés dans les siens, elle lui fit comprendre sans un mot à quel point elle tenait à lui. Et il sut, enfin, ce qui lui avait manqué toute sa vie.

Elle, Tori.

Il voulait la protéger, la posséder et l'aimer tout à la fois. Il voulait être auprès d'elle à chaque seconde. Il voulait que leur étreinte dure toute la vie…

Brody contempla le plafond et écouta Tori respirer à côté de lui. Il avait encore chaud, mais son pouls avait retrouvé un rythme normal. Quant à son cerveau, c'était une autre histoire.

Que diable allait-il faire, maintenant ?

Tori remua et se pelotonna contre lui.

— Il faut qu'on parle, Tori, dit-il.

— Mmm. De quoi ?

— De nous. De nous deux.

Elle se retourna, dos à lui, et se blottit de nouveau contre lui. De toute évidence, elle n'avait pas envie d'aborder le sujet. Par quel miracle était-ce possible ? Il était au lit avec la seule femme de toute l'Amérique qui n'avait pas envie de discuter de sa relation avec son amant.

Tori représentait tout ce qu'un homme pouvait souhaiter. Elle était intelligente, spirituelle, attentionnée, ravissante. Et elle était extraordinaire au lit. De plus, elle ne lui demandait rien. De quoi se plaignait-il ?

— Tu as raison. Il faut qu'on parle.

Tori se retourna et s'appuya sur son coude pour le regarder. Brody ne put s'empêcher de sourire. Finalement, il ne s'y connaissait pas si mal que ça, en matière de femme. Mais son triomphe fut de courte durée, car la question que lui posa Tori le prit complètement au dépourvu.

— Tu ne crois pas que tu devrais mettre Alex en garde au sujet de Rachel ?

Il garda le silence un moment. Tout cela était trop nouveau pour lui. Alex était son demi-frère, certes, mais ils se connaissaient à peine.

— De quoi pourrais-je lui parler ? objecta-t-il. Toi et moi, nous n'avons qu'une intuition, pas de preuve tangible. Et puis, nous ne savons pas ce que pense Rachel. Elle est peut-être folle d'Alex.

Les yeux verts de Tori l'examinèrent attentivement.

— Alex s'est confié à toi, lui rappela-t-elle.

— Oui, mais il connaît mon existence depuis des années, ce n'est pas pareil. Moi, ça fait à peine quelques heures que je sais que j'ai un demi-frère. J'ai besoin de temps pour m'habituer à cette idée.

— Tu ne penses pas que tu devrais lui en toucher un mot, au moins ?

— Ce ne sont pas mes affaires.

— Alex t'a parlé avec plus de franchise que n'importe qui.

— C'est vrai, admit-il. Si j'en ai l'occasion, demain…

— Aujourd'hui. Il fait presque jour.

Il faisait jour ? C'était si facile de perdre toute notion du temps, avec ces yeux verts posés sur lui. Il ne voulait pas que le jour se lève.

— Et nous deux ?

— Nous deux ? répéta Tori, comme si c'était une notion scientifique qui dépassait son entendement.

— Oui. Ça fonctionne bien, non ?

— C'est vrai, dit-elle avec un petit sourire coquin. Mais tu vas bientôt partir. Nous n'avons que le présent.

Elle avait raison.

34

Brody roulait vers les vignobles Farallon en se maudissant. Pourquoi s'était-il laissé convaincre par Tori ? Pourquoi s'apprêtait-il à intervenir dans la vie d'un homme qu'il venait de rencontrer ? Sans compter qu'Alex n'avait sûrement aucune envie d'entendre ce qu'il allait lui dire.

Il avait dû déployer un effort de volonté colossal pour quitter Tori, ce matin. Quand elle était partie travailler, il avait presque failli la suivre.

C'était vraiment une femme exceptionnelle. Elle le rendait heureux, et il aimait être avec elle, tout simplement. Il n'était plus si pressé de retourner à la base pour une nouvelle mission, ce qui était une grande première.

Pourtant, il adorait son travail, non ? C'était toute sa vie.

« Nous n'avons que le présent », avait dit Tori. Bon sang, quelle idée déprimante, songea-t-il soudain.

Il se força à penser à autre chose. Il avait parlé à Lou, ce matin. Le père de Tori semblait d'excellente humeur, mais il avait refusé de s'étendre sur Katherine Wilson. D'après l'étincelle qu'il avait vue pétiller dans ses yeux, Brody se doutait que leur relation était beaucoup plus sérieuse que Lou ne voulait bien l'admettre.

— C'est le pays des secrets, ma parole, marmonna-t-il.

Une jeune standardiste brune l'accueillit à la réception du vignoble.

— Monsieur Hawke ? Tori a demandé que vous l'appeliez dès votre arrivée.

— Merci, dit-il, tandis que la jeune femme poussait le téléphone vers lui.

Il sortit la carte de l'agence de Tori et composa le numéro. Elle décrocha presque aussitôt.

— C'est moi, fit-il, heureux d'entendre le simple son de sa voix. Que se passe-t-il ?

— Elliott a appelé, il te cherchait.

— Je lui ai dit que je viendrais après le déjeuner.

— Je sais. Il voulait te prévenir qu'il allait demander un emprunt à la banque et qu'il serait peut-être un peu en retard. Un marché que Rachel avait conclu avec un vignoble est tombé à l'eau. Pire, un conteneur de vin qui devait être expédié par avion en France a été saisi. Un appel anonyme disait qu'il y avait de la drogue dedans.

— C'est du sabotage, on dirait. Lui as-tu parlé de tes soupçons ?

— Non. Elliott a assez de soucis comme ça. Je veux d'abord examiner l'ordinateur de Rachel et voir de quoi il retourne.

— Très bien. Je tiens à t'accompagner, mais ce ne sera pas ce soir, vu que je suis coincé pour le dîner avec cette fameuse Katherine Wilson.

Lorsqu'il eut raccroché, la standardiste brune lui expliqua comment rejoindre Alex. Contrairement au labyrinthe de caves de Hawke's Landing, Farallon était un endroit ultramoderne, avec des plafonds de six mètres de haut et des caméras de sécurité fixées à intervalles réguliers dans les angles des salles.

Alex se trouvait dans un local rempli de rayonnages en acier inoxydable et de tapis roulants. Contre un mur étaient empilés, du sol au plafond, des dizaines d'antiques tonneaux en chêne, qui contrastaient étrangement avec les installations flambant neuves.

— Nous nous apprêtons à décanter le contenu de ces tonneaux, lui dit Alex avec enthousiasme, tandis qu'un ouvrier faisait rouler un premier tonneau jusqu'au tapis.

— Ils sont énormes. Combien de bouteilles cela représente-t-il ?

— Chacun contient vingt-cinq caisses de vin. Celui-ci constitue la réserve privée Farallon. Il a vieilli plus longtemps que nos autres vins, c'est le meilleur que nous ayons.

Brody regarda les ouvriers insérer un petit tuyau dans le tonneau. L'équivalent d'une demi-tasse à café de vin fut versé dans un verre. Alex fit tourner le liquide bordeaux deux fois, avant de le humer en inspirant profondément. Puis il relâcha son souffle et en but une petite gorgée.

— Goûte, dit-il en tendant le verre à Brody.

Celui-ci fit tourner le liquide et le respira. Ses narines s'emplirent d'une odeur légère mais pénétrante.

— C'est le nez, c'est-à-dire l'odeur qui se dégage du vin avant qu'on ne le goûte. Ensuite, on appelle ça l'arôme, parce qu'on le goûte en plus de le humer.

Brody but une petite gorgée. Il ressentit un picotement sur les bords de la langue, mais le goût n'était pas désagréable. En fait, c'était plutôt bon... même s'il continuait à préférer le whisky.

— Ce qui fait réagir ta langue, c'est le tanin, autrement dit l'acidité laissée par la peau du raisin, ses pépins ou la rafle – on nomme ainsi la partie végétale de la grappe. Ce tanin-là est très doux.

Brody finit le verre.

— C'est bon, c'est très bon. Même à une heure aussi matinale.

Alex rit et fit signe à ses hommes de fixer le fût à la machine destinée à siphonner le vin, puis tous s'écartèrent pour regarder l'opération.

— Il a connu des jours meilleurs, ce tonneau, remarqua Brody.

— C'est vrai. Mais comme un fût neuf coûte environ six cents dollars, nous les réutilisons autant de fois que possible. C'est le chêne qui donne au vin sa saveur.

Alex lui expliqua ensuite quelques points de détail sur la fabrication du vin.

— Tu sais, si tu restes ici, tu te découvriras peut-être des talents de viticulteur, conclut-il avec un sourire.

Brody secoua la tête. Il n'arrivait pas à s'imaginer en Californie. Il aimait cette vallée, entre autres parce que Tori y vivait, mais il ne se voyait pas dans un vignoble. Plus tard, peut-être. À la retraite.

Peut-être.

Alex lui fit visiter l'ensemble des installations et lui signala fièrement les innovations qu'il avait apportées. Brody l'en félicita, sincèrement impressionné.

Ils se trouvaient à présent sur le quai de chargement. Des caisses en bois remplies de bouteilles défilaient sur un tapis roulant, pour être chargées ensuite dans des camions réfrigérés. Brody jeta un coup d'œil à sa montre et fut surpris de voir qu'il était déjà si tard. « C'est maintenant ou jamais », se dit-il.

— Ça s'est bien passé, hier soir ? demanda-t-il d'un ton aussi détaché que possible.

Alex regarda droit devant lui.

— Non.

Il tourna lentement la tête vers Brody, parut hésiter un instant, puis ajouta :

— Si je peux te donner un conseil, prends garde à ne pas confondre parfaite entente sexuelle et grand amour. Nous nous voyons depuis des années, Rachel et moi. Mais quand je lui ai demandé de m'épouser, elle a à peine daigné répondre.

Il secoua la tête.

— Tu as entendu parler de Kevin Puth ?

— Ça me dit quelque chose, répondit Brody, surpris. Ah, oui, M. Point-Com ?

— C'est ça. Un type qui ne se prend pas pour rien. Il m'a proposé un marché mirobolant : il financerait un vignoble et me donnerait un pourcentage sur les ventes pour que je fasse tourner la baraque, avec en prime un gros salaire. J'ai refusé.

D'après ce que Brody savait du bonhomme, il devait être rare qu'on lui refuse quelque chose. Bien fait pour son ego, se dit-il.

— J'avais parlé à Rachel de cette offre. Eh bien, tu ne devineras jamais ce qu'elle a fait. Elle a contacté Puth et lui a proposé ses services. Elle va travailler pour lui, maintenant. La dernière chose qu'elle souhaite, c'est m'épouser.

C'était ce qui pouvait arriver de mieux à Alex, songea Brody. Et puisque Rachel l'avait envoyé promener, inutile de lui parler d'Elliott, décida-t-il. Cet incident lui confirma toutefois que la jeune femme était capable de tout pour réussir.

— Ah, Alex, vous êtes là. Je vous cherchais.

La jolie brune de la réception s'approcha d'eux.

— Elliott Hawke vient de téléphoner. Votre père s'est effondré pendant son travail. M. Hawke l'a emmené en ambulance à l'hôpital de Yountville.

« Ainsi, je vais finalement revenir à l'endroit où je suis né », pensa Brody en conduisant Alex à Yountville, où se trouvait le meilleur hôpital de la région. La nouvelle avait tellement secoué son demi-frère que Brody avait jugé préférable qu'il ne prenne pas le volant. Pendant le trajet, Alex n'ouvrit la bouche que pour lui indiquer deux ou trois raccourcis. Pour meubler le silence, Brody lui parla de leur mère.

— Elle savait depuis des mois qu'elle était atteinte d'un cancer incurable, mais elle ne m'a fait appeler qu'à la fin. J'étais en mission au Moyen-Orient, à ce moment-là, et j'ai reçu un sacré choc. Je la croyais en pleine santé. Je l'avais vue quelques semaines plus tôt, et elle semblait en forme.

— Où habitait-elle, à l'époque ?

— À Sarasota, en Floride. Dès que j'ai commencé à gagner ma vie, je lui ai acheté une petite maison en copropriété là-bas. Elle adorait la côte Ouest de la Floride. Elle est morte deux jours après mon retour.

— Tu l'aimais beaucoup.

— Oui, dit Brody en se garant dans le parking de l'hôpital.

« Je l'aimais, mais je ne la connaissais pas », ajouta-t-il en lui-même.

— Que vais-je faire s'il arrive quelque chose à mon père ?

Si Aldo mourait maintenant, sa part de Hawke's Landing irait aux Barzini et aux Rittvo. Sans le soutien financier de son père, Alex ne pourrait jamais racheter Farallon. Mais ce n'était pas ce qu'il avait voulu dire, son ton angoissé le prouvait.

Ils trouvèrent Elliott dans une petite salle d'attente, au premier étage.

— Le médecin est toujours auprès de lui, Alex, annonça-t-il.

— Que s'est-il passé ?

— Nous étions en train de commencer la deuxième fermentation. J'ai dit quelque chose, et Aldo n'a pas répondu. Il m'a regardé fixement, puis il s'est écroulé sans dire un mot. Nous lui avons fait reprendre connaissance pour qu'il continue à respirer jusqu'à l'arrivée de l'ambulance.

Alex hocha la tête.

— Il a un cancer de la prostate. À un stade avancé.

— Quoi ? s'exclama Elliott. Il ne m'en a jamais parlé.

Alex ne répondit pas. Ses épaules s'étaient voûtées.

— Je ne l'aurais jamais laissé continuer à travailler… reprit Elliott.

— C'est justement pour cela qu'il ne t'a rien dit. Tu imagines mon père rester assis dans un fauteuil ?

Brody aurait aimé qu'Elliott sache qu'Alex était son frère. Même maintenant, en pleine tragédie, il sentait une certaine tension entre les deux hommes.

— Non, c'est vrai…

Une infirmière ouvrit la porte de la petite pièce.

— Le médecin veut vous voir, dit-elle à Elliott.

Alex fit un pas en avant.

— Je suis le fils d'Aldo Abruzzo. Je viens d'arriver.

L'infirmière entraîna Alex en lui parlant à voix basse, puis la porte se referma derrière eux.

— Mon Dieu ! C'est incroyable !

Elliott se laissa tomber sur une chaise, qui gémit sous son poids.

— Je n'imagine pas Hawke's Landing sans Aldo. C'est lui, la véritable âme du domaine.

Brody s'assit à côté de lui.

— J'aimerais pouvoir faire quelque chose, soupira Elliott. C'est grâce à Aldo, pas à mon père, que l'exploitation est devenue ce qu'elle est aujourd'hui. C'est quelqu'un de formidable. Alex a de la chance. Beaucoup de chance.

— Il le sait. Il aime beaucoup son père.

La porte s'ouvrit de nouveau, et l'infirmière reparut.

— M. Abruzzo voudrait vous voir, annonça-t-elle.

Elliott bondit sur ses pieds.

— Tous les deux, ajouta-t-elle en regardant Brody.

Ils remontèrent le long couloir en silence, puis l'infirmière s'arrêta devant l'unité de soins intensifs.

— Attendez un instant, je reviens.

Lorsqu'elle fut partie, Brody décida de se jeter à l'eau, en espérant qu'il n'allait pas commettre une énorme erreur.

— Elliott, au sujet de notre mère... commença-t-il.

Son frère se tourna vers lui et l'interrogea du regard.

— C'était la femme d'Aldo.

— Ce n'est pas le moment de plaisanter.

— Je ne plaisante pas.

Elliott étouffa un cri. Son expression accablée frappa Brody.

— Je ne plaisante pas du tout, murmura-t-il.

— Mon Dieu ! Je ne m'étais jamais douté que...

— C'est peut-être la dernière fois que tu parles à Aldo, lui rappela Brody. Rends-toi compte qu'il a énormément souffert pendant des années. Pardonne-lui.

— Lui pardonner ? Je l'adore, protesta Elliott, l'air incrédule. Mais pourquoi ne m'a-t-il jamais parlé de ma mère ?

— Je pense que tout le monde avait peur de Gian.

Brody se tut pendant une longue minute, attendant qu'Elliott fasse le rapprochement qui s'imposait, mais rien ne vint. Aussi ajouta-t-il :

— Ce qui signifie qu'Alex est ton demi-frère.

Les traits d'Elliott se figèrent.

— Bon sang ! Bien sûr !

Il s'adossa au mur. Il avait le souffle coupé, comme s'il avait reçu un coup de poing dans le ventre.

— Alex est au courant ?

— Depuis des années. Mais Gian ne voulait pas...

L'infirmière revint.

— Suivez-moi, s'il vous plaît. M. Abruzzo est très faible. Veillez à ne pas le fatiguer.

Dans le petit box isolé des autres salles par des machines et des rideaux tirés, Alex, au chevet de son père, lui tenait la main. Aldo était relié à une série d'appareils par des tubes. Une rangée de moniteurs calculaient son rythme cardiaque, sa tension et autres signes vitaux.

Elliott contempla le vieil homme qui lui avait tant appris. La femme d'Aldo était sa mère. Il n'arrivait toujours pas à le concevoir. C'était trop brutal. Pourquoi n'avait-il jamais rien soupçonné ?

Alex leva les yeux vers lui, et Elliott sentit son cœur se serrer. Son demi-frère. Bien sûr. Il y avait un air de famille, même s'il ne s'agissait pas d'une ressemblance extraordinaire, comme avec Brody.

Pendant toutes ces années, Alex avait été son rival, le garçon trop parfait qui avait dans ses gènes l'art du bon vin, tandis qu'Elliott devait lutter pour apprendre chaque étape du processus. Et ils étaient frères.

— Ah, vous êtes tous là !

La voix d'Aldo était altérée. Il contempla les trois hommes réunis autour du lit d'hôpital.

— C'est bien.

— Ne parlez pas trop, ordonna l'infirmière.

— Je veux juste... juste dire à... mes garçons...

« Mes garçons. » Elliott sentit les larmes lui brûler les yeux. Il y avait dans la voix d'Aldo tout l'amour et toute l'émotion qu'il avait en vain cherchés chez son propre père.

— Nous sommes au courant, Aldo, dit Brody. Nous savons, pour notre mère.

Le vieil homme referma les yeux, et une larme coula sur sa joue.

— J'aimais Linda de tout mon cœur. Je... je voulais vous parler...

Alex lui pressa la main.

— Ne t'inquiète pas, papa. Ils savent que Gian te l'interdisait. Ils comprennent.

Aldo rouvrit lentement les paupières.

— Je veux vous dire comment Gian est mort.

Brody serra les dents. À quoi devait-il s'attendre, maintenant ? Cette histoire était décidément fertile en rebondissements.

Aldo regarda d'abord Elliott, puis Brody, et de nouveau Elliott.

— Votre père était un homme très orgueilleux. Il détestait ce que l'attaque avait fait de lui.

Il respira plusieurs fois pour reprendre son souffle.

— Il passait son temps à dire qu'il désirait mourir. Demandez à Maria, elle vous le confirmera.

— Il me l'a dit aussi, déclara Elliott. Je n'ai jamais pensé que c'était sérieux.

— Tu veux dire que Gian s'est suicidé ? demanda Alex à son père. Pourquoi n'a-t-il pas attendu le retour de Brody ?

— C'est toi qui as eu l'idée de faire venir Brody, pas Gian.

Brody ne fut pas choqué. Il savait déjà que son père n'était pas sentimental.

Le moniteur cardiaque émit un bip, et l'infirmière accourut du box voisin. Elle ajusta quelque chose et resta un moment dans la salle, à surveiller le moniteur.

— Nous devrions peut-être partir, dit Elliott.

— Non ! cria Aldo. Je veux que vous m'écoutiez. Gian avait constamment peur qu'on ne lui fasse du mal... Il avait toujours été comme ça, mais cela s'est nettement aggravé après son attaque.

L'infirmière s'éloigna, le visage soucieux.

— Il partait sur son fauteuil roulant et se cachait de nous comme... comme si nous allions le tuer. Maria m'avait parlé du testament...

Il leva les yeux vers son fils et lui adressa un faible sourire.

— Je me disais que j'avais travaillé ma vie entière à Hawke's Landing pour rien. Car qu'avais-je obtenu à m'éreinter la santé ? Un beau poste, certes, et un salaire, mais en définitive, rien à laisser à mon fils.

— Je n'ai jamais espéré que tu me laisserais...

— Je sais, je sais. Mais j'y tiens. C'est important pour moi. Voyez-vous, j'avais peur de mourir avant Gian. J'en ai parlé avec Maria. Nous avons décidé que la prochaine fois que Gian dirait qu'il en avait assez de vivre, nous n'interviendrions pas. Nous attendrions de voir ce qui allait se passer.

Aldo s'interrompit un instant pour reprendre son souffle.

— Gian s'est approché de la piscine exprès. Nous le suivions, cachés dans les buissons. Il s'est cogné la tête sur le rebord... et il a flotté à la surface pendant une minute.

Aldo ferma les yeux. Des larmes coulaient le long de ses joues, et sa voix était si basse qu'ils durent se pencher pour entendre la fin de sa confession.

— Nous aurions peut-être pu le sauver, mais nous n'avons pas essayé, murmura-t-il.

35

Il n'y avait plus d'autres bruits dans la salle que ceux des machines de l'hôpital. Aldo les regarda tous les trois quelques secondes, puis ses paupières se fermèrent. Il remua les lèvres, mais aucun son n'en sortit.

Sans lâcher la main de son père, Alex se pencha vers lui.

— Papa, tu veux dire quelque chose ? Nous ne t'entendons pas.

— Je... je... ne regrette rien.

— Nous ne t'en voulons pas, papa. Nous ne te reprochons rien du tout. N'est-ce pas ? demanda-t-il en tournant la tête vers Brody et Elliott.

— Non, bien sûr que non, répondit Elliott. Mon père voulait en finir avec la vie.

Brody s'obligea à dire :

— Vous avez fait ce qui vous paraissait juste.

Il n'était pas certain d'être en accord avec tout cela, mais il refusait de culpabiliser un mourant. Elliott tourna vers lui des yeux embués de larmes.

Ils restèrent au chevet d'Aldo, et le temps s'écoula au rythme du ronronnement du moniteur, qui annonçait l'état du malade toutes les deux minutes. Brody songea à sa veillée solitaire devant le lit de mort de sa mère. Comme il aurait aimé avoir ses frères à ses côtés…

Le médecin, un homme maigre aux cheveux argentés, ne tarda pas à arriver. Il lut les graphiques et consulta les moniteurs d'un air sombre.

— Nous avons fait tout ce qui était en notre pouvoir, annonça-t-il. Il est dans le coma. Ce n'est plus qu'une question de jours, voire d'heures. Je suis désolé.

Le médecin leur parla encore de l'état d'Aldo. Brody l'écouta distraitement. Il aurait aimé aider Elliott et Alex, mais il n'était pas très à l'aise dans ce genre de situation. Peut-être n'y avait-il rien à dire, ni à faire, d'ailleurs. Sans doute fallait-il juste se contenter d'être là.

Tori s'apprêtait à quitter l'agence quand le téléphone du bureau sonna.

— Tori, c'est moi, Brody. Je…

Il s'interrompit.

— Que se passe-t-il ? s'écria-t-elle avec inquiétude.

— C'est Aldo… Il est dans le coma. Il n'en a plus pour très longtemps.

— Mon Dieu !

Brody lui exposa la situation et conclut :

— Ça va mal pour Hawke's Landing. Et Alex ne va pas pouvoir racheter Farallon.

— Brody, ce ne sont que des problèmes d'argent. Perdre un père, retrouver des frères, c'est autre chose.

— Je sais bien, dit-il, mais j'aimerais juste pouvoir leur venir en aide. Les Corelli vont mettre le grappin sur Hawke's Landing. Elliott est à sec, et il va encore devoir payer des avocats pour se défendre contre l'accusation de trafic de drogue, alors qu'il a besoin de cet argent pour acheter du raisin.

Tori aurait voulu lui dire de rester à Napa, mais Brody risquait de mal interpréter ses motivations.

— La situation d'Alex est moins critique. Avec ses références, il obtiendra un prêt sans difficulté. Mais c'est son amour-propre qui va souffrir.

Il y eut un silence.

— Quant à moi, je compte toujours dîner avec Katherine Wilson au *Brava Terrace*, reprit-il. Je n'ai pas envie de quitter Alex, mais cette femme détient peut-être la clé de l'énigme.

— Crois-tu qu'elle sache quelque chose au sujet de la mort de Gian ?

— Non ! Non, répéta-t-il d'une voix plus douce. Je suis sûr que non.

Un nouveau silence s'installa, et Tori imagina Brody appuyé contre la paroi vitrée de la cabine téléphonique de l'hôpital, épuisé.

— J'ai repensé au dossier et je suis convaincu que mon père s'est suicidé. Écoute, je te rappellerai après avoir parlé à cette Katherine.

« Mon père... » C'était la première fois qu'il appelait Gian ainsi, remarqua-t-elle. Son instinct lui disait que quelque chose avait changé. Mais quoi ?

— D'accord, répondit-elle. Dis à Alex et à Elliott que je suis de tout cœur avec eux.

Assise devant sa table à dessin, Tori continuait à réfléchir tout en crayonnant quand on frappa à la porte. Qui pouvait bien venir à cette heure tardive ?

— Vous faites des heures supplémentaires ?

Sur le seuil se tenait M. Point-Com en personne, Kevin Puth. Et à ses côtés, surprise et cerise sur le gâteau, Rachel Rittvo. Ils entrèrent dans l'agence avant que Tori ait pu les en empêcher.

— Mon logo est-il prêt ? demanda Kevin.

— Vous n'êtes passé qu'hier ! Je vous l'ai promis pour la semaine prochaine.

Rachel adressa à Kevin un regard entendu.

— Je connais des tas d'agences à New York qui pourraient vous proposer un dessin en vingt-quatre heures.

— Rachel a raison, répliqua Tori. Vous n'avez qu'à vous adresser à une agence new-yorkaise.

Décontenancé, Kevin regarda autour de lui, en feignant d'être passionné par les étiquettes et les publicités que Tori avait créées pour d'autres vignobles.

— Vous n'avez rien de nouveau ? Pas même une esquisse que je pourrais voir ? demanda-t-il.

— Nous sommes pressés, fit Rachel entre ses dents. Nous devons rejoindre des amis de Kevin à Meadowood pour prendre l'apéritif et dîner.

— C'est Rachel qui va se charger de la gestion de mon nouveau vignoble, annonça Kevin. Je voudrais lui faire rencontrer les financiers.

— En fait... fit Tori en s'appliquant à arborer une moue réticente. J'ai bien un croquis. Attention, ce n'est qu'un concept, pour l'instant. Mais je connais plusieurs personnes qui tueraient pour cette idée.

— Voyons cela.

Rachel décocha à Tori un regard assassin. Sans se laisser décontenancer, celle-ci se rendit dans la pièce adjacente, où se trouvaient sa table à dessin et tout son matériel.

— Une seconde, je le cherche, leur cria-t-elle.

Elle trouva une feuille vierge et dessina rapidement le logo idéal, selon elle, pour Kevin Puth. Puis elle roula la feuille et retourna à côté.

— Vous êtes prêts ? Ce serait parfait pour vos étiquettes, votre logo, votre publicité et la pancarte du vignoble. J'imagine même des tee-shirts avec ceci devant.

Elle éleva théâtralement la main qui tenait le papier.

— Si vous n'aimez pas, dites-le-moi. J'ai d'autres clients intéressés.

— Montrez-moi ça, répéta Kevin, visiblement impatient.

Tori déroula la feuille.

— Quoi ? piailla Rachel. Un gros point noir dans un cadre noir ?

— Tu n'aimes pas ? fit Tori en feignant l'innocence. C'est un point pour M. Point-Com. Cela permet d'identifier Kevin d'un seul coup d'œil. Qu'est-ce qui pourrait coller mieux ?

— C'est parfait ! approuva Kevin, emballé. C'est exactement moi ! Dès qu'on verra mon vin, on pensera à moi.

« On pensera surtout à un gros point noir et on se demandera ce que ça peut bien vouloir dire », songea Tori. Elle regarda Rachel, sans réussir à masquer un grand sourire triomphal.

— Nous allons être en retard, dit cette dernière en prenant le bras de Kevin.

Ils partirent en promettant de la contacter plus tard, et un plan se forma dans l'esprit de Tori. Meadowood faisait partie de la prestigieuse association hôtelière Relais et Châteaux. C'était l'une des meilleures tables du pays, et aussi l'une des plus coûteuses. Kevin et sa nouvelle gérante resteraient là-bas des heures, assez longtemps pour permettre à Tori de se glisser dans le bureau de Rachel et de mettre le nez dans son ordinateur. Avec Aldo à l'article de la mort et Elliott à l'hôpital, personne ne risquait de la déranger.

Brody ne serait pas là non plus. Un dîner à *Brava Terrace* était un événement, en particulier si on vous recommandait au chef. Tori avait l'étrange impression que son père savait ce que trafiquait la détective, et elle se demandait ce que signifiaient toutes ces cachotteries.

Pour l'instant, elle devait découvrir ce que tramait Rachel. Si celle-ci se livrait réellement à un sabotage, ils pourraient peut-être limiter la casse avant qu'il ne soit trop tard. Et Elliott aurait un recours légal contre elle.

Brody referma la portière de la Porsche et s'y adossa en soupirant

— Qu'est-ce que je fiche ici? dit-il en levant les yeux au ciel. J'aurais dû rester à l'hôpital.

Aldo était mort une heure plus tôt, sans avoir repris connaissance, ses trois « garçons » à ses côtés. Alex ne lui avait pas lâché la main une seconde, comme pour l'empêcher de partir. Mais le vieil homme était parti quand même. « Une mort paisible », avait commenté Elliott.

À présent, Brody comprenait mieux l'étrange conduite de sa mère. Jusqu'au bout, elle avait été obsédée par Gian Hawke. Il ignorait pourquoi et ne le saurait sans doute jamais.

Il respira un grand coup. Autant en finir rapidement avec cette Katherine Wilson. Ensuite, il pourrait rejoindre Tori. Avec elle, il se sentirait mieux. Il l'avait appelée de l'hôpital pour lui dire qu'Aldo avait rendu son dernier soupir, et le seul son de sa voix l'avait réconforté.

Il entra dans le restaurant et se présenta. Aussitôt, on le conduisit à une table placée devant une grande cheminée en pierre. Une femme entre deux âges encore très jolie était assise là, à côté d'un homme nettement plus âgé, à la peau presque translucide et aux yeux marron.

En voyant Brody, le vieil homme se leva et lui tendit une main légèrement tremblante.

— Je suis Jonathan Cummings. Et voici Katherine Mowrey, ajouta-t-il en se tournant vers sa compagne. Nous sommes heureux que vous ayez pu vous joindre à nous.

L'homme avait des manières qui forçaient le respect, et Brody s'abstint de répliquer sèchement qu'il n'était pas là pour faire des ronds de jambe. Il esquissa un sourire et serra la main de Katherine.

— Nous fêtons l'événement avec un peu d'avance, déclara Jonathan Cummings.

Qu'est-ce qu'il racontait ? Pourquoi un détective privé et ce vieux bonhomme voulaient-ils fêter quelque chose avec lui ?

— Nous ne serons en novembre que dans quelques semaines, ajouta Katherine.

— Et alors ?

Il ne comprenait rien à toute cette histoire. Il devait être trop fatigué, après tous ces événements.

— Le 17 novembre, précisa Cummings avec un large sourire.

Le serveur arriva avec une bouteille de blanc de noir Hawke's Landing millésimée.

— Portons un toast, dit Katherine, comme si cela devait l'éclairer.

— Un toast ?

Cummings lui adressa un sourire paternel comme Brody n'en avait encore vu qu'à la télévision.

— Votre anniversaire est bien le 17 novembre, n'est-ce pas ?

— Ah, oui ! Oui, c'est cela.

— Et vous allez avoir trente ans.

— Effectivement.

Il l'avait complètement oublié. Il ne fêtait jamais son anniversaire.

— Et alors ?

Tori se gara à l'abri des buissons, sur le bas-côté de la route, près de l'entrée de service de Hawke's Landing. C'était une route secondaire utilisée par les camions qui transportaient le vin. Personne ne l'emprunterait ce soir.

Elle avança dans l'allée dallée, sa lampe de poche à la main. Il y avait de la lumière au rez-de-chaussée de la grande villa, dans le quartier réservé aux domestiques, mais le reste de la maison était plongé dans l'ombre.

Une fois devant la porte, elle dut allumer sa lampe de poche pour composer le code. Elle avait vu Brody le taper et avait fouillé sa mémoire pour retrouver la combinaison de chiffres. Six, quatre, un, trois, un. Il y eut un déclic, et la porte se déverrouilla.

À l'intérieur, elle se dirigea vers le couloir qui menait au bureau de Rachel.

— On aurait facilement la frousse ici, dans le noir, chuchota-t-elle.

Elle braqua le faisceau de sa torche sur les portes qui se succédaient. La plupart étaient ouvertes, mais celle du bureau d'Aldo était fermée.

Enfin, elle entra dans le bureau de Rachel et alluma la lumière. De l'extérieur, personne ne risquait de la voir. Elle poussa un soupir de soulagement.

Rachel avait-elle effacé tous les dossiers compromettants de son ordinateur avant d'abandonner les lieux ? Mais elle n'avait pas encore démissionné officiellement. Avec un peu de chance, elle n'aurait pas eu le temps de nettoyer son disque dur.

Tori alluma l'ordinateur. Sachant que le mot de passe d'Elliott était Elanding, pour Elliott Landing, elle tenta Rlanding, pour Rachel Landing. Elle eut aussitôt accès aux fichiers.

— Il faut vraiment qu'Elliott fasse quelque chose pour son système de sécurité, marmonna-t-elle.

Elle ignorait où trouver le courrier qu'elle avait vu, aussi effectua-t-elle une recherche à l'aide du mot « liège ». Des centaines de références apparurent. Bon sang, partie comme ça, elle en avait pour la nuit ! Elle allait devoir affiner sa recherche. Elle se rappela alors que l'expéditeur était portugais et tapa « Portugal ». La liste qui apparut à l'écran était plus courte que la première. Elle la parcourut rapidement.

Enfin, elle trouva une lettre prioritaire datée de la veille. Elle avait été traduite en portugais, puis faxée au Portugal. La copie d'origine, en anglais, était encore dans le dossier. Tori la lut avec stupéfaction. La lettre prétendait que Hawke's Landing avait décidé d'utiliser des bouchons en plastique et n'avait plus besoin de bouchons en liège. Par conséquent, toute commande antérieure devait être annulée immédiatement.

— Incroyable ! s'écria Tori.

Rachel avait donc bel et bien décidé de punir Elliott. C'était sûrement elle aussi qui avait passé ce coup de fil anonyme à propos de la drogue. Mais Tori n'était pas plus surprise que ça. Elle avait compris dès le début que Rachel était ambitieuse, vindicative et dénuée de scrupules.

— Qu'a-t-elle pu faire d'autre ?

Pendant qu'elle était là, Tori décida de continuer ses recherches. Il lui sembla logique de vérifier, en commençant par les plus récents, tous les courriers de Rachel susceptibles de nuire à Hawke's Landing.

— Peut-on savoir ce que vous faites ? demanda soudain une voix familière derrière Tori.

La jeune femme sursauta et se retourna. Maria braquait un revolver directement sur sa tempe droite.

36

Tori regarda Maria sans un mot, le cœur battant.

— Je vous ai demandé ce que vous faisiez, répéta Maria.

— Je... je ne peux pas parler avec un revolver braqué sur ma tête.

Maria décala légèrement son arme, mais sans cesser de viser Tori.

— Comment êtes-vous entrée ici ? Elliott vous a donné le code ?

Tori hocha la tête. L'expression de la gouvernante la terrifiait encore plus que son revolver.

Soudain, elle s'entendit demander :

— Et vous, pourquoi êtes-vous ici ?

Maria plissa les yeux.

— J'ai tous les droits d'être ici.

Visiblement, cette femme avait de graves problèmes psychologiques, songea Tori. Il fallait qu'elle continue à la faire parler.

— Je suis là pour aider Elliott, déclara-t-elle avec autorité.

— Ah, oui ! Et comment ?

Tori chercha un instant les mots justes.

— Rachel a toujours été amoureuse d'Elliott. Vous le savez, je pense ?

Maria acquiesça de la tête.

— Elliott ne s'en était jamais rendu compte. Lorsqu'il l'a enfin compris, il a essayé d'être gentil. Il lui a dit qu'elle était comme une sœur pour lui.

— Et alors ? fit sèchement Maria.

— Eh bien, vous connaissez Rachel. Ça l'a mise hors d'elle. Elle a annulé une commande de raisin dont avait besoin Hawke's Landing.

Maria continuait à la toiser de ses yeux brûlants et accusateurs.

— Et je suis sûre que c'est Rachel qui a prétendu qu'il y avait de la drogue dans la cargaison à destination de la France. En outre, je viens de trouver une lettre qu'elle a écrite pour annuler la commande de bouchons en liège passée par Hawke's Landing, sous prétexte que le domaine va désormais utiliser des bouchons en plastique.

— C'est impossible ! Elliott ne serait jamais d'accord.

— Rachel est déterminée à se venger. J'essaie seulement d'aider Elliott, répéta Tori.

Maria l'observa un moment. De toute évidence, elle se demandait si elle pouvait ajouter foi aux paroles de Tori. Soudain, un déclic se produisit dans l'esprit de la jeune femme. Maria était intervenue trop vite après sa propre arrivée.

— Que faisiez-vous dans les caves ? demanda-t-elle brusquement.

Sans cesser de la regarder, Maria répondit d'une voix plus calme :

— J'étais dans le bureau d'Aldo. J'ai entendu un bruit de voix et j'ai pensé que quelqu'un était entré par effraction. Alors, j'ai pris le revolver d'Aldo et je suis venue ici.

— La voix, c'était moi. Je parlais toute seule. J'étais sidérée par la perfidie de Rachel.

Maria abaissa lentement le revolver et le rangea dans la poche de sa veste.

— Je n'aime pas Rachel, ni aucun des Rittvo, d'ailleurs.

Un frisson de soulagement parcourut Tori. Pourtant, elle n'était pas sûre d'être hors de danger.

— Que faisiez-vous dans le bureau d'Aldo ?

Un silence tendu s'établit dans la pièce. Le domaine de Maria avait toujours été la villa. Alors, que fabriquait-elle dans les caves en pleine nuit ?

— Cela ne vous regarde pas.

— Je suis désolée, pour Aldo, dit doucement Tori. C'est lui qui a fait du domaine ce qu'il est aujourd'hui. Je l'aimais beaucoup et je le respectais.

L'expression bouleversée de Maria confirma les soupçons de Tori. Aldo avait été plus qu'un simple ami pour elle.

— Aldo est mort sans que son mérite ait été reconnu.

— Il était aimé de tous, répondit Tori. Non seulement de son fils, mais d'Elliott. Et même si Brody ne le connaissait pas bien, il l'appréciait énormément.

Tori prit une profonde inspiration, dans l'espoir de se calmer, puis elle ajouta :

— Ils ont tous eu la même mère. Deux d'entre eux ont eu la chance d'avoir Aldo pour les guider dans la vie comme un père est censé le faire.

— Vous êtes au courant, pour leur mère ? s'étonna Maria.

— Oui. Et les trois garçons aussi. Saviez-vous qu'ils étaient tous à ses côtés quand Aldo a rendu l'âme ?

Des larmes tremblèrent au bout des cils de Maria.

— Vraiment ? C'est merveilleux.

— Vous aimiez Aldo, n'est-ce pas ?

— Oui. Mais il n'a jamais oublié Linda. Nous étions très proches, mais ce n'était pas de l'amour qu'il éprouvait pour moi.

— Pourquoi ne l'avez-vous pas accompagné à l'hôpital ?

Maria se couvrit le visage de ses mains tremblantes.

— Quand nous avions discuté de sa maladie, il m'avait fait promettre de ne pas le regarder mourir. Il ne voulait pas que je me souvienne de lui comme d'un vieil homme affaibli et malade. Depuis le départ de l'ambulance, je suis dans son bureau, entourée des choses qui lui étaient si chères. Je sens son esprit, et c'est comme s'il était encore vivant. Encore avec moi.

Le cœur de Tori se gonfla de compassion. La douleur de Maria lui rappelait sa propre souffrance à la mort de Connor.

— Aldo sera toujours avec vous. Vous le porterez pour toujours dans votre cœur.

— Pour toujours dans mon cœur. C'est vrai… C'est tellement vrai. Si seulement il m'avait laissée l'aimer… Si seulement il avait pu l'oublier !

Il y eut un silence, puis Tori dit gentiment :

— Vous êtes ici depuis des heures. Demain, la journée sera longue. Elliott va avoir besoin de vous. Vous devriez peut-être rentrer dormir un peu.

Du revers de la main, Maria essuya la larme qui avait coulé sur sa joue.

— Vous avez raison. Il me reste des cachets que m'a donnés le médecin quand Gian est mort. Cela m'aidera à dormir.

La gouvernante se détourna, mais Tori s'approcha d'elle et la serra dans ses bras.

— Je suis sincèrement désolée, pour Aldo. Si je peux faire quelque chose, n'hésitez pas à me le dire.

— Continuez à fouiller dans les affaires de Rachel. Il faut aider Elliott.

Tori écouta les pas de la gouvernante s'éloigner, jusqu'à ce que le silence retombe dans le bâtiment. Elle s'assit devant l'ordinateur, mais elle avait la vue brouillée par les larmes. La gorge serrée, elle pensait à la pauvre Maria. Il faudrait plus qu'une simple étreinte pour la consoler. Elle avait Elliott, bien sûr, mais les hommes n'étaient pas très doués dans ce genre de situation. Le lendemain, elle lui parlerait de nouveau. Elle veillerait à ce que Maria sache qu'elle avait une amie à qui se confier.

— Bon. Au travail. Que ferais-je si j'étais Rachel ? demanda-t-elle à l'ordinateur. Qu'est-ce qui serait le pire pour Elliott ?

Elle consulta différents fichiers, vérifia les archives de productions et d'exportations sans trop savoir quoi chercher, jusqu'à ce qu'une idée lui traverse l'esprit. Les levures ! Le vin mousseux n'était rien sans les bulles, donc sans les levures.

Or, Elliott avait acquis récemment un système informatisé qui contrôlait précisément la quantité de levures ajoutée au vin. Si quelqu'un avait modifié le programme, c'était la fin de Hawke's Landing.

Elle ouvrit le fichier du planning pour connaître la date à laquelle les levures devaient être ajoutées. C'était prévu pour le lendemain matin.

Le logiciel se trouvait probablement dans l'ordinateur de la salle de production. Mais comment vérifier la formule et savoir si elle avait été trafiquée ou non ? Elle n'y connaissait rien. Elle prit le téléphone de Rachel et composa le numéro d'Elliott. Pas de tonalité. Elle enfonça une touche pour avoir une ligne extérieure. Toujours rien. Quant à son téléphone portable, il ne captait pas de réseau dans les caves.

Elle éteignit l'ordinateur de Rachel et se leva en espérant que les téléphones des autres bureaux fonctionnaient. Tout cela commençait à lui donner la chair de poule. Quand elle aurait averti Elliott, elle se sentirait nettement mieux. Elle quitta le bureau de Rachel et repartit vers l'entrée au pas de course.

En voyant Gina Barzini franchir la porte, elle s'arrêta net. Lorenzo entra derrière sa mère et la fixa.

— Tori, tu es là, roucoula Gina, d'un ton qui fit frissonner la jeune femme. Maria nous avait bien dit que nous te trouverions ici.

Gina était habillée comme pour aller dîner au *Ritz*, mais Lorenzo portait un pantalon noir, un pull noir et une chemise noire. La panoplie du parfait gangster.

— Vous me cherchiez ? demanda Tori, en s'efforçant de parler d'une voix calme.

Quelque chose n'était pas normal.

— Oui, dit Lorenzo avec un sourire. Aldo est mort.

— Comme c'est triste, commenta Gina. Nous sommes venus aussitôt pour voir ce que nous pouvions faire.

Les Barzini n'avaient jamais été proches d'Aldo, qu'ils avaient toujours traité de la même façon que Gian : comme un employé.

— Elliott m'a demandé de regarder dans le bureau d'Aldo, au cas où il aurait laissé des instructions au sujet du service funèbre, improvisa-t-elle.

— Savez-vous où se trouve Elliott ? s'enquit Gina.

Brody le lui avait dit, mais un signal d'alarme s'était déjà déclenché dans le cerveau de Tori, et elle fit l'innocente.

— Il n'est pas chez lui ?

— Non, répondit Lorenzo en avançant d'un pas.

Il était terriblement proche de Tori, mais elle s'interdit de reculer.

— Allons l'attendre à la maison, suggéra-t-elle en contournant Lorenzo.

— Une minute.

Il lui empoigna le bras.

— Tu restes ici.

— Vous êtes très bien ici, renchérit Gina en sortant un revolver de la poche de son tailleur Armani.

— Que voulez-vous ? demanda Tori d'une voix blanche.

Lorenzo ouvrit la bouche, mais ce fut Gina qui répondit :

— La part de Hawke's Landing qui nous est due.

— Qu'est-ce que vous racontez ? Je n'ai droit à rien. Je n'ai absolument rien à voir avec l'héritage.

— En effet, dit Lorenzo. Mais Elliott, si. Et s'il était reconnu coupable de t'avoir tuée...

Tori eut soudain l'impression d'étouffer. La gorge sèche, elle articula :

— C'est risqué. Un bon avocat peut faire acquitter n'importe qui, de nos jours. Pourquoi ne pas éliminer Elliott, plutôt ?

Gina contempla son fils comme s'il était une chose qu'elle avait ramassée sous la semelle de sa chaussure.

— Nous avons essayé, mais il a prêté sa Porsche à Brody.

— Comment aurais-je pu le savoir ? protesta Lorenzo.

Visiblement, ce n'était pas la première fois qu'ils se disputaient à ce sujet. Tori ne fut pas surprise d'apprendre que Lorenzo était à l'origine du sabotage de la Porsche, mais l'atrocité de la situation la frappa soudain de plein fouet. Des spasmes d'angoisse lui traversèrent le corps. Il lui semblait que son sang-froid s'émiettait à vue d'œil, remplacé par la terreur. Les Barzini avaient déjà tenté de tuer quelqu'un. Ils ne reculeraient devant rien. Rapidement, elle leur dit :

— Maria sait que je suis ici.

Le sourire de Gina lui glaça le sang.

— C'est vrai, mais j'ai dû lui donner deux somnifères. La pauvre femme était bouleversée par la mort d'Aldo. Quand elle se réveillera, il sera trop tard.

— Allez, avance, ordonna Lorenzo en la poussant du coude, tandis que Gina braquait le revolver sur sa poitrine.

— Où allons-nous ?

— Dans l'endroit de la cave que je préfère, celle qui se trouve tout au fond, là où on fait vieillir les grands vins.

— Dès qu'Elliott rentrera, papa l'amènera ici... commença Lorenzo.

— Jaloux et fou de rage que vous l'ayez quitté pour son frère, il vous tuera, conclut Gina.

Lorenzo s'approcha de Tori.

— Tu as raison, ma poupée, un bon avocat pourrait le tirer d'affaire. Crime passionnel. Et nous devrions attendre des années que la procédure soit terminée avant d'obtenir notre dû.

Il éclata d'un rire diabolique.

— C'est pourquoi je vais voler à ton secours et essayer de te sauver en tuant Elliott.

— Mais trop tard, bien sûr, acheva Gina. Car vous serez déjà morte, ma chère.

37

Elliott étendit les jambes devant le feu, dans le salon de Farallon, et regarda Alex leur servir du cognac. Son demi-frère. Pendant toutes ces années, jamais il ne s'en était douté. C'était complètement fou !

Il se sentait complètement vidé. Assister aux derniers instants d'Aldo avait pompé toute son énergie, et pourtant, son cerveau fonctionnait à toute allure. Les questions tourbillonnaient dans son esprit.

Passé le premier choc, il avait appris à apprécier Brody et l'aimait beaucoup. Mais Alex, c'était différent.

Ils se connaissaient depuis toujours. Ni l'un ni l'autre n'en avaient jamais parlé, mais il y avait toujours eu une rivalité entre eux. Et Alex l'avait régulièrement emporté sur lui.

Elliott aimait à penser qu'il n'avait pas encore fait toutes ses preuves. Du vivant de son père, il n'avait été qu'un employé, et il s'était maintes fois heurté au conservatisme de Gian, qui avait freiné bon nombre de ses initiatives.

Alex lui tendit un verre et trinqua avec lui.

— À mon père, le dernier des grands remueurs.

Elliott savoura le précieux cognac. Il le laissa s'attarder sur sa langue, comme il l'aurait fait avec un grand cabernet, puis il l'avala lentement. Une douce chaleur lui réchauffa la gorge et descendit jusque dans son ventre. Il se détendit un peu.

— Ton père était le meilleur. C'est incontestable.

Alex s'assit en face d'Elliott.

— Papa a choisi d'être incinéré. Il voulait que ses cendres soient dispersées au-dessus de Hawke's Landing. Tu n'y vois pas d'inconvénient ?

— Bien sûr que non. On pourrait utiliser un hélicoptère. Ou une montgolfière, pourquoi pas ?

— Une montgolfière ! s'exclama Alex en se frappant la cuisse. C'est parfait. Je n'y aurais jamais pensé.

Ils sirotèrent leur cognac en silence, tous deux perdus dans la contemplation du feu. Soudain, Elliott regretta toutes les années perdues. Ils étaient frères, ils avaient été élevés sur la même terre, ils avaient aimé le même homme, et ils se connaissaient si mal !

— Je suis désolé de m'être montré si distant avec toi. J'ai toujours été un peu jaloux de toi, avoua-t-il.

Une étincelle amusée brilla dans les yeux d'Alex, masquant momentanément sa tristesse.

— Moi aussi, je t'enviais. J'enviais ton nom, ton allure, ta voiture, ta maison. En fait, Gian nous a tous manipulés. Il a entièrement mis en scène cette situation. Il voulait que ça se passe de cette façon.

— Pourquoi ?

— Je n'en sais rien. Pardonne ma franchise, mais je pense qu'il y avait en lui quelque chose de profondément pervers. Il adorait jouer avec son entourage. Pour lui, les autres n'étaient que des marionnettes. Il n'a jamais aimé que sa petite personne.

Elliott décida de poser la question qui le taraudait depuis qu'il avait appris que sa mère avait été la femme d'Aldo.

— Crois-tu qu'il ait aimé notre mère ? Au moins au début ?

Après avoir posé son verre, Alex se pencha en avant, les avant-bras sur les genoux, et regarda Elliott droit dans les yeux.

— Tu es un homme, Elliott, voyons. Tu n'as jamais vécu d'aventure sexuelle torride avec une femme que tu n'avais aucune envie d'épouser ?

— Si, bien sûr, mais je ne pourrais jamais coucher avec la femme d'un ami et la plaquer ensuite.

— Tu sais ce que Maria a dit à papa, une fois ? Qu'elle pensait que Gian avait délibérément eu cette aventure avec notre mère pour détruire le mariage d'Aldo.

— Quoi ?

— Exactement. Son meilleur ami était amoureux et marié à une jolie femme. Gian savait que papa divorcerait de notre mère s'il découvrait qu'elle l'avait trompé. Ce que Gian n'avait pas prévu, c'est que Linda tomberait enceinte et follement amoureuse de lui.

— Mais pourquoi faire une chose pareille ?

Alex prit son verre et avala une gorgée de cognac.

— Il fallait qu'il soit le roi, le centre de l'univers. Il n'osait même pas te confier le vignoble, parce que tu risquais de réussir mieux que lui.

— Il ne laissait jamais ton père voyager à sa place, ajouta Elliott, pensif.

Il observa un silence, puis demanda soudain :

— Tu sais que Maria était amoureuse d'Aldo, n'est-ce pas ?

— Oui. Apparemment, le destin veut que nous aimions toujours la mauvaise personne.

Elliott essaya de changer de sujet en douceur.

— Maria est toute seule à la maison. Les autres domestiques ont leur soirée de libre. Je devrais l'appeler pour prendre de ses nouvelles.

Comme il se dirigeait vers le bar, où se trouvait le téléphone, il songea soudain à l'avenir.

— Il va falloir que tu cherches des fonds ailleurs, si tu veux racheter Farallon.

— J'y réfléchirai plus tard. Quand je me serai occupé de papa.

La détresse d'Alex mettait Elliott mal à l'aise. Lui, après la mort de son père, n'avait eu que des considérations matérielles en tête. Depuis quand les choses étaient-elles devenues plus importantes pour lui que les gens ?

Il composa le numéro de Hawke's Landing. Ce fut oncle Tito qui répondit. « Les vautours se rapprochent », pensa Elliott.

— Maria est-elle là ?

— Oui, mais elle avait la migraine et elle est allée se coucher. Quand rentres-tu ?

Elliott hésita. Ils avaient pensé, Brody et lui, qu'il devrait passer la nuit chez Alex. Non seulement cela leur donnerait une chance de parler et de renouer, mais ils pourraient aussi organiser l'enterrement. Pourtant, quelque part dans un coin de sa tête, Elliott avait un mauvais pressentiment.

Cette bonne vieille tante Gina était machiavélique. Avec la mort d'Aldo, elle allait obtenir une part encore plus importante de Hawke's Landing. Elle était très capable de mijoter un mauvais coup.

— Je ne vais pas tarder.

Brody se gara devant le cottage. Aucune lumière ne brillait dans la maison de Tori. Apparemment, elle n'était pas là. Impatient de la revoir, Brody avait écourté la fête au *Brava Terrace* et avait laissé ses deux compagnons finir le dessert et le café sans lui.

La vie pouvait-elle être plus bizarre ?

Il espérait bien que non. En l'espace de quelques semaines, il avait été frappé par une succession de révélations extravagantes qui avaient chamboulé pas mal de ses certitudes.

Rien ne serait jamais plus comme avant.

Il avait désespérément envie d'en parler avec Tori, ce qui ne lui ressemblait pas. Jamais il n'avait éprouvé le besoin de discuter de ce qu'il ressentait avec quelqu'un.

À une époque, il aurait lutté contre ce changement. Aujourd'hui, il s'en réjouissait. Il ne croyait pas nécessairement à la génétique, mais dernièrement, les circonstances l'avaient poussé à s'interroger. Bien qu'ayant été élevés séparément, Elliott et lui avaient de nombreux points communs. Quant à Alex, il lui ressemblait aussi beaucoup, même si Brody ne se sentait pas aussi proche de lui que de son jumeau. C'était bien.

Ce qui était moins bien, c'était que Brody craignait de ressembler un peu trop à Gian Hawke, un être misanthrope à l'extrême. Il s'était isolé et était mort sans jamais avoir aimé. Brody ne voulait pas que la même chose lui arrive.

— Où est-elle, Piny ? demanda-t-il au labrador, qui venait l'accueillir en bondissant.

Surpris que Tori ne soit pas chez elle et vaguement inquiet, il courut vers le *Silver Moon*. La chambre de Lou était allumée. Brody emprunta l'escalier de secours et frappa à la porte de l'appartement du premier étage. Lou vint lui ouvrir en peignoir.

— Bonsoir. Je cherche Tori.

— Elle n'est pas avec vous ? s'étonna Lou. Je ne l'ai pas revue depuis qu'elle est partie au travail, ce matin. Je vous croyais ensemble.

— Je suis passé à l'agence, mais elle n'y était pas.

— Tori me téléphone toujours quand elle ne rentre pas directement. J'espère qu'elle n'a pas eu de problème avec sa voiture.

Quelque chose se serra dans le ventre de Brody.

— Je vais la chercher. Je vous tiens au courant.

Brody retourna en hâte vers sa Porsche et sauta sur son siège. Il faillit refermer la portière sur Piny.

— D'accord, mon beau. Grimpe.

Brody démarra sur les chapeaux de roue. Tout en roulant, il essaya de réfléchir comme Tori. Où avait-elle bien pu aller ?

L'ordinateur de Rachel.

Bien sûr ! Elle ne l'avait pas attendu !

Dans son inquiétude, il fit le vide dans son esprit, écartant même les nouvelles qu'il avait apprises pendant le dîner. Et si Rachel avait surpris Tori en train de fouiller dans son ordinateur ? Cette fille était capable de tout.

La route était sombre et solitaire, comme la nuit de l'accident. Lorsqu'il arriva à Hawke's Landing, il reconnut la Bentley des Barzini garée devant l'entrée. S'il les croisait, Gina ou Lorenzo risquaient de le retarder, se dit-il, aussi fit-il demi-tour. Il contourna la propriété et tomba sur une petite route secondaire.

— Elle est là, dit-il à Piny.

Il se gara devant la voiture de Tori.

— Viens, ordonna-t-il au chien. Allons voir ce qu'elle fabrique.

Le labrador à ses côtés, Brody se dirigea vers les caves. Aucune lumière n'était allumée à la réception, remarqua-t-il. Mais, à travers la porte vitrée, il aperçut la faible lueur d'un écran d'ordinateur. Il composa le code, et la porte s'ouvrit.

Un objet abandonné par terre attira aussitôt son attention. Une torche. Était-ce Tori qui l'avait laissée tomber ? Il l'enfonça dans sa poche et se dirigea vers le bureau de Rachel. Tout en marchant, il tendit l'oreille, en vain. Le silence régnait.

La porte du bureau était ouverte, mais la pièce était vide. Piny courut vers le fauteuil en agitant la queue, puis il renifla le siège et gémit.

— Tori est passée par ici ? demanda Brody.

Sans doute était-elle retournée à la villa. Il décida de téléphoner pour en avoir le cœur net. Il décrocha et essaya d'obtenir une ligne extérieure, sans succès. Il n'y avait aucune tonalité. L'électricité fonctionnait, mais le téléphone était coupé.

— Zut. Viens, Piny, allons-y. On va voir si elle est dans la maison.

Il ressortit dans le couloir et partit en direction de la sortie, mais le chien fit brusquement demi-tour et trottina vers les autres caves, au fond.

— Viens, Piny, par ici.

Piny s'arrêta et pencha la tête, les oreilles dressées.

— On va chercher Tori.

En entendant le nom de sa maîtresse, le labrador repartit dans l'obscurité, vers les caves du fond. Brody leva les yeux au ciel, mais soudain, une idée le frappa : Piny avait du flair. Il siffla, le plus doucement possible.

— Au pied, mon beau.

Le chien sortit du tunnel et s'arrêta pour attendre Brody, sans cesser d'agiter la queue. Apparemment, il ne sentait pas de danger, mais cela ne voulait rien dire. Hormis son remarquable flair, le labrador ne valait rien comme chien de garde.

Brody le prit par son collier. Avancer en silence était l'une des premières règles qu'on lui avait apprises durant sa formation. S'il y avait quelque chose au fond des caves, il n'avait pas l'intention de claironner leur arrivée.

De sa main libre, il sortit la torche et l'alluma. Il n'avait aucune idée de l'endroit où l'emmenait Piny, mais il dessina mentalement une carte des lieux tels qu'il se les rappelait.

Piny l'entraînait de plus en plus loin dans le labyrinthe de galeries. D'après les odeurs qui flottaient dans l'air, ils devaient à présent se trouver près des caves où vieillissait le vin. Le plafond était plus bas.

— Attends, murmura-t-il.

Brody tira sur le collier du chien. Il avait entendu un bruit, une sorte de grognement étouffé.

Le bruit d'une machine ?

Non. Il n'y avait aucune machine dans ce secteur. La main sur le collier de Piny, il continua à avancer. Lorsqu'il arriva à l'endroit où la galerie formait un coude, il éteignit la torche. Puis il tendit l'oreille et perçut des bruits de voix assez éloignés.

Il décela une voix d'homme et avança encore un peu, une main sur la croupe de Piny pour l'empêcher de battre de la queue. Le chien se mit à se trémousser. À l'évidence, il avait reconnu la voix de sa maîtresse.

Au détour du coude, un rai de lumière éclaira le tunnel suffisamment pour qu'il voie ce qui se passait dans la cave de vieillissement. Tori se trouvait dos à un mur de bouteilles. Elle avait les traits tirés et était livide. À côté d'elle, Gina Barzini tenait un revolver.

Une fureur aveugle lui traversa le corps, et il faillit faire irruption et charger comme un sanglier. Mais son entraînement et son expérience reprirent le dessus. Il y avait au moins une autre personne, celle qui parlait. « Calme-toi, se dit-il. Étudie la situation. »

— Si vous nous tuez, vous ne vous en sortirez jamais.

Elliott ! Deux personnes qu'il aimait allaient mourir.

— Ah ! Tu te crois donc si malin ?

Lorenzo Barzini. Était-il armé ? Si oui, cela changeait entièrement sa tactique.

— Tue-les. Que de temps perdu en palabres !

Un autre homme. Il fallut quelques secondes à Brody pour reconnaître la voix de Tito Barzini. Bon. Le clan Barzini au complet était là.

— Il faut que je trouve le bon angle, expliqua Lorenzo. Je ne voudrais pas gâcher trop de vin.

Zut ! Deux revolvers. Lorenzo était armé aussi.

— Brody ne vous laissera pas vous en tirer comme ça, déclara Tori d'une voix étrangement calme. Il découvrira ce que vous avez fait.

« Merci, Tori, songea-t-il. Merci d'avoir foi en moi. »

— Un peu plus à gauche, près de la caisse à moitié vide, ordonna Lorenzo. C'est un bel endroit pour mourir.

38

Brody sortit la lampe de sa poche. L'élément de surprise était son seul atout, ainsi que son expérience professionnelle dans les commandos d'élite de la marine. Il avait déjà tué à mains nues. Mais, à l'époque, il n'avait risqué que sa vie. À présent, son frère et la femme qu'il aimait...

Qu'il aimait ?

« Concentre-toi, ne laisse pas tes sentiments brouiller ton raisonnement. Agis comme si c'était une de tes missions. Vas-y ! Maintenant ! »

Brody s'élança. Mais Piny le devança d'une seconde et sauta dans la cave en agitant la queue.

— Qu'est-ce que c'est que ça ? cria Lorenzo.

Brody braqua la torche vers son visage, mais Lorenzo eut le temps de tirer. La balle atteignit un magnum de vin, qui vola en éclats. Des morceaux de verre crépitèrent autour d'eux comme des éclats d'obus. Au milieu des tessons, un geyser de vin mousseux jaillit et les éclaboussa.

Brody arracha le revolver des mains de Lorenzo. Un deuxième coup partit et fit exploser un jéroboam. Les giclées de vin aveuglantes et les débris de verre ajoutèrent encore à la confusion générale.

Elliott attrapa la main de Gina et essaya de lui prendre son arme. Le coup partit, et Piny fut touché à la hanche. Le labrador gémit, tandis que son sang se répandait par terre.

Gina braqua son revolver sur Tori, mais Elliott le lui fit tomber des mains. L'arme atterrit à côté de Piny, et Gina donna un coup de pied dedans. Le revolver glissa sous un casier à bouteilles, hors d'atteinte.

Tito fondit alors sur Tori, un revolver à la main.

— Un geste de plus, et elle est morte.

— Piny, Piny ! cria Tori.

Sans se soucier de l'arme qui la menaçait, elle courut vers son chien et essaya de comprimer la plaie pour faire cesser l'hémorragie.

— Rends son arme à Lorenzo, ordonna Tito à Brody, sinon je la descends.

Un éclat de verre avait égratigné le front de Lorenzo. Il essuya le sang qui coulait dans ses yeux d'une main et tendit l'autre vers Brody.

— Le revolver !

Brody hésita, mais il n'avait pas le choix. Lentement, il tendit l'arme à Lorenzo. Puis il regarda son frère, lui demandant silencieusement de se tenir prêt, au cas où une deuxième chance se présenterait.

Tori avait les deux mains plaquées juste au-dessus de la blessure de Piny. Le chien saignait moins, mais Brody savait que bientôt, il se viderait de son sang.

— Attendez ! cria Gina à son fils et à son mari. Vous vous rendez compte que nous avons là les deux héritiers de Hawke's Landing ? S'ils disparaissent tous les deux, la totalité du domaine sera à nous !

— J'y avais pensé, grogna Lorenzo en adressant à sa mère un regard hargneux, mais personne ne fait jamais attention à ce que je dis.

— L'ordre dans lequel nous sommes tués, l'endroit où nous tombons, le sang des uns sur les autres, tout cela doit tenir la route, fit remarquer Brody. Si nous mourons tous les trois, la police enverra des experts de San Francisco.

— Si votre version des faits n'est pas plausible, vous serez arrêtés, renchérit Elliott, comprenant que Brody cherchait à gagner du temps.

Penchée sur son chien, Tori essayait de maîtriser le tremblement de ses mains et de ses jambes. En vain. Elle avait su, une certitude insensée, que Brody viendrait. Malheureusement, il n'avait rien pu faire. Elle allait mourir. Mais si elle agissait vite, elle arriverait peut-être à sauver l'un des deux frères.

À droite de la tête de Piny, elle aperçut le goulot d'une des bouteilles fracassées, encore muni de sa capsule et de son bouchon. Contre un revolver, cela ne valait pas grand-chose, mais c'était mieux que rien.

— Il faut donner l'impression que c'est Elliott qui les a fait venir ici, dit Gina en regardant autour d'elle. Emmène-les là-bas, ordonna-t-elle en montrant l'autre côté de la pièce. Et tire.

Tori murmura doucement dans l'oreille de Piny et avança la main vers le tesson de bouteille.

— Je vous conseille de tirer dans la nuque d'Elliott, remarqua Brody. Sinon, ça paraîtra suspect.

— Ça va, nous ne sommes pas idiots.

— C'est vrai, j'oubliais que tous les Barzini avaient sauté dans la marmite du patrimoine génétique pendant que les surveillants avaient le dos tourné.

— Qu'est-ce qu'il raconte ? grogna Tito.

Elliott émit une sorte de hennissement contenu, puis éclata de rire franchement. Tori faillit rire aussi. Le plan des Barzini ne duperait personne. Malheureusement, ni elle ni les jumeaux ne seraient là pour les voir sous les verrous.

— Il te met en boîte, grommela Lorenzo. Ne fais pas attention à lui.

Du bout des doigts, Tori attrapa ce qui restait de la bouteille. Elle bougea légèrement pour cacher son arme improvisée, puis elle fit doucement remonter le tesson vers le museau de Piny. Elle remarqua au passage qu'il avait fermé les yeux. Était-il toujours vivant ?

— Fais venir Tori et Brody par là ! dit Gina. Vite. Qu'on en finisse.

Lorenzo écarta son revolver de Tori et l'agita en direction d'Elliott.

— Place-toi à côté de la porte.

Elliott fit deux pas de côté pour se rapprocher de la porte. À cet instant, Brody commença à marcher lentement vers l'autre bout de la cave. Tori resta blottie contre Piny.

Lorenzo lui donna un coup de pied.

— Debout !

Du coin de l'œil, elle vit que les jumeaux étaient loin. Elle avait une chance, une seule, d'atteindre Lorenzo.

Si elle échouait, elle était morte. Au moment où elle passerait à l'attaque, Brody et Elliott sauteraient sur l'occasion. Ils pouvaient peut-être sauver leur peau.

— Lève-toi ! ordonna Lorenzo.

Tori bondit sur ses pieds, comme si elle était terrifiée. Puis, de toutes ses forces, elle enfonça le tesson de bouteille dans le ventre de Lorenzo.

— Ah ! Ah ! cria-t-il en basculant en arrière.

Du sang coulait de son abdomen. Mais, voyant qu'il n'avait pas lâché son arme, Tori se baissa sur le côté. Un coup de feu retentit, puis elle sentit une chaleur intense lui brûler la poitrine.

— Brody ! cria-t-elle.

Les murs voûtés tourbillonnèrent autour d'elle. Elle entendit Piny pousser une longue plainte désespérée. Puis le brouhaha des voix devint un écho lointain, semblable à un souvenir à moitié oublié. Alors, la lumière s'éteignit, et une obscurité étouffante la submergea.

Assis à côté d'Elliott dans la salle d'attente de l'hôpital, Brody posa la tête contre le mur.

— Ça fait combien de temps ?

— Deux minutes de plus que tout à l'heure.

Elliott se pencha et posa une main sur le genou de son frère.

— Je sais qu'on attend depuis plus de cinq heures, mais tu as entendu le médecin. La balle est près du cœur. Il doit être particulièrement prudent.

Brody regarda la main de son frère. Ce geste ne lui paraissait pas déplacé. De bien des façons, il avait l'impression d'avoir toujours connu Elliott.

— J'aurais préféré qu'on ait le temps de l'envoyer en avion à San Francisco.

— Nous avons déjà eu de la chance de pouvoir l'amener ici.

Brody ferma les yeux et songea au cauchemar qu'il venait de vivre. Il avait tenu en joue les Barzini, pendant qu'Elliott courait téléphoner à la villa. Là, son jumeau était tombé sur Alex, qui s'était chargé d'appeler une ambulance et le shérif, ce qui avait permis à Elliott de retourner dans la cave. Il leur avait semblé que les secours mettaient des heures à arriver.

— Je l'aime, avoua Brody à son frère. Je sais que ça paraît bizarre, parce qu'on se connaît depuis peu de temps, mais sincèrement, je suis fou d'elle.

— Je comprends ce que tu veux dire, assura Elliott. Elle t'aime aussi.

Brody lui jeta un coup d'œil.

— Elle te l'a dit ?

— Euh... non. Mais il suffit de voir la façon dont elle te regarde. Je sais ce que je dis. Elle t'aime.

— Mon Dieu, faites qu'elle ne meure pas.

Ils gardèrent le silence quelques minutes, puis Brody reprit :

— Je devrais peut-être essayer de rappeler Lou.

— Attends qu'on ait des nouvelles d'Alex.

Alex n'était pas arrivé assez tôt pour empêcher Lorenzo de tirer sur Tori, mais il avait pu emmener Piny aux urgences vétérinaires de Calistoga. Puis, Lou étant injoignable, il avait proposé d'aller le chercher au *Silver Moon*.

— Je ne supporte pas cette attente, grommela Brody. J'ai besoin de faire quelque chose.

À cet instant, Alex entra, suivi de Lou et de Katherine Mowrey. Brody n'eut pas besoin de demander à Alex où il avait trouvé le père de Tori. Il avait déjà compris que le courant était passé entre Lou et la jolie détective.

— Y a-t-il du nouveau ? demanda Lou d'une voix brisée.

Brody secoua la tête et le regarda s'asseoir sur le canapé. Katherine prit place à côté de lui, et Alex s'installa face à eux.

— Je suis désolé, dit Brody. C'est moi qui aurais dû...

— Ce n'est la faute de personne, coupa Lou. Hormis celle des Barzini.

— Ils vont être inculpés de tentative d'homicide, dit Elliott.

— Et pour la mort de Gian ? Si on creuse un peu...

— Non, répondirent les trois frères d'un même élan. Ils avaient tous les trois convenu qu'Aldo avait agi en son âme et conscience. Inutile de ternir sa réputation.

Le médecin les rejoignit enfin. Sa blouse était tachée de sang. Brody serra les dents. La vue du sang ne l'avait jamais dérangé, cela faisait presque partie de son quotidien. Mais celui-ci était le sang de Tori.

— Comment va-t-elle ? demanda Lou.

— Nous avons extrait la balle, mais elle a fait une hémorragie interne. Je pense que nous l'avons arrêtée. Néanmoins, je ne puis être catégorique. Il y a un risque que cela reprenne.

— Puis-je la voir ? demanda Brody.

— Elle est encore sous sédatif. Demain matin, peut-être.

Lou se leva.

— C'est ma fille. Il faut que je la voie.

— D'accord, mais si son état s'aggrave, vous devrez partir immédiatement, pour nous laisser intervenir.

— Bien sûr, répondit Lou.

Il prit le bras de Brody.

— Il vient avec moi.

Tori essayait de courir dans la neige. Chaque pas lui coûtait, car sa course était ralentie par l'épaisseur de la poudreuse. Elle avait froid, si froid que son cœur était comme un morceau de glace dans sa poitrine. Pourquoi ne voyait-elle rien d'autre que cette aveuglante lumière blanche ? Il devait bien y avoir des arbres, quelque part, sur ce chemin.

— Un voile blanc, murmura-t-elle.

Prise de panique, elle réalisa qu'elle avait les yeux fermés. On ne pouvait pas courir dans une tempête de neige en gardant les yeux fermés ! Elle voulut soulever les paupières, mais elles étaient horriblement lourdes.

— Tu m'entends, Tori ?

C'était son père qui l'appelait. Sa voix n'était qu'un murmure dans le vent. Il devait être très loin. Elle tenta de lui répondre qu'elle était perdue et qu'elle avait besoin d'aide, mais sa langue refusait de remuer.

Elle continua à avancer péniblement dans la neige, sans réussir à ouvrir les yeux. Dans une minute, elle allait mourir de froid. Son cœur cesserait de battre, et elle quitterait cette terre.

— Je crois qu'elle a froid.

Était-ce la voix enrouée de Brody qu'elle venait d'entendre ? Pourquoi ne l'aidait-il pas à sortir de ce blizzard ?

La neige autour d'elle devint soudain chaude, douce et moelleuse. Mais un long moment passa avant que son corps ne parvienne à vaincre le froid. Puis elle dériva sur un nuage de douce tiédeur et entra dans les ténèbres.

Quelque chose secoua Tori. Elle percevait également des sons, de plus en plus proches. Elle entrouvrit un œil et réalisa qu'elle n'était plus enfermée dans le voile blanc. Une forme bizarre se trouvait devant elle.

— Tori ? dit une voix de femme.

C'était un visage qu'elle ne connaissait pas.

— Tori, vous m'entendez ?

Elle hocha la tête, puis réalisa qu'elle avait un tube dans la gorge… et un autre dans le nez ! La panique l'empêchait de réfléchir. Elle voulut attraper la femme, mais on avait attaché quelque chose à sa main qui lui interdisait tout mouvement.

— Tout va bien, vous êtes à l'hôpital.

À l'hôpital ?

Elle ferma les yeux pour laisser la nouvelle pénétrer son esprit, et elle revit soudain la scène de la cave. On lui avait tiré dessus. Brody avait-il survécu ? Et Elliott ? Et Piny, son cher Piny ?

Elle voulut poser des questions, mais le tube dans sa gorge l'en empêchait. Elle ouvrit les yeux et battit des paupières avec peine. L'infirmière sourit, mais ne comprit pas le message.

— Ça va aller, maintenant, assura-t-elle. Mais vous avez mis du temps à vous réveiller. Cela fait presque deux jours. J'ai envoyé votre père et votre ami à la cafétéria boire un café.

Son ami ?

Quel ami ? Où était Brody ? Il était apparu au moment où elle avait le plus besoin de lui. Que lui était-il arrivé ?

L'infirmière la borda et tripota les boutons d'une machine placée à côté du lit.

— Ah, je les entends qui reviennent. Ne les laissez pas vous fatiguer. Messieurs, vous arrivez juste à temps. Elle est réveillée.

— Tori ! Dieu merci !

Son père se pencha et l'embrassa sur la joue.

« Papa », cria-t-elle en silence.

Il resta un instant au-dessus d'elle, avant de s'écarter. Brody prit sa place et lui toucha la joue.

— Tu nous as fait drôlement peur, dit-il, d'une voix étranglée qu'elle ne reconnut pas. Mais tu t'en es sortie.

« Je t'aime, voulut-elle lui dire. Ne me quitte pas. Dis-moi que tu vas rester ici, dans la vallée. » Mais il n'allait pas rester. Elle le savait depuis le début. Elle eut beau se retenir, une larme coula sur sa joue.

— Tori, ma douce, ne pleure pas. Tu es sauvée.

Il posa une main sur la sienne.

— Elliott s'en est sorti aussi. Piny boitera, mais il est sauvé.

« Si seulement mon amour pouvait t'empêcher de partir », gémit Tori en elle-même.

— J'ai d'excellentes nouvelles. Alex et Elliott n'ont plus à s'inquiéter pour l'argent.

Brody lui sourit, mais elle remarqua qu'il avait les yeux battus. Cette veille à son chevet l'avait épuisé. Cela signifiait donc qu'il était un peu… attaché à elle, non ?

— La détective, Katherine, se renseignait sur moi pour le compte d'un gérant de portefeuilles. Apparemment, Gian a donné de l'argent à ma mère quand il a pris Elliott, pour qu'elle me le remette à mes trente ans. Elle l'a confié à Jonathan Cummings, un banquier qu'elle avait rencontré quand elle habitait à Yountville, lorsqu'elle était enceinte d'Elliott et de moi. Il l'a investi dans de si bons placements que j'ai un sacré paquet d'économies. En tout cas, assez pour aider mes frères.

« Mes frères. » Elle aimait bien entendre ces mots dans sa bouche. Sachant qu'elle ne pouvait sourire, elle essaya de lui faire un clin d'œil.

— Je reste ici, Tori, annonça-t-il d'une voix grave, en lui caressant les cheveux. Je t'aime. Je n'aurais jamais cru que mon cœur était capable d'autant d'amour.

Il posa un baiser sur son front, et ses lèvres s'y attardèrent.

— J'espère que tu m'aimes aussi.

Tori rassembla toute son énergie pour soulever sa main du lit. Brody enlaça ses doigts aux siens, tout en prenant soin de ne pas arracher la perfusion. Elle lui serra la main de toutes ses maigres forces.

— Dois-je comprendre que tu m'aimes aussi ?

Elle hocha la tête et répondit en silence : « Je t'aime plus que tu ne le sauras jamais. »

ÉPILOGUE

Un an plus tard

Piny attendait sous le porche de la jolie maison victorienne qu'avaient achetée Brody et Tori dans les environs de Napa.

— Je suis là ! cria Brody en franchissant la porte d'entrée.

Il ne reçut pas de réponse, mais il savait que Tori était là. Il entendait de la musique en provenance du petit salon situé au premier étage, la pièce que Tori avait transformée en bureau et où elle travaillait lorsqu'elle n'allait pas à l'agence.

— Rentre, mon beau.

Brody tint la porte ouverte pour le labrador, et Piny entra en clopinant et en agitant la queue.

— Tu as beaucoup de courage, mon toutou, fit Brody en se penchant pour lui caresser la tête. Elle t'a peut-être ralenti, cette balle, mais elle ne t'a pas retiré ton énergie, hein ?

— Qui est là ? appela Tori du haut de l'escalier.

— Ce n'est que moi. Je papote avec mon chien.

— Notre chien.

Il ne voyait pas son visage, mais comme d'habitude, il y avait un sourire dans la voix de Tori.

— Monte, s'il te plaît, Brody. Je voudrais te parler.

Il grimpa les marches quatre à quatre, suivi de Piny, et écrasa la femme de sa vie contre sa poitrine. Chaque soir, quand il rentrait à la maison, il repensait à ces heures angoissantes où il avait été si près de la perdre.

Et chaque soir, il l'embrassait en adressant au Ciel une prière silencieuse.

Ils s'embrassèrent, longuement, tendrement, puis Tori l'emmena dans le petit salon. Des dessins étaient étalés partout, certains punaisés sur un tableau d'affichage, d'autres scotchés à la fenêtre.

— Comment ça va, au bureau ? demanda-t-elle.

— Merveilleusement bien.

Il s'était découvert un don pour les affaires. Il avait commencé par aider Elliott et Alex, puis il avait investi dans différentes entreprises de la région. Ses activités étaient aussi passionnantes que la lutte antiterroriste... et beaucoup plus lucratives.

Voir ses frères prospérer lui procurait une satisfaction surprenante. Il avait voulu prêter de l'argent à Tori, mais elle avait refusé. Elle tenait à garder son indépendance, disait-elle. Heureusement, il ne s'agissait que du domaine financier. Elle s'était laissé convaincre de se marier avec lui.

Tori le conduisit vers la porte-fenêtre qui ouvrait sur un balcon. De cet endroit, on avait une vue magnifique sur la campagne, en particulier à cette époque de l'année, où les feuillages viraient au roux. C'était la saison des vendanges.

Ils s'assirent tous les deux, main dans la main.

— Alors, ma douce, que voulais-tu me dire ?

Tori ne savait pas par où commencer. Il s'était produit tant de changements dans la vie de Brody, en l'espace d'un an... Comment allait-il prendre celui-ci ?

— Tori, qu'y a-t-il ?

Elle tourna un peu autour du pot.

— Tu es au courant, pour Rachel ?

— Oui, j'ai entendu ça. M. Point-Com a tout perdu dans je ne sais quelle *start-up* internet. Il est fauché.

Tori hocha la tête.

— Papa dit que la banque va saisir le vignoble des Rittvo.

— Il ne valait pas grand-chose. Comparé à Hawke's Landing ou à Farallon, en tout cas. Quant à Rachel, elle n'a que ce qu'elle mérite.

— Dommage qu'on n'ait pas pu la poursuivre en justice pour avoir falsifié ces commandes pour Hawke's Landing.

— Pas assez de preuves, hélas, soupira Brody.

Intrigué, il pencha la tête vers sa femme et demanda :

— Mais, dis-moi, c'était vraiment de Rachel que tu voulais me parler ?

— Non, pas exactement. Papa et Katherine viennent dîner, ce soir.

— Ah, bon !

Lou et sa nouvelle femme leur rendaient généralement visite le dimanche soir, rarement en semaine. Brody haussa les sourcils.

— Que se passe-t-il, ma douce ?

— Qu'est-ce qui te fait croire qu'il se passe quelque chose ?

— Nous sommes mariés depuis presque un an. Je commence à savoir comment fonctionne ton petit cerveau.

— J'ai invité papa pour lui annoncer...

Elle respira un grand coup.

— Papa va être grand-père.

Brody contempla Piny, qui s'était allongé à leurs pieds. Puis il se leva lentement, enfonça les poings dans les poches de son pantalon et fixa Tori.

— Tu attends un bébé.

— Non, mon chéri. Nous attendons un bébé.

Elle essaya de sourire.

— Ça ne te contrarie pas, j'espère ? Je veux dire, on n'en a jamais vraiment parlé. C'est arrivé vite...

Il la prit par la main pour qu'elle se lève et la serra doucement contre lui.

— Me contrarier ? Pourquoi serais-je contrarié ?

Elle plongea son regard dans les profondeurs bleues qu'elle aimait tant.

— Une femme, un boulot à horaires réguliers... Tout d'un coup, ton monde est devenu exactement ce que tu as toujours détesté.

— Tori, écoute-moi bien. Avant de te connaître, je n'avais aucune idée de ce que je voulais.

Il l'embrassa sur le front.

— J'aime ma vie. Je veux une famille, une grande famille. Tu sais, Tori, quand tu as été blessée, Alex, Elliott et moi, nous avons réagi exactement comme un commando d'élite... Non, comme une famille soudée. L'un t'a emmenée à l'hôpital tandis que l'autre s'occupait de Piny, et tous les trois, on a remis les Barzini entre les mains de la justice. J'ai réalisé qu'ils étaient mes frères, pas des militaires. Leurs actes étaient motivés par l'amour, et non par l'excitation du combat. Ils ont fait ce qu'il fallait faire. À ce moment-là, j'ai compris que l'armée m'avait servi de substitut de famille. Je cherchais des défis à relever parce que je n'avais pas de vie.

Tori poussa un soupir de soulagement. Elle était au bord des larmes. Comment avait-elle pu penser qu'il réagirait mal ? De toute évidence, il avait fait encore plus de chemin qu'elle ne le croyait.

Il posa une main sur son ventre.

— Et maintenant, je vais avoir ma famille à moi. Je ne pourrais pas être plus heureux.

— Tu voudrais un garçon ou une fille ?

— Peu importe. Ce qui compte, c'est que ce soit un beau bébé en bonne santé.

Il recula et la dévisagea un instant.

— Ton père doit venir ce soir pour apprendre la nouvelle. Et mes frères ?

— Oh, je ne te l'ai pas dit ? Alex et Elliott, les futurs oncles, apportent le dîner. Je n'ai pas le temps de faire la cuisine, je suis trop occupée.

Il éclata de rire.

— Petite diablesse ! J'espère que tu aimes être enceinte, parce que ce ne sera pas la dernière fois !

Rendez-vous au mois de juillet
avec deux nouveaux romans de la collection

Amour et Destin

Le 3 juillet 2002

Un plaisir simple

de Elisabeth Lowell (n° 6290)

Hope Gardener a abandonné une carrière de mannequin pour reprendre le ranch de son père dans le Nevada. Elle aime cette terre plus que tout mais craint de devoir renoncer à s'en occuper. En effet, elle manque d'eau sur le ranch et est contrainte d'en acheter à son voisin pour abreuver son bétail. Sa rencontre avec Rio, un Indien solitaire spécialisé dans la recherche de sources, tombe à point nommé...

Le 12 juillet 2002

L'homme au cœur blessé

de Caroline Leavitt (n° 6291)

À la naissance de leur premier enfant, Gary et Molly sont les plus heureux du monde. Mais leur tout nouveau bonheur est bientôt brisé lorsque Molly, à la suite d'une hémorragie interne, se retrouve plongée dans le coma. Gary est alors confronté à une situation difficile : assurer son travail de nuit et s'occuper seul du bébé, tout en veillant avec amour sur sa femme...

J'AI LU *Amour et Destin*

Quand l'amour donne aux femmes le choix de leur destin

Ce mois-ci, découvrez également
trois nouveaux romans de la collection

Aventures et Passions

Le 3 juin 2002

La caresse d'un inconnu

de Karen Robards (nº 6234)

Angleterre, XIXe siècle. Bien qu'elle ne l'ait pas revu depuis son enfance, lady Gabriella est effondrée lorsqu'elle apprend la mort de son demi-frère, Marcus. En effet, le titre et la fortune familiale reviendront à un lointain cousin, l'infâme Thomas. Une seule solution s'offre à elle : taire la mort de Marcus et se rendre à Londres comme prévu pour la saison mondaine. Mais lorsqu'elle arrive dans la demeure familiale, elle trouve un homme qui se fait passer pour Marcus. Comment le dénoncer sans révéler sa propre supercherie ? Et que cherche ce mystérieux et séduisant imposteur ?

Le 10 juin 2002

Un homme à apprivoiser

de Judith E. French (nº 6235)

Missouri, 1849. Rebecca Raeburn vit avec sa famille près d'un fleuve. Les Raeburn gagnent leur vie en faisant traverser passagers et animaux d'une rive à l'autre. Lorsqu'un beau jour Rebecca embarque Shaw MacCade, un membre de la famille ennemie des Raeburn, elle découvre, à sa grande surprise, un homme blessé et sensible. Malgré le climat de haine qui déchire les deux familles, Rebecca et Swam deviennent amants, au risque d'être rejetés par leurs parents...

Le 24 juin 2002

L'aventurier solitaire

de Elaine Barbieri (nº 6236)

Texas. Injustement chassé du ranch familial par sa scandaleuse belle-mère, Tanner se met à fréquenter des voyous de la région qui, lors d'un hold-up, tuent un innocent : le frère de Callie. Celle-ci se lance à la poursuite de Tanner revenu au chevet de son père mourant. Déguisée en chanteuse, elle le séduit. Dans un premier temps, elle ignore qui il est. Mais lorsqu'elle apprend plus tard ce que Tanner a fait, elle le poursuit sans relâche pour découvrir la vérité...

J'AI LU *Aventures et Passions*

Quand l'amour s'aventure très loin, il devient passion

6233

Composition Interligne B-Liège
Achevé d'imprimer en Europe (France)
par Brodard et Taupin à La Flèche (Sarthe)
le 24 mai 2002. 12964
Dépôt légal mai 2002. ISBN 2-290-31764-0

Éditions J'ai lu
84, rue de Grenelle, 75007 Paris
Diffusion France et étranger : Flammarion